G.

SALLY HEPWORTH

Weil ich dich nicht vergessen will

Autorin

Sally Hepworth ist gebürtige Australierin, verbrachte jedoch viel Zeit damit, um die Welt zu reisen. Sie lebte in Singapur, Großbritannien und Kanada, wo sie als Eventmanagerin und im Personalwesen arbeitete. 2009 kehrte sie zurück nach Australien und wandte sich ganz ihrer großen Leidenschaft, dem Schreiben, zu. Sally Hepworth lebt mit ihrem Mann und ihren beiden Kindern in Melbourne.

Von Sally Hepworth bereits erschienen:
Wenn du an meiner Seite bist · Das Lächeln der Bradley-Frauen

SALLY HEPWORTH

Weil ich dich nicht vergessen will

Roman

Deutsch von Gabriele Werbeck

blanvalet

Die Originalausgabe erschien 2015 unter dem Titel »The Things We Keep« bei St. Martin's Press, New York.

Die deutschsprachige Erstausgabe erschien im Blanvalet Hardcover unter dem Titel »Anna Forster erinnert sich an die Liebe«.

MIX
Papier aus verantwortungsvollen Quellen
FSC® C014496
FSC
www.fsc.org

Verlagsgruppe Random House FSC® N001967

1. Auflage

Redaktion: Andrea Stumpf
Umschlaggestaltung und -motiv: www.buerosued.de
AF · Herstellung: wag
Druck und Bindung: GGP Media GmbH, Pößneck
Printed in Germany
ISBN 978-3-7341-0497-8

www.blanvalet.de

*Für alle von Demenz Betroffenen,
vor allem für Pat Hanrahan –
wir werden dich nie vergessen.*

Kapitel 1

Anna

Fünfzehn Monate zuvor …

Niemand traut dem, was ich sage. Wenn ich zum Beispiel darauf hinweise, dass der Toast verbrennt oder dass gleich die Sechsuhrnachrichten kommen, sind alle ganz erstaunt. Unfassbar! Jetzt kommen tatsächlich gleich die Sechsuhrnachrichten. Gut gemacht, Anna. Wenn ich nicht erst achtunddreißig wäre, sondern achtundachtzig, wäre es mir vielleicht egal. Oder auch nicht. Seit meinem Einzug ins Rosalind House, einem Heim für betreutes Wohnen, sehe ich die Nöte älterer Menschen mit anderen Augen.

»Anna, das ist Bert«, sagt jemand, als ein Mann mit seiner Gehhilfe vorbeischlurft. Man hat mir schon ein halbes Dutzend Leute vorgestellt, die alle mehr oder weniger wie Bert aussehen: alt, grau, gebeugt. Wir sitzen im strahlenden Sonnenschein auf Korbstühlen, und ich weiß, dass Jack mich hergebracht hat, um es für uns beide ein bisschen angenehmer zu machen. *Ja, du ziehst in ein Altersheim, aber schau mal, es gibt einen Garten!*

Ich winke Bert zu, aber mein Blick bleibt auf Ethan gerichtet, meinen fünfjährigen Neffen, der sich auf der anderen Seite des Rasens von einem Mann in einem blau-rot gestreiften Morgenmantel Geldstücke aus den Ohren ziehen lässt. Meine Laune hebt sich. Ethan witzelt immer, er sei mein Lieblingsneffe, und das stimmt, auch wenn ich es vor anderen abstreite. Er ist der jüngste von Jacks Söhnen und zweifellos der netteste.

Als er vier war, habe ich mal eine Runde auf meinem Motorrad mit ihm gedreht. Brayden oder Hank habe ich gar nicht erst gefragt; ich wusste, dass sie mir erklären würden, das sei zu gefährlich, um es anschließend ihrer Mutter zu petzen. Ethan hat nie gepetzt, soweit ich weiß. Brayden und Hank wissen, was mit mir nicht stimmt – ich erkenne es daran, wie sie ständig zu ihrer Mutter schielen, wenn sie mit mir reden. Ethan dagegen weiß es entweder nicht oder es interessiert ihn nicht. Mir ist egal, was von beidem.

»Und das ist Clara.«

Clara steuert in einem beachtlichen Tempo (verglichen mit den anderen Bewohnern) auf uns zu. Vermutlich ist sie über achtzig, aber sie wirkt kräftig und scheint besser beieinander zu sein als die anderen. Mit ihren flaumigen gelb-grauen Haaren erinnert sie mich an ein frisch geschlüpftes Küken.

»Ich freue mich schon die ganze Zeit darauf, Sie kennenzulernen«, sagt sie und gibt mir einen kratzigen Kuss. Eine Duftwolke hüllt mich ein. Normalerweise mag ich es nicht, geküsst zu werden, aber bei ihr wirkt diese Geste erstaunlich normal. Und neuerdings achte ich darauf, Leuten, die sich mir gegenüber normal benehmen, Respekt entgegenzubringen. »Sagen Sie es mir, wenn Sie irgendwas brauchen, Herzchen, egal was«, sagt sie, bevor sie zu einer riesigen Eiche weiterzieht. Dort angekommen, gibt sie dem Mann in dem blau-roten Morgenmantel einen Kuss auf den Mund, so als würde sie ihr Territorium abstecken.

Neben mir unterhält sich Jack mit Eric, dem Heimleiter –

einem untersetzten, rotgesichtigen Mann mit einem buschigen Tom-Selleck-Schnurrbart und einem Kichern, wie man es eigentlich eher von einer Achtzigjährigen erwarten würde. Jedes Mal wenn ich es höre (und das ist ziemlich oft, er scheint jeden Satz damit zu beenden), zucke ich zusammen und halte Ausschau nach einem strickenden Altdamenkränzchen. Er und Jack unterhalten sich, und ich höre zu, ohne viel mitzukriegen. »Wir bieten eine Menge Aktivitäten an … dafür sorgen, dass sie aktiv bleibt … Pflege und Aufsicht rund um die Uhr … Erfahrung mit Demenz … die beste Unterbringung für sie …«

Bla, bla, bla. Erics geradezu verzweifeltes Bemühen, einen guten Eindruck zu machen, hätten Jack und mich vor ein paar Jahren einen bedeutungsvollen Blick wechseln lassen, aber jetzt schluckt Jack es einfach. Weder bemerkt er Erics falsches Lachen noch die etwas zu eng sitzende Chinohose noch den Blick, der alle paar Sekunden nach rechts (in Richtung meines Busens) wandert. Für Eric spricht bisher nur, dass er mich bei unserer Ankunft um Rat wegen einer alten Knieverletzung gebeten hat, die ihm Probleme macht (wahrscheinlich hatte er gehofft, ich würde ihm eine Massage anbieten). Was er brauchte, war ein Arzt, keine Rettungssanitäterin, und das erklärte ich ihm auch, aber ich freute mich, dass er gefragt hatte. Die interessantesten Gespräche, die ich heutzutage führe, drehen sich um meine Lieblingsfarbe oder mein Lieblingsessen. Ich finde es schön, wenn sich jemand daran erinnert, dass ich ein erwachsener Mensch bin, nicht nur ein Mensch mit Alzheimer.

Jack scheint es vergessen zu haben. Seit ich zu ihm und Helen gezogen bin, hat er aufgehört, mein Bruder zu sein, und angefangen, die Rolle meines Vaters zu übernehmen, was mehr als nervig ist. Er denkt, ich bekomme es nicht mit, wenn er und Helen in der Küche leise über mich reden. Dass mir der Blick nicht auffällt, den er jedes Mal mit Helen wechselt, wenn ich anbiete, die Jungs zur Schule zu bringen. Dass ich es nicht merke, wenn Helen im Auto hinter mir herfährt, um sicherzugehen, dass ich mich nicht verlaufe.

Jack hat das alles schon einmal durchgemacht – wir beide –, und ich weiß, dass er sich für einen Experten hält. Immer wieder muss ich ihn daran erinnern, dass er Anwalt ist und kein Neurologe. Außerdem ist die Situation anders. Mom wollte ihre Krankheit nicht wahrhaben. Verbissen kämpfte sie um ihre Unabhängigkeit, bis zu dem Punkt, an dem sie das Haus niederbrannte. Aber ich habe nicht vor, gegen das Unvermeidliche anzukämpfen. Deshalb habe ich mich selbst in einem Heim für betreutes Wohnen angemeldet.

Das Gute an dieser Einrichtung, wenn ich es mal von der positiven Seite betrachte, ist, dass nicht jeder verrückt ist. Jack und ich haben uns eine ganze Reihe von auf Demenz spezialisierten Heimen angesehen, und sie hatten alle etwas von einem Zombiefilm, voller verrückter und ins Leere starrender Bewohner. Dieses Heim hier ist wenigstens auch für Leute, die einfach nur alt sind – die sich nicht mehr selbst um ihr Essen und ihre Wäsche kümmern können –, eine Art Seniorenhotel (für wohlhabende Senioren, den Nullen auf dem Scheck nach zu urteilen, den Jack heute Morgen ausgestellt hat).

Trotzdem hält sich meine Begeisterung in Grenzen. Es war schon schlimm genug, als Jack mich in die »Tagespflege« schickte. Im Ernst, so nennt sich das. Ein Tagesprogramm für Leute, die so sind *wie ich*. Und für Leute, die *nicht* so sind wie ich, denn da nur fünf Prozent aller Alzheimer-Erkrankungen bei Leuten unter fünfundsechzig auftreten, gibt es nicht sehr viele *wie mich*. Aus diesem Grund ist meine Situation noch seltsamer. Ich ziehe nicht einfach in *irgendeine* Pflegeeinrichtung – oh nein. Wir sind den ganzen Weg von Philadelphia bis nach Short Hills in New Jersey gefahren, damit ich in einer Einrichtung wohnen kann, in der es jemanden *wie mich* gibt. Einen Mann, der ebenfalls an einer frühen Demenz leidet, jemand, auf den Jack durch das Demenz-Netzwerk gestoßen ist. Seit Jack von diesem Mann erfahren hat, hat er Himmel und Hölle in Bewegung gesetzt, um mich in derselben Einrichtung unterzubringen. Es ist gerade so, als würde er meinen, dass es aus einem Pflegeheim eine Art Ferienlager macht, wenn sich zwei junge Menschen an einem Ort voller alter Leute befinden.

»Möchten Sie Luke kennenlernen, Anna?«, fragt Eric, und Jack nickt eifrig. Luke muss dieser Mann sein. Ich frage mich, ob er sich aus einem Baum abseilen wird oder was in der Art. Er muss schon einen beeindruckenden Auftritt hinlegen, wenn sie erwarten, dass er sich positiv auf meine Stimmung auswirkt.

»Ich möchte zurück auf mein Zimmer«, sage ich.

Jack und Eric wechseln einen Blick, und ich merke, dass ihnen der Wind aus den Segeln genommen ist.

»Natürlich«, sagt Jack. »Soll ich dich hinbringen?«

»Nein. Das schaff ich schon.« Ich stehe auf. Ich will Jack nicht ansehen, aber er erhebt sich ebenfalls und steht dann so dicht vor mir, dass ich nirgendwo anders hinschauen kann. Seine Augen sind voller Gefühl und glänzen feucht, und für einen kurzen Moment kommt der weichherzige Mann zum Vorschein, der er früher war, bevor ihn die Erfahrung mit Demenz und Verlassenwerden hart gemacht hat.

»Anna«, sagt er. »Ich weiß, dass du Angst hast.«

»Angst?«, schnaube ich, doch dann fängt vor meinen Augen alles an zu verschwimmen. Ich *habe* Angst. Als Zwilling ist man nämlich daran gewöhnt, dass man immer jemanden an der Seite hat, wenn man will. Aber gleich wird Jack gehen. Und ich bin allein.

»Jetzt hau schon ab«, sagte ich schließlich. »In einer halben Stunde habe ich einen Termin zur Pediküre. Die haben hier einen eigenen Wellnessbereich, schon vergessen?«

Jack lacht und wischt sich eine Träne von der Wange. Früher war Jack immer braungebrannt, aber inzwischen hat seine Haut einen gräulichen Ton, fast so bleich wie meine. Ich vermute, das hat etwas mit mir zu tun. »Ethan! Komm her und verabschiede dich von Anna.«

Ethan stürmt über den Rasen und wirft sich in meine Arme. Er drückt mich so fest, dass ich fast keine Luft mehr kriege. »Wiedersehen, Anna Banana.«

Als er mich loslässt, betrachte ich den weißen Verband, der seine linke Wange bedeckt, und versuche, mich an die hässliche rote Brandwunde und die Blasen zu erinnern. Ich *muss* mich daran erinnern. Sie sind der Grund, warum ich hier bin.

Als ich das erste Mal gemerkt habe, dass mit mir etwas nicht stimmt, war ich im Einkaufszentrum. Ich schleppte meine Tüten zum Ausgang und stellte plötzlich fest, dass ich mich nicht erinnern konnte, wo ich mein Auto abgestellt hatte. Das Parkhaus hatte sieben Ebenen. Im Aufzug starrte ich auf die Knöpfe. Keiner schien mich näher ans Ziel zu bringen als einer der anderen.

Schließlich ging ich zum Parkwächter. Der Mann hinter dem Tresen lachte und sagte, das würde ständig passieren. Er nahm sein Walkie-Talkie und fragte mich nach dem Kennzeichen. Als ich ihn verständnislos ansah, lächelte er. »Fabrikat und Modell?«

Das war eine ganz einfache Frage. Aber je angestrengter ich

über die Antwort nachdachte, desto mehr entzog sie sich mir. Wie ein Foto mit einem Fragezeichen über dem Gesicht, ein Verbrecher mit der Jacke über dem Kopf – da war zwar etwas, aber mein Gehirn ließ es mich nicht sehen.

Das Lächeln des Mannes verschwand. »Farbe?«

Ich konnte nur mit den Schultern zucken. Ich wartete darauf, dass er sagte, auch das würde ständig passieren. Er sagte es nicht.

Ich fuhr mit dem Bus nach Hause.

Wäre ich auf das mutierte Gen getestet worden wie Jack, dann hätte ich gewusst, was mich erwartete. Aber die Feststellung, dass es mich in der Blüte meines Lebens dahinraffen würde, passte nicht in meine Lebensplanung.

Von da an passierten mir dauernd solche Sachen. Für gewöhnlich hatte ich eine Erklärung parat. Sicher, ich vergaß oft einen Termin, aber ich hatte durch meine Arbeit als Rettungssanitäterin auch viel um die Ohren. Es war blöd, mich auf dem Nachhauseweg von der Arbeit zu verlaufen, aber Orientierung war noch nie meine starke Seite gewesen. Leider gab es auch Dinge, die schwieriger zu erklären waren. Wie das eine Mal, als ich meinen Autoschlüssel nicht finden konnte und mit einem Skistock das Seitenfenster einschlug, um die Tür zu öffnen (und dann feststellte, dass das Auto der Familie gegenüber gehörte). Oder als ich an meinem im Dienstplan eingetragenen freien Tag in der Arbeit erschien (zum vierten Mal hintereinander).

Als ich Jack meinem Arbeitskollegen Tyrone vorstellen wollte und mir das Wort »Zwilling« nicht einfiel, begann ich, mir wirklich Sorgen zu machen. Das war ein Jahr nach dem Zwischenfall im Parkhaus. Ich erinnere mich, dass ich Jack anstarrte und mich fragte, ob es wirklich ein Wort für das gab, was wir waren. Ich durchforstete die dunklen, verstaubten

Ecken meines Gehirns, aber vergeblich. Schließlich bezeichnete ich ihn als die Person, die meine Mutter zur gleichen Zeit wie mich im Uterus gehabt hatte. Ich weiß noch, dass ich mich an »Uterus« erinnerte, aber nicht an »Zwilling«. Tyrone lachte; er hatte mich schon immer für durchgeknallt gehalten. Aber Jack lachte nicht. Und ich wusste, das Spiel war aus.

Noch am selben Tag kündigte ich. Wenn ich mich nicht mehr an das Wort Zwilling erinnern konnte, was würde dann passieren, wenn mir nicht mehr einfiel, wie man jemanden reanimierte, oder wenn ich auf die Idee kam, ein Unfallopfer mit Verdacht auf eine Halswirbelverletzung zu bewegen? Mein Gefühl sagte mir, dass es vorbei war. Und wenn ich weiß, dass etwas sowieso geschehen wird, dann sehe ich keinen Sinn darin, es hinauszuschieben.

Das lässt sich auf das Leben insgesamt anwenden. Es bewegt sich langsam in eine Richtung. Ich kann auf der Kriechspur bleiben, mich einfach immer weiter den Hügel hinunterbewegen, dabei Moos und Spinnweben ansetzen, bis ich schließlich bis zur Unkenntlichkeit mit Unrat bedeckt bin, wenn ich zum Stehen komme. Das hat Mom getan. Das tun die meisten Leute. Aber meine Art ist das noch nie gewesen.

Im Rosalind House gibt es eine Menge Medikamente. So viele, dass jeder Bewohner ein eigenes Körbchen dafür hat. Jeden Morgen und jeden Nachmittag fährt die Pflegerin die Körbchen auf ihrem Tisch-auf-Rädern durch die Flure, eine Art Drogendealerin. In meinem Körbchen befindet sich Aricept, eine runde pfirsichfarbene Tablette, die den Abbau eines Stoffes, der Botschaften zwischen den Nervenzellen transportiert, verlangsamen soll. Außerdem Vitamin E, gelb und durchsichtig, lang und dünn. Und zu guter Letzt Celexa, ein starkes Antidepressivum, das dafür sorgen soll, dass einem alles nicht so schlimm vorkommt. Das ist die Tablette, von der ich sicher weiß, dass sie nicht wirkt.

In meiner ersten Woche im Rosalind House mache ich mir nicht die Mühe, mich morgens anzuziehen. Als ich es in der zweiten Woche dann tue, frage ich mich, warum eigentlich. Ich liege hier ja doch nur im Bett, kritzele in mein Notizbuch und starre aus dem Fenster. Allen potentiellen Besuchern (abgesehen von Jack) wurde auf meine Bitte hin mitgeteilt, dass ich mich in einer Einrichtung am anderen Ende des Landes befinde. (Was soll's, wahrscheinlich erinnere ich mich sowieso nicht an sie, und auf »Mitleidsbesuche« kann ich gut verzichten.) Eric, der Leiter, schaut immer wieder vorbei und versucht, mich zum Bingo zu überreden. (Da kann er lange warten.) Mehrere Pflegerinnen und andere Leute aus dem Heim waren da. Verlassen habe ich mein Zimmer nur einmal und war dann dermaßen verwirrt, dass ich nicht mehr zurückgefunden habe. Aber das war kein besonders schlimmer Aussetzer. Zumindest habe ich noch gewusst, dass ich mich im Rosalind House befinde. Ich wusste, dass ich ein Zimmer habe. Auf diesem kurzen Ausflug habe ich wenigstens gelernt, dass ich mich am richtigen Ort befinde. In einem Heim für betreutes Wohnen.

Heute schneidet vor meinem Fenster ein gutaussehender Gärtner die Buchsbäume. Es ist warm, und er trägt nur ein dünnes weißes T-Shirt, durch das ich seinen Waschbrettbauch bewundern kann. Vor ein paar Jahren hätte ich mich aus dem Fenster gebeugt und um einen Zweig von irgendwas gebeten, vielleicht hätte ich ihn sogar gefragt, ob er Hilfe braucht. (Als Kinder haben Jack und ich viel Zeit mit Mom im Garten verbracht und gepflanzt und Unkraut gejätet und gedüngt.) Aber jetzt kann ich mich nicht einmal dazu überwinden, das Lächeln des Gärtners zu erwidern. Ich bin zu sehr damit beschäftigt, über Ethan nachzudenken. Über *den Zwischenfall*.

Es passierte nachts. Ich kann nachts oft nicht schlafen, eine der vielen schönen Begleiterscheinungen »der Krankheit«. Ich war im Wohnzimmer und versuchte herauszufinden, wie man die Xbox benutzt, als ich hinter mir kleine Füße über den Boden tapsen hörte.

»Komm, wir machen Fongu.«

»Fongu« war von Fondue abgeleitet und bestand darin, dass wir auf dem Herd Schokoriegel schmolzen und dann Kekse, Marshmallows oder was sonst gerade da war in die flüssige Masse tauchten. Ich sagte aus mehreren Gründen ja. Erstens: Ich liebe Fongu. Zweitens: Ich bin nicht seine Mutter – es ist nicht meine Aufgabe, mir Gedanken um seine Zähne oder ausreichenden Schlaf zu machen. Drittens: Mein Leben bewegt sich rasend schnell auf einen Punkt zu, an dem ich mich selbst nicht mehr kennen werde, und solange ich mich noch kenne, will ich verdammt noch mal Fongu mit meinem Neffen machen.

Wir machten also Fongu und spielten danach mit der Xbox, und plötzlich roch es verbrannt. Ethan und ich sahen uns an.

»Schei...benhonig!«, sagte ich. »Das Fongu.«

Fluchend rannte ich in die Küche. Wenn ich das Haus abfackelte, würde ich Jack kaum davon überzeugen können, dass ich eine verantwortungsbewusste erwachsene Frau war. Ich riss die Tür auf und wollte nach dem Feuerlöscher greifen, doch statt in der Küche stand ich im Badezimmer. Ich drehte mich um und öffnete eine andere Tür. Ein Schrank voller Handtücher. Ich drehte mich weiter. Wo in Gottes Namen war die Küche?

Das passierte nicht zum ersten Mal. Ich wusste, dass ich einfach nur ruhig bleiben und eine Weile warten musste, dann würde mir alles wieder einfallen. Aber der Geruch nach Verbranntem wurde immer stärker, und ich konnte Ethan nirgends sehen. Und ich fand nicht einmal mehr aus dem verdammten Badezimmer hinaus!

In diesem Moment hörte ich Ethan schreien.

Jack zufolge lief Ethan in die Küche, nachdem ich in die falsche Richtung gerannt war, und versuchte, den Topf vom Herd zu ziehen. Der Griff war glühend heiß. Er zog seine Hand so hastig zurück, dass der Topf umkippte und die heiße Schokolade auf seine Wange spritzte. Abgesehen von Ethans Verletzung war das Schlimmste, dass es ihre Meinung über mich bestätigte. Man konnte mir meinen Neffen nicht anvertrauen. Man konnte mich nicht allein lassen, nicht mal eine Sekunde.

»Klopf, klopf.«

Ich drehe den Kopf zur Tür, die ununterbrochen offen steht, dank der Helferfrau, die so dünn ist wie eine Bohnenstange und eine geradezu unheimliche Leidenschaft für Frischluft hegt. Jedes Mal wenn ich versuche, die Tür zu schließen, taucht sie auf wie ein Luftgeist – *frische Luft, frische Luft, FRISCHE LUFT!* Doch als ich jetzt zur Tür sehe, steht da Eric, an der Seite einen Hund, so groß wie ein Löwe. Ich spüre, wie sich alles in meinem Inneren zu einem Schutzschild zusammenzieht.

»Na?«, sagt er. »Wie geht es Ihnen?«

»Gut.« Ich spreche mit dem Hund, da ich den Blick offenbar nicht von ihm abwenden kann.

»Sind alle nett zu Ihnen?«

»Ja.«

Es ist ein Deutscher Schäferhund. Seine Zähne sind gelb und glänzend von Speichel; sein Maul ist zu diesem zähnefletschenden Grinsen verzogen, das einem Hunde immer zeigen, damit man auf der Hut ist. *Bin ich zufrieden? Bin ich wütend? Komm doch her und find's raus.*

»Oh«, sagt Eric. »Haben Sie Angst vor Hunden?«

Ich versuche, mutig dreinzuschauen, was mir nicht zu gelingen scheint, da Eric den Hund wegschickt. Auf dem Weg in mein Zimmer bleibt er vor dem Aquarell eines Eichenblatts stehen, das Jack an die Wand gehängt haben muss. Es hat mal meiner Mutter gehört.

»Das ist sehr hübsch«, sagt er.

»Sie können es haben«, sage ich.

Er sieht mich mit gerunzelter Stirn an. »Sie wissen, dass Sie nicht von morgens bis abends in Ihrem Zimmer sitzen müssen. Zweimal am Tag fährt ein Bus in die Stadt. Einige unserer Bewohner gehen gern mal ins Einkaufszentrum oder ins Kino.«

Ich setze mich auf. »Darf ich das?«

»Selbstverständlich. Heute wird die Gruppe von Trish, einer unserer Angestellten, begleitet.«

Ich lasse mich wieder zurücksinken.

»Im Salon gibt es auch Brettspiele«, sagt er. »Wir ermuntern unsere Bewohner, sich dort zu treffen, wenn sie zu Hause sind. Wir haben festgestellt, dass sich unsere Bewohner auf Dauer einsam fühlen, wenn sie die ganze Zeit allein in ihren Zimmern verbringen.«

»Ich bin gern allein.«

Eric setzt sich auf meine Bettkante, auf seiner Stirn erscheint eine steile Falte. Mir wird unbehaglich zumute. Offenbar ist jetzt der Zeitpunkt für die aufmunternden Worte gekommen. Eric tut mir tatsächlich leid. Er will diese Ansprache genauso wenig halten, wie ich sie hören will. Tief in seinem Innern weiß er wahrscheinlich, dass er auch in seinem Zimmer bleiben würde, wenn er hier wohnen würde. Aber so was sagt natürlich keiner.

»Gut«, komme ich ihm zuvor, bevor er loslegen kann.

(Hauptsächlich weil ich nicht will, dass er auf meinem Bett sitzt.) »Es treffen sich also alle im Salon? Ich gehe nachher hin. Versprochen.«

Eric seufzt. »Sie müssen nicht. Darum geht es nicht. Es geht darum, dass Sie hier glücklich sind.«

»Ich weiß.« Jeder will, dass ich hier glücklich bin. Wenn ich glücklich bin, müssen sie kein schlechtes Gewissen haben.

Eric platziert seine Hand gefährlich dicht neben meinem Oberschenkel. »Geben Sie uns eine Chance, Anna. Ich will nicht so tun, als wüsste ich, wie es ist, Sie zu sein. Aber ich weiß, dass Ihr Bruder Sie nicht hierhergebracht hat, damit Sie hier eingehen wie eine Primel. Sie haben noch jede Menge Leben vor sich, aber Sie müssen es beim Schopf packen.« Er zwinkert. »Jack hat mir erzählt, dass Sie ein Adrenalinjunkie waren. Ich muss zugeben, dass ich das ziemlich aufregend finde. Hier steigt das Adrenalin höchstens am Bingoabend.«

Er grinst, und ich habe Angst, mich gleich übergeben zu müssen. »Sie haben recht«, sage ich. »Sie haben keine Ahnung, wie es ist, ich zu sein.«

Es heißt, wenn man einen seiner Sinne einbüßt, werden dafür die anderen geschärft. Ich glaube, das stimmt. Es gab mal eine Zeit, da hatte ich eine ziemlich scharfe Zunge. Wenn es einen Witz zu reißen gab, dann war ich immer zur Stelle (um ihn dann schneidiger zu präsentieren als jeder andere). Inzwischen bin ich nicht mehr so schnell wie früher, dafür bin ich aufmerksamer, vor allem, wenn es um den Gemütszustand anderer Leute geht. Als eine junge Frau mit blonden Stachelhaaren in mein Zimmer stürmt, weiß ich deshalb sofort, dass sie sich nicht nur verlaufen hat, sondern dass ihr auch etwas auf der Seele liegt.

»Oh, äh«, sagt sie. »Wo finde ich denn die Besuchertoilette?«

Wie es aussieht, habe ich nicht die geringste Ahnung. Als ich die Diagnose erhalten habe, erklärte mir mein Neurologe (ich nannte ihn Dr. Brain), dass sich die Erinnerungen meistens in umgekehrter Reihenfolge verabschieden. Das bedeutet, dass meine ältesten Erinnerungen am längsten erhalten bleiben werden und neuere Informationen, einschließlich der über Besuchertoiletten, ziemlich rasch und unwiderruflich in dem schwarzen Loch in meinem Gehirn verschwinden.

»Tut mir leid, weiß ich nicht«, sage ich zu der Frau. Mir fällt auf, dass ihr Gesicht rot und verquollen ist. Nass. »Alles in Ordnung?«

Sie stößt einen Seufzer aus, und eigentlich erwarte ich, dass sie sich umdreht und geht – ihre Suche nach der Besuchertoilette fortsetzt. Das tut sie jedoch nicht.

»Ja.« Sie schnieft. »Ich meine, nein. Es ist wegen meines Großvaters. Er ist … unmöglich.«

»Wer ist denn Ihr Großvater?«

»Bert. Bert Dickens.«

»Oh«, sage ich, obwohl ich mich nicht erinnere, Bert schon einmal begegnet zu sein. »Geht es ihm … gut?«

»Körperlich ja. Geistig weniger. Tut mir leid, ich hätte nicht so bei Ihnen reinplatzen dürfen. Ich will nicht …«

»Sie stören nicht. Ich habe nichts weiter zu tun.« Das ist die Untertreibung des Jahrhunderts. »Was ist denn mit Bert?«

»Sind Sie sicher, dass Sie es hören wollen?«

»Ja.«

»Na gut.« Sie tut ein paar Schritte weiter ins Zimmer. »Die Sache ist die ….«, sie streckt die Hand aus und wackelt mit den Fingern, »… ich werde heiraten.«

Ich musterte den Diamanten und lächle pflichtschuldig, obwohl ich noch nie verstanden habe, warum um diese Glitzersteine so ein Theater gemacht wird. »Glückwunsch.«

»Danke.«

Ich blicke auf meinen Ringfinger, der seit beinahe einem Jahr nackt ist. Der Knöchel scheint stärker hervorzutreten, seitdem ihn kein Gewicht mehr nach unten zieht. »Mag Bert den Mann nicht?«

»Nein. Ich meine, ja. Er mag ihn. Aber er will nicht, dass wir heiraten.«

»Warum denn nicht?«

»Er glaubt, dass auf unserer Familie ein Fluch liegt. Ja, und dabei ist er nicht mal senil. Das hat er schon immer geglaubt. Seine Frau, meine Großmutter, starb, als meine Mom ein Baby war. Und Mom starb, als ich vier war. Er glaubt, wenn ich heirate, dann wirkt der Fluch bei mir weiter.«

»Das mit Ihrer Mutter tut mir leid.«

»Danke.«

»Warum glaubt er denn, dass der Fluch durch die Heirat ausgelöst wird? Warum nicht durch das Baby?«

Sie sieht mich mit einem seltsamen Blick an. Wahrscheinlich ist das nicht besonders hilfreich gewesen.

»Na ja, ich will damit nur sagen, dass seine Theorie nicht wasserdicht ist. Vielleicht könnten Sie ihn davon überzeugen, dass erst das Baby den Fluch auslöst?«

»Aber was ist, wenn ich ein Baby bekomme?«

»Ein Baby wollen Sie auch?«

Sie nickt. Irgendwo tief in mir drin denke ich, dass sie ziemlich gierig ist.

»Glauben Sie denn an den Fluch?«, frage ich.

»Nein. Ich meine, es war Pech, aber … Nein. Ich glaube nicht daran. Jedenfalls will ich, dass mein Großvater zur

Hochzeit kommt, und er weigert sich. Er sagt, er kann nicht dabei zusehen, wie ich mein Schicksal besiegele.«

»Sagen Sie ihm, wenn Sie nicht heiraten, ist Ihr Schicksal schlimmer als der Tod.«

Sie beobachtet mich mit zusammengekniffenen Augen.

»Sagen Sie ihm, wenn Sie als Frau dieses Mannes ins Grab steigen, dann tun Sie das als glückliche Frau. Sagen Sie ihm, dass Sie, wenn er recht haben sollte, lieber ein Jahr voller Glück erleben, als nie zu erfahren, was Glück ist.« Ich denke kurz nach. »Und wenn er sagt, dass Sie sich irren, dann fragen Sie ihn, ob er sich wünscht, seine Frau nie geheiratet zu haben.«

»Wow«, sagt sie. »Sie sind gut.«

Es gibt da diesen Spruch, der genau das ausdrückt, was ich meine, und ich versuche, ihn mir ins Gedächtnis zu rufen. Langsam rückt er in Reichweite. »Ein Leben in Angst …« Ich will fortfahren, doch schon ist mir der Rest wieder entglitten. *Puff!* Verschwunden.

»Ein Leben in Angst gelebt ist ein Leben nur halb gelebt?«

»Ja. Genau.«

»Sie haben recht. Er hat Myrna vergöttert. Niemals würde er sich wünschen, er hätte sie nicht geheiratet. Wenn ich mir diesen abergläubischen Quatsch anhöre, bestärke ich ihn außerdem nur darin, dass es mit diesem Fluch tatsächlich etwas auf sich haben könnte.« Sie seufzt. »Danke für die Stimme der Vernunft. Ich sollte jetzt besser wieder zurückgehen.« Sie deutet mit dem Kopf auf die Badezimmertür. »Meinen Sie, sie kommt da drin zurecht?«

»Wer?«

»Ihre … Großmutter?« Sie schaut auf das silberne Namensdings an der Wand. »Anna, richtig?«

Es fällt mir oft schwer, etwas zu verstehen, deshalb stört es mich nicht weiter, dass das hier über meinen Verstand geht. Ich will gerade nicken, als wüsste ich, wovon sie redet – als es mir plötzlich dämmert. Sie denkt, dass ich eine alte Frau namens Anna besuche.

»Oh … ja. Es geht ihr bestens.« Ich lächle die junge Frau an, deren Namen ich mir nicht gemerkt habe, falls sie ihn mir überhaupt gesagt hat. »Sie kommt schon sehr bald wieder hier raus.«

Kapitel 2

In meiner Suppe schwimmt etwas zwischen einem Stück Karotte und einer grünen Bohne. Es ist weder ein Haar noch eine Fliege. Es ist weiß. Es ist ungefähr fünf Zentimeter lang und spiralig gedreht. Ich lange in die Schüssel und drücke es mit den Fingern zusammen. Es gibt nach und springt dann in seine ursprüngliche Form zurück wie ein Stück Gummi. Schon bevor ich es in den Mund stecke, weiß ich, wie es schmecken wird: fade, schlabbrig, aber trotzdem nicht schlecht. Ich mag dieses Essen. Warum kann ich mich bloß nicht daran erinnern, wie es heißt?

»Schmeckt wie ein alter Schuh, was?«

Als ich aufblicke, sehe ich, dass mich die alte Lady neben mir beobachtet. Ich bin dankbar, dass sie es ist, die mich angesprochen hat, denn andernfalls wäre es ein kahlköpfiger Mann auf meiner anderen Seite, der den leeren Stuhl neben ihm ständig mit »Myrna« anspricht. Irgendwann hat er sogar jemanden gebeten, Myrna das Salz zu reichen. So viel dazu, dass es im Rosalind House keine Verrückten gibt.

»Verzeihung?«

»Die Nudeln«, sagt sie. »Sie schmecken wie ein alter Schuh.«

Nudeln! Ich bin plötzlich so aufgeregt, als hätte ich gerade einen verlorengegangenen, nun ja, Schuh wiedergefunden.

»Eigentlich sind die Nudeln ganz in Ordnung«, sage ich. »Der Rest ist das Problem.«

»Da haben Sie auch wieder recht«, sagt sie und mustert die Spirale auf ihrem Löffel. »Bohnen und Sellerie und wässrige Suppe – so gesehen sind die Nudeln die Rettung.«

Die Frau hat einen Südstaatenakzent, der mich ein wenig aufheitert. Wie könnte man jemanden mit Südstaatenakzent auch nicht mögen? Andererseits gibt es in den Südstaaten all die Hinterwäldler und den Ku-Klux-Klan, aber diese Frau sieht nicht so aus, als hätte sie mit den einen oder den anderen etwas zu tun. Sie ist jünger als die übrigen Bewohner, die mich an fleckiges Treibholz erinnern, das jeden Augenblick auf den Meeresgrund sinken kann. Im Vergleich zu ihnen wirkt diese Frau, obwohl sie bestimmt auch schon achtzig ist, ziemlich rüstig – geradezu agil.

»Ich fürchte, ich habe Ihren Namen vergessen«, sagt sie.

Fast muss ich lachen. »Ich heiße Anna.«

»Ich bin neuerdings so vergesslich, stimmt's, Liebling?« Südstaatenlady sieht den alten Mann neben sich so liebevoll an, dass sich in meinem eiskalten Herzen etwas zu rühren beginnt. Dann wendet sie ihren Blick wieder mir zu. »Ich bin Clara. Das ist Laurie«, sagt sie und deutet mit ihrem Löffel auf den Mann, »mein Mann.«

Ich mustere Claras Gesicht, suche nach einem Hinweis, ob sie meinen Namen tatsächlich vergessen hat oder ob das nur ein schlauer Trick gewesen ist, um sich mir vorzustellen. Falls Letzteres zutrifft, mag ich sie umso mehr.

»Es ist schön, dass Sie heute zum Mittagessen aus Ihrem Zimmer gekommen sind«, sagt sie. »Ich habe mich schon die ganze Zeit darauf gefreut, mich mit einem anderen jungen Menschen zu unterhalten.«

Es ist nett, wenn eine Frau in den Achtzigern sich selbst als

»jungen Menschen« bezeichnet. Ich sehe keinen Grund, ihr zu erzählen, dass ich nur deshalb zum Essen hier bin, weil Jack an diesem Wochenende zu Besuch kommt und sich danach erkundigen wird, ob ich mich aus meinem Zimmer gewagt habe. Wenn ich dann ja sagen kann, wird es ein angenehmer Besuch, ein entspannter Besuch. Vielleicht erzählen wir uns gegenseitig sogar ein paar Witze. In einer idealen Welt würden wir auch ein oder zwei Bier miteinander trinken, aber natürlich ist die Welt nicht ideal.

»Haben Sie Luke schon kennengelernt?«, fragt Clara und deutet mit dem Kopf auf den jungen Mann ihr gegenüber am Tisch. Irgendwie habe ich ihn bis jetzt überhaupt nicht bemerkt. Plötzlich wird mir klar, dass Clara mit dem anderen jungen Menschen nicht sich gemeint hat. Sie hat von dem anderen Menschen gesprochen, der *wie ich* ist.

»Ich glaube nicht«, sage ich, »was bedeutet, dass es gut möglich ist.«

Mit gesenktem Kopf lacht er leise. Es freut mich, dass er noch nicht zu weggetreten ist, um einen kleinen Demenz-Scherz zu schätzen. Ich mustere ihn kurz. Seine Haut ist leicht gebräunt, er hat ebenmäßige weiße Zähne, ein Grübchen. Seine welligen Haare sind beinahe schwarz und lang genug, dass er sie sich hinter die Ohren streichen kann, und die Ärmel seines blauen Hemdes sind über muskulösen Unterarmen hochgekrempelt. *Nicht übel.*

Clara sagt mit gesenkter Stimme, aber keineswegs leise genug: »Sexy, was?«

»Sie sind also mein Gegenstück?«, sage ich, Clara ignorierend. »Junger Mensch, alter Geist.«

Er lacht erneut. »Ich sch-schätze, das k-kann man so sagen.«

Mein Gegenstück stottert, davon abgesehen wirkt er erstaunlich normal. Er hebt den Kopf. Seine Augen haben die Farbe von schwachem schwarzem Tee. So wie ich ihn trinke.

»Haben S-Sie sich schon eingewöhnt?«, fragt er, und ich zucke mit den Schultern. »Es dauert einige Zeit, bis man sich daran gewöhnt hat, an das Heim«, sagt er. »Die g-gemeinsamen Mahlzeiten, die Aktivitäten, das Duschen …«

Bei der Erinnerung an das Duschen zucke ich zusammen. Vielleicht ist es naiv gewesen, aber ich wäre nie auf die Idee gekommen, dass mir jemand dabei helfen würde. Das laminierte weiße Rechteck an der Wand meines Badezimmers sah das jedoch anders. Dort stand in abwaschbarer Schrift die Zeit, die für mich täglich zum Waschen vorgesehen war, und sobald der Zeiger der Uhr auf die entsprechende Ziffer sprang, stürmte eine Helferfrau herein, bereit, mich unter die Dusche zu zerren.

»Das ist Vorschrift«, sagte sie, als ich ihr erklärte, dass ich keine Aufpasserin brauchte. *»Ich schaue Ihnen schon nichts weg. Ich stehe nur vor der Tür, für den Fall, dass Sie mich brauchen.«*

Seither habe ich auf dem laminierten Rechteck immer nach der Zeit gesehen und darauf geachtet, dass ich bereits geduscht habe, wenn sie auftaucht. Als sie mich darauf ansprach, schob ich es auf die Demenz. *»Ach, ich hätte auf Sie warten sollen? Wie dumm von mir.«*

»Ich hasse das Duschen«, sage ich.

»Die ersten W-Wochen sind schwierig«, sagt er. »Ich erinnere mich.«

Sein Grübchen hüpft auf und ab, und ich muss unwillkürlich lächeln. Ich nehme an, dass er sich erinnert. Mein Blick wandert zu seinen Händen, die locker auf dem Tisch liegen – groß, männlich, trotzdem feingliedrig.

Clara hat recht. »Sexy« ist die richtige Bezeichnung für diesen Mann.

Im Zimmer ist es verdächtig still geworden. Unter dem Tisch streift etwas mein Bein. Etwas … *Haariges*. Ich zucke zurück.

»Das ist nur … Kayla«, sagte Luke. »Erics H-Hund. Sie ist h-harmlos.«

Ich nicke, den Blick auf den Hund gerichtet.

»Mögen Sie keine Hunde?«, fragt er.

»Für jemanden mit Alzheimer sind Sie ganz schön scharfsinnig.«

»Genau genommen handelt es sich um fr-frontotemporale Demenz.«

In dem darauf folgenden Schweigen zwinge ich mich, meinen Blick von dem Hund zu lösen und ihn anzusehen.

»Sie verlieren Ihre Erinnerungen«, sagt er auf meine unausgesprochene Frage hin. »Ich verliere mein Sprachvermögen.«

Ich blicke wieder zu dem Hund. Die Zunge hängt ihm aus dem Maul, der hässlichste Waschlappen, den ich jemals gesehen habe.

Lukes Hand legt sich um das Halsband. »Sie mögen H-Hunde wirklich nicht?«, fragt er. Die Art, wie er die Fußspitzen unter den Bauch des Hundes schiebt, lässt erkennen, dass er Hunde liebt. »Nicht mal … Welpen?«

Seine Sprachschwierigkeiten sind jetzt nicht mehr zu überhören. Er spricht nicht nur langsam, sondern auch ein bisschen verwaschen. Außerdem scheint es ihn enorme Anstrengung zu kosten, die Worte über die Lippen zu bringen. Diese abgehackte Sprechweise wirkt völlig unpassend bei einem so jungen, gesund aussehenden Mann.

»Nicht mal Hundeembryos«, sage ich.

Er tätschelt den Hund, dann führt er ihn zu der Glasschiebetür und lässt ihn hinaus. Schwanzwedelnd trottet er davon.

»Haben Sie schlechte Erfahrungen g-g-gemacht?«, fragt er,

als er zurückkommt. »Mit einem Hund. Die zu I-Ihrer Abneigung geführt haben.«

Ich nicke und deute auf die hellrosa Narbe, die meine rechte Augenbraue in zwei Hälften teilt. »Als ich drei war.«

»Der Hund Ihrer Familie?«

»Der Nachbarshund. Sie sind wirklich ein Hundefreund.«

»Ja, bin ich. Ich habe …«, er hält inne und legt die Stirn in Falten, als würde er angestrengt nachdenken, »… früher ehrenamtlich im Tierheim gearbeitet. Ich war für die Adoption von W-Welpen zuständig.«

»Ach ja?« Vor meinem geistigen Auge blitzt ein Bild auf, wie er einen Welpen an die Brust drückt.

»Letzter Aufruf für den Nachmittagsbus!« In der Tür steht ein Mann mit weißem Hemd und weißer Hose und einem großen Namensschild, auf dem TREV zu lesen ist. »Braucht jemand Hilfe?«

Luke sieht mich an. »Pläne für heute Nachmittag?«

»Ja.« Ich lache. »Mein Terminkalender ist randvoll mit Verabredungen.«

»Na dann, Sie haben den Mann gehört. Letzter A…A-Aufruf für den Nachmittagsbus.«

»Oooh!« Clara springt auf. »Ich muss schnell meine Handtasche holen. Der Nachmittagsbus wartet nicht.«

Clara eilt davon, und Luke beugt sich vor. »Das stimmt nicht. Der Nachmittagsbus wartet immer.«

Ich lache. Und spüre tief in meinem Bauch ein Kribbeln.

»Brauchen Sie irgendetwas?«, fragt mich Luke. Er macht eine Handbewegung, als würde er sich etwas über die Schulter hängen. »Dieses Ding, in dem man sein Zeug verstaut?«

»Oh …« Ich weiß genau, was er meint, aber im Augenblick fällt mir die Bezeichnung auch nicht ein. »Ehrlich gesagt glaube ich nicht, dass ich es heute schaffe.«

In der Highschool hatten wir nach den Prüfungen immer noch eine Woche Unterricht. Es stand zwar nichts mehr auf dem Lehrplan, weil wir den ganzen Stoff durchgenommen hatten – und zu allem geprüft worden waren –, aber man wollte uns die Möglichkeit geben, »das Schuljahr *ordentlich* zu Ende zu bringen«. Was immer das auch heißen sollte. Die meisten Lehrer spielten Spiele mit uns. Einige ließen uns machen, was wir wollten. Ein Lehrer, Mr. Kaiser, setzte seinen Unterricht wie gewohnt fort. Es war völlig sinnlos, aber wir machten es Jahr für Jahr. Jetzt mit Luke zum Einkaufszentrum zu fahren und ein Kennenlerngespräch zu führen, kommt mir genauso sinnlos vor.

»So-Socken sortieren?«

»Ja. So was in der Art.«

Er nickt und lässt den Kopf wieder sinken. »Sieht so aus, als wären wir nur zu zweit, Clara«, sagt er, als sie zurückkommt.

»Ach, das ist aber schade«, sagt sie und sieht mich an. »Können wir Sie wirklich nicht überreden mitzukommen, Herzchen?«

Es ist einen Augenblick still, während sie auf meine Antwort warten, lange genug, um mich schwanken zu lassen. Vielleicht sollte ich das alles machen? Ein letzter Ausflug ins Einkaufszentrum? Ein letztes erstes Gespräch mit einem attraktiven Mann? Aber ich schüttle die Zweifel ab. Ich habe schon genug Probleme, ohne lauter neue »letzte Male« zu sammeln.

»Ja, ich bin sicher«, sage ich. »Viel Spaß.«

Als ich ihnen nachsehe, wird mir jedoch klar, dass ich mit meinem Versuch, ein neues letztes Mal zu vermeiden, gescheitert bin. Diese Unterhaltung an sich ist ein »letztes Mal« gewesen: das letzte Mal, dass ich nein zu etwas gesagt habe, was ich wirklich gerne machen würde.

Dr. Brain hat einmal gesagt, ein Alzheimer-Gehirn lasse sich mit dem Schnee auf einem Berggipfel vergleichen, der langsam schmilzt. Es gibt Tage, an denen die Sonne scheint und überall große Stücke abbrechen, und es gibt Tage, an denen die Sonne sich hinter den Wolken versteckt und im Großen und Ganzen alles so bleibt, wie es ist. Und dann gibt es Tage – außergewöhnliche Tage (seine Worte) –, an denen man auf einen Pfad stößt, von dem man gedacht hat, er sei schon verschwunden, und für kurze Zeit bekommt man etwas zurück, das man verloren glaubte.

Ich habe das Gefühl, Dr. Brain dachte, die Information wäre nicht so deprimierend, weil er für die Analogie die Begriffe »Berggipfel« und »außergewöhnlich« verwendete, doch genau das Gegenteil war der Fall. Ich glaube, ich hätte mit der Prognose besser umgehen können, wenn er andere Worte gewählt hätte. So etwas wie: *Das Gehirn ist ein dreckiger, stinkender Müllhaufen. Wenn die Sonne rauskommt, stinkt er schlimmer, als man es sich vorstellen kann, und wenn es kalt oder verhangen ist, riecht man fast nichts. Dann gibt es Tage, an denen der Wind aus einer bestimmten Richtung weht, und dann riecht man vielleicht ein paar Stunden lang den herben Geruch einer Fichte und vergisst, dass es diesen Müllhaufen gibt.* Mit dieser Analogie hätten wir das Kind wenigstens beim Namen genannt. Denn die Wahrheit ist, wenn man dement ist, ist das Gehirn ein Müllhaufen. Und selbst wenn man im Augenblick nichts riecht, stinkt er trotzdem.

Nachdem Luke und Clara gegangen sind, sitze ich noch eine Weile auf meinem Stuhl, aber ich fühle mich einsam. Alle haben das Esszimmer verlassen, alle außer mir und dem kahlköpfigen alten Mann. Und Myrna vermutlich.

Ich will gerade in mein Zimmer zurückgehen, als der kahlköpfige alte Mann den Löffel in seine Schüssel klatscht. Suppe spritzt ihm ins Gesicht. »*He!*«, schreit er. »Wer hat Ihnen gesagt, dass Sie Myrnas Essen abräumen sollen?« Er starrt die Kochfrau an – eine hübsche Latina mit dunklen Haaren und großen Ringen an den Ohren. Ich habe gehört, dass die anderen Bewohner sie Gabriela nennen.

Sie seufzt. »Tut mir leid, Bert«, sagt sie. »Ich dachte, sie ist fertig.«

»Nein, ist sie nicht. Also gehen Sie in die Küche und bringen es zurück.«

»Ich habe es bereits weggekippt, es ist nichts mehr da.« Sie sagt es nicht unfreundlich, eher resigniert. »Wie wär's, wenn ich ihr eine Banane bringe?«

Auch wenn es seltsam ist, nötigt es mir Respekt ab, dass sie das Myrna-Spiel mitspielt. Bei Bert scheint es jedoch nicht zu verfangen. »Myrna mag keine Bananen.«

»Dann eben ein Sandwich.«

»Sie mag auch keine Sandwichs.«

Gabriela stemmt eine Hand in die Hüfte. Ihre Augen verengen sich. »Na gut, was mag sie denn?«

Bert reckt herausfordernd das Kinn in die Höhe. »Suppe.«

Ich muss unwillkürlich lächeln.

»Na ja, Sie haben ja noch ein bisschen Suppe übrig«, sagt sie und wirft sich ein Geschirrtuch über die Schulter. »Dann müssen Sie und Myrna eben teilen.«

Bert murmelt etwas vor sich hin, und ich habe fast Mitleid mit ihm. Er ist ein mürrischer alter Kauz, so viel steht fest, aber es gefällt mir, dass er Mumm hat. Dass er so für seine hungrige (wenn auch eingebildete) Frau eintritt. Ich finde das ausgesprochen ritterlich.

»Keine Sorge, Liebes«, sagt er und schiebt seine Schüssel vor den leeren Stuhl. »Du kannst meine Suppe haben. Sei ein braves Mädchen.«

Berts Gesichtsausdruck hat sich total verändert. Sein Blick ist jetzt sanft und voller Bewunderung. Seine Lippen verziehen sich zu einem hilflosen Lächeln. Zuerst denke ich, er lächelt mich an, doch gleich darauf dämmert mir, dass sein Lächeln Myrna gilt. Einerseits finde ich das unglaublich traurig. Andererseits habe ich noch nie etwas so Romantisches gesehen.

»Hören Sie«, sage ich aus einem Impuls heraus. »Ich habe meine Suppe kaum angerührt, und ich habe keinen Hunger. Vielleicht möchte Myrna sie … aufessen?«

Ich wappne mich, mir ist bewusst, dass Bert es als Beleidigung auffassen könnte, wenn ich Myrna Reste anbiete. Er sieht mich stirnrunzelnd an, aber nach kurzer Überlegung nickt er. »Ja, sehr gern. Vielen Dank, junge Frau.«

Ich gebe Bert seine Schüssel zurück und stelle meine vor »Myrna«. Auf dem Weg zur Tür bleibe ich neben Berts Stuhl stehen. »Myrna ist zu beneiden, wissen Sie das? Ich hätte auch gern jemanden, der sich so um mich kümmert, wenn ich … wenn ich nicht mehr selbst für mich sorgen kann.«

Bert runzelt zwar weiterhin die Stirn, aber jetzt ist es ein bisschen anders. Nicht mehr so gereizt. Nachdenklicher. »Man kann nie wissen, junge Frau«, sagt er. »Vielleicht haben Sie dann ja jemanden.«

Kapitel 3

Eve

Heute …

Der Mann, der vor mir steht, ist nicht das, was ich erwartet habe. Zunächst mal ist er mindestens fünf Jahre jünger als ich – höchstens dreißig – und er hat Schmutz auf seiner linken Wange. Er hat tiefliegende Augen, seine Haut zeigt einen olivfarbenen Ton und seine Haare sind rotblond. Er ist … umwerfend. Aber mit den grünen Shorts, dem dünnen weißen T-Shirt und den halbhohen Arbeitsschuhen sieht er ein bisschen zu salopp aus, um der Heimleiter zu sein. Ich werfe noch einmal einen Blick auf das kleine goldene Schild neben der Klingel: ROSALIND HOUSE. FRIEDEN FÜR IHRE LIEBEN, SEELENFRIEDEN FÜR SIE. Ich bin zweifellos am richtigen Ort.

»Ich bin Eve Bennett«, sage ich. Ich habe einen kurzen Flashback, in dem ich mich auf einer Bühne stehen und den Preis für die vielversprechendste Absolventin des Institute of Culinary Education in New York entgegennehme sehe, und gleich darauf sehe ich in einem zweiten das Gesicht meiner Mutter, als ich ihr eröffne, dass ich mich um eine Stelle in einem Seniorenheim bewerbe. »Ich habe um zwei ein Vorstellungsgespräch. Für die Stelle der Köchin.«

Ich warte auf eine Begrüßung, ein Händeschütteln, ein *Ach ja. Bitte kommen Sie doch herein.* Aber der Mann starrt mich einfach nur an. In seinen Augen sehe ich einen Funken des Wiedererkennens, und ich verliere den Mut.

Mein letztes Bewerbungsgespräch ist zwar auch nicht einfach gewesen, aber ich bin wenigstens begrüßt worden. Es hat vor zehn Jahren im Benu stattgefunden, dem New Yorker In- Restaurant mit asiatischer Fusionsküche (damals, als asiatische Fusionsküche gerade en vogue war). Allein zu einem Vorstellungsgespräch für eine Lehre im Benu eingeladen zu werden kam einem Wunder gleich. Unter meinen Freunden an der Kochschule kursierte das Gerücht, Min-Jun, der Chefkoch, ließe nur Blutsverwandte in seiner Küche arbeiten, aus Angst, dass ihm ein Fremder das Rezept für seine berühmte Würzsauce stehlen könnte. Min-Jun empfing mich in der Küche, und statt eines Händedrucks bekam ich von ihm ein Messer und einen Sack Karotten, die ich zu Julienne schneiden sollte. In der einen Stunde, die ich dort verbrachte, sprach er kaum ein Wort mit mir. Später, als er mir die Stelle anbot (die ich dummerweise ablehnte), erklärte er mir, den Ausschlag habe die Art gegeben, wie ich jede Karotte anschaute, als wäre ich in sie verliebt.

Der lässig gekleidete Mann hat noch immer kein Wort gesagt. Ich warte darauf, dass er mich beschimpft oder mir die Tür vor der Nase zuschlägt, doch stattdessen tritt er einen Schritt zurück und lässt mich ins Haus. Ich betrete eine helle Eingangshalle mit einer geschwungenen Treppe. Auf Hochglanz polierte niedrige Beistelltischchen neben dick gepolsterten pastellfarbenen Sesseln. Ich habe zwar noch nicht viele Heime für betreutes Wohnen von innen gesehen, aber dieses hier macht einen sehr schönen Eindruck. Ein zweistöckiger Kolonialbau mit Fensterläden und einem blühenden, weitläufigen Garten. Es erinnert mich sehr an … nun ja, an mein Haus.

»Sind Sie Eric?«, frage ich.

Der Mann dreht sich um und bedeutet mir mit einer Handbewegung, dass ich ihm folgen soll. »Nein.«

»Oh«, sage ich erleichtert. »Also, äh … dann sind Sie …?«

»Der Gärtner.«

Er verschwindet um eine Ecke, und ich muss mich beeilen, um hinterherzukommen. Ich hole ihn am Ende des Flurs ein, wo er an eine Tür klopft.

»Eric?«, sagt er durch die geschlossene Tür. Flüchtig streift sein Blick meinen. »Eve Bennett ist da.«

Die Tür öffnet sich. Der Mann, der vor mir steht, hat einen buschigen Schnurrbart und im Gegensatz zum Gärtner lächelt er.

»Hallo«, sagt er fröhlich. »Sie sind also Eve. Ich bin Eric.«

Der Gärtner verdünnisiert sich, und ich schüttle Erics ausgestreckte Hand. »Freut mich, Sie kennenzulernen.«

»Bitte, kommen Sie doch rein.« Er führt mich ins Zimmer. »Höre ich da einen britischen Akzent?«

»East London«, sage ich. »Aber ich lebe seit fast fünfzehn Jahren in den Vereinigten Staaten.«

»Na, dann brauche ich Sie ja nicht mehr in unserem Land willkommen zu heißen.« Er lacht, ein merkwürdiges, fast weibisches Kichern. »Nur in meinem Büro. Bitte, nehmen Sie Platz.«

Eric schenkt zwei Gläser Wasser ein, und sobald wir sitzen, greift er nach dem Blatt mit meinem Lebenslauf. »Ich muss zugeben, dass wir nicht viele Bewerber mit so guten Referenzen hatten«, sagt er. »Unsere derzeitige Köchin ist Autodidaktin, und die Bewohner haben sie zwar sehr gern, aber ich glaube, langsam hängt es ihnen zum Hals raus, dass es jeden

Tag Reis und Bohnen und Enchiladas zum Abendessen gibt. Gabriela ist schwanger, und am Freitag ist ihr letzter Arbeitstag, wir suchen also dringend Ersatz.«

»Ich kann sofort anfangen«, sage ich.

»Gut«, sagt er. »Dann erzählen Sie mir doch mal, warum Sie sich um diese Stelle bewerben. Mit Ihrer Ausbildung könnten Sie doch bestimmt auch in einem gehobenen Restaurant arbeiten!«

Eric lacht, und ich fasse neuen Mut. Im Gegensatz zum Gärtner hat er offensichtlich keine Ahnung, wer ich bin.

»Ich wohne in der Nähe«, sage ich. »Und meine Tochter geht in die Grundschule, Tagesschichten sind für mich deshalb besser als die üblichen Restaurantöffnungszeiten.«

»Verständlich.« Erics Blick wandert kurz nach rechts, bevor er sich wieder auf meinen Lebenslauf richtet. »Und warum glauben Sie, dass Sie für die Stelle geeignet sind?«

Er sieht mich erwartungsvoll an, und ich trinke einen Schluck Wasser, um Zeit zu schinden. Vermutlich ist es nicht der richtige Moment, um zu erwähnen, dass das hier mein letzter Versuch ist, an eine Adresse in Clementines Schulbezirk zu kommen. Dass sie ohne diese Adresse der weit weniger idyllischen Grundschule in der Buttwell Road zugewiesen wird, von den Einheimischen, wie könnte es anders sein, nur Butt Road – Popostraße – genannt.

»Kochen ist meine Leidenschaft«, sage ich schließlich. »Ich weiß, was frisch zubereitet werden muss und was vorgekocht werden kann. Ich ziehe mein eigenes Gemüse und bemühe mich, das zu verwenden, was gerade Saison hat, dem Geschmack zuliebe und um die Kosten niedrig zu halten …«

»Einige unserer Bewohner müssen eine spezielle Diät einhalten«, unterbricht mich Eric. »Bluthochdruck und dergleichen, wir müssen also darauf achten, dass die Mahlzeiten gesund und ausgewogen sind, und natürlich auch leicht zu kauen für diejenigen mit einem künstlichen Gebiss.«

Ich zucke innerlich zusammen. »Ich weiß, wie man für jemanden mit Bluthochdruck kocht. Und mir gefällt die Herausforderung, einfache Gerichte zuzubereiten, die toll schmecken.«

Eric lächelt und verschränkt die Hände hinter dem Kopf. Die Knöpfe an seinem Hemd leisten seinem dicken Bauch tapfer Widerstand. »Ich nehme an, mit Reinigungsarbeiten hatten Sie bisher nicht viel zu tun?«

Ich zögere kurz. »Ich … äh … dachte, es ginge um eine Stelle als Köchin.«

»Oh ja, sicher. Aber unsere Putzfrau hat uns im Regen stehen lassen, und ich hoffe, dass unsere zukünftige Köchin einspringen kann, bis ich Ersatz gefunden habe.«

Ich schlucke. »Ich verstehe.«

»Haben Sie irgendwelche Erfahrung mit Reinigungsarbeiten?«

»Natürlich«, presse ich hervor, obwohl sich bis vor sechs Monaten unsere Haushälterin Valentina um sämtliche Hausarbeiten gekümmert hat.

Seit Valentina weg ist, kümmere ich mich darum, aber der Sauberkeitsstandard ist erheblich gesunken.

»Wunderbar. Es ist im Grunde auch nicht viel. Nach den Mahlzeiten ist die Küche aufzuräumen, und es muss täglich in den Zimmern der Bewohner saubergemacht werden. Bügelwäsche fällt kaum an, allerdings tragen einige der Männer am Sonntag gern ein weißes Hemd.«

Ich sinke auf meinem Stuhl ein bisschen in mich zusammen. Zwar habe ich schon das eine oder andere Hemd gebügelt, aber eben nicht mehr als das eine oder andere. Als Richard und ich frisch verheiratet waren, machte ich ein Riesenbrimborium darum, dass ab jetzt ich seine Hemden bügeln würde. Einmal tat ich es sogar nackt. Ich fand es schrecklich romantisch, die Hemden meines Liebsten zu bügeln, bevor er morgens zur Arbeit ging. Aber nach einer Weile überließ ich das Bügeln dann Valentina, wie alle anderen Hausarbeiten, auf die ich keine Lust hatte.

»Hemden am Sonntag«, sage ich und denke an die Butt Road. »Kein Problem.«

»Was wäre da noch?«, sagt er und schnalzt mit der Zunge. »Wir haben eine hervorragende Pflegerin, Rosie, für den Nachtdienst, und von acht bis fünf sind zwei andere Pflegerinnen hier. Trish kümmert sich unter anderem um die Körperpflege und Carole unterstützt sie dabei. Angus, der Sie hereingelassen hat, ist unser Gärtner und verrichtet außerdem die anfallenden Wartungsarbeiten. Was die Bewohner betrifft, haben wir im Augenblick zwölf. Wir werben gerne damit, dass es bei uns sehr persönlich zugeht. Im Grunde genommen sind wir eine große Familie. Wenn wir jemanden neu einstellen, müssen wir sicher sein, dass er zu uns passt.«

Ich nicke, das Gesicht zu einem falschen Lächeln verzogen. Wenn ich eins weiß, dann dass ich alles andere als gut hierher passe. Ich bin Köchin mit Schwerpunkt Haute Cuisine … Was verstehe ich davon, in einem Pflegeheim zu kochen und aushilfsweise zu putzen?

»Wir sind eine von mehreren privaten Einrichtungen«, fährt Eric fort, »die über das Land verteilt sind und einer Gruppe namens Advanced Retirement Solutions gehören. Ich leite dieses Haus. Wir sind staatlich anerkannt und werden einmal im Jahr von der Gesundheitsbehörde in New Jersey überprüft.

Wir sind ein Heim für betreutes Wohnen, kein Pflegeheim, das heißt unsere Bewohner sind alle bei guter Gesundheit –

in körperlicher Hinsicht. Allerdings haben wir auch einige Bewohner mit Demenz. Einer der älteren Männer, Bert, zeigt erste Anzeichen, und dann gibt es noch zwei jüngere Bewohner mit dieser Krankheit. Anna ist neununddreißig, sie hat Alzheimer mit frühem Beginn. Ihre Erkrankung ist mit dem Verlust der Erinnerung verbunden, wovon die meisten Leute schon mal gehört haben. Luke ist einundvierzig. Er leidet an einer Form von frontotemporaler Demenz, durch die das Sprachvermögen beeinträchtigt ist. Er hat Schwierigkeiten beim Sprechen, und es fällt ihm schwer, die richtigen Worte zu finden. Inzwischen spricht er die meiste Zeit überhaupt nicht mehr.«

»Wow.«

»Es gehört zwar nicht zu Ihren Aufgaben, sich um die Bewohner zu kümmern, aber Sie werden täglich mit ihnen zu tun haben. Was meinen Sie? Haben Sie Erfahrung mit alten oder behinderten Menschen? Großeltern?«

»Ich habe keine Großeltern mehr und auch sonst keine Erfahrung mit älteren Menschen. Aber das würde ich gerne ändern.«

Das zumindest ist wahr. In letzter Zeit ist mir nur allzu bewusst geworden, wie schwierig das Leben sein kann. Und aus Erics gewichtigem Nicken schließe ich, dass ich ihn überzeugt habe.

»Nun, in diesem Fall sind Sie am richtigen Ort«, sagt er und lässt wieder ein Lachen folgen. »Von meiner Seite wäre das erst mal alles. Haben Sie noch Fragen?«

»Nur eine«, sage ich. »Wie schon gesagt, habe ich eine Tochter, die in die Grundschule geht. Den größten Teil des Tages wird Clementine dort sein, aber am frühen Morgen und nach der Schule ist sie bei mir, das heißt, ich würde sie mit hierher nehmen. Und ich muss sie hinbringen und abholen, aber das sind jeweils nur fünf Minuten zu Fuß.«

Ich bemühe mich, aufrecht zu sitzen und Selbstvertrauen auszustrahlen. Als wäre das hier eine von zwanzig Stellen, um die ich mich bewerbe, und nicht meine letzte Hoffnung.

»Ehrlich gesagt glaube ich, dass die Bewohner von einem Kind im Haus begeistert wären«, sagt Eric. »Solange das nicht Ihre Arbeit beeinträchtigt, versteht sich.«

Ich stoße die Luft aus, die ich angehalten habe, und Eric steht auf.

»Wie wäre es mit einer kleinen Tour durchs Haus?«

Ich lächle und erhebe mich, bereit für eine Tour durch mein neues Leben.

Vor vier Monaten ist mein Leben zerbrochen. Nicht langsam, wie bei einer unheilbaren Krankheit, sondern mit einem Schlag, wie bei einem schweren Autounfall. Auf jeden Fall kam es für mich und Clementine wie ein Schlag, als Richard mir sagte, was er getan hatte. Und auch für Tausende von Investoren, die all ihr Geld verloren haben, kam es wie ein Schlag. Für Richard dagegen war es eher wie Lungenkrebs für einen starken Raucher. Er muss gewusst haben, dass die Katastrophe unausweichlich war. Trotzdem entschied er sich dafür, immer weiterzumachen, in der Hoffnung, der eine unter einer Million zu sein, der ungeschoren davonkam.

Es war Viertel nach drei an einem Dienstagnachmittag, als sein Auto vor dem Haus hielt. Das allein hätte mich stutzig machen müssen. Ich war seit zehn Jahren mit Richard verheiratet, und in all der Zeit war er noch nie an einem Werktag um Viertel nach drei nach Hause gekommen. Aber das Komische war, dass ich mich freute. Ich hatte eine neue Zutat für meine Kürbiskekse ausprobiert und gerade das Blech aus dem Ofen geholt.

»Gutes Timing«, sagte ich, als er in die Küche kam. »Du bist mein erster Testesser.«

Er murmelte etwas Unverständliches, während er sich auf einen der Barhocker setzte.

»Liebling?«, sagte ich.

Er beugte sich vor und stützte die Stirn in die Hand. Er trug kein Jackett, und seine Krawatte war gelockert.

»Geht es dir nicht gut?« Ich fühlte mit dem Handrücken seine Stirn. »Ricky?« Er mochte es nicht, wenn ich ihn in der Öffentlichkeit so nannte, aber wenn wir allein waren, entlockte es ihm für gewöhnlich ein Lächeln. »*Hallo?* Jemand zu Hause?«

Das Haus war voller Handwerker. Wir ließen es vor dem Sommer herrichten. Einer von ihnen winkte mir zu, als er mit seiner Leiter am Küchenfenster vorbeiging. Ich winkte zurück.

Als Richard noch immer nichts sagte, versetzte ich ihm einen spielerischen Schubs. Er hob den Kopf, und ich sah, dass seine Augen geschwollen und verweint waren.

»Richard! Um Himmels willen.«

Ich hatte Richard noch nie weinen sehen. Nicht bei der Beerdigung seiner Eltern. Nicht an unserem Hochzeitstag. Nicht bei Clementines Geburt. Richard neigte eher dazu, mit der Faust gegen die Wand zu schlagen oder ein Glas Scotch zu viel zu trinken, wenn er seinen Gefühlen Luft machen wollte. »Was ist los?«

Er sah mir in die Augen und sofort wieder weg. »Ich habe alles kaputtgemacht, Eve.«

»Du hast …« Ich setzte mich neben ihn und drehte seinen Barhocker so, dass wir uns ansahen. »Was soll das heißen? Was hast du kaputtgemacht?«

»Mein Leben. Dein Leben. Clementines Leben.« Er wandte

sich ab und stützte die Ellbogen auf die Marmorplatte des Tresens. »Ich habe bei meinen Investments gelogen. Ich habe mit gefälschten Papieren gearbeitet. Und bald werden sie mir auf die Schliche kommen.«

Mir entfuhr ein unsicheres Lachen. »Soll das ein Witz sein?«

»Sehe ich aus, als würde ich Witze machen?«

Es ergab keinen Sinn. Richard hatte es nicht nötig, bei seinen Investments zu lügen oder Papiere zu fälschen. Richard war ein Ass in seinem Job. Trotzdem spürte ich plötzlich den feinen Nadelstich des Zweifels. Seine Augen waren rot unterlaufen, sein Kragen stand offen. Er hatte in den vergangenen Wochen immer mehr an Gewicht verloren, immer mehr getrunken. Und vor ein paar Tagen hatte ich ihn mit einem verquollen aussehenden Gesicht in seinem Arbeitszimmer überrascht. Er hatte es auf eine Erkältung und Stress in der Arbeit geschoben. Ich hatte nicht weiter nachgebohrt.

»Aber … gefälschte Papiere?«, sagte ich, eher zu mir selbst. »Du meinst, so etwas wie ein …«

»… ein Ponzi-System.«

Mein Magen verknotete sich, langsam und schmerzhaft.

»Wir werden unser gesamtes Vermögen verlieren«, sagte er. »Unser Haus. Und ich werde ins Gefängnis müssen.«

Ich sprang von meinem Hocker. »Ins Gefängnis?«

»Ich dachte, es kann nichts passieren, solange ich bescheidene Erträge ausweise. Ich dachte … ich dachte, es kann nichts passieren …« Er begann zu schluchzen, und in diesem Augenblick wusste ich, dass es wahr war. Wenn es ums Geschäft ging, hatte Richard immer ein an Arroganz grenzendes Selbstbewusstsein an den Tag gelegt. Noch nie hatte ich ihn so am Boden zerstört erlebt. Ich hielt mir die Hände vor den Mund wie eine Atemmaske.

»Ich habe mir das Hirn nach einem Ausweg zermartert«, fuhr er fort, »aber ich finde keinen.«

Ich begann auf und ab zu gehen. »Verdammte … Scheiße. Verdammte, verdammte, verdammte Scheiße! Das ist doch verrückt. Wie konntest du nur …?« Mein Blick fiel auf die Uhr am Herd. »*Scheiße!* Ich muss Clementine von der Schule abholen.«

Ich packte meine Schlüssel und eilte zur Tür. Auf halbem Weg blieb ich stehen. Ich hatte keine Ahnung, was ich tun sollte. Würde in Kürze die Polizei vor unserer Tür stehen? Würde er vor den Augen unserer Tochter in Handschellen abgeführt werden? Und was dann? Würde man uns aus dem Haus werfen?

»Richard …«

»Schon gut«, sagte er, auf einmal wieder mit fester Stimme, nachdem er die Last mit jemandem geteilt hatte. »Wir haben Zeit. Hol Clem ab.«

Schweigend erwiderte ich seinen Blick, es kam mir wie eine Ewigkeit vor, obwohl es höchstens ein paar Sekunden sein konnten. Dann drehte ich mich um und ging durch die Schwingtür, und mein Magen fühlte sich an, als wäre er mit Salzsäure gefüllt.

Die Tour dauert nicht lange, und ich besichtige die Bewohner des Rosalind House eher, als dass ich sie kennenlerne. Wir kommen auf den Fluren an ein, zwei vorbei und treffen auf ein paar weitere in einem Wohnzimmer mit hoher Decke, das Eric als Salon bezeichnet. Die anderen hat man auf den Rasen des weitläufigen Gartens verfrachtet, der das Haus umgibt, wo sie unter dem strahlend blauen Himmel wahrscheinlich eine Jahresration Vitamin D tanken. Angus, der Gärtner, steht auf einer niedrigen Leiter und säbelt an einem wuchernden Strauch herum.

»Das ist Bert«, sagt Eric und deutet auf einen kahlköpfigen Mann in den Achtzigern. »Und das da drüben ist Clara. Der Mann, den Sie eben im Salon gesehen haben, ist Laurie, Claras Ehemann. Und das dort unter dem Baum sind Luke und Anna.«

Das junge Paar sticht unter all den alten Leuten im Garten heraus. Der Mann, Luke, sitzt auf einer Gartenbank. Er hält den Kopf gesenkt, und seine welligen dunklen Haare fallen ihm ins Gesicht. Die Frau, Anna, sitzt ein paar Schritte von ihm entfernt in einem Rollstuhl, ihre Haare eine Flut rotbrauner Locken.

»Sie sind noch so jung«, sage ich. »Ich kann gar nicht glauben, dass sie dement sind.«

»Es ist auch schwer zu glauben«, sagt Eric. »An guten Tagen verhalten sie sich ruhig und normal. An anderen Tagen läuft es nicht so gut.«

»Warum sitzt sie im Rollstuhl? Hat das etwas mit der Demenz zu tun?«

»Oh …«, Eric kratzt sich an einer plötzlich juckenden Stelle am Hals. »Nun ja, nein …«

»Sie hat ihren Schal fallen lassen«, sage ich und gehe zu den beiden hinüber. Die fröhlichen Farben des dünnen Leinenschals, der auf dem Gras um Annas Füße weht, erinnern mich an das Bild, das Richard mir zum ersten Hochzeitstag geschenkt hat, und an dem der Auktionator, der letzte Woche gekommen ist, um unseren Besitz zu inspizieren, großes Interesse gezeigt hat.

Ich hebe den Schal auf. »Der ist Ihnen runtergefallen«, sage ich und lege ihn Anna auf den Schoß. Als ich so nah vor ihr stehe, kann ich der Versuchung nicht widerstehen, sie etwas genauer zu betrachten. Sie ist nicht schön – zumindest nicht nach den hiesigen Standards, in denen schön gleichbedeutend mit blond, schlank und ebenmäßig ist. Aber sie hat etwas – vielleicht kann man es apart nennen. Ihre Haut ist so weiß wie Alabaster, und ihre Arme und Beine sind lang und schlank. Was mich jedoch am meisten berührt, ist die Farbe ihrer Augen: ein helles, klares Jadegrün. Ohne diese Augen wäre sie vermutlich ziemlich unscheinbar. Aber mit diesen Augen – ich kann meinen Blick nicht von ihr losreißen.

Bevor ich meine Hand wegziehen kann, fasst sie danach und hält sie fest.

»Oh.« Ich weiche zurück, aber sie umklammert meine Hand nur noch fester. »Ich wollte Sie nicht erschrecken. Ich hatte nur Sorge, dass Sie Ihren hübschen Schal verlieren.«

Sie will offenbar etwas sagen, es deutet alles darauf hin – das Befeuchten der Lippen, das Schlucken, das Anspannen der Gesichtsmuskeln. Es dauert nur den Bruchteil einer Sekunde länger, als ein, sagen wir mal, bedächtiger Mensch dafür brauchen würde, aber da ich nun einmal weiß, dass sie dement ist, habe ich es ständig im Kopf. »Bitte«, sagt sie schließlich. »Helfen Sie mir.«

Ein Schauer läuft über meinen Rücken. »Was haben Sie gesagt?«

Ich warte, es kommt jedoch nichts mehr.

»Anna?«, hake ich nach, aber der Ausdruck geistiger Klarheit auf ihrem Gesicht ist wieder verschwunden, und an seine Stelle ist eine Leere getreten, die in krassem Widerspruch zu ihrer jungen, glatten Haut steht. Ein Schleier legt sich über ihre Augen, immer noch schön, aber jetzt ohne Leben. Ich richte mich auf.

»Eric«, sage ich, als ich wieder bei ihm bin, »sie hat gerade gesagt: ›Helfen Sie mir.‹«

Eric blinzelt, das Erstaunen in Person. »Wirklich? Sind Sie sicher?«

»Ja. Ich meine … ich glaube schon.«

»Was war der Auslöser?«, fragt er. »Haben Sie etwas zu ihr gesagt?«

Ich blicke zu Anna hinüber. »Nur dass ich Sorge habe, dass sie ihren Schal verliert.«

»Ich schicke Carole zu ihr«, sagt er, und wenig später eilt eine der Pflegerinnen über den Rasen. »Falls etwas nicht stimmt, finden wir es raus.«

Ich nicke, und er bedeutet mir mit einer Geste, ihm zurück ins Haus zu folgen. Während er mir die Fliegengittertür aufhält, sagt er: »Der Vorteil von Demenz ist, dass sie ihren Schal nicht lange vermisst, wenn sie ihn verliert.«

Kapitel 4

Als wir das Tor des Rosalind House passieren, werden Clementines Augen immer größer. »Ist *das* unser neues Haus? Mom, sind wir wieder reich?«

Vor Überraschung lasse ich beinahe das Lenkrad los. Clem hat kaum eine Reaktion gezeigt, als ich ihr sagte, dass ich eine neue Arbeit habe. Genauso wenig hat sie reagiert, als ich ihr sagte, dass wir umziehen würden. Seit Richard aus unserem Leben verschwunden ist, hat sie eigentlich überhaupt keine Reaktionen mehr gezeigt. Aus diesem Grund bin ich ziemlich zurückhaltend mit Einzelheiten gewesen, was meinen neuen Arbeitsplatz betrifft. Jetzt frage ich mich, ob ich vielleicht zu zurückhaltend gewesen bin. »Was meinst du mit ›wieder‹?«

»Weil Daddy doch unser Geld verloren hat und so.«

Im ersten Moment bin ich wie vom Donner gerührt. Clem sieht mich mit einem Blick an, der sagt: *Hallo? Hast du gedacht, ich bin blöd?*

Habe ich das gedacht?

Ich denke an den Auszug aus unserem Haus. In der Diele aufgestapelte Umzugskartons, die Zimmer leer geräumt, alles eingepackt und mit gelben, rosafarbenen oder grünen Aufklebern versehen – behalten, wegwerfen, verkaufen. Von den Verkaufen-Aufklebern gab es am meisten, sie waren grün, weil ich hoffte, dass die Sachen möglichst viele grüne Dollarscheine bei der Auktion einbringen würden. War es dumm von mir gewesen zu denken, dass Clem nicht ihre eigenen Schlüsse aus alldem ziehen würde? Insbesondere jetzt, wo unser gesamter Besitz mühelos in einen Samsonite-Koffer und vier Müllsäcke passt.

Sie sieht mich fragend an, die braunen Augen zu zwei Halbmonden zusammengekniffen, viel zu wissend für eine Siebenjährige.

»Clem…«

»Ich heiße nicht Clem«, sagt sie und verdreht die Augen. »Ich heiße Beatrice.«

Ich wische mir mit dem Handrücken über die Stirn. Die Sache mit den Namen hat vor ein paar Monaten angefangen und ist absolut undurchschaubar – manchmal bleibt sie den ganzen Tag bei einem Namen; an anderen Tagen wechselt sie ihn vier- oder fünfmal. Im Augenblick erscheint es mir einfacher, darauf einzugehen. »Also gut, Beatrice, dann …«

»Wie viele Zimmer hat es?«, fragt sie.

Und wie auf Knopfdruck ist sie wieder fröhlich. In den vergangenen Monaten schwankte ihr Verhalten zwischen Euphorie (beinahe ausschließlich in Gegenwart ihrer besten Freundin Allegra beziehungsweise »Legs«) und einer mürrischen Verschlossenheit, die besser zu einem Teenager gepasst hätte als zu einer Siebenjährigen.

Als sie anfängt, auf ihrem Sitz auf und ab zu hüpfen, fällt mir ihre erste Frage – »Ist das unser neues Haus?« – wieder ein. Ich betrachte das wunderschöne Haus. Natürlich denkt Clem, dass es ihr neues Zuhause ist. Es sieht ihrem alten Zuhause ziemlich ähnlich.

»Clem, warte«, sage ich, als sie die Hand nach dem Türgriff ausstreckt.

»*Beatrice!*«

»Entschuldige.« Ich fluche leise. »Beatrice …«

Beatrice hat sich jedoch bereits den Müllsack geschnappt, in dem ihre Sachen verstaut sind, und springt die Treppe hoch. Ich laufe ihr nach, und als ich sie an der Tür einhole, stehe ich wie bei einem Déjà-vu wieder dem Gärtner gegenüber.

»Oh, hallo«, sage ich verlegen.

»Hallo«, erwidert er. Sein Blick wandert zu Clem. Sie starrt ihn ein paar Sekunden mit offenem Mund an, bevor sich ihr Gesicht zu einem Lächeln verzieht.

Ich kann es ihr nicht verübeln, er sieht wirklich unglaublich gut aus. Plötzlich bin ich mir meiner Jeans bewusst, meines einfachen, leicht angegrauten weißen T-Shirts, meines Pferdeschwanzes. Mein rundes Gesicht ist ohne jedes Make-up, und meine Haare haben seit Monaten keine Schere und keine Tönung gesehen, das heißt, sie sind von einem schmutzigen Dunkelblond und reichen mir bis über die Schultern. Und als wäre das alles noch nicht schlimm genug, trage ich einen schlecht sitzenden BH, der mir in die Schultern schneidet und meine Brüste in eine seltsame, wellenähnliche Form quetscht. Ich verschränke die Arme.

»Hi«, sagt Clem und drückt sich an mein Bein, ihre Lebhaftigkeit ist unvermittelt Verlegenheit gewichen.

»Darf ich dir dein Gepäck abnehmen?«, fragt Angus.

Clem reißt die Augen auf. »Sind Sie der Butler?«

Für den Bruchteil einer Sekunde trifft sich Angus' Blick mit meinem.

»Aber nein, Clem …«

»Nein«, sagt er. »Ich bin der Gärtner.«

»Oh!« Sie nickt und lächelt, als ob das völlig logisch wäre. »Klar! Sie sind der Gärtner. Also, Sie machen das toll. Der Garten sieht super aus.«

»Vielen Dank«, sagt er und nimmt ihr den Müllsack ab.

»Eric hat mich gebeten, heute Abend vorbeizukommen, wenn alle Bewohner zum Essen versammelt sind, damit er mich schon mal kurz vorstellen kann«, erkläre ich Angus. Ich komme mir albern vor, als er statt einer Antwort nur mit den Schultern zuckt.

Clem stürmt ins Haus, und ich folge ihr in ein Esszimmer mit hoher Decke. Es ist lauter, als ich es in einem Seniorenheim erwartet hätte – eine Kakophonie aus klapperndem Besteck, Klirren und zittrigem Stimmengewirr. Bewohner und ein paar Angestellte des Heims sitzen vor Schüsseln mit roten Bohnen und Reis. Eric sitzt am Ende eines Tisches neben Anna.

»Hallo«, sagt Eric und erhebt sich von seinem Stuhl. »Schön, dass Sie es geschafft haben.« Mit einer Handbewegung bringt er die Versammelten zum Verstummen. »Darf ich Sie kurz um Ihre Aufmerksamkeit bitten? Das ist Eve Bennett. Eve ist unsere neue Köchin. Sie hat ihre Ausbildung am Institute of Culinary Education in New York absolviert, das heißt, Sie dürfen sich auf etwas Besonderes freuen. Eve übernimmt vorübergehend auch das Saubermachen, bis wir jemand Neues gefunden haben. Ich bitte Sie, Eve willkommen zu heißen.«

Zwölf Köpfe drehen sich zu mir.

»Guten Abend«, sage ich unbeholfen. »Ich freue mich sehr, hier zu sein. Wie ich gehört habe, mögen Sie Ihre derzeitige Köchin alle sehr, mir ist klar, dass es nicht leicht sein wird, in ihre Fußstapfen zu treten.«

»Sie wissen aber schon, dass Gabriela nicht tot ist?«, ruft jemand.

»Was hat sie da von Fußstapfen gesagt?«, fragt jemand anderes.

»Was ich sagen will …«, versuche ich es erneut, »ich werde hier viel lernen müssen, aber ich bin sicher, dass wir das miteinander hinkriegen, wenn Sie mir ein bisschen helfen. Haben Sie keine Hemmungen, mir zu sagen, was Sie am liebsten essen, und ob es etwas gibt, das Sie nicht mögen. Ich freue mich darauf, Sie alle besser kennenzulernen.«

Ich beende meine Ansprache mit einem verlegenen Nicken und dem Versuch eines Lächelns. Die Bewohner starren mich weiter an. Plötzlich merke ich, dass Clem neben mir steht.

»Ich heiße Clementine Harriet Bennett«, sagt sie. »Ich freue mich sehr, Sie kennenzulernen.« Die Mienen der Bewohner, einen Moment zuvor noch verständnislos, beginnen sich aufzuhellen. »Ich bin sieben Jahre alt und gehe in die zweite Klasse. Außerdem bin ich sehr gut in Irish Dance. Wollen Sie, dass ich es Ihnen zeige?«

Ich tippe ihr auf die Schulter. »Clem, wir sollten besser …«

»Ist der Arsch von 'nem Frosch wasserdicht?«, sagt eine graublonde alte Dame mit Südstaatenakzent. »Leg los, kleines Fräulein.«

Clem tritt unsicher von einem Fuß auf den anderen – vielleicht wartet sie darauf, dass ich die Frau tadle, weil sie »Arsch« gesagt hat –, fasst sich aber schnell wieder. »Okay, weil ich keine Musik habe, müssen Sie klatschen. Am Anfang langsam, und dann immer schneller!« Einige Bewohner nicken, doch die meisten wirken etwas verwirrt. Ein Mann weiter hinten dreht an seinem Hörgerät.

»Also dann«, instruiert Clementine sie. »Fangen Sie an.«

Ein paar Bewohner klatschen, während Clementine durchs Zimmer hüpft. Es klingt nicht sehr beeindruckend – etwas aus dem Takt und ohne großen Elan –, aber Clementine macht ihre Sache gut. Ich bin stolz auf sie. Sie beendet ihre Vorführung mit einem Knicks.

»Danke schön. Morgen bringe ich meinen Rekorder mit und spiele Ihnen ein paar Lieder vor. Wenn Sie wollen.«

Einige nicken, und ich staune über Clems grenzenloses Selbstvertrauen.

»Aber erst nach der Schule, Clemmy«, sage ich.

»Ja, ja«, sagt sie und winkt, als stünde sie auf der Bühne eines vollbesetzten Broadway-Theaters. »Nach der Schule.«

Bevor wir gehen, stellt Eric mir noch Rosie vor, die Pflegerin für die Nacht, eine junge Frau Mitte zwanzig mit einem blonden Pferdeschwanz, der so hoch oben auf ihrem Kopf thront, dass er mich an einen Vulkanausbruch erinnert. Wir unterhalten uns noch ein paar Minuten mit Eric, dann bringt Angus uns zur Tür.

»Wo ist mein Zimmer?«, fragt Clem.

»Wir wohnen nicht hier«, erwidere ich so leise wie möglich. »Wir fahren jetzt nach Hause.«

»Oh!« Clem unterdrückt ein Kichern und sieht zu Angus hoch. »Dann nehme ich mein Gepäck lieber selber!«

Angus gibt ihr den Müllsack und öffnet die Tür.

Ich will nach draußen eilen, aber Clem zieht mich zurück. »Mom?«

»Ja, Schätzchen?«

»Du hast was vergessen.«

Ich habe keine Ahnung, was sie meint. »Was denn?«

Sie zieht mich am Ärmel zu sich herunter, bis mein Ohr auf der Höhe ihres Mundes ist. »Das Trinkgeld!«

Meine Hoffnung, dass Angus von Clems lautem Flüstern nichts mitbekommen hat, schwindet, als ich seinen Gesichtsausdruck sehe.

»Weißt du was«, sagt er und zwinkert Clem zu. »Das geht aufs Haus.«

Clem bedankt sich kichernd und flitzt die Treppe hinunter.

Als Angus den Kopf hebt und mich ansieht, ist sein Gesicht bei weitem nicht mehr so freundlich.

Die Fahrt zu unserer Wohnung dauert zwanzig Minuten. Clem runzelt die Stirn, als wir die gläserne Eingangstür des in die schmale Lücke zwischen einer Pizzeria und einem Lebensmittelladen gequetschten Hauses aufdrücken. Die Treppe ist mit abgetretenem Teppichboden belegt, die Stufen hängen durch, als würden sie traurig lächeln, und knarzen bei jedem Schritt. An einer Stelle ist der Teppich so tief eingesunken, dass ich mich frage, ob darunter überhaupt noch Holz ist. Ich nehme mir vor, in Zukunft lieber nicht auf diese Stelle zu treten.

Oben angekommen, stecke ich den Schlüssel in das alte Schloss und sperre auf. Clem läuft als Erste hinein, dreht eine Runde, dann baut sie sich vor mir auf, ihr Gesicht ein einziges Fragezeichen.

»Das ist unsere Wohnung?«

Ich schleppe die Müllsäcke ins Zimmer. »Wie findest du sie?«

Ich habe es so lange wie möglich hinausgeschoben, Clem in die Wohnung mitzunehmen. Zusammen mit Mutter habe ich nach und nach die wenigen Möbel, die mir geblieben sind, hergebracht, in der Hoffnung, wir könnten alles hübsch herrichten, bevor Clem die Wohnung zu sehen bekäme. Ich habe ihre Spielsachen auf dem Fensterbrett aufgereiht und gerahmte Bilder aufgehängt. Aber nicht einmal der Strauß Gänseblümchen auf dem Tisch und das *Eiskönigin*-Poster an der Wand schaffen es, das Zimmer ein bisschen freundlicher aussehen zu lassen.

»Es riecht nach Salami.«

SAUBERE, ZWECKMÄSSIGE WOHNUNG, hat in der Anzeige gestanden. Im Klartext bedeutet das eine Küche mit beschichteten braunen Schränken und einer elektrischen Kochplatte, ein offenes Wohnzimmer mit braun gemusterten Teppichfliesen und eine Dusche mit einem hölzernen Toilettensitz und dazu passendem Waschtisch. Und …

»Es gibt nur ein Schlafzimmer«, sagt Clem.

Ich stelle meine Handtasche auf der Arbeitsfläche ab und versuche, etwas zu finden, das Clem gefallen könnte. Aber es gibt nichts. Richard hätte es geschafft, sie zum Lachen zu bringen, wenn er hier gewesen wäre; in dieser Hinsicht war er unübertroffen. Aber Richard ist nicht hier.

Clems weißblonde Rattenschwänze hüpfen auf und ab, während sie das Zimmer ein zweites Mal inspiziert. »Wo … wo soll ich denn schlafen?«

Ich blicke über die Schulter auf das Doppelbett. In sämtlichen Ratgebern, die ich nach Clems Geburt gelesen habe, wurde davor gewarnt, ein Kind im Bett der Eltern schlafen zu lassen, und pflichtbewusst befolgte ich diesen Ratschlag und verbrachte an manchen Abenden Stunden damit, sie in einem Sessel sitzend auf dem Arm zu wiegen oder im Auto mit ihr um den Block zu fahren, ja ich legte mich sogar neben ihrem Kinderbett auf den Boden, statt sie mit in das verbotenen Ehebett zu nehmen. Als ich mich bei meiner Mutter darüber beklagte, verschluckte sie sich beinahe an ihrem Tee. »Um Gottes willen, Evie! Wer würde nicht lieber in weichen, warmen Armen schlafen als hinter Gittern in einem dunklen, unheimlichen Zimmer?« Inzwischen bin ich mehr als geneigt, ihr zuzustimmen.

»Was meinst du wohl?«, frage ich und dann packe ich sie und kitzle sie so lange, bis wir beide lachend aufs Bett fallen.

Kapitel 5

Anna

Vierzehn Monate zuvor …

Mein Zimmer im Rosalind House ist eigentlich gar nicht so übel, was gut ist, weil ich so viel Zeit dort verbringe. Auch wenn ich nicht zugeben will, dass die Demenz allmählich die Oberhand über mich gewinnt, stelle ich fest, dass ich schneller erschöpft bin als früher. Es ist noch gar nicht so lange her, da habe ich nach einer 12-Stunden-Schicht im Rettungswagen die ganze Nacht getanzt, getrunken und mich unterhalten. Inzwischen ist es so, dass ich mein Zimmer zum Essen verlasse und schon wieder reif für ein Nickerchen bin, wenn ich zurückkomme.

Ich lasse mich in meinen Sessel fallen und lehne mich mit geschlossenen Augen zurück.

»Braves Mädchen. Heute haben Sie auf mich gewartet.«

Ich öffne die Augen und richte mich auf. Die bohnenstangendünne Frau – Trish, ihrem Namensschild zufolge – steht vor mir.

»Verzeihung?«, sage ich.

»Möchten Sie sich hier ausziehen oder im Bad?«

Ich schiebe es auf meine Erschöpfung, dass ich vergessen habe, auf der laminierten Fläche nach den Duschzeiten zu sehen. Ehrlich gesagt, habe ich vergessen, dass es diese laminierte Fläche überhaupt gibt. Jetzt kommt die Erinnerung zurück wie ein Schlag in den Magen. »Schon gut«, sage ich. »Ich will nicht duschen.«

Sie seufzt. »Ach kommen Sie, Anna. Machen Sie es uns nicht unnötig schwer.«

Die Zimmertür hinter der Bohnenstange steht weit offen. Auf dem Flur schlurft jemand mit seiner Gehhilfe vorbei. Denkt sie allen Ernstes, dass ich mich hier splitternackt ausziehe? Will sie das?

Es scheint so, da sie sich jetzt vorbeugt und mich hochhievt. Sie greift nach dem Saum meines T-Shirts, und ich begreife voller Schrecken, dass sie vorhat, mich auszuziehen.

»Ahhh!« Ich fange an zu schreien. Ich weiß, dass ich wie eine Verrückte klinge, aber lieber nehme ich das in Kauf, als die Demütigung über mich ergehen zu lassen, gegen meinen Willen von dieser Frau geduscht zu werden. »Ahhh!«

Ich weiche einen Schritt zurück, aber hinter mir ist die Wand, ich kann nirgendwohin. Bohnenstange lächelt. (Eins dürfen Sie mir glauben: Das Einzige, was noch schlimmer ist, als gegen seinen Willen von jemandem ausgezogen zu werden, ist, wenn dieser Jemand dabei *lächelt.*)

Ich schreie in rhythmischen Abständen weiter. Bohnenstange lässt mich los. »Sie bekommen heute Nachmittag Besuch, Anna. Möchten Sie da nicht hübsch aussehen?«

Wieder geht jemand an meiner Tür vorbei, diesmal ohne Gehhilfe. Es ist der junge Mann.

Bohnenstange greift nach meinem Hosenbund. »Wie wäre es, wenn wir erst mal …?«

Ich öffne den Mund, um erneut zu schreien, doch dann höre ich ein Geräusch – ein Klirren.

Bohnenstange lässt die Arme sinken. »Was in aller Welt …?«

Sie flitzt aus dem Zimmer. Ich folge ihr langsam bis zur Tür und sehe Jungen Mann, der sich über einen Haufen Glasscherben beugt.

»Ach je, wie ist denn das passiert?« Bohnenstange sagt das zwar mit ruhiger, beherrschter Stimme, kann ihren Ärger aber trotzdem kaum verbergen. »Treten Sie zurück, ich hole was zum Aufkehren. Haben Sie verstanden, Luke? Treten Sie zurück.«

Bohnenstange marschiert davon, vermutlich auf der Suche nach einem Besen. Sobald sie um die Ecke verschwunden ist, sieht Junger Mann – *Luke* – mich an, und es beginnt mir zu dämmern. Das war kein Unfall.

Ich will etwas sagen – etwas tun –, aber mein Mund bleibt einfach offen stehen, Luft strömt in ihn hinein und entweicht ihm, wie einer Plastiktüte im Wind. »An … Ihrer Stelle würde ich mich beeilen«, flüstert er. »Diese Frau ist schnell … mit dem Kehrdings.«

Wir sehen einander einen Moment lang an, und zwischen uns findet ein merkwürdiger stummer Dialog statt. Ich spüre ein Ziehen an einer urtümlichen Stelle tief in meinem Inneren.

Es rumpelt, als die Tür der Besenkammer geöffnet wird und jemand, vermutlich Bohnenstange, darin herumkramt. Ich verschwinde im Bad und drehe die Dusche auf. Und obwohl davon auszugehen ist, dass sich mein Kurzzeitgedächtnis als Erstes verabschiedet, denke ich ein paar Minuten später, während das Wasser auf meine Schultern und meinen Rücken prasselt, immer noch an *ihn*.

Das Gute ist wohl, dass ich die Liebe kennengelernt habe. Zumindest glaube ich, dass es Liebe war, aber wie kann man das wirklich wissen? Ich war achtundzwanzig, als ich Aiden begegnete. Ich stand in meinem alten zerbeulten Ford an einer roten

Ampel, als er auf seiner Harley-Davidson neben mir hielt. Ich erinnere mich noch an seine lässige Art, wie er sich leicht nach hinten lehnte, als hätte er alle Zeit der Welt. Der Helm bedeckte nur seinen Kopf und seine Ohren, so dass ich sein Kinn sehen konnte, seine stoppeligen Wangen, seine Lippen.

Ich kurbelte mein Fenster herunter. »Schöne Maschine«, sagte ich.

Er sah mich neugierig an. »Danke. Fahren Sie auch?«

»Keine Harley.«

»Aber Sie fahren?«

Er war süß, dieser Harley-Fahrer. Ich ertappte mich dabei, dass ich überlegte, ob das Shirt unter seiner Lederjacke lange Ärmel hatte. Und was sonst noch so darunter sein mochte.

»Ich habe eine 900er Honda in der Garage stehen«, sagte ich, »die nur darauf wartet, dass ihre Mama nach Hause kommt und eine Runde mit ihr dreht.«

Jetzt beugte er sich vor und musterte mich genauer. Offenbar gefiel ihm, was er sah. »Was halten Sie davon, wenn Sie mir Ihre Nummer geben und wir mal gemeinsam eine Runde drehen?«

Die Ampel sprang in dem Moment auf Grün, als ich auf dem Armaturenbrett einen alten Strafzettel fand, und ich machte mich auf ein Hupkonzert und Beschimpfungen gefasst. Aber niemand hupte, während ich meine Telefonnummer daraufkritzelte. Vielleicht wollte sich niemand mit einem Typen auf einer Harley anlegen? Vielleicht waren manche Leute aber auch bereit zu warten, um Zeuge einer beginnenden Romanze zu werden?

Ich steuerte Aiden im Eilverfahren durch den Anfang einer Beziehung, vom ersten Date zum festen Freund, ohne über Start zu gehen. Wir fuhren zum Campen nach Yosemite. Wir legten uns mit unseren Motorrädern in die Kurven von Küstenstraßen. Wir begannen den Tag mit Sex und beendeten ihn auch damit, falls Aiden nicht gekifft hatte. Aber wenn wir danach einschliefen, dann immer weggedreht voneinander – verbunden durch das Bedürfnis, allein zu sein. Es war nicht so wie in einem kitschigen Liebesfilm, aber für uns war es das Richtige.

Das mit der Heirat war meine Idee, zugegeben, und zuerst kam sie nicht besonders gut an.

»Du willst *heiraten*?«

Genauso gut hätte ich Bungeejumping ohne Seil vorschlagen können. Und ich verstand, dass Aiden überrascht war. Ich war keine Frau, die von einer »Hochzeit in Weiß« träumte – das stand überhaupt nicht zur Debatte. Und trotzdem, ich steuerte auf die dreißig zu, und der Gedanke war mir durch den Kopf gegangen.

»Na ja«, sagte ich, »nicht wenn du so darauf reagierst.«

Es war nicht so, dass ich erwartet hatte, Aiden würde vor mir auf die Knie fallen, einen riesigen Klunker hervorziehen und vor Rührung kein Wort rausbringen. Oh Gott, wenn er das getan hätte, hätte ich wahrscheinlich Nein gesagt. Aber ich hatte angefangen, darüber nachzudenken, dass jetzt ein guter Zeitpunkt war, wenn wir es überhaupt tun wollten. Mom war bei ihrer Hochzeit ein Jahr jünger gewesen als ich. In meinem Alter war sie schwanger gewesen.

»Schon gut, vergiss es«, sagte ich.

»Nicht so schnell, man wird doch noch kurz nachdenken dürfen.« Aidens Stirnrunzeln verwandelte sich in ein Grinsen, und er deutete auf sein Gesicht. »Was, wenn das meine Reaktion ist?«

Aiden war wirklich süß und, wenn ich ehrlich bin, leicht zu lenken. Er ließ sich bereitwillig darauf ein. Aber letzten Endes reichte mir die Ehe nicht.

»Ich will ein Kind.«

Es heißt ja, dass mit einer Frau etwas passiert, wenn sie fünfunddreißig wird und ihre Fruchtbarkeit nachzulassen beginnt. Selbst die kühlsten, unmütterlichsten Frauen beginnen ein Ziehen zu spüren. Vielleicht lag es daran? Es war nicht so, dass ich mich schon immer nach Kindern gesehnt hatte, aber auf einmal fielen mir überall schwangere Frauen auf. Ich fing an, in Kinderwagen zu schauen und verschmierte kleine Gesichter anzulächeln.

Leider war Aiden hinsichtlich eines Babys nicht so leicht zu lenken. »Lass uns noch ein paar Monate warten«, sagte er. Aber aus ein paar Monaten wurde ein Jahr. Die Uhr tickte, und nicht nur die biologische. Inzwischen begann ich, Dinge zu vergessen. Es gab zwar keine eindeutige Diagnose, aber die Zeichen waren unübersehbar.

»Mein Gott, Anna!«, hörte ich dann nach einer Weile. »Kannst du endlich mal mit diesem verdammten Baby aufhören? Bin ich für dich denn nichts anderes als ein Samenspender?«

Ich hätte mich gern aufgeregt. Ihm entgegengehalten, wie er mir eine solche Frage stellen konnte. Aber zu diesem Zeitpunkt wussten wir beide, dass es eine zutreffende Beschreibung war. Wir sprachen kaum noch über irgendetwas von Belang. Die Motorradausflüge gehörten der Vergangenheit an. Unsere alte Campingausrüstung hatten wir für die Sperrmüllabholung vor die Tür gestellt. Ich hätte genauso gut meine Eierstöcke dazulegen können.

Deshalb gab ich Aiden recht, dass ein Baby keine gute Idee war. Und ein paar Wochen später, als ich offiziell die Diagnose Alzheimer erhielt, verließ ich ihn.

Heute ist Besuchstag im Rosalind House, und wir sind wieder im Garten – aus praktischen Gründen, weil mein Zimmer für uns alle, Jack und Helen und die Jungs, nicht groß genug ist. Abgesehen von der Sonne, die mir direkt in die Augen scheint, bin ich gern draußen. Es ist Sonntag, und die meisten Bewohner haben Besuch. Südstaatenlady sitzt einer Frau gegenüber, die ihr so erstaunlich ähnlich sieht – von dem geblümten Kleid bis zu den flaumigen gelben Haaren –, dass sie ihre Schwester sein muss. Uralte Lady hat einen Besucher, einen jungen Mann in grauen Jogginghosen, der dem Alter nach höchstwahrscheinlich ihr Urenkel ist, wenn nicht sogar ihr Ururenkel. Junger Mann sitzt zwischen einer älteren Frau, die entweder eine Mutter oder eine Großmutter ist, und einer jüngeren Frau in meinem Alter. Und Eric stolziert um uns herum wie ein König, der seine Untertanen mit einem Besuch in ihrem Dorf beehrt.

»Darf ich mit Ihrem Rollstuhl rumfahren, bitte? Ich meine, wenn Sie ihn nicht brauchen.«

Mein Neffe Hank strahlt Uralte Lady an. Er platzt beinahe vor Stolz, weil er bitte gesagt hat. Womit er sicher nicht gerechnet hat, ist, dass Helen ihn in den Arm kneift. »Aua, Mom! Was denn?«

Uralte Lady fummelt an ihrem Hörgerät herum. »Was hast du gesagt, junger Mann?«

»Nichts«, sagt Helen hastig. »Gar nichts.« Sie packt Hank am Arm und zerrt ihn weg, ans andere Ende des Rasens, wo Ethan und Brayden spielen.

Jack lehnt sich auf seinem Gartenstuhl zurück und streckt die Arme aus. »Und? Wie ist es hier?«

Ich blinzle in die Sonne und wünschte, sie würde hinter dem Baum verschwinden. »Gar nicht so schlecht. Ehrlich gesagt, ist es besser, als ich erwartet habe.«

»Wirklich?«

»Es spricht nicht gerade für dich, dass du so überrascht bist, schließlich hast du mich hier abgeladen wie einen Sack fauler Äpfel.«

Jack lacht. »Wenn ich mich recht erinnere, hast du dich selbst hier abgeladen. Ich habe dir nur beim Suchen geholfen.« Er sieht so froh aus, dass ich Angst habe, er könnte in Tränen ausbrechen. »Ich finde es echt toll hier. Ich bin nur überrascht, weil ich nicht erwartet hätte, dass du dich … so rasch … eingewöhnst.«

Wir blicken beide zu Boden. Mit »so rasch« meint er, bevor ich richtig abbaue. Bevor ich vergesse, wer er ist, wer die anderen sind.

»Eric hat gesagt, dass du angefangen hast, dich an den Tagesablauf zu gewöhnen«, versucht er es erneut. »Dass du dein Zimmer ein paarmal verlassen hast …«

»Mehr als ein paarmal«, erkläre ich ihm. »Ich habe sogar ein paar neue Freunde gefunden. Die Frau da drüben« – ich deute mit dem Kopf auf Südstaatenlady, die von einer Schar kleiner Kinder und Teenager umringt ist – »und ihn.« Ich deute auf Jungen Mann, der genau in diesem Moment den Kopf hebt und mich ansieht. Rasch zeige ich auf ein paar weitere Bewohner, die ich noch nie im Leben gesehen habe. »Die da und ihn auch.«

»Schön!« Jacks Begeisterung hat etwas Rührendes. Es erinnert mich daran, wie er sich gefreut hat, als Ethan endlich aufs Töpfchen ging. »Das ist … toll.«

»Ja. Es gibt viel, was man hier tun kann. Wir können mit dem Bus in die Stadt fahren, solange ein … sich jemand findet, der uns begleitet … Und am Freitagabend gibt es Bingo.«

Bei diesem Wort weicht Jacks Begeisterung Argwohn. »Bingo?«

»Ich meine … ich habe nicht gespielt oder so, aber es wird angeboten, das ist gut.«

Ich muss schnell einen Gang zurückschalten. Jack soll denken, dass ich glücklich bin, nicht irre. Ich habe das Gefühl, dass ich mit dem Bingo übertrieben habe.

Helen und die Jungs kommen angerannt und retten mich in letzter Sekunde. »Anna, hast du so ein Bett, das rauf und runter fährt?«, fragt Hank.

»Bett rauf, Bett runter. Bett rauf, Bett runter«, singen Brayden und Ethan im Chor.

»Warum siehst du nicht nach?«, schlage ich vor, weil ich keine Ahnung habe, ob ich so ein Bett habe. Soweit ich weiß, habe ich seit meinem Einzug hier auf einem Strohsack geschlafen – über Betten habe ich mir nicht viele Gedanken gemacht.

Gefolgt von Helen, laufen sie ins Haus, und ich sehe ihnen nach. Ziemlich weit oben entdecke ich ein Fenster, das vom Boden bis zur Decke reicht. Ich konzentriere mich darauf.

In meiner Zeit als Rettungssanitäterin kam ich einmal als Erste zu einer Frau, die vor einen Zug gesprungen war. Ihr rechtes Bein war auf dem Gleis gelandet und in Höhe des Knies abgetrennt worden. Auf dem Weg ins Krankenhaus fiel sie ins Koma.

Tyrone saß neben ihr und schüttelte den Kopf. »Sie kann einem wirklich leidtun. Das war kein Hilfeschrei. Sie wollte Schluss machen.«

Ich nickte. »Da hast du wohl recht.«

»Höhe wäre besser gewesen.«

»Was?«

»Höhe«, wiederholte er. »Wenn man aus einer bestimmten Höhe runterfällt, ist man tot. Man muss sich keine Gedanken über die Geschwindigkeit des Zugs oder die Tablettenmenge oder die Dicke des Seils machen. Man braucht nur eine Brücke oder ein hohes Gebäude. Das ist narrensicher.«

Ich starre auf das Fenster und denke über seine Worte nach. Und plötzlich steht mein Plan fest.

»*Anna*«, ruft jemand. »Hast du einen Kaugummi?«

Ich blicke vom Fenster weg zu Ethan. »Was?«

»Kaugummi«, sagt er. »Hast du Kaugummi?«

Ich blinzele. Kaugummi? Habe ich Kaugummi? Die Sonne brennt noch immer erbarmungslos auf mich herunter, und ich kann nicht denken. Ich schließe die Augen, aber sie scheint einfach weiter und färbt meine Augenlider rot.

»Kann jemand die verdammte Sonne ausschalten?«

Auf einmal ist es still. Ich merke, dass mein Stuhl übers Gras gezogen wird, und gleich darauf ist die Sonne weg. »Gut«, sage ich. »Gelobt sei der Herr.«

Ich öffne die Augen. Ethan starrt mich an. »Was ist? Was starrst du mich denn so an?«

»Du bist komisch«, sagt Ethan. »Stimmt doch, oder, Dad?«

Jack sieht erst ihn, dann mich an. Typisch Anwalt – wenn du nicht weißt, was du sagen sollst, sag nichts.

»Bist du komisch, weil du hier bist?«, fragt Ethan. »Bei den alten Leuten?«

Jack fasst Ethan an der Schulter. »Kumpel …«

»Ich bin schuld dran, oder?«, sagt Ethan, ohne auf Jack zu achten. »Weil ich mich verbrannt habe?«

Seine Augen fangen an zu glänzen.

»Eath«, sage ich. »Du bist an überhaupt nichts schuld.«

»Natürlich nicht«, sagt Jack, der endlich die Sprache wiedergefunden hat. »Auf jeden Fall ist Anna nicht erst komisch, seit sie hier ist. Anna war schon immer komisch.«

»Da hat er recht«, sage ich. »In der siebten Klasse haben sie mich zum komischsten Mädchen der Schule gewählt.«

Das stimmt zwar nicht, aber ich glaube nicht, dass es eine Rolle spielt. Ethan lässt die Hände sinken und schnieft. Auf seinem Gesicht erscheint ein kleines missglücktes Lächeln.

»Wie komisch ist das?« Ich beuge mich vor, reiße die Augen auf und wackle mit den Augenbrauen.

Das Lächeln wird breiter. »Total komisch.«

»Siehst du«, sage ich stolz. »Dein Dad hat versucht, mich zu schlagen, aber Jahr für Jahr war Anna Forster die Komischste der Schule. Er war jedes Mal ziemlich sauer.«

»Ja, Dad ist immer sauer, wenn er verliert. Entschuldigung«, sagt er, als Jack ihn stirnrunzelnd ansieht, »aber stimmt doch.« Er sieht wieder mich an. »Du findest es also nicht schlimm hier?«

»Nein. Es ist eigentlich sehr schön. Findest du nicht?«

»Doch. Der Garten ist toll. Und auf dem Baum kann man herumklettern.« Er sieht mich an. »Weißt du noch, wie wir zu Dad gesagt haben, dass wir von dem Baum im Park nicht mehr runterkommen, und wie er bis ganz nach oben geklettert ist, um uns zu retten, obwohl wir es auch allein geschafft hätten?«

Er strahlt mich so an, dass ich einfach zurücklächeln muss. Aber es fällt mir schwer. Weil ich keine Erinnerung an das habe, wovon er spricht. Nicht den leisesten Hauch einer Erinnerung.

»Ja«, sage ich und wir geben uns einen High Five, »das war wirklich lustig.«

Ich blicke zu dem Baum hinüber. Er streckt seine langen, kräftige Äste in alle Richtungen, und viele davon hängen tief genug, dass sogar Ethan sie vom Boden aus erreicht. Früher wäre mir dieser Baum sofort aufgefallen. Ich wäre diejenige gewesen, die Ethan vorgeschlagen hätte raufzuklettern, bis zur Spitze, und Hank und Brayden und Jack mit Eicheln zu bewerfen. Früher, vor gar nicht so langer Zeit.

Als ich mich wieder zu Ethan drehe, sieht er mich bereits erwartungsvoll an. Sein Grinsen ist eine Frage: *Na, wie wär's?*

Ich weiß, was Jack sagen wird. Er wird sagen: *Es ist gefährlich. Anna kann nicht klettern, sie hat keine Tiefenwahrnehmung mehr, sie könnte runterfallen. Ich klettere mit dir rauf, Eath.* Deshalb sehe ich Jack gar nicht erst an. Stattdessen nicke ich Ethan kaum merklich zu. Sein Grinsen wird noch breiter. Und gemeinsam flitzen wir zu den tiefhängenden Ästen des Baums.

Das ist die Erinnerung, die ich meinem Neffen hinterlassen möchte.

Kapitel 6

Ich sitze den ganzen Nachmittag im Salon. Südstaatenlady döst in dem Sessel mir gegenüber vor sich hin, und Junger Mann sieht aus dem Fenster. Es ist angenehm, nicht reden zu müssen, vor allem heute. In der Welt draußen wird ständig geredet. Bei Gesprächen wird von einem Thema zum andern gewechselt. Bis ich genug mitbekommen habe, um eine Frage zu stellen oder eine Meinung zu äußern, sind die anderen schon wieder woanders. Aber im Rosalind House geht alles etwas langsamer vonstatten. Jeder nimmt sich die Zeit, die er braucht, um zu verstehen, was gesagt wurde. Wenn ich etwas sagen will, habe ich Zeit. Und wenn ich nichts sagen will, dann tue ich es auch nicht.

Ethan und ich hatten Spaß beim Klettern, und ich habe es geschafft, Jack zu umarmen, ohne sein Misstrauen zu wecken (glaube ich). Es war nicht der Abschied, den ich mir gewünscht hätte, und es ist mir vermutlich auch nicht gelungen, sie vollständig davon zu überzeugen, dass ich glücklich bin. Aber es muss reichen. Weil ich jetzt einen Plan habe, und heute Nacht ist es so weit.

»Die Besuchstage sind anstrengend.«

Ich blicke auf. Junger Mann beobachtet mich, er hat die Beine ausgestreckt und lässt den Sessel, auf dem er sitzt, winzig aussehen. »Das können Sie laut sagen.« Den ganzen Nachmittag über hat niemand viel gesprochen.

»War es schön mit Ihrem Besuch?«, fragt er. Er trägt ein verschossenes Jeanshemd mit hochgekrempelten Ärmeln und Jeans mit zerrissenen Knien. Es sieht gut an ihm aus, finde ich. Shabby Chic.

»Sicher«, sage ich, allerdings bin ich mir nicht sicher, dass es eine gute Idee ist, mich mit ihm zu unterhalten. Ablenkung ist das Letzte, was ich jetzt brauchen kann. Und er – mit seinem Grübchen und diesem Shabby-Chic-Ding – ist definitiv eine Ablenkung.

»Wer war das?«, fragt er. »Ihre B-Besucher.«

»Mein Bruder. Und seine Familie. Und Ihr Besuch?«

Sehr gut, Anna. So viel dazu, dich auf keine Unterhaltung mit ihm einzulassen.

»Meine Mom.«

Ich sehe die ältere Frau vor mir, weißhaarig und gebeugt.

»Mom ist alt«, sagt er in Beantwortung meiner unausgesprochenen Frage. Sein Gesicht scheint sich leicht anzuspannen. Es ist kaum wahrnehmbar, nur ein winziger Hinweis darauf, dass ihn das Sprechen Anstrengung kostet. »Sie war … fünfzig, als sie mich adoptiert hat.«

»Und … die andere Frau?«

Früher hätte ich eine solche Frage zu direkt gefunden. Ich hätte das Thema eine Zeitlang umkreist und versucht, sie an geeigneter Stelle diskret einfließen zu lassen. Aber dafür fehlt mir inzwischen die Geduld. Es ist schon schwierig genug, neue Informationen zu behalten, da kann man nicht auch noch auf gesellschaftliche Umfangsformen achten. Ich kann nur hoffen, dass er es genauso sieht.

»Sarah«, sagt er und streicht sich die Haare hinter die Ohren. »Mein Bruder.«

»Sie haben einen Bruder, der Sarah heißt?«

Er runzelt die Stirn, und ich würde meine Worte am liebsten zurücknehmen, so tun, als hätte ich es nicht bemerkt. »Schwester«, sagt er. »Ich habe Schwester gemeint.«

Abgesehen von dem, was Junger Mann mir neulich beim Frühstück erzählt hat, weiß ich nicht viel über die Form von Demenz, an der er leidet, aber sein Gesichtsausdruck sagt mir, dass dieser Aussetzer etwas damit zu tun hat. Flüchtig frage ich mich, wie viele Aussetzer ich wohl habe, ohne es zu merken. Nicht ganz so flüchtig denke ich darüber nach, welche Reaktion ich mir von anderen wünsche.

»Meine Schwester war heute auch da«, sage ich. »Jack.«

Ich beobachte, wie der Scherz in seinem Hirn ankommt und ein Lächeln auf seinem Gesicht erscheint.

»Das sah ziemlich ernsthaft aus«, sage ich. »Worüber Sie geredet haben.«

»Nur … wer sich um meine A-Angelegenheiten kümmert, wenn ich keinen Stift mehr halten kann.« Er schneidet eine Grimasse und versucht, das richtige Wort zu finden. »Sie wissen schon, eine …«

»Vollmacht?« Mit einem Anwalt als Bruder werde ich »Vollmacht« wahrscheinlich als letzten Begriff in Erinnerung behalten. Nach meiner Diagnose hat er ununterbrochen damit um sich geworfen, das war der einzige Aspekt meiner Krankheit, über den Jack Kontrolle hatte.

»Ja!«, ruft Junger Mann, und ich stelle überrascht fest, dass es mich freut, diejenige zu sein, die ihm das Wort geliefert hat.

»Mom hat eine V-Vollmacht von mir, aber sie wird langsam alt. Sie will sie an Sarah a-abgeben.«

»Und das wollen Sie nicht?«

»Ich bin mir einfach nicht sicher, dass sie meine Wünsche respektieren wird.«

»Und die wären?«

Er sieht mich an. »Ich will leben.«

»Aha«, sage ich, als ob damit alles klar wäre. »Ihre Schwester will Sie also umbringen?«

Er blinzelt, dann lacht er laut.

»Ich verstehe Sie«, sage ich. »Ich bin mir ziemlich sicher, dass mein Bruder mich auch um die Ecke bringen will.«

Jetzt lachen wir beide. Es ist eines dieser Lachen, das als Kichern beginnt und grölend endet. Ich lasse mich so davon mitreißen, dass ich zusammenzucke, als er sich auf seinem Sessel plötzlich nach vorne beugt und gleich darauf vor mir auf die Knie fällt. Mein Gelächter verebbt. Er ist mir jetzt so nah, dass ich die Wärme seiner Haut spüre.

»Sie h-haben da eine …« Er streckt die Hand nach meinem Gesicht aus, und ich vergesse zu atmen. Was macht er da? Wenn ich mich zwei oder drei Zentimeter vorbeugen würde, würden sich unsere Lippen berühren. Ich kann mich nicht erinnern, wann ich das letzte Mal jemandem so nahe war. Wie auch?

»Augenhaar«, sagte er schließlich und wischt ein Haar von meiner Wange. Er balanciert es auf der Fingerspitze und zeigt es mir. Ich habe das Gefühl, dass »Augenhaar« nicht das passende Wort ist, aber mein Denken wird von der Nähe seines Körpers zu sehr beansprucht, um nach dem richtigen zu suchen. Er pustet das Augenhaar weg, dann setzt er sich wieder. »Entschuldigung. Was haben wir … worüber haben wir g-gesprochen?«

Ich kann mich nicht erinnern, und ich habe den Verdacht, dass das nichts mit Alzheimer zu tun hat. Noch immer spüre ich seine Wärme, seine Fingerspitze auf meinem Gesicht.

»Äh, war es … Ihre Schwester?«, frage ich.

»Ach. Ja.« Er rutscht hin und her, zieht die Knie an die Brust und schlingt die Arme darum. »Sarah hat v-viel Geld, wenig Zeit und glaubt, dass es für alles eine Lösung gibt.« Die Bewegungen seiner Kehle zeigen, wie viel Mühe ihm das Sprechen bereitet. »Ich mache mir einfach Sorgen, was sie tun wird, w-wenn das nächste ›Problem‹ auftaucht.«

Er braucht mir nicht zu erklären, was das nächste Problem sein könnte. Ich weiß es bereits. Wahnvorstellungen. Aggressives Verhalten. Verlust der Kontrolle über Blase und Darm. Probleme beim Essen. Verzicht auf Wiederbelebungsmaßnahmen.

»Sarah kümmert sich, a-aber ... ich bin nicht sicher, dass sie die gleichen Entscheidungen trifft wie ich, wenn es hart auf hart kommt. Ich will keine ... Windeln ... wenn mir das erste Mal ein Missgeschick passiert, und keine S-Schreibtafel, wenn ich immer schlechter sprechen kann. Ich will nicht in einem ... Stuhl mit Rädern h-herumgefahren werden, solange ich noch laufen kann.«

Diese kleine Ansprache hat ihn sichtlich Kraft gekostet. Und auch wenn ich seine Ansichten nicht ganz teile, finde ich seine Leidenschaft bewundernswert. Vielleicht liegt es daran, dass ihm das Sprechen schwerfällt, vielleicht an den Stimmungsschwankungen bei Alzheimer, aber während ich ihm zuhöre, treten mir Tränen in die Augen.

»Irgendwann werde ich die Kontrolle aufgeben müssen«, sagt er. »Aber ich habe n-nicht vor, das kampflos zu tun. Und Sarah, ich sehe es vor mir – Luke hat Schwierigkeiten, sich selbst anzuziehen, b-bezahlen wir jemanden dafür, ihm dabei zu helfen. Luke hat nicht genug ... Bewegung, überlegen wir uns ein paar Aktivitäten für ihn. Geben wir ihm Schlaftabletten, damit er s-schläft, füttern wir ihn. Nein. Das will ich nicht. Ich will nicht nur existieren. Ich will lieben.«

»Leben«, korrigiere ich ihn, aber er scheint es nicht zu bemerken.

Ich muss zugeben, dass ich es nachvollziehen kann, wenn er zögert, seine Angelegenheiten seiner Schwester zu übergeben. Das ist einer der Gründe, warum ich nicht will, dass mein Leben an diesen Punkt gelangt. Jacks Absichten mögen noch so gut sein, ich will am Schluss nicht wie eine Marionette von ihm geführt werden.

»Brüder«, sage ich mit einem übertriebenen Seufzer. Es ist komisch, obwohl wir gerade über Probleme im Zusammenhang mit Demenz gesprochen haben, hat es sich in den letzten paar Minuten nicht so angefühlt, als wäre einer von uns dement. Es hat sich angefühlt, als wären wir einfach nur ein Mann und eine Frau, die sich über das Leben unterhalten.

»Luke?«

Wir blicken beide zum Durchgang, wo Eric steht.

»Ihr Arzt ist hier«, sagt Eric.

»Oh. Ja, natürlich.« Junger Mann, *Luke*, steht auf.

»Soll ich Sie in Ihr Zimmer zurückbringen, Anna?«, fragt Eric.

Luke sieht mich an. Er stößt seinen Fuß an meinen – eine an sich harmlose Geste, die mich aus irgendeinem Grund erröten lässt. »S-Sind Sie noch da, wenn ich z-zurückkomme?«

Ich werfe einen Blick zu Eric, der rotgesichtig, dick und grinsend dasteht. Dann sehe ich wieder zu Luke. »Na ja«, sage ich leise, »es gab da zwar ein paar ziemlich verlockende Angebote, aber sei's drum, warum nicht?«

Zu Eric sage ich: »Danke, aber ich bin hier ganz zufrieden.«

Luke grinst und geht zu Eric. Am Durchgang bleibt er stehen und betrachtet die glänzende dünne Metallleiste an der Kante des Teppichbodens, die Salon und Eingangshalle voneinander trennt. Dann hebt er den Fuß und steigt darüber, als wäre es eine kniehohe Stange oder Stufe. Im ersten Moment verstehe ich nicht, was er da tut. Dann begreife ich.

Ich habe es Mom bei einem Meisterschaftsspiel meiner Basketballmannschaft das erste Mal tun sehen. Sechs Monate zuvor war bei ihr Alzheimer diagnostiziert worden. Während des Spiels saß sie in der dritten Reihe, jubelte und klatschte, wenn wir einen Dreier warfen (und manchmal auch, wenn die gegnerische Mannschaft einen warf). Nach unserem Sieg kamen alle aufs Spielfeld, beglückwünschten und umarmten uns. Als Werferin wurde ich von meinen Mitspielerinnen hochgehoben und in die Luft geworfen. Und da sah ich Mom. Sie stand am Rand des Spielfelds und betrachtete stirnrunzelnd eine Linie auf dem Boden, als handelte es sich um ein kompliziertes Rätsel, das sie nicht lösen konnte. Ich tippte den anderen auf die Schulter, damit sie mich runterließen, aber bevor ich Mom erreicht hatte, raffte sie ihren Rock und stieg über die Linie, als wäre sie ein hüfthoher Zaun. Ein paar Leute sahen zu ihr hin, aber die meisten waren von dem Jubel auf dem Spielfeld abgelenkt. Nachdem sie die Linie überwunden hatte, lächelte sie mich erleichtert an und umarmte mich. *»Glückwunsch, Schatz. Ein tolles Spiel.«*

Als ich es Jack erzählte, hat er mir erklärt, bei manchen Leuten sei die Tiefenwahrnehmung eine der ersten Fähigkeiten, die dem Gehirn abhandenkommen, wenn es zu degenerieren beginnt, es fällt ihnen schwer, den Unterschied zwischen flach und erhaben zu erkennen, zwischen hoch und tief. Das ist die Krux bei einer Demenz. Man kann sie für einen Moment oder sogar für eine Stunde vergessen. Aber früher oder später erinnert die Demenz einen selbst – und alle anderen – daran, dass sie da ist.

Bevor ich Alzheimer hatte, habe ich mir im Radio immer ein Gewinnspiel mit dem Namen *Beat the Bomb* angehört. Die Anrufer hatten die Chance, bis zu fünfundzwanzigtausend

Dollar zu gewinnen. Zu Beginn des Spiels fing eine Uhr an zu ticken, und alle paar Sekunden nannte eine unheimliche Tonbandstimme eine Geldsumme. *»Fünf … hundert … Dollar. Ein … tausend … Dollar. Fünf … tausend … Dollar.«* Sie wurde immer höher. Sobald der Spieler stopp sagte, gehörte ihm die zuletzt genannte Summe, und je länger er wartete, desto größer war das Risiko, dass die Bombe (der Summer) hochging und er gar nichts bekam.

Als ich sechzehn war, kamen Jack und ich eines Tages nach Hause und entdeckten Mom im Auto in der Garage. Der Motor lief, und sie saß bei geöffneten Fenstern auf dem Beifahrersitz. Ihr Kopf war gegen die offen stehende Tür gefallen. Ich lief los, um den Rettungsdienst zu rufen, während Jack sie aus dem Auto zog. Als ich zurückkam, war sie wach. Benommen, verwirrt, aber wach.

»Wenn ich mich nicht daran erinnere«, murmelte sie, »bin ich dann überhaupt hier gewesen?«

Als der Rettungswagen kam, hörte ich Jack zu den Sanitätern sagen, dass bei ihr Alzheimer diagnostiziert worden war und dass sie leicht die Orientierung verlor. Offenbar habe sie gedacht, sie würde irgendwohin fahren, sagte er. Vielleicht habe sie auch gedacht, sie sitze in ihrem Lieblingssessel, und beschlossen, ein Nickerchen zu machen. Ich fragte mich, ob Jack das wirklich glaubte. Während er mit den Sanitätern sprach, starrte ich Mom an und versuchte, ihren Blick einzufangen. *»War es so?«*, flüsterte ich. *»Hast du die Orientierung verloren?«* Dass sie meinem Blick auswich, sagte alles.

Danach haben wir sie nie mehr allein gelassen. Sie bekam eine Pflegerin, die sich tagsüber um sie kümmerte. Dad hatte uns bereits verlassen, deshalb schliefen nachts entweder Jack oder ich bei ihr. Nach ein paar Monaten kam sie in ein Pflegeheim. Zu diesem Zeitpunkt hatte sie bereits so sehr abgebaut, dass sie gar nicht mehr gewusst hätte, wie sie sich umbringen soll, selbst wenn sie es gewollt hätte. Das Fenster hatte sich geschlossen.

Die meisten Leute, die daran denken, sich umzubringen, können sich beim Aufwachen sagen: *Weißt du was. Heute ist es noch nicht so weit. Ich mache es morgen, falls ich mich dann immer noch so beschissen fühle. Oder übermorgen. Oder vielleicht nächstes Jahr.* Aber wenn man Alzheimer hat, ist man eine tickende Uhr. Man kann sich den Luxus des Wartens nicht leisten. Man muss der Bombe zuvorkommen.

Ich sitze wieder in meinem Sessel an der gewohnten Stelle am Fenster und blicke hinaus in die dunkle Nacht. Ich frage mich, ob ein Abdruck auf dem Sessel zurückbleibt, wenn ich nicht mehr bin. Eine Spur, die ich hinterlasse. Ich hinterlasse nicht viel. Kein Geld. Keine Freunde. Keine Kinder.

Was viele Leute nicht verstehen, ist, dass Alzheimer zwar nicht als Todesursache auf meinem Totenschein stehen wird, aber dass es mich trotzdem *umbringt*. Schwierigkeiten, aufs Klo zu gehen, führen zu Blasenentzündungen. Probleme beim Schlucken machen die Nahrungsaufnahme schwierig. Durch eine verringerte Bewegungsfähigkeit entstehen Blutgerinnsel. Und jetzt raten Sie mal, was passiert, wenn ich nicht esse und mich nicht bewege, während ich mit Infektionen und einer Lungenentzündung kämpfe. Ich befinde mich auf einer Einbahnstraße zu Gottes Wartezimmer.

Vor mir liegen mehrere Briefumschläge, glatt und weiß, mit Vornamen beschriftet. Jack. Ethan. Hank. Brayden. Helen. (Ich will nicht, dass sie sich ausgeschlossen fühlt.) Dad. Darüber habe ich eine Weile nachgedacht: Dad. Was sagst du dem Mann, der deine Mutter verlassen hat, nachdem Alzheimer bei ihr diagnostiziert worden ist? Aber vielleicht gibt es bei genauerer Überlegung eine Menge, was man einem solchen Mann sagen kann? Ich habe beschlossen, mich nicht zu einer Flut von Vorwürfen hinreißen zu lassen, so verlockend es auch ist, und stattdessen Erinnerungen aufzuschreiben. An Moms Beerdigungsdings. Meinen Schulabschluss. Die Geburt von Jacks Kindern. Aus irgendeinem Grund ist es mir wichtig gewesen, das alles festzuhalten. Vielleicht ist es einfach meine Art, auf die Briefe zu reagieren, die er mir im Lauf der Jahre geschickt hat, die Briefe, die ich in meiner pyromanischen Phase verbrannt und später weggeworfen habe. Oder der Versuch, es ihm unter die Nase zu reiben, ihn spüren zu lassen, was er verpasst hat. Oder einfach nur die Vorstellung, alles schwarz auf weiß zu bewahren, etwas Greifbares zurückzulassen, wenn ich nicht mehr bin.

Es ist ein bisschen merkwürdig, mein Zimmer ohne Handtasche zu verlassen, ohne Schlüssel. Andererseits ist es nicht so, dass ich sie brauchen würde. Es ist still im Haus. Ich bin bereit.

Leise drehe ich den Türknauf. Die Tür öffnet sich geräuschlos, und ich schicke ein Dankgebet an die Götter. Ich habe mich jedoch zu früh gefreut, denn beim ersten Schritt auf den Flur hinaus knarrt es laut. Ich trete schnell zurück in mein Zimmer und lausche, ob ich über das heftige Pochen meines Herzens hinweg etwas höre. Meine Lieblingshelferfrau, die junge – ich nenne sie Blondie – hat Dienst, und wenn sie mich entdeckt, bietet sie mir wahrscheinlich an, Karten mit mir zu spielen oder mir eine Tasse Tee zu machen, und dann schaffe ich es nie, die Sache über die Bühne zu bringen.

Als nach einer Minute nichts passiert ist, steige ich über die knarrende Diele und gehe den Flur entlang zur Treppe. Ich bin in meinen Schlafsachen. Ich habe mir alles genau überlegt. Wenn mich jemand hier draußen entdeckt, kann ich mit einer guten Ausrede aufwarten. *Ich habe Alzheimer. Ich habe mich ver-*

laufen. Ich bin verwirrt. Bringen Sie mich in mein Zimmer zurück. Es kann wieder passieren oder auch nicht. Ich habe die Treppe fast erreicht, als ich ein Knacken höre.

»Ich w-weiß, was Sie vorhaben.«

Kurz denke ich daran, ein bisschen herumzuhampeln und verwirrt zu tun. Dann erkenne ich die Stimme. Junger Mann.

Als ich mich umdrehe, steht er in T-Shirt und Boxershorts vor mir. Aus den Shorts ragen seine nackten Beine hervor, lang und ziemlich muskulös. Seine linke Wange ist zerknittert von seinem Kopfkissen und seine Haare sind zerzaust.

Ich brauche einen Moment, um mich daran zu erinnern, was er gesagt hat. »Sie wissen, was ich vorhabe?«, frage ich, als es mir wieder einfällt. »Was denn?«

Schweigend kommt er ein paar Schritte näher und seine Augen wandern über mein Gesicht. »Man muss kein … G-Genie sein, um darauf zu kommen.«, sagt er. »Wer würde sich nicht umbringen wollen, wenn in Ihrem Alter Demenz bei ihm d-diagnostiziert wird?«

Ich blinzle. So betrachtet scheint es auf der Hand zu liegen. Aber Jack hat nie über Selbstmord mit mir geredet. Helen auch nicht. Genauso wenig Eric. Der Einzige, der mich danach gefragt hat, war Dr. Brain, klar. Aber auch nur, weil es eine der Fragen auf seiner Liste gewesen ist.

»Sie sind im gleichen Alter wie ich und dement«, sage ich. »Wollen Sie sich umbringen?«

»Nein.« Er zögert nicht den Bruchteil einer Sekunde.

»Na dann.« Ich klinge merkwürdig triumphierend – fühle mich auch so. Ich habe ihm bewiesen, das er falschliegt. Selbst wenn er recht hat.

»Warum nicht?«, frage ich plötzlich.

»Ich schätze das Leben«, sagt er. »Solange mein Herz sch-sch-schlägt, will ich da sein.«

»Selbst wenn Sie in einem Rollstuhl sitzen und Ihren eigenen Namen nicht mehr wissen?«, frage ich.

»Wer s-sagt denn, dass ich ihn nicht mehr weiß? Wer sagt denn, dass ich nicht g-glücklich bin? Wer sagt denn, dass *Sie* es nicht sind?«

Ich lache bitter. »Ich werde nie mehr jemandem das Leben retten. Ich werde nie mehr einen Marathon laufen oder Motorrad fahren. Meine besten Witze sind definitiv Schnee von gestern.«

Unvermittelt unterbricht ein gedämpftes Schnarchen die Stille, und ich zucke erschrocken zusammen. Junger Mann hält mich. Ich rieche das Waschmittel an seinem T-Shirt. Es nervt mich und ist gleichzeitig … aufregend. Seine Sachen sind dünn und meine auch, und zum zweiten Mal an diesem Tag stelle ich mir vor, wie ich mich vorbeuge und meine Lippen auf seinen Mund presse.

»Na gut, keine M-Marathons«, flüstert er und lässt mich los. »Aber w-was ist mit allem anderen? Im Garten sitzen. Ei auf Toast essen. Zeit mit geliebten Menschen verbringen. Hat das keinen Wert?«

»Sie sollten Motivationstrainer werden.«

»Danke. Aber Sie … haben meine Frage nicht beantwortet.«

»Nein«, flüstere ich. »Ich glaube nicht, dass es einen Wert hat. Ich glaube nicht, dass es im Leben um Ei auf Toast geht. Im Leben geht es darum, etwas *Großes* zu tun.«

»Und woher wollen Sie wissen … dass nicht noch etwas Gr-Großes … vor Ihnen liegt?«

Die Frage hängt in der Luft. Ich überlege, ob ich ihm die Wahrheit sagen soll. Einerseits erscheint es mir unnötig brutal, andererseits ist es vielleicht das Einzige, womit ich ihn mir vom Hals schaffen kann.

»Meine Mutter hatte Alzheimer«, sage ich schließlich.

»Und ich kann Ihnen versichern, da liegt nichts Großes mehr vor mir.«

Wie erwartet, versetzt das seinem Optimismus einen Dämpfer. Ich bin beinahe enttäuscht, als er nicht sofort ein Gegenargument parat hat. Er schien so am Leben zu hängen. Ich gehe weiter Richtung Treppe.

»Wie hieß sie?«, ruft er mir nach.

»Was?«

»Ihre M-Mutter. Wie hieß sie?«

Die Frage lässt mich innehalten. Seit bei mir Alzheimer diagnostiziert worden ist, haben mich viele Leute gefragt, ob es bei uns in der Familie liegt. Sie sind interessiert und manchmal traurig, wenn sie das von meiner Mutter hören. Sie bekunden ihr Mitgefühl. Manche beten für mich.

Aber kein Einziger hat nach Moms Namen gefragt.

Ich drehe mich halb um. »Sie hieß … Valerie.«

»V-Valerie«, wiederholt er. Dabei nickt er, als wollte er es seinem Gedächtnis einprägen. Etwas passiert mit mir. Um mich herum beginnt sich alles zu drehen, und ich merke, dass ich zu Boden sinke.

»Nein …«, flüstere ich, als ich spüre, wie er die Arme um mich legt, aber mein Kampfgeist scheint mich verlassen zu haben. Und als er mich zurück in mein Zimmer führt, lasse ich es zu. Dann liege ich im Bett, und er stopft die Decke um mich herum fest, und ich weine, es kommt von tief innen heraus. Mir ist nie eine gute Antwort auf Moms Frage eingefallen. *»Wenn ich mich nicht daran erinnere, bin ich dann überhaupt hier gewesen?«* Aber vielleicht ist die Frage falsch gewesen. Vielleicht geht es nicht darum, woran man sich erinnert. Vielleicht bist du hier gewesen, wenn sich jemand anderes an deinen Namen erinnert und ihn ausspricht.

Kapitel 7

Eve

Am ersten Morgen in unserer neuen Wohnung wache ich früh auf. Clem, heiß und verschwitzt neben mir, schläft tief und fest. Sie liegt flach auf dem Rücken und hat die Arme ausgestreckt (»das Kruzifix«, hat Richard dazu gesagt), und aus ihrem leicht geöffneten Mund hängt ein Speichelfaden. Nachdem wir uns gestern Abend eine Stunde herumgewälzt haben, ist es die reinste Freude gewesen, mit ihr in einem Bett zu schlafen – ein süß duftender Körper, den man in die Arme nehmen kann. Es ist so wohltuend, nachdem ich vier Monate allein geschlafen habe. So unglaublich wohltuend.

Ich beschließe, zum Frühstück Müsli und gedünstetes Obst zu machen, und sei es auch nur, um den Salamigeruch zu überdecken. Ich stürze eine Tasse Kaffee hinunter, dann schäle ich Äpfel und Birnen, schneide Rhabarber klein, stelle Zimt und Vanille heraus. *Heute ist mein erster Arbeitstag*. Überraschenderweise finde ich es aufregend. Während meiner Ausbildung an der Kochschule habe ich mich darauf gefreut. Also nicht gerade darauf, in einem Heim für betreutes Wohnen zu arbeiten, aber darauf, meinen Lebensunterhalt mit Kochen zu verdienen. Ich habe es mir vorgestellt – die frischen Zutaten, die ich auf dem Markt kaufen würde; die betriebsamen Abende in einer heißen, hektischen

Küche; die Finesse, mit der ich traditionelle Rezepte aufpeppen würde.

Mutter mochte es nicht, wenn ich so etwas wie »Finesse« sagte. *»Warum muss bei dir eigentlich immer alles so ausgefallen sein, Evie?«*, sagte sie. *»Ein bisschen Tradition hat noch niemandem geschadet!«*

Ich bin mit Fleisch und drei Gemüsesorten aufgewachsen, aber ich weiß nicht genau, welche drei, weil Mutter sie immer bis zur Unkenntlichkeit zerkocht hat. Alles wurde in Ketchup ertränkt und mit Limo runtergespült oder, in Dads Fall, einem Glas Guinness. Marmite kam großzügig zum Einsatz, ebenso Butter und Sahne. Ansonsten hielten wir uns an Dads unfehlbare Gleichung: Salz und Pfeffer ist gleich Geschmack.

Ich erinnere mich noch an den Tag, an dem ich das erste Mal ein Gewürz schmeckte, bei einem Date mit siebzehn. An den Namen des Jungen kann ich mich nicht erinnern, aber ich erinnere mich an die Hitze, die sich in meinem Bauch ausbreitete, als wir dieses indische Restaurant in der Brick Lane in London betraten. Der Duft von Kurkuma und Kreuzkümmel – so intensiv, dass ich ihn schmecken konnte. Die Farben – Gelb, Rot und Grün – des Essens auf dem Tisch. Das Feuer, als ich ohne Vorwarnung auf eine Chilischote biss, die angenehme Milde, mit der danach der Kokosnussreis meinem Gaumen besänftigte. In diesem Augenblick wusste ich, dass ich Kochen lernen wollte.

Sechs Monate später packte ich meine Sachen und zog nach New York, um das Institute of Culinary Education zu besuchen. Inzwischen scheint ein ganzes Leben vergangen zu sein, und es hat sich so viel geändert. Meine Liebe zum Kochen ist vielleicht das Einzige, was sich nicht geändert hat.

Als das Obst auf dem Herd vor sich hin köchelt, stelle ich Schüsseln auf den Tisch. Vor der Tür finde ich eine Zeitung.

Offenbar haben die Vormieter vergessen, ihr Abonnement zu kündigen. Ich lächle und denke, dass Clem das gefallen wird – es ist ein bisschen, als würden wir im Hotel wohnen –, bis ich auf der ersten Seite Richards Gesicht entdecke. Die Zeitung ist in der Mitte gefaltet, deshalb sehe ich nur sein Kinn – dieses niedliche Grübchen, das Clem von ihm geerbt hat. Das ich zum Spaß mit Daumen und Zeigefinger zusammengekniffen habe ... Ich würde es überall erkennen. Und obwohl ich mich nach vier Monaten daran gewöhnt haben sollte, Richards Gesicht in den Nachrichten zu sehen, spüre ich den vertrauten Anflug von Panik. Was jetzt?

Ich hebe die Zeitung auf und blättere sie rasch durch. Mir bleiben vermutlich nur ein paar Minuten, bevor Mutter anruft und mir erzählt, was in dem Artikel steht. Und so wie Mutter immer übertreibt, ist es besser, ich lese ihn selbst.

RICHARD BENNETTS BUCHHALTER GIBT
SEINE BETEILIGUNG AN BETRUG ZU

Das ist neu. Seit die ganze Sache aufgeflogen ist, hat Richards langjähriger Buchhalter, David Cohen, stets bestritten, etwas von Richards Machenschaften gewusst zu haben. Die meisten Leute waren skeptisch, aber ich hielt mich an den Grundsatz »Im Zweifel für den Angeklagten« – immerhin hatte ich mit Richard das Bett geteilt und nicht mitbekommen, was er tat. Oder doch? In letzter Zeit habe ich mich das öfter gefragt. Ist es möglich, dass ich es gewusst habe? Nicht die Einzelheiten, natürlich, aber dass da *irgendetwas* vor sich ging? Habe ich genug Fragen gestellt? Oder hatte ich Angst, dass ich dann etwas erfahren würde, was ich gar nicht wissen wollte?

Das Komische ist, ich habe bis jetzt kein einziges Mal geweint. Ich habe Anlauf genommen – unzählige Male –, ich habe sogar Vorbereitungen für einen richtigen Heulkrampf getroffen, mit Wein und einem warmen Bad und Erinnerungen an die guten Zeiten. Aber die Tränen wollen einfach nicht kommen. Und ehe ich mich's versehe, denke ich an die schlechten Zeiten, erinnere mich an nervtötende Angewohnheiten, heftige Auseinandersetzungen. Richards Art, erst einmal zu allem ja zu sagen und dann in letzter Sekunde mit einer Ausrede daherzukommen. Das hat mich wahnsinnig gemacht.

»Wenn ich gewusst hätte, dass du länger arbeitest«, sagte ich weinend, »dann hätte ich nicht zugesagt, dass wir beide kommen! Sie haben dich bestimmt beim Essen eingeplant.«

»Ich würde ja gern mitkommen«, erwiderte er steif, »aber hier geht es ums Geschäft.«

Und das Geschäft war natürlich wichtiger als alles andere.

Ich lese den Artikel und die damit verbundenen Geschichten zu Ende. Geschichten von Leuten, die ihr Geld verloren haben, neben Fotos von Richard beim Besteigen eines Privatjets. Fotos von wütenden Investoren. Bilanzen. In einer Ecke entdecke ich eine winzige Studioaufnahme von mir. Die Medien haben eine Schwäche für dieses Foto – jung, rehäugig, dumm –, eine Frau, die nicht merkt, dass ihr verlogener Ehemann die größte Betrugsmasche seit Bernie Madoff am Laufen hat.

Wie aufs Stichwort klingelt das Telefon. Ich stopfe die Zeitung in eine Schublade, damit Clem sie nicht sieht. »Hallo, Mutter.«

Ich sehe sie vor mir, an dem Tischchen in der Diele ihrer Wohnung, die Schnur verzwirbelt, die ihr Telefon erstaunlicherweise immer noch hat. »Hast du die Zeitung gesehen?«

»Ja«, sage ich.

»Geht es dir gut?«

Ich lasse mich auf einen quietschenden Sessel fallen. »Ja, mir geht's gut.«

Mutter schweigt einen Moment. »Gut. Und wie war die erste Nacht in eurer neuen Wohnung, war es … auszuhalten?«

Mir ist klar, dass Mutter an das Haus denkt, aus dem Clem und ich gerade ausgezogen sind – die sieben Zimmer, der Salzwasserpool, der sechstausend Quadratmeter große Grund.

»Sehr gut sogar«, sage ich.

Kurzes Schweigen, ein scharfer Atemzug. Ich wappne mich.

»Ach, Evie, es macht mich so wütend! Dass du und Clem in dieser schrecklichen Wohnung hausen müsst, obwohl ihr beiden völlig *unschuldig* seid! Ich schwöre dir, wenn ich diesen Mann in die Finger kriege, dann …«

Ich schalte ab. Ich ertrage es nicht, mir das alles noch einmal anzuhören. Trotz der schrecklichen Dinge, die Richard getan hat, ertrage ich es nicht, sie über ihn schimpfen zu hören, insbesondere nachdem sie nichts dagegen gehabt hat, dass Richard Dad und sie aus England nach Amerika holte und ihnen eine hübsche Wohnung besorgte. Und weil sie Richard zehn Jahre lang so hingebungsvoll um den Bart ging, dass es sogar ihm peinlich war. (Sonst war Richard es nie peinlich, wenn Frauen ihn anhimmelten.)

»Danke, Mutter, aber es geht uns gut. Wirklich.«

»Das bezweifle ich, Evie. Du hast eine Stelle in einem Heim für betreutes Wohnen angenommen! Ich muss zugeben, dass ich immer noch nicht verstehe, warum. Selbst wenn du nicht genug Erfahrung hast, um als Chefköchin in einem Restaurant zu arbeiten, könntest du doch sicher … ich weiß auch nicht … einen kleinen Catering-Service aufmachen oder so was!«

Ich spare mir die Mühe, sie darauf hinzuweisen, dass ich, um irgendeine Art von Geschäft aufzumachen, Geld bräuchte, etwas, woran es mir im Moment komplett mangelt. Stattdessen erinnere ich sie daran, dass wir eine Adresse in diesem Stadtteil brauchen, damit Clem nicht der Grundschule in der Buttwell Road zugewiesen wird. Als ich mit meiner Ansprache fertig bin, merke ich, dass Clem in der Tür zum Schlafzimmer steht, ihren abgewetzten rosafarbenen Stoffhasen an den Ohren haltend.

»Clem ist wach, Mutter. Ich muss aufhören.«

»Moment noch«, sagt sie. »Dein Vater will mit dir reden.«

Schlurfende Schritte, dann höre ich, wie Dad sich räuspert. »Hab die Zeitung gelesen. Halt die Ohren steif, Kleines. Die Leute werden begreifen, dass auch dir übel mitgespielt wurde. Der Einzige, der es verdient zu leiden, ist dieser miese Drecksack von Ehemann …«

Clem klettert auf meinen Schoß, und ich lächle fröhlich. Sie beobachtet mich aufmerksam, das Radar, das ihr meldet, wenn jemand über ihren Vater spricht, funktioniert hervorragend. »Mach dir keine Sorgen um mich, Dad«, sage ich munter. »Mir geht's gut.«

»Du bist ein ganz besonderes Mädchen, Evie«, sagt er leise. »Auch wenn dir das vielleicht nicht bewusst ist.«

Das ist rührend, trotzdem lässt es mich zusammenzucken. *»Es braucht einen besonderen Menschen, um jemand anderen groß zu machen«*, sagte Mutter zu mir, kurz nachdem ich Richard kennenlernte. *»Um ihn emporzuheben und ihm zu helfen, seine Träume zu verwirklichen.«* Ich frage mich, was es über mich aussagt, dass der Mensch, dem ich »helfen« und den ich »emporheben« sollte, tot ist.

Als Clem und ich an diesem Morgen im Rosalind House eintreffen, stürzt Rosie, die Pflegerin für die Nacht, gerade die Treppe herunter. Obwohl sie offensichtlich in Eile ist, grinst sie mich an. »Entschuldigung«, keucht sie. »Ich muss meinen Flieger kriegen.«

»Wohin geht's denn?«, frage ich, als sie an mir vorbeiläuft.

»Eine Woche Jamaika mit meinen Freundinnen.« Sie dreht sich um und kommt ein paar Schritte zurückgerannt. »Tut mir leid, dass ich in Ihrer ersten Woche nicht hier bin. Fühlen Sie sich wie zu Hause, Eric müsste jeden Augenblick da sein. Echt cooler Auftritt gestern Abend«, sagt sie zu Clem. »Wenn ich wieder da bin, musst du mir die Schritte zeigen.«

Clem strahlt, und Rosie dreht sich um und spurtet davon, bevor sie feststellen kann, dass sie soeben eine Freundin fürs Leben gewonnen hat.

Drinnen schlurfen ein paar Bewohner im Salon herum, und Clem beginnt sofort eine Unterhaltung mit einem alten Mann namens Laurie. Sie erzählt ihm von ihrer Schule, ihrer besten Freundin Legs, der Prinzessinnenparty an ihrem Geburtstag. Ich setze mich neben sie.

»He! Hilft mir mal jemand beim Aufstehen oder soll ich den ganzen Tag im Schlafanzug verbringen?«

Die Stimme, die durch die Eingangshalle schallt, klingt heiser und gereizt. »Das ist Bert«, erklärt Laurie. »Er braucht einen kleinen Schubs, damit er auf die Füße kommt. Seine Gehhilfe steht neben dem Bett. Normalerweise machen das Trish oder Carole, aber ich glaube, die helfen im Augenblick den anderen Bewohnern.«

Ich nicke und versuche, mir meine Unsicherheit nicht anmerken zu lassen. »Na ja … ich denke, ich kann das auch machen.«

»Zweite Tür links«, sagt er hilfsbereit.

Ich gehe in die von ihm angezeigte Richtung und sehe durch die offene Tür ins Zimmer. Gott sei Dank ist die Miene, mit der Bert mich begrüßt, um einiges freundlicher als seine Stimme. »Ach, Sie sind's. Also, nur einen kleinen Schubs, Mädchen. Und kommen Sie bloß nicht auf falsche Gedanken, weil ich so gut aussehe. Ich bin ein verheirateter Mann.«

Entweder soll das ein Witz sein oder er ist senil, Eric hat mir nämlich gesagt, dass das Paar aus den Südstaaten, Clara und Laurie, das einzige Ehepaar im Haus ist. Aber wie dem auch sei, ich beschließe, nicht auf den »verheirateten Mann« einzugehen. »Von mir haben Sie nichts zu befürchten«, sagte ich und helfe ihm auf die Füße. »Von Männern habe ich die Nase voll. Sogar von gutaussehenden.«

»Freut mich zu hören. Und jetzt raus mit Ihnen. Ich muss mich anziehen.«

Draußen auf dem Flur zögere ich. Stecken vielleicht noch andere Bewohner in ihren Betten fest? Wird von mir erwartet, an jede Tür zu klopfen, Jalousien hochzuziehen und allen einen guten Morgen zu wünschen? Von Eric ist noch immer nichts zu sehen, also muss ich improvisieren. Die Tür neben der von Bert ist geschlossen, und ich klopfe leise. Als keine Antwort kommt, öffne ich sie. »Guten Morgen, ich bin's, Eve, die … Köchin. Brauchen Sie …? Oh!«

Ich weiche hastig zurück, als ich die Frau aus den Südstaaten – Clara – vor dem Spiegel stehen sehe, von der Taille aufwärts nackt. Ich ziehe die Tür bis auf einen kleinen Spalt wieder zu. »Entschuldigung«, sage ich durch den Spalt und im gleichen Moment höre ich, wie ein Schlüssel ins Schloss der Eingangstür gesteckt wird.

Ich renne in die Eingangshalle.

»Tut mir leid wegen der Verspätung«, sagt Eric. »Wie ist es bis jetzt gelaufen?«

»Na ja«, sage ich, »Bert hat Hilfe beim Aufstehen gebraucht, und ich dachte, ich sehe auch mal nach den anderen. Aber dann bin ich bei einer der Frauen reingeplatzt, die erst halb angezogen war. Ich habe zwar geklopft, aber vermutlich hat sie es nicht gehört.«

Eric kichert. »Erst mal tief durchatmen. Und Sie müssen kein so betrübtes Gesicht machen. Wahrscheinlich ist es Ihnen peinlicher als ihr.« Ich frage mich, wie Eric darauf kommt, da ich nicht gesagt habe, um welche der Bewohnerinnen es sich handelt. »Außerdem ist es ja meine Schuld, weil ich zu spät dran bin«, fährt er fort und sieht auf seine Uhr. »Und wo wir gerade dabei sind, ich will Sie nicht ins kalte Wasser werfen, aber in knapp einer Stunde habe ich einen Termin. Wie wär's, wenn wir anfangen?«

Eric und ich sprechen über Essenszeiten, geeignete Gerichte und wo ich was finde, aber das dauert nicht länger als zehn Minuten. Die restliche Zeit gibt mir Eric Anweisungen zum Putzen. Er hat die nervöse Angewohnheit, sich alle paar Sekunden umzusehen, was unglücklicherweise den Eindruck erweckt, dass er etwas zu verbergen hat. Und was noch unangenehmer ist, ein paarmal ertappe ich ihn dabei, wie sein Blick an meinem Busen hängen bleibt. Ich denke, im Zweifel für den Angeklagten, und beschließe, es als Zufall zu betrachten.

Er zeigt mir mein »Büro«, das gleichzeitig der Raum ist, in dem Schrubber und Eimer aufbewahrt werden, und schärft mir ein, Mundschutz und Handschuhe zu tragen, wenn ich mit Urin oder Fäkalien zu tun habe. Als er meinen Gesichtsausdruck bemerkt, wiederholt er, dass ich das Saubermachen nur für kurze Zeit übernehmen soll, aber als ich ihn frage, ob es schon Bewerbungen gibt, wechselt er rasch das Thema. Danach stellt er mir die zwölf Bewohner einzeln vor. Luke und

Anna, die beiden jungen Leute. Clara und Laurie, das Paar aus den Südstaaten. Bert, der immer noch mit seiner Frau spricht, obwohl sie seit fünfzig Jahren tot ist. May, neunundneunzig. Gwen. Und die paar anderen. Ich werde auch den Pflegerinnen vorgestellt, Trish, einer lebhaften, forsch wirkenden Frau Anfang vierzig, die man als hübsch bezeichnen könnte, wenn sie nicht so schrecklich dünn wäre, und Carole, ihrer Assistentin, einer molligen blonden Frau in den Fünfzigern mit einer nasalen, leiernden Stimme.

Wir drehen eine weitere Runde über das Gelände, und als wir damit fertig sind, sieht Eric auf seine Uhr und versichert mir, alles, worüber wir nicht gesprochen hätten, stehe in dem hundertfünfzig Seiten dicken Handbuch. Fünf Minuten später ist Eric wieder in seinem Büro, und ich bin den Tränen nahe. Aber die Bewohner haben Hunger. Also muss ich das tun, was ich am besten kann.

Ich stelle Müsli, Obst und Orangensaft heraus, und anschließend mache ich Rührei mit geräucherter Forelle. Dazu gibt es Spinat und Pilze, aber als ich die Teller garnieren will, kann ich keine Kräuter finden. Ich nehme mir vor, mit Angus über ein Gemüse- und Kräuterbeet zu sprechen, dann begebe ich mich ins Esszimmer.

Der Geräuschpegel dort ist erstaunlich hoch, und zu meiner Freude sehe ich, dass alle zulangen und dass es ihnen offenbar schmeckt. Obwohl Clem bereits gefrühstückt hat, thront sie am Kopfende des Tischs, als wäre sie die Hausherrin. Ich versuche, sie zu verscheuchen, aber daraufhin sehen mich die Bewohner so böse an, dass mir nichts anderes übrig bleibt, als einen Rückzieher zu machen.

Während die Bewohner essen, bringe ich Eric einen Teller ins Büro. »Störe ich?«

»Nein, keineswegs. Was gibt's?« Eric schwingt auf seinem

Stuhl herum und reißt in gespielter Besorgnis die Augen auf. »Sie wollen doch nicht kündigen, oder?«

»Nein.« Ich lache. »Ich bringe Ihnen nur Frühstück.«

Erics Miene ist eine Mischung aus Erstaunen und Entzücken, als ich den Teller vor ihn auf den Schreibtisch stelle. »Für mich?«

Ich lächle. »Für gewöhnlich verwende ich frische Petersilie, aber ich konnte keine finden.«

»Riecht köstlich.« Er wackelt mit den Augenbrauen, was ich etwas irritierend finde. »Leisten Sie mir Gesellschaft?«

»Ich fürchte, ich muss Clem zur Schule bringen.«

Er zieht eine Schnute und greift nach Messer und Gabel. »Ach, bevor Sie gehen, da ist noch etwas, das ich vergessen habe zu erwähnen. Jeden Abend zur Schlafenszeit müssen die Türen von Luke und Anna abgesperrt werden. Normalerweise macht das Rosie, aber sie hat diese Woche Urlaub. Den Nachtdienst übernimmt heute eine Pflegerin von einem Pflegedienst, der müssten Sie Bescheid sagen. Steht alles im Handbuch, aber eine zusätzliche Erinnerung kann ja nicht schaden. Ich bin um diese Zeit normalerweise schon weg, also müssen Sie das übernehmen.« Eric häuft Rührei auf seine Gabel und schiebt sie sich in den Mund.

»Oh«, sage ich. »Oh-kay.«

»Sie werden nachts manchmal ein bisschen unruhig«, erklärt er mir, den Mund voller Ei. »Bei Demenzkranken kommt es häufig vor, dass sie nachts aufwachen und dann herumlaufen. Es könnte was passieren, wenn sie unbeaufsichtigt durchs Haus wandern. Sie könnten sich verletzen.«

»Aber … ist es denn nicht gefährlich, sie einzuschließen? Was, wenn ein Feuer ausbricht?«

Eric häuft erneut seine Gabel voll. »Unser Notfallplan schließt die Evakuierung von Luke und Anna mit ein.«

»Ich verstehe.«

Wir schweigen ein paar Sekunden, dann legt Eric sein Besteck hin. »Die Wahrheit ist, vor ein paar Monaten ist Anna hinauf in den obersten Stock gegangen und vom Dach gesprungen.«

Unwillkürlich schnappe ich nach Luft. »Sie meinen … ein …?«

»Selbstmordversuch.« Eric nickt. »Ich habe danach mit Annas Bruder gesprochen und wir waren uns einig, dass es am sichersten ist, ihre Tür abzusperren. Und bei Luke wollten wir auch kein Risiko eingehen.«

Mein Kehle ist auf einmal ganz trocken, und ich schlucke, um sie zu befeuchten. »Sitzt sie deshalb im Rollstuhl? Weil sie … vom Dach gesprungen ist?«

»Ja. Es war ein tiefer Sturz. Es ist ein Wunder, dass sie überlebt hat.«

»Ja«, sage ich. »Ein Wunder.«

Ich bin noch dabei, das alles zu verdauen, als mein Blick auf die blinkende Zeitanzeige in der unteren Ecke von Erics Computer fällt. »Oje. Ich muss jetzt wirklich los.«

»Gehen Sie nur«, sagt er. »Es versteht sich wohl von selbst, dass das, worüber wir gerade gesprochen haben, vertraulich ist, Eve.«

»Ja«, sage ich. »Natürlich.«

»Und danke für das Frühstück.« Unvermittelt kehrt das dämliche Lächeln zurück. »Es schmeckt wirklich köstlich.«

»Gerne«, sage ich. »Ich habe auch einen Teller für Angus. Ist er im Garten?«

»Ich denke, er ist irgendwo unterwegs.« Eric blickt auf seinen Teller. »Obwohl … Ich bin nicht sicher, ob es nötig ist, den Gärtner mit Frühstück zu versorgen! Wir betreiben hier schließlich keine Suppenküche.«

Ich denke an den Berg von Rührei, der noch übrig ist. »Oh. Gut. Dann lasse ich es bleiben.«

Zurück in der Küche, belade ich die Geschirrspülmaschine und wische die Arbeitsflächen. Über der Spüle befindet sich ein Schiebefenster mit Blick auf das Beet, in dem Angus kniet und Unkraut jätet. Ich betrachte das Rührei.

»Clem?«, rufe ich in den Flur. »Kannst du mal kurz kommen?«

Ich lege zwei Scheiben Toast unter den Grill und schalte den Herd ein, um das Rührei aufzuwärmen.

Dreißig Sekunden später lugt ihr Kopf um die Ecke. »Ich heiße nicht Clem, ich heiße Sophie-Anne.«

»Sophie-Anne?« Ich senke meine Stimme zu einem Flüstern. »Ich mache gerade ein Frühstückssandwich für Angus. Tust du mir einen Gefallen und bringst es ihm?«

Kapitel 8

Clem ist nicht nur eine entzückende Tänzerin, sie hat auch eine wunderschöne, glockenhelle Stimme. Auf dem Weg zur Schule singt sie in der Herbstsonne wie ein Kardinal. Ihr Lied beginnt mit dem Text eines Popsongs, wechselt dann aber schnell zu einem selbstausgedachten Text. Ich verstehe die Worte »erster Tag« und »Hausaufgaben« und »beste Freundin«. Es ist reizend, aber da wir nur zwei Minuten vom Rosalind House zur Schule brauchen, muss ich die Zeit nutzen, um ihr ein paar Dinge zu erklären.

»Clem?«

Sie hält mitten im Singen inne. »Ja?«

»Ich glaube, ich habe dir noch nicht erklärt, was ich im Rosalind House eigentlich mache.« Ihr Stirnrunzeln erinnert mich an das von Richard. Freundlich, nachdenklich, sanft. Es macht sie noch hübscher, falls das möglich ist. »Weißt du … das ist ein Heim für betreutes Wohnen.«

Sie wirkt nicht übermäßig interessiert. »Was ist das?«

»Betreutes Wohnen? Das ist ein Zuhause für Leute, die jemanden brauchen, der sich um sie kümmert.«

Clem blinzelt. »Brauchen wir jemanden, der sich um uns kümmert?«

»Nein.« Ich muss lachen. »Wir nicht. Ich kümmere mich

mit um die Leute, die dort wohnen. Ich koche Essen für sie, wasche ihre Wäsche und mache für sie sauber.«

Die Falte zwischen Clems Augenbrauen wird tiefer – eine kleine Schlucht zwischen den zwei runden Erhebungen ihrer Stirn. »So wie Valentina?«

»Na ja, ja. Ein bisschen so wie Valentina.« Clem runzelt weiter die Stirn, und ich streiche mit dem Finger über ihren Zopf. »Was hältst du davon?«

Sie blickt geradeaus. »Ich weiß nicht.«

»Willst du mich etwas fragen?«

Sie zuckt mit den Schultern. »Sind wir … arm?«

»Nein. Wir sind ganz sicher nicht arm.«

»Ja aber warum …?«

»Clem! Clemmy Clemmy Bo-Bemmy Banana Fanna Bo-Banna!« Allegra kommt angesprungen.

»Legs!« quietscht Clem. »Allegra Egra Bo-Begra Banana Fanna Bo-Banna.«

Anders als man bei ihrem Namen meinen könnte, ist Legs klein, fast einen Kopf kleiner als Clem. Sie hat mausgraue Haare und ein pausbäckiges Gesicht. Aber sie hat auch riesengroße haselnussbraune Augen und ist von einer Ernsthaftigkeit, die es unmöglich macht, sie nicht gernzuhaben.

»Erster Tag«, sagte Legs. »Hoffentlich dürfen wir nebeneinandersitzen.«

»Falls ihr nebeneinandersitzt, denkt trotzdem daran, der Lehrerin zuzuhören und nicht die ganze Zeit zu schwatzen«, sagt Jazz, die hinter Legs aufgetaucht ist.

Ich begegne Jazz' Blick, und sie stößt mich freundschaftlich mit der Schulter an. Es ist nicht die herzlichste Begrüßung, die ich mir erhoffen kann, aber in Anbetracht dessen, dass mich die meisten anderen Mütter, denen wir auf dem Weg begegnet sind, komplett ignoriert haben, bin ich ihr dankbar dafür.

»Wie kommst du zurecht?«, fragt Jazz pflichtbewusst. Eins muss man Jazz lassen, sie erfüllt ihre Pflichten. Sie ist zu Richards Beerdigung gekommen, hat sich aber ganz hinten hingesetzt. Sie hat mir Tiefkühlkost von Houlihan (dem überteuerten Bioladen – der einzige Laden, bei dem ich eine Ausnahme von der »Keine Tiefkühlkost«-Regel mache) vor die Tür gestellt, ist aber nicht hereingekommen. Sie hat Clem ein paarmal zu Spielnachmittagen eingeladen, sagte aber nein, als ich fragte, ob Legs zu uns kommen will.

»Ganz gut«, sage ich. »Ich schlage mich so durch.«

Sie mustert mich unauffällig von Kopf bis Fuß – meinen Pferdeschwanz, die Ballerinas und die Khakihose – und lächelt mich dann ein wenig gezwungen an. Im Gegensatz zu mir entspricht Jazz mit ihren Strähnchen, den Skinny Jeans und der braunen Lederumhängetasche, wahrscheinlich Prada oder Ferragamo, dem Bild der perfekten Schulmutter. Clem und Legs laufen in Richtung Klassenzimmer, und wir folgen ihnen. »Wie ist es denn«, sagt sie, »die Arbeit in …?«

»Einem Heim für betreutes Wohnen?«

»Ja«, sagt sie. »Ja, richtig.«

Ich zucke mit den Schultern. »Na ja, heute ist mein erster Tag, also …«

Sie lächelt, und damit sind unsere Gesprächsthemen erschöpft. Noch vor ein paar Monaten hätten wir uns gegenseitig kaum zu Wort kommen lassen und wären anschließend vielleicht noch in ein Café gegangen, um uns weiter zu unterhalten. Jetzt fällt mir absolut nichts ein, was ich sagen könnte, während wir zu unseren Kinder sehen.

»Ich heiße nicht Clem«, höre ich Clem Legs zuflüstern. »Sondern Sophie-Anne.«

Legs akzeptiert es ohne weiteres. »Okay. Und ich bin Lucy.«

Beim Weitergehen wandert Jazz' Blick herum, wahrscheinlich sucht sie den Spielplatz ab, um zu sehen, wer sonst noch da ist. Die meisten Mütter stehen in blonden Grüppchen zusammen, abgesehen von ein oder zwei Außenseiterinnen, die allein neben ihren Autos stehen. Es ist eine merkwürdige Vorstellung, dass ich ab jetzt auch eine dieser Außenseiterinnen bin. Zweifellos die größte.

Neben der Tür zum Klassenzimmer entdecke ich den hellblonden Kopf von Andrea Heathmont, um den sich einige andere Frauen scharen. Ihren Rücken würde ich überall erkennen – die cremefarbene Seidenbluse, der breite Hintern und die flachen Absätze. Als ich Andrea das letzte Mal gesehen habe, hat sie vor meiner Tür gestanden und mir ein signiertes Exemplar des neuen Kochbuchs von Harry Walker überreicht. Als sie jetzt den Kopf dreht, erkenne ich ihr Gesicht beinahe nicht wieder. Ihre Augen sind zu schmalen Schlitzen verengt, ihr Mund ist eine dünne Linie. Ihre Hände zittern leicht, wie sie es bei zu viel Tratsch und Aufregung immer tun. Es ist schwer zu glauben, dass Richard und Andreas Mann James im vergangenen Sommer in den Hamptons miteinander Golf gespielt haben.

»Sie müssen Clementines Mutter sein. Ich bin Miss Weber.« Eine lächelnde Frau in einem orangefarbenen Schürzenkleid tritt in mein Blickfeld. »Mein herzliches Beileid zu Ihrem Verlust«, fügt sie mit gesenkter Stimme hinzu.

»Danke.« Ich reiße meinen Blick von Andrea los und zwinge mich zu einem Lächeln. »Sehr freundlich von Ihnen.«

»Ich werde auf Clementine ein besonderes Auge haben, und wenn es irgendetwas gibt, worüber Sie mit mir reden wollen, dann lassen Sie es mich bitte wissen.«

»Danke«, sage ich.

»Und Sie sind Allegras Mutter«, sagt sie und wendet sich Jazz zu. »Ich habe voriges Jahr ein paarmal aushilfsweise die erste Klasse unterrichtet, deshalb kenne ich Clem und Legs. Ich habe sie die siamesischen Zwillinge genannt. Wir werden dieses Jahr bestimmt viel Spaß miteinander haben.« Sie lächelt über meine Schulter hinweg der nächsten Mutter zu, um sie zu begrüßen, dann hält sie kurz inne und wendet sich noch einmal mir zu. »Ach, Mrs. Bennett?«

»Bitte nennen Sie mich Eve.«

»Eve. Ich glaube, Sie sind kürzlich umgezogen. Könnten Sie bei Gelegenheit das Formular für die Adressänderung ausfüllen und im Büro abgeben? Formulare finden Sie in dem grünen Kasten neben der Tür.«

»Ja«, sage ich. Meine Stimme hallt durch den vollen Flur. »Ja, natürlich.«

Jazz und ich bleiben noch ein paar Minuten stehen, während Clem und Legs herumsausen. Andrea weicht meinem Blick geflissentlich aus, so wie die meisten anderen Mütter auch.

»Kann Legs nach der Schule mit zu mir kommen, Mom?«, fragt Clem und rennt gegen meine Beine.

»Heute nicht, Clem«, sagt Jazz rasch.

»Ooooch«, rufen beide Mädchen im Chor.

Ich wollte sowieso nein sagen, aber Jazz blitzschnelle Ablehnung ist wie ein Schlag in die Magengrube.

Auf der anderen Seite flüstert Andrea Romy Fisher etwas zu, und sie sehen beide zu mir her. Ich spüre Jazz' Augen auf mir.

»Was ist?«, frage ich.

»Es ist nur … Ich weiß nicht, wie du das schaffst. Es muss doch schrecklich sein, wenn jeder weiß, was du machst. Hast du daran gedacht …«, ihr Blick wandert über meinen Kopf hinweg zur Decke, während sie überlegt, »… ich weiß auch nicht … von hier wegzuziehen oder so?« Jazz' Wangen röten sich, und ich weiß, dass sie sich wegen dieses Vorschlags wie eine Verräterin vorkommt. »Ich meine, ich würde dich vermissen, aber … es ist doch bestimmt alles besser als das. Ich weiß nicht, wie du das Tag für Tag schaffst.«

Ich habe den Verdacht, dass Jazz sich eigentlich fragt, wie sie es schaffen soll; den Schein der Freundschaft mit einem gesellschaftlichen Paria zu wahren, ohne selbst zu einem zu werden. Aber ich sage es nicht.

»Die Leute überschlagen sich nicht gerade, um Richard Bennetts Witwe Arbeit zu geben, Jazz«, sage ich. »Außerdem wohnen meine Eltern in der Nähe, und ich werde wesentlich häufiger ihre Hilfe brauchen, jetzt, wo ich eine …« Ich beende den Satz nicht, bringe es irgendwie nicht fertig, »alleinerziehende Mutter bin« zu sagen. Stattdessen blicke ich zu Clem und Legs, die kichernd über den Boden kugeln. »Außerdem, wie könnte ich die beiden Unzertrennlichen auseinanderreißen? Das wäre die schlimmste Trennung seit Paris Hilton und Nicole Ritchie!«

Jazz lächelt widerstrebend. Und ein paar Sekunden später spüre ich ihren Arm um meine Schultern. Das ist mutig in einem Klassenzimmer voller kalter Blicke. Die kleine Geste treibt mir Tränen in die Augen.

»Es ist wirklich schwer, dich nicht gernzuhaben, weißt du das, Evie?«

Ihre Stimme klingt schroff, und ich lächle, weil es aus Jazz' Mund das aufrichtigste Kompliment ist, das ich mir wünschen kann. Und auch, weil ich mich daran erinnere, dass Richard einmal etwas ganz Ähnliches zu mir gesagt hat.

Ich war gerade dabei, Guacamole zu machen, als ich Richard kennenlernte. Zur Ausbildung an der Kochschule gehörte es, dass die Schüler praktische Erfahrungen sammelten, und ich hatte es geschafft, einen Platz in James Mendozas Gourmet-Taco-Truck – The Mexican – zu ergattern, Ecke Wall Street und New Street. Die Bezahlung war anständig, und der Truck hatte den Vorteil, dass wir, anders als in einem Restaurant, draußen waren, mitten im Getriebe der Stadt. An diesem Tag erstrahlte der Himmel in einem satten Kobaltblau, und durch das Ausgabefenster wehte ein warmer, angenehmer Wind. Voller Verheißungen.

»Ich … äh, nehme einen Taco«, hörte ich einen Mann zu Carlos sagen. Carlos war ein hervorragender Koch, aber man hätte ihn einfach nicht in die Nähe von Kunden lassen dürfen. Wenn sie nicht genau wussten, was sie wollten, wurden sie nicht bedient.

»Äh …«, stammelte der Mann, als sich das Schweigen ausdehnte. »Einfach nur den Taco, bitte.«

Carlos seufzte laut. Er deutete auf die Tafel mit der Speisekarte und nickte dann dem Nächsten in der Schlange zu. Ich wischte mir die Hände an der Schürze ab. Ich hatte schnell erkannt, dass es Teil meiner Aufgabe war, die Kunden, die Carlos verärgerte, wieder zu besänftigen. Er brauchte meine Hilfe ziemlich oft.

»Was für einen Taco hätten Sie denn gern?«, fragte ich. »Wir haben Mahi Mahi im Bierteig, Shrimps, Hummer, Pute …«

Ich blickte hinunter zu dem Mann, der typische Wall-Street-Typ – teurer Anzug, goldene Uhr, auf Hochglanz polierte Schuhe. Er hatte dichte schwarze Haare und dunkelbraune Augen. Sein entzückend hilfloser Gesichtsausdruck verriet mir, dass er kein Stammgast des Foodtruck war.

»Ich mag Mahi Mahi am liebsten«, sagte ich schließlich. »Wir verwenden dafür frische Limetten und Kreuzkümmel – das ist unser Renner, ich denke, er wird Ihnen schmecken.« Ich legte den Fisch auf eine Tortilla und gab Krautsalat und einen Klecks mexikanische *crema* dazu. Dann rollte ich die Tortilla zusammen und reichte sie dem Mann. »Bitte sehr.«

Ich werde niemals den Blick vergessen, mit dem er mich ansah – als wäre ich ein unverhoffter Fund, ein ausgestorben geglaubtes Tier, über das er in der Wildnis gestolpert war. Neben mir knurrte Carlos, der entweder nichts davon mitbekam oder sich nicht dafür interessierte, den nächsten Kunden an, der die Dreistigkeit besaß, nicht genau zu wissen, was er wollte.

»Gehen Sie heute Abend mit mir essen?«, fragte der Mann.

Ich lachte überrascht. Jemand hinter ihm drängte nach vorn, und ein anderer rief: »He, weitergehen!« Aber er rührte sich nicht vom Fleck.

»Bitte«, sagte er. »Als Dankeschön für diesen … diesen wunderbaren Taco. Ich heiße übrigens Richard.«

»Eve«, sagte ich.

Er war nicht der erste Kunde, der mich zum Essen einlud. Allerdings war es das erste Mal, dass ich in Versuchung war, die Einladung anzunehmen. Vielleicht lag es daran, dass er sich im Gegensatz zu den meisten anderen Wall-Street-Brokern, die wir bedienten, meiner Antwort nicht ganz sicher zu sein schien. Stattdessen wirkte er … nervös. Es war reizend.

»Eve, ich brauche Guacamole«, schrie Carlos.

»Ich hole Sie ab«, sagte der Mann – Richard –, und trat etwas näher ans Fenster. Ich stellte fest, dass sein Gesicht voller Überraschungen war, von den weit auseinanderstehenden Augen bis zu dem Grübchen im Kinn. Wie ein Fels in der Brandung stand er da, während die anderen Kunden sich links und rechts an ihm vorbeidrängten. »Um sieben. Sie bestimmen, wohin.«

Carlos drehte sich ungeduldig um. »*Guacamole!*«

Richards Blick durchbohrte mich, nagelte mich an der

Stelle fest, an der ich stand, selbst als Carlos seinen dicken Arm an mir vorbei nach der Guacamole ausstreckte. Dann schloss Richard die Augen und legte die Handflächen aneinander, als würde er beten.

»Ja«, sagte ich lachend. »Ja, gut. In Ordnung. Heute Abend.« Ich gab ihm meine Telefonnummer und eilte zurück zu der Guacamole.

»Der ist wohl ziemlich überzeugend«, murmelte Carlos, als Richard weg war.

Ich wünschte, ich hätte gewusst, wie recht Carlos damit hatte.

Ich bin kaum durchs Tor, als ich es in den Büschen hinter mir rascheln höre.

»Hi«, sage ich, als Angus auftaucht.

»Hi.« Er lässt seine Gartenschere in einen Eimer fallen und bückt sich nach einer größeren Baumschere. »Danke für das Sandwich«, murmelt er, dann dreht er mir wieder den Rücken zu und fängt an, einen Busch zu stutzen.

»Gern geschehen«, sage ich. Angus' Benehmen grenzt an Unhöflichkeit, aber ich beschließe, es als ermutigend aufzufassen, dass er überhaupt mit mir spricht. »Gut, dass ich Sie treffe. Ich würde gerne über einen Gemüse- und Kräutergarten mit Ihnen sprechen.«

»Ein Gemüse- und Kräutergarten.« Er hält inne, die Schere in der Hand. »Ich denke, das lässt sich machen.« Er dreht sich um und sieht mich an. »Wie groß soll er denn sein?«

»Na ja, ich würde gern Karotten und Kartoffeln anpflanzen. Und Kräuter.«

Vielleicht bilde ich es mir ja nur ein, aber Angus wirkt auf einmal etwas freundlicher.

»Dann brauchen Sie vermutlich was mit Schatten.« Er

wischt sich mit dem Unterarm über die Stirn. »Hinten im Garten gibt's eine Stelle, die dafür geeignet sein dürfte, aber Sie brauchen einen Sonnenschutz. Einen zum Ausfahren …«

»So was bekommt man im Gartencenter«, falle ich ihm ein bisschen zu enthusiastisch ins Wort. »Da wo ich früher gewohnt habe, hatte ich auch einen über meinen Gemüsebeeten.«

Er mustert mich mit einem langen, kalten Blick. »Ich wollte gerade sagen, ich baue Ihnen einen. Ich bezweifle, dass Eric Geld für einen Sonnenschutz aus dem Gartencenter übrig hat.«

»Nein, natürlich nicht. Ich dachte nicht …«

Angus schüttelt den Kopf. »Nein. Natürlich nicht.«

»Was soll das denn heißen?«

»Nichts.« Er hebt die Schere und beginnt, mit raschen, aggressiven Bewegungen an dem Busch herumzuschneiden.

Ich starre seinen Rücken an. »Wollen Sie mir vielleicht was sagen, Angus?«

Er dreht sich um. »Wahrscheinlich denken Sie, dass es Sie und Ihre Tochter schlimm getroffen hat, oder? Sie haben Ihr großes Haus verloren. Ihr Geld. Sie mussten sich einen Job in einem Heim für betreutes Wohnen suchen, und Sie müssen sich den Sonnenschutz für ihren Garten bauen lassen, statt ihn einfach zu kaufen …«

Ich öffne den Mund.

»Meine Schwester und mein Schwager haben wegen Ihres Mannes alles verloren. Nicht nur ihr Geld, sondern« – sein Adamsapfel hüpft auf und ab – »sie waren gerade mitten in einer Behandlung zur künstlichen Befruchtung. Kelly ist einundvierzig. Jetzt können sie sich das nicht mehr leisten, sie wird also wahrscheinlich nie ein Kind haben.«

Ich blinzle, um die Tränen zurückzudrängen, die mir bei

diesem unerwarteten Ausbruch in die Augen gestiegen sind, und Angus fährt damit fort, den Busch zu malträtieren. Ich erwidere nichts. Wenigstens weiß ich jetzt, warum Angus mir gegenüber so abweisend gewesen ist. Seine Schwester gehört zu den Tausenden von Leuten, denen mein Ehemann Schaden zugefügt hat. Und damit indirekt auch ich. »Tut mir leid«, sage ich schließlich. »Aber nur damit das klar ist, ich denke nicht, dass es mich schlimm getroffen hat. Ich bin glimpflich davongekommen. Ich kann damit leben, dass ich mein Geld und mein Haus verloren habe. Ich werde mich daran gewöhnen, eine Außenseiterin zu sein, niedere Arbeiten zu verrichten und keine Freunde zu haben. Ich würde noch viel mehr hinnehmen, wenn ich dadurch meiner Tochter ihren Vater zurückgeben könnte. Sagen Sie über mich, was Sie wollen, aber stecken Sie meine Tochter nicht in die gleiche Schublade. Meine Tochter hat es wirklich schlimm getroffen. Und sie kann genauso wenig dafür wie Ihre arme Schwester.«

Mit diesen Worten drehe ich mich um und marschiere auf das Haus zu. Ich höre, dass Angus meinen Namen ruft, doch ich gehe einfach weiter.

Ich hole den Rollwagen aus der Putzkammer und schiebe ihn den Flur hinunter. Ich hätte das nicht zu Angus sagen sollen, aber Clem ist meine Achillesferse. Oberflächlich betrachtet, scheint es ihr gutzugehen, aber hin und wieder kommt ihr Kummer zum Vorschein, und das macht mir Sorgen. Ihr Vater war ein Held für sie. Was geschieht, wenn sie herausfindet, dass er alles andere als ein Held war?

Erics Anweisungen zufolge soll ich jeden Tag mal kurz über sämtliche Zimmer und Badezimmer »drübergehen«. Abfalleimer ausleeren, auswischen und eine neue Mülltüte hineintun. Betten machen und am Donnerstag neu beziehen. Die inneren Fenster sollen wöchentlich geputzt werden, am besten montags wegen der Schmutzfinger der Enkel am Sonntag, an dem die meisten Bewohner Besuch bekommen. Es ist nicht gerade das, was ich mir vorgestellt hatte, als ich mich auf die Stelle als Köchin beworben habe, aber wenn es heißt, dass Clem nicht in die Butt Road muss, dann halte ich es eine Weile aus.

Als ich durch die halb offene Tür in Annas Zimmer schaue, sehe ich Clara im Sessel am Fenster sitzen.

»Oh«, sage ich. »Ich dachte, das ist Annas Zimmer.«

»Ist es auch«, sagt Clara und deutet mit dem Kopf zum Bett, wo Anna liegt. »Anna, Herzchen, Eve ist da, um die Betten zu machen und ein bisschen aufzuräumen.«

»Oh«, sagt Anna. »Okay.«

Ich mache die Tür weit auf und schiebe meinen Wagen ins Zimmer. Es ist hübsch, klein, aber hell, und mit einem Bett, zwei Sesseln, einem Tisch und einer Kommode möbliert. Es erinnert mich an ein Hotelzimmer. Im Unterschied zu einem Hotelzimmer klebt jedoch auf allem ein Etikett – jede Schublade ist mit einem Aufkleber versehen, auf dem UNTERWÄSCHE, BHs, T-SHIRTS, SCHLAFANZÜGE steht. Auch die Türen zum Wandschrank, zum Badezimmer und zum Flur sind beschriftet. Ich wundere mich. Wirklich? Weiß Anna wirklich nicht, welche Tür wohin führt?

»Diese … Dünnjacke steht Ihnen«, sagt Anna zu Clara. »Sie hat das gleiche Blau wie Ihre Augen.«

»Danke, Herzchen«, sagt Clara. »Blau ist meine Lieblingsfarbe.«

Ich nehme einen Lappen und werfe dabei einen verstohlenen Blick zu Clara. Ihre Augen sind wirklich von einem unglaublichen Blau, beinahe violett. Ihr Cardigan hat genau die gleiche Farbe. Ich wische mit dem Tuch über das Fensterbrett.

Es ist eigentlich ziemlich sauber, und ich schiebe das bisschen Staub, das darauf liegt, nur hin und her.

Hinter mir werden die Seiten eines Buchs umgeblättert.

»Eve ist die neue Köchin«, sagt Clara zu Anna. »Sie hat heute Morgen angefangen.«

Ich blicke gerade noch rechtzeitig über meine Schulter, um zu sehen, dass Anna sich entspannt. »Ach, deshalb sind Sie nicht in meinem Buch.«

Ich blicke zu dem aufgeschlagenen Spiralbuch auf ihrem Schoß. Auf der Doppelseite sind drei Reihen Polaroidfotos aufgeklebt. Ich erkenne Eric und einige der Bewohner. Ein paar andere Leute kenne ich nicht, vielleicht Angehörige? Unter jedem Foto steht in dicker schwarzer Schrift ein Name und dazu eine Ein-Wort-Erklärung – *Arzt. Bewohner. Freund.* Weiter unten stehen noch ein paar Notizen, mit blauem Kugelschreiber hingekritzelt.

Anna sieht mich an. »Aber wenn Sie die neue Köchin sind, sollten Sie dann nicht kochen?«

»Das würde man meinen, oder?« Ich lächle.

Anna erwidert mein Lächeln, und ich habe das seltsame Gefühl, dass sie meinen Schmerz irgendwie spürt. Mir kommt der Gedanke, dass ich Anna einfach fragen könnte, was sie gemeint hat, als sie neulich »Helfen Sie mir« sagte. Natürlich ist es ein Schuss ins Blaue, aber den Versuch ist es wert.

»Anna, kann ich Sie etwas fragen?«, sage ich.

Sie wirkt überrascht. »Sicher.«

Ich gehe ich die Hocke, um den Lappen im Eimer auszuspülen. »Als ich neulich bei meinem Vorstellungsgespräch hier war, haben Sie mich um Hilfe gebeten. Wir waren draußen im Garten. Erinnern Sie sich?«

Sie runzelt die Stirn. »Nein, tut mir leid.«

»Ich habe Ihren Schal aufgehoben«, beharre ich, »und

sie haben mein Hand festgehalten und ›Helfen Sie mir‹ gesagt.«

In ihrem Gesicht zuckt es, und das lässt einen Funken Hoffnung in mir aufkeimen. »Vielleicht habe ich Hilfe bei der Anmeldung für den New-York-Marathon gebraucht? Den Punkt auf meiner Löffelliste wollte ich abhaken.«

Einen Moment lang erwidert sie todernst meinen Blick, dann fängt sie an zu kichern. Ich platze mit einem Lachen heraus. Und in meinem Inneren löst sich etwas, etwas, das fest verknotet war. Ich weiß nicht, was ich erwartet habe. Dass Anna keinen Sinn für Humor hat? Dass sie kein richtiger Mensch ist? Ja, genau das habe ich gedacht. Bei all der Mühe, die ich mir gebe, damit Clem unvoreingenommen auf andere Menschen zugeht, hätte ich es eigentlich besser wissen müssen.

»Kennen wir uns?«, fragt Anna plötzlich.

Mein Lächeln schwindet.

»Wissen Sie, Herzchen, mich erinnern Sie auch an jemanden«, sagt Clara.

Ich kann mein Pech nicht fassen. Jemand mit Alzheimer erkennt mich.

»Wahrscheinlich kennen Sie mich aus der Zeitung«, sage ich.

»Aus der Zeitung?«, sagt Clara. »Sind Sie berühmt?«

»Eher berüchtigt. Mein Mann war Richard Bennett. Vermutlich haben Sie von ihm gehört.«

»Richard Bennett war Ihr Mann?« Clara schnappt nach Luft. »Ach, Sie armes, armes Ding.«

»Richard hatte ein Ponzi-System am Laufen«, erkläre ich Anna. »Er hat Anleger mit falschen Wertpapieren geködert, seinetwegen haben eine Menge Leute eine Menge Geld verloren. Und wir unseres natürlich auch. Deshalb arbeite ich jetzt hier.«

»Scheiße«, sagt Anna.

»Ja, da haben Sie recht.« Ich lache.

Auf Annas Gesicht erscheint ein nachdenklicher Ausdruck. Ihre Augen sind auf ihren Schoß gerichtet, sie hat die Augenbrauen zusammengezogen, und ihre Lippen formen stumm Worte – wie ein Kind, das in einem Buch liest.

Plötzlich blickt sie hoch. »Habe ich Sie«, sagt sie, »im … im Garten gesehen?«

»Ja«, sage ich. »Da haben Sie mich um Hilfe gebeten.«

»Und … *er* … war auch da?«

Ich bekomme es ein bisschen mit der Angst zu tun. »Wer?«

»*Er*«, sagt sie. Die Falten auf ihrer Stirn verschwinden. Ihre Augen wandern suchend durchs Zimmer.

»Meinen Sie Luke, Herzchen?«, fragt Clara.

Ich will schon den Kopf schütteln, doch im selben Moment weiten sich Annas Augen, als hätte sie ein Gespenst gesehen. »Ja, Luke.«

Das habe ich nicht erwartet.

Anna hält meinen Blick fest. »Bitte. Sie müssen mir helfen.«

»Tut Ihnen Luke etwas, Anna?«, frage ich.

»Was?« Sie schüttelt den Kopf. »Nein!«

»Aber haben Sie nicht gerade gesagt, Sie brauchen Hilfe?«

»Lassen Sie ihr ein bisschen Zeit«, sagt Clara sanft. »Wenn zu viel geredet wird, fällt es ihr schwer zu denken.«

Also warte ich, lasse Anna Zeit, damit sie die unsichtbare Verbindung zu uns aufrechterhalten kann. Sie bewegt die Hände im Schoß hin und her, ballt sie zu Fäusten, öffnet sie wieder. Ich versuche, mir vorzustellen, wie es wohl ist, wenn man keinen Zugang zu den Worten und Erinnerungen hat, die man braucht, um sagen zu können, was man denkt. Eine Sekunde lang frage ich mich, ob das in einem den Wunsch wecken könnte, sich umzubringen.

Schließlich beugt Anna sich vor und zupft am Ärmel von Claras Cardigan. »Mir gefällt diese Dünnjacke an Ihnen«, sagt sie. »Sie hat das gleiche Blau wie Ihre Augen.«

Ich wische noch einmal über den Kaminsims und gehe ins Bad. Nach dem, was ich gesehen habe, brennen bei Anna noch ein paar Lichter. Während ich meine Arbeit in ihrem Zimmer beende, frage ich mich unwillkürlich, welche Lichter noch an sind, welche flackern und welche für immer erloschen sind.

Kapitel 9

Clementine

Bevor Daddy gestorben ist, war mein größter Wunsch ein kleiner Bruder, der Phil heißen sollte. Er hätte knubbelige Finger gehabt und mich angegrinst und mit den Beinen gestrampelt, wenn er sich freut. Ich habe mir immer vorgestellt, wie meine Freundinnen um seinen Kinderwagen herumstehen, um ihn anzugucken, und ich hätte dann ganz wichtig gesagt: *Bleibt weg! Phil schläft*. Ich wäre die Expertin für Phil gewesen. Wenn er geweint hätte, hätte Mom gesagt: *Clem, kannst du ihn mal an den Zehen kitzeln?*, und das hätte ich gemacht, und Phil hätte gekichert. Wenn wir ins Einkaufszentrum gefahren wären, hätte ich den Kinderwagen geschoben, damit Mom einkaufen kann. Und wenn ihm langweilig geworden wäre, hätte ich *Kuckuck!* mit ihm gespielt. Ich habe mir alles genau überlegt. Ich habe die ganze Zeit an Phil gedacht. Ich denke immer noch an ihn, manchmal. Aber er ist nicht mehr mein größter Wunsch. Mein größter Wunsch ist, dass Daddy noch lebt.

Vorne am Pult steht Miss Weber in einem roten Kleid mit weißen Punkten und blauen Schuhen mit dicken Sohlen, die man Keilsohlen nennt. »Also Kinder«, sagt sie, »ich möchte, dass ihr euch alle im Kreis auf die Matte setzt. Da heute niemand Geburtstag hat … Clementine, möchtest du dich auf den Geburtstagsstuhl setzen?«

Der Geburtstagstuhl ist golden und überall mit ganz vielen roten Steinen besetzt, wie der Thron für eine Prinzessin. *Natürlich* will ich darauf sitzen. Legs setzt sich neben mich auf den Boden und lächelt, weil sie sich für mich freut. Miranda lächelt nicht. Ich glaube, sie würde gerne an meiner Stelle auf dem Geburtstagsstuhl sitzen.

»So, und jetzt erzählt mal, wie es in den Sommerferien war«, sagt Miss Weber. »Ich schlage vor, wir folgen dem Kreis, und ihr erzählt der Reihe nach, was ihr gemacht habt. Fangen wir bei dir an, Harry«, sagt sie. »Was hast du diesen Sommer gemacht?«

Ich mag Harry. Er hat lockige Haare, die braun sind, aber in der Sonne sehen sie golden aus und glänzen wie ein Geldstück. Sonst ist er immer sehr fröhlich, aber jetzt schaut er auf seine Schuhe. »Ich habe meinen Dad in Orlando besucht«, sagt er.

»Wow, Florida.« Miss Weber lächelt. »Habt ihr dort Urlaub gemacht, Harry?«

»Nein«, murmelt er. »Mein Dad wohnt dort.«

Harrys Dad hat eine neue Frau. Sie wohnen in Florida, und sie hat ein Baby im Bauch, und Harry sagt, dass sie sich die ganze Zeit küssen, was richtig eklig ist. Aber Miranda weiß das wohl nicht, weil sie die Stirn runzelt und sagt: »Meinst du … deine Mom und dein Dad …«

»Warst du in Disney World, Harry?«, frage ich schnell, weil Miranda manchmal verschlagen ist. Mom nennt das so, »verschlagen«. Es bedeutet, dass man jemanden traurig machen kann, ohne was Gemeines zu sagen. Miranda kann das gut.

Harry sieht mich an und lächelt ein bisschen. »Jep. In allen vier Parks. Das war toll.«

Als Nächste ist Miranda an der Reihe, und sie erzählt der Klasse, dass sie diesen Sommer ein echtes Pony bekommen hat, das Titty heißt. Alle kichern, sogar Miss Weber. Dann bin ich dran.

»Willst du uns erzählen, was du im Sommer gemacht hast, Clementine?« Miss Weber streicht mir über den Kopf, und ihre Stimme klingt ein bisschen weicher als vorher. »Wenn du nicht willst …«

»Doch, ich will«, sage ich. »Ich hatte viel zu tun. Ich bin in ein neues Haus gezogen und war auf fünf Geburtstagspartys, und eine davon war eine Prinzessinnenparty, und ich habe richtige High Heels angehabt. Na ja, sie waren aus Plastik, aber trotzdem echt. Und mein Daddy ist in den Himmel gegangen. Ich habe ein Gedicht für ihn geschrieben.« Ich ziehe den Zettel aus meiner Tasche und sehe Miss Weber an. »Soll ich es vorlesen?«

Miss Weber lächelt, aber es ist ein trauriges Lächeln. »Wir würden es sehr gerne hören, nicht wahr, Kinder?«

»Okay«, sage ich und fange mit meiner besten Vorlesestimme an:

Daddy, ich vermiss dich jeden Tag,
Ich vermiss unsre Spiele, die ich so mag.
Auf der Welt gab's keinen besseren Dad als dich,
Und mit dir zusammen war ich immer glücklich.
Du hast mich zum Lachen gebracht,
Und lustige Stimmen nachgemacht.
Ich könnte immer weinen, weil du nicht mehr da bist
Und weil das ganz, ganz traurig ist.
Ich bin doch noch ein Kind und mit Mommy allein.
Willst du nicht lieber mit uns zusammen sein?

Als ich aufschaue, wischt sich Miss Weber etwas aus dem Auge. »Das war wunderschön, Clementine.«

Ich lächle. »Bei den Reimen hat mir Mom geholfen.«

Freya hebt die Hand. »Meine Oma ist im Himmel.«

»Meine auch«, sagt Harry.

»Der Himmel ist in den Wolken«, sagt Miranda.

»Also in Wirklichkeit«, sage ich, »ist der Himmel in der Erde. Das weiß ich, weil ich zugesehen habe, wie ein paar Männer Daddy da reingelegt haben.«

Miranda sagt nichts darauf. Ich freue mich, dass ich ihr etwas erklären konnte, was sie nicht gewusst hat.

»Mit dem Himmel ist es nicht so, als ob man in die Hamptons fährt«, sage ich. »Weil man nach dem Wochenende nicht zurückkommen kann. Er ist sehr weit weg, aber die Leute im Himmel können uns trotzdem sehen und hören.«

Alle hören mir zu.

»Im Himmel wird man nie krank. Und man ist nie allein, weil da ganz viele Leute sind …«

Ich sage der Klasse nicht, dass ich das mit dem Himmel eigentlich nicht richtig verstehe. Dass es nicht stimmen kann, weil es ziemlich schwierig wäre, unter der Erde jemanden zu sehen und zu hören, selbst wenn man gute Augen und Ohren hat. Und dass da ja vielleicht wirklich viele Leute sind, aber nicht die, die man richtig liebhat. Ich sage es nicht, weil ich weiterreden und mir wichtig vorkommen will. Das ist besser, als an Daddy zu denken und traurig zu sein.

Wenn Legs kichert, muss ich auch kichern. Ich kann einfach nicht anders. Sobald ich sie kichern höre, kichere ich mit, bevor ich weiß, warum sie eigentlich kichert. Manchmal kichern wir so viel, dass sie es selbst nicht mehr weiß, wenn wir endlich aufhören und ich sie danach frage. Aber wenn Miranda kichert, kichere ich nicht mit. Wenn Miranda kichert, kriege ich so ein komisches Gefühl im Bauch.

Heute spielen Legs und ich Seilhüpfen, und Miranda steht mit Freya und Audrey auf dem Spielplatz. Sie schauen zu uns herüber. »Clemmy! Kannst du mal kurz herkommen?«

Ich höre auf zu springen, aber Legs macht weiter, weil sie zwanzig Mal schaffen will, ohne hängen zu bleiben.

»Mach schon!« Miranda kichert. »Wir haben nicht den ganzen Tag Zeit!«

»Okay.« Legs hört auf zu springen, und wir gehen hinüber zu Miranda und den anderen.

»Ist der Himmel echt in der Erde?«, fragt Miranda.

»Ja«, sage ich.

»Aber in der Erde gibt es … Würmer.« Miranda grinst. »Heißt das, dass die Würmer deinen Daddy essen?« Sie schaut Freya an, und beide prusten los.

»Nein«, sage ich, aber daran habe ich nicht gedacht. In der Erde gibt es wirklich Würmer.

»Warum nicht?«, sagt sie und tut ganz unschuldig. »Wenn da doch Würmer sind?«

»Weil er in einer Kiste liegt.« Das fällt mir erst jetzt wieder ein, aber ich weiß, dass ich recht habe.

Miranda schaut Freya an. Jetzt lächelt sie nicht mehr. »Wie ist er eigentlich gestorben?«

Alle schauen mich an, sogar Legs. Ich weiß nicht, was ich sagen soll. Jedes Mal wenn ich jemanden frage, erzählen sie mir etwas anderes. Mom sagt, es war ein Unfall. Nana sagt, Daddy war krank im Kopf. Der Mann, der auf Daddys Beerdigung gesprochen hat, hat gesagt, dass ihn Jesus irgendwohin mitgenommen hat. Ich glaube nicht, dass irgendjemand weiß, was mit Daddy passiert ist. Außer dass er jetzt im Himmel ist, und der ist in der Erde.

»Er war alt«, sagt Legs, als ich nichts sage. »Und krank.«

Manchmal mag ich Legs furchtbar gern.

Und Miranda sagt: »Da hat meine Mom aber was anderes gesagt.«

Ich runzle die Stirn. »Was hat deine Mom denn gesagt?«

Alle schauen Miranda an. Sie lässt sich lange Zeit mit ihrer Antwort. Am liebsten würde ich ihr Gesicht packen und sie dazu bringen, es sofort zu sagen.

»Sie hat gesagt, er ist gestorben, weil der Mistkerl Angst hatte, die Suppe auszulöffeln.«

Jetzt sind alle ganz still. Ich weiß nicht genau, was das bedeutet, aber ich weiß, dass »Mistkerl« kein schönes Wort ist. Außerdem weiß ich, dass es nicht stimmt. Daddy hatte nicht mal Angst davor, nachts in den Keller zu gehen, und auch nicht vor der bösen Fee in *Dornröschen*. Nie im Leben hätte er Angst vor einer Suppe gehabt.

»Was denn für eine Suppe?«, fragt Legs.

»Keine Ahnung«, muss Miranda zugeben. »Wahrscheinlich eine richtig eklige Suppe.«

Die Glocke läutet, und Miss Weber sagt, wir sollen uns in zwei Reihen aufstellen. Miranda läuft vor an die Spitze und scheint die Suppe vergessen zu haben und auch wie Daddy gestorben ist, aber ich muss dauernd an die Würmer und an den Himmel denken und daran, was an dieser Suppe wohl so eklig ist.

Kapitel 10

Als ich aus dem Klassenzimmer komme, ist Mom da. Sie hat ein weißes Hemd an und Jeans und flache Schuhe und steht allein da, nicht bei den anderen Müttern. Früher hat Mom immer Ohrringe und einen Rock getragen und solche Schuhe wie Miss Weber. Und die anderen Mütter standen alle um sie herum.

Ich winke, und sie zieht einen Lebkuchenmann aus ihrer Handtasche und hält ihn sich vors Gesicht, damit es so aussieht, als ob er reden kann.

»Hallo«, sagt er. »Ich bin Erster-Schultag-Fergus. Bitte iss mich nicht auf!«

»Natürlich ess ich dich nicht auf, Fergus«, sage ich – dann beiße ich ihm den Kopf ab. Mom und ich kichern.

Sonst bleibe ich nach der Schule immer noch ein bisschen da und spiele, damit Mom sich mit der Mom von Legs unterhalten kann, aber heute gehen wir gleich. Als wir ein Stück gegangen sind, frage ich: »Hatte Daddy Angst vor Suppe?«

»Nein«, sagt Mom langsam. »Warum?«

»Nur so«, sage ich erleichtert. Dann frage ich: »Wird Daddy von den Würmern gegessen?«

Mom bleibt stehen. »Was?«

»Miranda sagt, wenn man in der Erde liegt, essen einen die Würmer.«

Mom murmelt etwas, das wie *verbannt* klingt. Dann sagt sie: »Daddy ist im Himmel, das weißt du doch.« Sie drückt kurz meine Schulter. »Ich bin sicher, dass er von da oben auf uns aufpasst.«

Ich mag es überhaupt nicht, wenn Mom das sagt. Ich will nicht, dass Daddy von da oben auf mich aufpasst. Ich will, dass Daddy hier bei mir ist. Damit er mich morgen in die Schule bringen und die komischen Stimmen der Zwerge nachmachen kann, wenn er mir vorm Schlafengehen *Schneewittchen* vorliest.

»Wie ist er gestorben?«, frage ich.

Mom sieht mich an. »Das weißt du, Clem. Es war … ein Unfall.«

»War Daddy ein … *Mistkerl*?«

Mom bleibt eine ganze Weile still. »Hat Miranda das auch gesagt?«, fragt sie dann.

»Ja.«

Mom geht in die Hocke. »Die Leute sagen vielleicht irgendwelche Dinge über Daddy, aber sie haben keine Ahnung, wovon sie reden. Wer kennt Daddy besser als alle anderen?«

»Wir«, sage ich.

»So ist es.« Sie lächelt ein bisschen. »Hat Miranda Daddy denn überhaupt mal kennengelernt?«

»Ja, einmal. Auf meiner Prinzessinnenparty.«

»Nur das eine Mal?«, sagt Mom. »Na, was weiß sie da schon?«

»Ja«, sage ich und grinse. »Was weiß sie schon.«

Mom zwinkert mir zu. Dann steht sie auf, und wir gehen weiter, und ich mache mir keine Sorgen mehr, weil ich weiß, dass Daddy keine Angst vor irgendeiner Suppe hatte und dass Miranda keine Ahnung hat, wovon sie redet.

Ich spiele noch ein bisschen draußen, bevor mich Mom zum Abendessen ruft. Als ich die Hände gewaschen habe und ins Esszimmer komme, ist nur noch ein Stuhl frei, neben einem Mann mit Glatze. Ich setze mich.

»He!«

Ich schaue hoch. Er hat die Stirn gerunzelt.

»Das ist Myrnas Platz.«

»Oh.« Schnell rutsche ich wieder runter. Der Mann mit der Glatze ist ganz schön unfreundlich. »Tut mir leid.«

Eine Frau legt den Arm um mich. Sie ist weich und hat gelbe Haare und riecht nach Blumen. »Warum setzt du dich nicht hierher, Liebes, neben mich?«

Ich mag die Frau. Sie hat ein nettes Lächeln und eine lustige Stimme, leise und langsam, wie die Leute in *Küss den Frosch*. Ich setze mich neben sie.

»Also, dann wollen wir mal sehen«, sagt sie. »Du dürftest ungefähr … sechs sein?«

»Ich bin sieben«, sage ich. Ich sehe doch nicht aus wie sechs.

»Oh, ich bitte um Entschuldigung. Ich habe eine Urenkelin, die sechs ist. Oder« – sie runzelt die Stirn – »vielleicht ist sie sieben? Bei siebenundzwanzig Urenkeln fällt es mir schwer, mich an alle zu erinnern.«

Ich finde auch, dass das ziemlich viele sind, an die man sich erinnern muss.

»Ich heiße Clara«, sagt die Frau. »Das ist mein Ehemann, Laurie.«

»Ich heiße Clementine«, sage ich und vergesse, einen anderen Namen zu sagen. Manchmal tu ich so, als ob ich anders heiße. Ich weiß nicht, warum, es macht mir einfach Spaß.

Mom bringt Fettuccine mit Speck, Cherrytomaten und Spinat. Als sie an unseren Tisch kommt, mache ich mich auf meinem Stuhl ganz klein, weil ich eigentlich in der Küche essen soll, aber Mom zwinkert mir nur zu. Sie scheint heute fröhlich zu sein.

»Diese Nudeln hat mein Daddy besonders gern gemocht«, erkläre ich Clara. »Das waren seine Lieblingsnudeln. Wir haben immer so getan, als ob sie die Haare von Rapunzel sind. Daddy hat gesagt: ›Rapunzel, lass dein Haar herunter‹, und ich habe die Gabel über seinen Mund gehalten und die Nudeln abgewickelt, direkt in seinen Mund.«

»Das klingt, als wäre er ein guter Daddy gewesen«, sagt Clara.

»Ja.«

»Wie war's in der Schule?«, fragt sie.

»Ganz gut. Ich habe Legs wiedergesehen. Das ist meine beste Freundin. Eigentlich heißt sie Allegra, aber alle nennen sie Legs.«

»Nun, das da sind meine Freunde«, sagt Clara. Sie deutet mit der Gabel auf ein paar der anderen Leute am Tisch. »May und Gwen und Bert.«

Bert ist der Mann mit der Glatze, der mich vom Platz seiner Freundin vertrieben hat. Ich sehe, dass sich noch niemand dort hingesetzt hat.

»Ich bin nicht sicher, ob Ihre Freundin noch kommt«, sage ich zu ihm. »Ich kann meine Mom bitten, ihr das Essen warm zu stellen, wenn Sie wollen.«

Der Mann schaut geradeaus, als ob er mich nicht gehört hat. Ich weiß, dass alte Leute oft nicht gut hören, deshalb sage ich es noch mal.

»Vielen Dank, kleines Fräulein«, sagt er. »Ich habe es bereits beim ersten Mal verstanden.«

»Warum haben Sie dann nichts gesagt?«, frage ich.

Clara sagt: »Ich hoffe, dass du uns heute Abend wieder

einen Irish Dance vorführst, Clementine. Das hat uns allen sehr gefallen, hat es doch, oder?«

Alle nicken und lächeln und sagen ja, es hat ihnen gefallen. Nur Bert nicht. Der starrt auf den Platz, den er für seine Freundin frei gehalten hat. Als ob er nicht glauben kann, dass sie nicht kommt.

»Vielleicht geht es ihr nicht gut?«, sage ich.

Bert schaut weiter auf den Stuhl. »Ich glaube nicht, dass es das ist.«

»Aber warum ist sie dann nicht zum Essen gekommen?«

Bert schaut mich lange an, ohne was zu sagen. Manchmal brauchen Erwachsene dafür ein bisschen länger als Kinder. Ich glaube, ihr Gehirn ist langsamer. Schließlich sagt er: »Sie ist gekommen.«

»Echt?«, sage ich erstaunt. »Ich hab sie gar nicht gesehen.«

»Das heißt nicht, dass sie nicht da war.«

Die anderen Leute stehen auf und gehen in das vordere Zimmer. Ich stehe auf und setze mich auf den leeren Stuhl neben Bert. Aber jetzt steht er auch einfach auf.

»Warten Sie doch!«

Bert bleibt stehen. Er runzelt die Stirn, aber nicht so, als ob er böse ist. Eher müde. »Ja?«

»Ist Ihre Freundin unsichtbar?«

Er lächelt, aber irgendwie so, als ob er es eigentlich nicht will. Wenn er richtig lächelt, sieht er ganz anders aus. Er sieht nett aus.

»Für die meisten Leute ist sie unsichtbar«, sagt er. »Aber ich kann sie sehen.«

»Das ist cool.«

Er lächelt wieder. »Ja, das ist vermutlich … cool.«

Plötzlich fällt mir etwas ein, und ich springe von meinem Stuhl hoch. »Habe ich gerade auf ihr gesessen?«

Jetzt lacht er laut. Er mag mich, das weiß ich. Aber seine Freundin mag mich wahrscheinlich nicht so sehr, wenn ich gerade auf ihr gesessen habe. »Nein. Keine Sorge.« Bert packt die Griffe seines Gehwagens und rattert damit zur Tür.

»Warten Sie«, sage ich noch mal.

Er seufzt. »Ja?«

»Warum können Sie sie sehen, aber niemand sonst?«

Bert denkt eine Weile darüber nach. »Ich kann sie sehen, weil ich mir das sehr wünsche.«

»Sie meinen ... wenn es jemanden gibt, den ich nicht sehen kann ... und ich es mir sehr wünsche ... dann kann ich ihn sehen?«

»Du kannst es versuchen.«

»Und kann ich dann auch mit ihm reden?«

Er zuckt mit den Schultern. »Warum nicht?«

»Sogar« – jetzt flüstere ich – »wenn er *tot* ist?«

Bert runzelt die Stirn. Ich glaube, das war ziemlich dumm von mir. Natürlich kann man jemanden, der tot ist, nicht sehen oder mit ihm reden! Aber Bert stapft mit seiner Gehhilfe zu mir und beugt sich zu mir herunter, bis wir gleich groß sind. Sieht ganz schön anstrengend aus, das Runterbeugen. Ich hoffe, dass er wieder hochkommt. »Wenn ich tot wäre«, sagt er, »und ein hübsches Fräulein wie du mit mir reden wollte ... also, ich käme ganz bestimmt zurück, um sie zu besuchen.«

Das macht mich so froh, dass sich meine Augen mit Tränen füllen, und ich schlinge die Arme um seinen Hals und werfe ihn beinahe um.

Kapitel 11

Eve

Der Tag zieht an mir vorbei wie ein nicht endender Zug. Ich wechsle Laken mit verdächtig aussehenden Flecken. Zusammen mit dem Wasser aus einem Glas entsorge ich beinahe ein Gebiss. Im Moment wische ich gerade die letzten Krümel von der Arbeitsfläche, spüle den Lappen aus und hänge ihn über den Wasserhahn. Mein Rücken tut weh. Ich habe mir immer eingebildet, ich wäre einigermaßen fit, aber Hausarbeit hat es in sich. Ich fühle mich ausgelaugt, kaputt, zerschlagen.

Clem ist im vorderen Zimmer und sieht fern, während sie wartet, dass wir nach Hause fahren. Emerson, die Pflegerin, die der Pflegedienst geschickt hat, sitzt im Salon und liest einen Roman. Die Bewohner sind in ihren Zimmern und machen sich bettfertig, und ich kann es kaum erwarten, das Gleiche zu tun. Ich wasche mir die Hände, packe das Handbuch ein und gehe in den Salon, um mich von Emerson zu verabschieden.

»Ich mach dann für heute Schluss.«

Emerson blickt von ihrem Buch auf. »Okay. Soll ich vor dem Schlafengehen noch mal kurz bei jedem Bewohner reinschauen oder lasse ich sie besser in Ruhe?«

Ich habe keine Ahnung. Wenn ich daran denke, wie ich heute Morgen bei Clara reingeplatzt bin, will ich lieber niemanden mehr stören. Andererseits würde ich nach meiner Unterhaltung mit Anna heute Nachmittag gern noch einmal nach ihr sehen. Vielleicht erinnert sie sich inzwischen daran, was sie mit »Helfen Sie mir« gemeint hat.

»Ich sehe schnell nach ihnen, bevor ich gehe«, sage ich.

Die erste Tür ist die von Luke, sie steht einen Spalt offen, und plötzlich habe ich wieder Erics Worte im Ohr. *»Die Türen von Luke und Anna müssen abgesperrt werden.«* Ich nehme mir vor, Emerson darauf hinzuweisen, und klopfe laut. »Luke? Ich bin's, Eve. Ich wollte nur nachsehen, ob alles in Ordnung ist.«

Ich warte, linse durch den Spalt, aber es kommt keine Antwort, und es bewegt sich auch nichts.

»Luke?« Ich drücke die Tür ein bisschen weiter auf. »Sind Sie da?«

Als er noch immer nicht antwortet, mache ich die Tür ganz auf. *Lieber Gott, bitte lass ihn nicht nackt sein. Oder noch schlimmer, nackt und verwirrt.* Langsam trete ich ins Zimmer. Sein Bett ist gemacht. Leer. »Scheiße!«

»Alles in Ordnung?«

Ich wirble herum. In der Tür steht Emerson. »Luke ist nicht da«, sage ich.

Meine Besorgnis spiegelt sich in Emersons Augen. Das ist nicht gut.

Emerson fängt sich sofort wieder. »Die Eingangstür ist verschlossen, das heißt, er muss irgendwo hier sein. Ich suche das Haus ab. Sie sehen bei den anderen Bewohnern nach.«

»Ja.« Ich nicke hektisch. »Bei den anderen Bewohnern.«

Bei aller Panik stelle ich fest, dass ich wünschte, ich würde das Haus absuchen, während Emerson die verwirrten alten Leute aus dem Schlaf reißt und zugeben muss, dass uns ein Bewohner abhandengekommen ist.

Ich trete auf den Flur hinaus und betrachte die geschlossenen Türen. Unter denen von Anna und Bert fällt Licht durch; hinter den anderen ist es dunkel. Ich gehe zu Annas Tür. Ziemlich unwahrscheinlich, denke ich, dass Luke um diese Zeit einem griesgrämigen alten Mann einen Besuch abstattet.

Ich klopfe leise. »Anna, ich bin's, Eve. Sind Sie da?«

Ich warte einen Moment, und meine Panik wächst. Keine Antwort. Ist Anna ebenfalls verschwunden? Ich reiße die Tür auf. Im Geiste sehe ich es bereits vor mir: Ein weiteres gemachtes Bett. Ein weiterer verschwundener Bewohner. Die Sache läuft aus dem Ruder.

Beim Anblick von Annas Füßen wird mir vor Erleichterung beinahe schwindlig. Gott sei Dank! Ich gehe weiter ins Zimmer, bis ich das ganze Bett im Blick habe; dann schnappe ich nach Luft und ziehe mich rasch zurück.

»Ich habe das gesamte Haus abgesucht«, sagt Emerson, die plötzlich neben mir steht. »Keine Spur von Luke.«

»Alles in Ordnung«, sage ich, obwohl ich ziemlich sicher bin, dass das nicht stimmt. »Ich habe ihn gefunden.«

Kapitel 12

Anna

Dreizehn Monate zuvor …

Wissen Sie, was ich nicht vermisse? Die Arzttermine. Als ich vor einem Jahr die Diagnose erhalten habe, jagte einer den anderen. Die Geriater (ich weiß es noch, stimmt's?), die Neurologen, die Neuropsychologen. Die Gedächtniskliniken, die PET-Scans. Das Interessante an Alzheimer ist, dass sich die Diagnose letztlich nur durch eine Autopsie bestätigen lässt. Aus diesem Grund lautete Dr. Brains Diagnose, dass ich »wahrscheinlich Alzheimer« habe. Dieses »wahrscheinlich« hat mich immer zum Lachen gebracht. Es mag ein bisschen makaber klingen, aber die Vorstellung, dass sie einem den Kopf aufmachen, wenn man tot ist, und sagen: *Ach, guck mal einer an. Sie hatte es gar nicht,* hat für mich etwas Lustiges.

Es ist sechs Wochen her, seit Junger Mann mich im Flur abgefangen hat … und ich bin immer noch nicht tot. Ich hätte nicht damit gerechnet, aber in letzter Zeit hat mir das Leben einige Überraschungen beschert. Ich habe weder vergessen, was ich in dieser Nacht vorhatte, noch habe ich beschlossen, meinen Plan aufzugeben und es nicht zu tun. Ich denke, wie viele Anrufer bei *Beat the Bomb* habe ich mich einfach dafür entschieden, das Risiko einzugehen und noch ein bisschen zu warten.

Heute ist Tiertherapietag. In Anbetracht meiner Hundephobie nicht gerade mein Lieblingstag, aber ich bin im Haus, und die Hunde sind alle draußen, ich kann mich also nicht beschweren. Junger Mann, der Hundefreund, liebt den Tiertherapietag. Normalerweise ist er die ganze Zeit draußen bei den Hunden. Heute hat er beschlossen, drinnen zu bleiben, aber ich weiß, dass er lieber draußen wäre, weil seine Augen am Fenster kleben, vor dem ein flauschiges Fellknäuel auf dem Schoß von Südstaatenlady sitzt und ihr das Gesicht ableckt. Ich schüttle mich.

»Myrna mag Hunde auch nicht.«

Ich sehe hoch, unsicher, wer da gerade gesprochen hat. Der alte Mann, dem ich den Namen Kahlkopf gegeben habe, steht da und sieht mich an. »Was?«, sage ich.

»Hunde. Myrna mag sie nicht.«

Das Verhalten alter Leute ist manchmal nicht nachvollziehbar. Kahlkopfs Stimme klingt schroff und gereizt, als hätte ich ihn bei irgendetwas gestört, dabei ist er doch derjenige, der mich angesprochen hat.

»Oh.« Ich lehne mich zurück, als eine Frau – Liesel, ihrem Namensschild zufolge – mir das fetteste Kaninchen der Welt auf den Schoß setzt. Ich taufe es auf der Stelle Sumo-Bunny. »Da haben Myrna und ich ja was gemeinsam.«

Junger Mann grinst. In den vergangenen Wochen ist er zu meinem ständigen Begleiter geworden – wo ich hingehe, geht auch er hin. Ich bin mir nicht sicher, ob er befürchtet, ich könnte versuchen, mich umzubringen, oder ob er einfach nur meine Gesellschaft genießt, aber es kommt aufs Gleiche raus – wir sind ständig zusammen. Ehrlich gesagt ist es ziemlich praktisch. Ein paarmal hat er mir geholfen, den richtigen

Weg zu finden, als ich etwas desorientiert war. Und einmal, als wir beide ein bisschen desorientiert waren, haben wir beschlossen, dass es zu zweit sicherer ist, und sind einfach geblieben, wo wir waren, bis uns jemand gefunden hat.

Jetzt beobachte ich ihn. Er blickt auf das Tier auf seinem Schoß, seine Wimpern heben sich dunkel von seinem blassen Gesicht ab. Die beiden obersten Knöpfe seines Hemds sind offen, und er hat die Ärmel hochgekrempelt. Ich starre auf seine Brust und sehe schnell wieder zu Sumo-Bunny, als er mich dabei ertappt.

Für gewöhnlich spricht Junger Mann nicht viel, und ich weiß nicht, ob das an seiner Form von Demenz liegt oder ob er noch nie ein Mann vieler Worte gewesen ist. Aber wie dem auch sei, ich finde es angenehm, wenn nicht dauernd geredet wird. Wenn er was sagt, dann stellt er mir Fragen. Es ist komisch, was er alles wissen will – meine Lieblingsfilme, welche Musik ich höre. Meine Antworten sind langweilig und vorhersehbar, aber er hört mir aufmerksam zu, als gäbe es nichts, was er lieber täte. Ich erkundige mich nach seinen Lieblingsdingen, und er erzählt mir ein bisschen davon, aber ich weiß, dass Sprechen ihn anstrengt. Nach einer Weile erscheint auf seinem Gesicht ein frustrierter Ausdruck, und deshalb lasse ich zu, dass sich die Unterhaltung wieder mir zuwendet.

»Können Sie mal den verdammten Fernseher ausschalten?«, schreit Kahlkopf plötzlich. Griesgrämiger alter Knacker. Er deutet mit dem Arm auf die Armlehne meines Sessels, wo die Fernbedienung liegt. Ich nehme sie.

Nur damit Sie es wissen, so eine Fernbedienung hat ungefähr tausend Knöpfe. Manche sind grün. Manche sind rot. Manche sind grau. Unter jedem Knopf steht irgendwas Unverständliches – INPUT, AUDIO, AV. Ich probiere es mit einem von den grauen Knöpfen. Lautes Rauschen erfüllt das Zimmer.

»Wollen Sie, dass mir das Trommelfell platzt?«, kreischt Kahlkopf.

Schnell drücke ich einen anderen Knopf, einen grünen. Das Rauschen bleibt, aber das Bild im Fernseher wechselt und dann gleich noch einmal.

Ich wünschte, Ethan wäre hier. Oder Brayden oder der andere Neffe. Kinder kennen sich mit diesem technischen Zeug aus.

»Jetzt machen Sie doch was«, sagt er.

»Ich versuche es ja«, sage ich, weil es stimmt. Ich drücke einen roten Knopf, aber es wird nur lauter. Verzweifelt sehe ich Jungen Mann an.

Er fasst mich bei der Hand. »Schnell«, sagt er und steht auf. Das Tier auf seinem Schoß springt herunter und hoppelt davon. Trotz des lauten Rauschens spüre ich, wie bei der Berührung seiner Hand Energie durch mich strömt. Sumo-Bunny rutscht von meinem Schoß, als er mich hochzieht. »Machen wir … dass … wir hier w-wegkommen«, sagt er.

»He!«, schreit Kahlkopf. »Wo wollen Sie hin?«

Wir biegen um eine Ecke, dann um noch eine und bleiben schließlich vor einem kleinen Tisch mit einem Spiegel und einer Blumenvase stehen. Meine Augen wandern über sein kräftiges Kinn, das Grübchen, die teefarbenen Augen. Ich spüre überall in meinem Körper ein warmes Kribbeln. Ich bin so hin und weg, dass ich seinen Blick nicht einmal dann loslasse, als eine Frau in einem grünen T-Shirt ins Zimmer kommt. Auf ihrem Namensschild steht LIESEL.

»Da sind Sie ja, Luke!«, sagt sie. »Wir füttern jetzt die Hunde. Wenn Sie zusehen wollen, müssen Sie rauskommen.«

»Heute … n-nicht«, sagt er.

»Sie sollten gehen«, sage ich. »Sie mögen diese blöden Hunde doch so gern.«

Er schüttelt entschieden den Kopf. Und obwohl ich dagegen ankämpfe, beginnt mein Herz zu jubeln. »Nein«, sagt er noch einmal. »Ich b-b-bin viel lieber hier.«

Es klopft, irgendwo in meinem Zimmer klopft es. Es klingt wie ein Specht. *Klopf, klopf, klopf.* Ich blicke zum Fenster, und im selben Moment geht die Tür auf.

Plötzlich steht der Leitertyp vor mir. »Anna? Sie haben einen Anruf.«

»Einen Anruf?«

Ich fühle mich heute merkwürdig unsicher, nervös, als würde ich darauf warten, dass sich jemand an mich heranschleicht, aber das tut natürlich niemand. Ich weiß, dass ich in meinem Zimmer im Rosalind House bin, aber wenn ich mich nach etwas Vertrautem umsehe, finde ich nichts. Es ist, als befände ich mich auf der Grenzlinie zwischen Demenz und Realität, und ich kann nicht sagen, wo welche Seite ist.

»Ja«, sagt er, »einen Anruf. Kommen Sie mit.«

Seit ich hier eingezogen bin, hat mich noch nie jemand angerufen. Nicht dass ich mich daran erinnern würde, denke ich. Ich habe kein Telefon in meinem Zimmer – angeblich ist das für Demente zu verwirrend. Mir ist es recht. Es fällt mir schwer, mit jemandem am Telefon zu reden: kein Gesichtsausdruck, an dem man sich orientieren kann, keine gehobenen Augenbrauen oder verschwörerischen Blicke. Trotzdem ist es vermutlich aufregend. Ein Anruf.

Auf dem Weg ins Büro des Leiters kommt mir der Gedanke, dass es eine schlechte Nachricht sein könnte. Ein Todesfall? Ein Unfall? Einer der Neffen? Als mir Eric schließlich das Sprechende des Telefons in die Hand drückt, flattert es in meiner Brust. Ich halte es mir ans Ohr, aber es dauert ein paar Sekunden, bis mir einfällt, dass ich etwas sagen muss. »Äh … hallo?«

Ein tiefes, heiseres Räuspern und dann … »Anna?«

»Dad?«

Kurzes Schweigen. »Anna, ich bin's, Jack.«

Wie peinlich. »Ich weiß. Hab ich doch gesagt.«

Am liebsten würde ich mir selbst eine Kopfnuss verpassen. *Dad? Im Ernst?* Habe ich gedacht, dass er nach zwanzig Jahren einfach so anruft, um Hallo zu sagen?

»Wie geht's dir?«, fragt er.

»Was ist los, Jack?« Ich klinge kurz angebunden, ich weiß, aber nach dem Ausrutscher eben will ich dieses Telefonat so schnell wie möglich beenden. »Ist was passiert?«

»Nein, ich rufe wegen morgen an. Ich muss Brayden zur Little League bringen, deshalb holt Helen dich ab. Okay?«

Ich habe keine Ahnung, wovon er spricht, aber da das Schweigen immer länger dauert, wartet er wohl darauf, dass ich etwas sage. Also sage ich »Okay«.

»Ich freue mich darauf, dich zu sehen.«

»Ja«, sage ich. »Ich freue mich auch.«

Ich blicke zur Tür. Dort steht der Leiter und wartet. Ich würde ihm gern sagen, dass er nicht auf mich zu warten braucht, dass ich den Weg zurück in mein Zimmer allein finde, aber ich bin mir nicht sicher, ob das stimmt. Wahrscheinlich ist es besser, wenn er auf mich wartet.

Ich stehe noch einen Moment mit dem Telefon in der Hand da, bis ich merke, dass es mir ins Ohr piept. Jack muss aufgelegt haben. Der Leiter steht nach wie vor an der Tür, und ich will nicht, dass er das mitbekommt, deshalb sage ich laut: »Also – bis morgen, Jack.« Dann lege ich das Sprechende des Telefons auf die Gabel und folge Eric zurück in mein Zimmer.

Im Rosalind House schlafen die Leute dauernd ein, aber nie in ihren Betten. Tagsüber, wenn sie in den Sesseln sitzen, fallen sie um wie die Fliegen. In der einen Minute schwatzen sie noch munter drauflos und in der nächsten *zzzzzz*. Traumland. Aber nachts, wenn ein bequemes Bett zur Verfügung steht, *bumm*. Hellwach. Ich habe Verständnis für die alten Leute, wie inzwischen bei vielen Dingen. Ich bin auch ständig müde, und ich freue mich den ganzen Tag auf einen tiefen, erholsamen Schlaf. Aber sobald ich unter die Decke krieche, scheinen mir Streichhölzer zwischen den Augenlidern zu klemmen.

Als ich heute Nacht wieder nicht schlafen kann, stehe ich auf und gehe hinaus auf den Flur. Dort treffe ich Blondie.

»Alles in Ordnung?«, frage ich sie. Am Ende des Flurs gibt es ein Zimmer für die Pflegerin, die Nachtdienst hat, und um diese Zeit ist sie für gewöhnlich da drin.

Sie lacht. »Ich wollte Sie gerade das Gleiche fragen. Können Sie nicht schlafen?« Blondie klingt wie immer fröhlich und munter.

»Ich dachte, ich laufe ein bisschen herum«, sage ich. »Ist das okay?«

»Nur zu.« Sie hält ihre Dicktasse am Henkel hoch. »Auch eine heiße Schokolade? Ich wollte mir gerade eine machen.«

Ich lehne dankend ab, und sie steuert die Küche an. Ich gehe in die entgegengesetzte Richtung. Das Rosalind House ist ein wunderschönes Haus, aber wenn nur ein paar Stehlampen brennen, wirkt es schnell unheimlich, vor allem wenn man allein ist. Die Dunkelheit macht mir Angst. Was soll ich jetzt tun? Den Fernseher einschalten ist nicht möglich, da die Bewohner einen leichten Schlaf haben und ich lieber einer Horde Gremlins in die Hände fallen würde, als Kahlkopf aufzuwecken. Er ist schon mürrisch genug, wenn er acht Stunden geschlafen hat. Ich kann hier also im Dunkeln herumstehen … oder weitergehen.

Meine Beine kribbeln, also gehe ich weiter. Ein paarmal

die Treppe rauf und runter. Ich erinnere mich schwach daran, dass Dr. Brain gesagt hat, Bewegung sei gut bei Alzheimer. Aus irgendeinem Grund bringt mich das zum Lachen. Was bin ich doch für eine folgsame Schülerin!

Nach einer Minute oder so bleibe ich stehen. Jetzt bin ich müde. Das passiert oft – in der einen Minute bin ich hellwach und in der nächsten überrollt mich die Müdigkeit wie eine Dampfwalze. Ich drehe mich um, um in mein Zimmer zurückzugehen, und bleibe gleich wieder stehen. Bin ich oben oder unten? Ich sehe mich um. Ich stehe auf einem ebenen Stück Teppichboden. Direkt vor mir liegt ein Flur mit Türen auf beiden Seiten. Ich muss unten sein.

Ich drehe mich in die andere Richtung und blicke auf die Treppe, aber statt vor mir emporzuragen, verschwindet sie nach unten in einem Loch. Ich blicke mich noch einmal um. Flur, Türen, riesiges Loch. Ich muss im … Fehlanzeige. Ich komme nicht drauf.

Ich gehe ein bisschen auf und ab und halte mich dabei von dem Loch fern. Ich bin müde und will ins Bett. Es ist, als wäre ich in einer Kiste. Einer bescheuerten Kiste. So was wie dieses unheimliche Zimmer in *Charlie und die Schokoladenfabrik*, das Zimmer mit nur einer Tür, die niemand findet. Was, wenn ich sie auch nicht finde? Was, wenn ich für immer in dieser Kiste festsitze?

»Verdammt.« Ich trete gegen die Wand. »Blöde. Bescheuerte. Treppe.«

Ich höre Schritte. *Blondie!* Sie wird mich retten. Ich drehe mich um und schnappe unwillkürlich nach Luft. Da unten in dem Loch ist jemand, und es ist nicht Blondie. Ich spüre einen Anflug von Angst oder Aufregung oder irgendwas sonst.

»Was machen Sie d-da?«, fragt Junger Mann.

»Nur ein bisschen rumlaufen«, sage ich. Aus irgendeinem

Grund bin ich zu stolz, um ihm zu sagen, dass ich mich verlaufen habe. »Mir ist der Fuß eingeschlafen.«

»Soll ich Ihnen was z-zeigen?« Er deutet auf etwas hinter mir. »Da oben.«

Bevor ich antworten kann, lässt er sich auf alle viere nieder und klettert die Treppe hoch. Muss mit der Tiefenwahrnehmung zu tun haben – zehn Punkte für Kreativität. Oben angekommen, richtet er sich auf und grinst mich an.

Ich versuche zurückzugrinsen, bleibe aber auf halbem Wege stecken.

Er trägt ein weißes T-Shirt mit V-Ausschnitt und eine dünne dunkelblaue Jogginghose – so dünn, dass ich darunter die Form seiner Beine (muskulös) erkennen kann. Er zwinkert mir zu und geht an mir vorbei zur Vorderseite des Hauses.

»Kommen Sie«, sagt er. »Kopieren Sie mich.«

Allmählich gewöhne ich mich an seine lustige Art, Wörter zu verwenden, ich finde es sogar charmant. Nichts scheint ihm peinlich zu sein: nicht das Klettern, nicht das Stottern, nicht das komische Sprechen. Die Art, wie er damit umgeht, ist vorbildhaft. Und wahnsinnig sexy.

Er führt mich zu einer zweiten Treppe und klettert sie hoch. Ich folge ihm auf zwei Beinen. Am Ende des Flurs öffnet er eine Tür. Mein Herz klopft wie wild. *Was machen wir hier eigentlich? Wohin bringt er mich?*

»Nach I-I-Ihnen«, sagt er.

»Nein, danke.« Meine Stimme zittert leicht. »Nach Ihnen.«

Er geht hinein und berührt ein Ding an der Wand, und in dem Zimmer wird es hell. Es ist ein großes Zimmer, so groß wie der Salon, aber leer, abgesehen von ein paar unregelmäßigen Erhebungen unter weißen Tüchern. Auf der einen Seite des Zimmers ist ein riesiges Fenster, das vom Boden bis zur Decke reicht.

»Wow«, sage ich. »Woher wussten Sie, dass das hier ist?«

»Nachts, w-wenn niemand sonst unterwegs ist, findet … man alle möglichen … Dinge.«

Junger Mann dreht eine Runde durchs Zimmer, vorbei an einer Lampe und einem Kamin, der mit Zeitungspapier abgedeckt ist. Nur ein paar Zentimeter vor mir bleibt er stehen. Ich halte den Atem an. Wenn man bedenkt, dass ich Jungen Mann noch nicht lange kenne, verbringe ich ziemlich viel Zeit in seiner Nähe. So viel Zeit, dass die Linie seiner Wangen und der leichte Bartschatten auf seinem Gesicht etwas Beruhigendes für mich haben.

Etwas Beruhigendes und gleichzeitig höchst Beunruhigendes.

Mir wird bewusst, dass unser Schweigen schon eine Weile anhält, deshalb öffne ich den Mund, um es brechen. Er schüttelt jedoch den Kopf.

»Einfach …«, sagt er, »nicht sprechen …«

Seine Arme legen sich um meine Taille und ziehen mich an ihn. Und er presst seinen Mund auf meinen.

Seine Lippen sind weich und warm. Und plötzlich habe ich das Gefühl zu schweben. Junger Mann schmeckt nach Pfefferminz; er riecht nach Pfefferminz. Ich atme ihn ein. Und dann, ebenso unvermittelt, wie er begonnen hat, ist der Kuss vorbei.

»Wow«, sage ich.

Er lächelt scheu, dann geht er zu einer der abgedeckten Erhebungen und zieht das Tuch weg. Darunter kommt ein altmodischer Plattenspieler zum Vorschein.

»Magst du Nat King Cole?«, fragt er.

»Klar«, sage ich, aber meine Stimme klingt heiser. Ist das gerade wirklich passiert?

»G-Gut. Was a-a-anderes ist nämlich nicht da.«

Er zieht die Schallplatte aus der Hülle, legt sie auf den Teller und senkt das spitze Ding. Im nächsten Moment ist das Zimmer von Nat King Coles Bariton erfüllt. Junger Mann und ich starren einander ausdruckslos an.

»Das soll ein Witz sein, oder?«, sage ich, während sich meine Anspannung in Lachen auflöst. »›Unforgettable‹?«

»Nein«, sagt er und fängt ebenfalls an zu lachen. »Ich habe mir die Platte schon öfter angehört, aber an dieses Lied kann ich mich nicht erinnern.«

»Du … kannst dich nicht« – Hysterie erfasst mich; inzwischen lache ich so sehr, dass ich das Wort kaum herausbekomme – *»erinnern?«*

Das ist der Auslöser für ihn, was wiederum der Auslöser für mich ist. Was wiederum der Auslöser für ihn ist. In den nächsten Minuten sind wir einfach nur zwei junge Leute. Die lachen. Sich küssen. Und Nat King Cole hören.

Kapitel 13

Als Jack und ich in der dritten Klasse waren, hat er mich mitgebracht, als wir der Klasse einen Gegenstand präsentieren und erklären sollten. (Na ja, er hat mich nicht direkt mitgebracht, weil ich ja schon da war, aber er hat mich von meinem Stuhl hochgezogen und nach vorne gezerrt.)

»Das ist meine Schwester Anna«, hat er der Klasse erklärt, die das natürlich schon wusste. Er hatte mir nicht die Höflichkeit erwiesen, mich wegen dieser Einlage vorzuwarnen, und danach zu urteilen, wie Mrs. Ramseys Augen in ihrem Kopf verschwanden, ihr auch nicht. Jeder andere außer Jack – der Liebling der Lehrerin – hätte deswegen vermutlich Ärger bekommen, aber Jack war schon mit neun ein richtiger Charmeur. »Und ich habe Anna heute mitgebracht, um euch was über sie zu erzählen.«

Das war typisch Jack, wenn ich jetzt so darüber nachdenke. Ich war die Starke, er der Sensible – das perfekte Yin zu meinem Yang.

»Anna kann ihren Namen auf Chinesisch schreiben«, fing er an.

Er wirkte so selbstsicher, wie er da vor der Klasse stand. Das einzige Mal, als ich da gestanden hatte, steckte ich in der Klemme. Das hier war was anderes. Dreißig Augenpaare ruhten auf mir, als Jack mir ein Stück Kreide in die Hand drückte und dann grinsend wartete, bis ich meinen Namen auf Chinesisch an die Tafel schrieb.

»Anna hat sich drei Knochen gebrochen«, sagte er, als ich fertig war. »Sie hat nicht mal geweint, als sie sich das Handgelenk gebrochen hat, deshalb ist Mom erst nach drei Tagen mit ihr zum Arzt gegangen!«

Die Klasse machte »Aah«, und ich grinste und sagte: »Ja, das stimmt.« Und: »Nö, es hat gar nicht so wehgetan.«

»Anna ist in das Geisterhaus in der Nicholson Street gegangen und hat an die Tür geklopft, was sich niemand sonst getraut hat.«

Von Mrs. Ramseys Augen war fast nichts mehr zu sehen. Ich zuckte lässig mit den Schultern.

»Anna kann freihändig Fahrrad fahren.«

Das war jetzt wirklich nicht so schwierig, aber Jack ist schon immer leicht zu beeindrucken gewesen.

»Anna kann viele Sachen, die ich nicht kann«, beendete er seinen Vortrag. »Ich hab wirklich Glück, dass ich so eine coole Zwillingsschwester hab.«

Jack legte den Arm um mich, was ich ziemlich merkwürdig fand, aber ich ließ ihn. Manchmal hatte er solche sentimentalen Anwandlungen.

»Jack hat da etwas Wichtiges angesprochen«, sagte Mrs. Ramsey. »Wir alle sind auf unsere Art einzigartig. Sogar zwischen Jack und Anna, die Zwillinge sind, gibt es viele Unterschiede. Anna, warum erzählst du uns nicht etwas Besonderes über Jack? Etwas, das er kann und du nicht?«

Jack stand immer noch neben mir und hielt mich fest, als wäre ich eine Art Trophäe. Mit neun begann ich langsam eine Vorstellung davon zu entwickeln, was »uncool« war, und Jack sah so stolz aus, dass ich dachte, er würde anfangen zu weinen.

Mrs. Ramsey sah mich an und wartete auf eine Antwort, deshalb sagte ich: »Jack ist echt gut in Mathe«, und wir setzten uns wieder. Wenn ich später darüber nachgedacht habe, wünschte ich immer, ich hätte etwas anderes gesagt. Ich wünschte, ich hätte gesagt: *Jack weiß, wie man jemandem das Gefühl gibt, der wichtigste Mensch im Raum zu sein.*

Nachdem ich jetzt zwei Monate in dem großen Haus mit all den alten Leuten wohne, darf ich einen »Hausbesuch« machen. Wenn von Hausbesuchen gesprochen wird, kriegen alle immer so eine Tralala-Stimme, als würde es sich um eine Art Belohnung handeln – ein ehelicher Besuch für einen Häftling bei guter Führung. Ich muss an den *Bachelor* denken. Am Ende jeder Staffel sollen die letzten vier Kandidatinnen den Bachelor mit nach Hause nehmen, damit er ihre Familie kennenlernt, sie in ihrer häuslichen Umgebung sieht. Wenn sie erfahren, dass sie es unter die letzten Vier geschafft haben, fangen sie an zu jubeln und zu kreischen. *Wir kriegen einen Hausbesuch! Yippie-ya-yeah!* Mir ist das immer ziemlich kurzsichtig vorgekommen. Immerhin stehen die Chancen drei zu eins, dass es keinen zweiten Besuch geben wird. Drei der Frauen fliegen in Kürze raus. Das große Happy End ist im besten Fall unwahrscheinlich. Und was mich betrifft, ist es noch unwahrscheinlicher.

Ich bin im Salon, als die Frau hereinkommt und ihre welligen Haare zurückwirft. Sie trägt Jeans und einen pinkfarbenen Pullover und große Kreolen, und sie lächelt mir zu. Ich beginne mich zu fragen, ob sie vielleicht ein bisschen einfältig ist, als es mir dämmert: Das ist Helen. Nach einer langen Nacht mit Küssen und Tanzen (nicht mehr) mit Jungem Mann in dem Zimmer oben ist mein Hirn nicht ganz da.

»Anna!«

Normalerweise umarmen Helen und ich uns nicht (soweit ich mich erinnere), aber als sie mit ausgebreiteten Armen auf mich zukommt, erscheint es mir unhöflich, sie darauf hinzuweisen. Ich beschließe, dass es ebenfalls unhöflich wäre zu fragen, warum zum Teufel nicht Jack – der Blutsverwandte, der Angehörige – gekommen ist, um mich abzuholen. Aber ich frage trotzdem.

»Jack und die Jungs sind bei Braydens Little-League-Spiel.« Helen löst sich langsam von mir und runzelt die Stirn, als hätte sie plötzlich festgestellt, dass mir ein drittes Nasenloch gewachsen ist. »Erinnerst du dich nicht? Jack hat dich gestern angerufen, um es dir zu sagen. Wir treffen sie nachher zu Hause.«

»Ach ja, richtig«, sage ich. Es bringt nichts, ihr zu erklären, dass Jack vergessen hat anzurufen.

Als wir ankommen, sind sie wie versprochen da. Sie haben sogar ein Plakat aufgehängt: WILLKOMMEN ZU HAUSE ANNA. Mein erster Gedanke ist, dass ich hier doch gar nicht zu Hause bin. Ich bin auf »Hausbesuch« hier.

Das Schlimmste an meinem Hausbesuch ist, dass alle ununterbrochen reden. Alle drängen sich um mich und bombardieren mich mit Fragen, so dass ich kaum unterscheiden kann, wer was gesagt hat. Und wenn ich es dann geschafft habe und denjenigen ansehe, um ihm zu antworten, sind sie entweder schon beim nächsten Thema oder sie werfen sich gegenseitig den »Drittes-Nasenloch-Blick« zu, wie ich es inzwischen nenne. Als wäre ich die Durchgeknallte.

Ich fühle mich viel wohler, als die »Schau mal«-Phase des Besuchs beginnt. »Schau mal, wie ich auf dem Trampolin springe, Anna.« »Schau mal, wie ich mich auf Hanks Gesicht setze und furze, Anna.« »Schau mal, wie weit ich den Ball schießen kann … bis zum Nachbarn rüber!« Dieser Teil gefällt mir. Ich kann einfach in meinem Liegestuhl sitzen, klatschen und winken. Und ich kann mich selbst wieder denken hören.

Nach ein paar Minuten kommt Helen mit einer Tasse Tee, einem Tablett in Papier steckenden braunen Essdingern, und einem Liegestuhl für sie. Jack sitzt auf dem Rasen, sieht den Kindern zu und ist still, was mir recht ist. Ich wünschte, Helen würde seinem Beispiel folgen, aber leider hat sie die Anweisung nicht erhalten.

»Schön, dass du da bist, Anna«, sagt sie und schenkt mir eine Tasse Tee ohne Milch ein. Er riecht komisch. »Ich habe deinen Lieblingstee besorgt. Pfefferminz.«

Ich blicke stirnrunzelnd in meine Tasse. Pfefferminz ist mein Lieblingstee?

»Neulich hat Jack ihn aus Versehen getrunken und durch die halbe Küche gespuckt.« Helen hält sich eine Hand vor den Mund und kichert. »Die Jungs haben sich gar nicht wieder eingekriegt.«

Jack murmelt etwas Unverständliches. Ich nippe an meinem Tee. Er schmeckt eigentlich gut.

»Anna, schau mal!«, ruft Ethan.

»Nein! Anna schaut mir zu«, sagt Hank.

»*Mir*, Anna«, sagt der andere. »Schau *mir* zu!«

Ich drehe mich wieder zu Helen. »Was hast du gesagt?«

Helens Lächeln verschwindet. »Ach … nur dass Jack deinen Tee probiert hat und …«

»Anna!« Ethan schaukelt mit einem Arm an einem Ast, wie dieses haarige Tier, das Bananen isst. Mit der freien Hand kratzt er sich unter dem anderen Arm. »Uh-uh-uh! Ich bin ein Affe.«

Ein *Affe*. Richtig.

Neben mir, rechts von mir, redet Helen immer weiter.

»Du bist kein Affe«, sagt der Junge in dem roten T-Shirt. »Du bist ein Affenarsch!«

Die Jungs brechen in lautes Gelächter aus, außer dem kleinen, der zu weinen anfängt. Er lässt den Ast los und plumpst auf den Boden.

»Möchtest du einen Muffin?«, fragt Helen. »Heute Morgen frisch gebacken. Anna?« Sie hält das Tablett mit den braunen Dingern in die Höhe.

Ich stehe auf. Jemand redet. Ich weiß nicht, wer. Mir tut der Kopf weh.

»Anna, geht es dir gut?«, sagt jemand.

Der kleinste Junge steht mit ausgestreckten Armen vor mir. Sein Gesicht ist rot und nass, und er murmelt, dass die anderen Jungs gemein sind. Ich gehe zu ihm, und er schlingt die Arme um meine Taille.

»Eath, rück Anna nicht so auf die Pelle«, sagt Jack.

Der kleine Junge protestiert, dass er das doch gar nicht tut, und dann fängt der andere kleine Junge an zu plärren. Die Frau spricht lauter, über die Stimmen der anderen hinweg. Ich schließe die Augen. Ich kann keine einzelnen Wörter mehr unterscheiden, ich höre nur noch … Lärm. Lauten, unaufhörlichen Lärm.

»Haltet den Mund!«, schreie ich, und es fühlt sich richtig gut an. Einen Moment lang ist der Klang meiner Stimme alles, was ich höre. Und auch das fühlt sich gut an.

Doch sobald ich aufhöre zu schreien, fängt die Frau wieder an zu reden. »Anna, warum machst du nicht einfach …?«

Mir explodiert gleich der Kopf. »Ich hab gesagt, *ihr sollt den Mund halten*. Du!« Ich deute mit dem Finger auf den kleinen Jungen, den heulenden, der mich losgelassen hat und ein paar Schritte zurückgewichen ist. »Und *du*!« Dieses Mal zeige ich auf den anderen Jungen, den in Rot und Grün, der vor mir steht. »Und *du*!« Die Frau. Sie ist die Nervigste von allen. »Ihr alle, *haltet den Mund*!«

Jack steht auf und kommt auf mich zu. Ich will nicht, dass er mich anfasst. Ich will nicht, dass irgendjemand mich anfasst. Ich nehme das Tablett mit den brauen Dingern und schleudere es mit aller Kraft in den Garten. Jack bleibt stehen. Endlich hört das Geschnatter, das Geheule, das Gerede auf, geht in einem anhaltenden, schrillen Kreischen unter. Meinem Kreischen.

»Sie baut furchtbar schnell ab …«

»… mit ihrem Arzt gesprochen …«

»… was hat Eric gesagt?«

Ich weiß, dass Jack und Helen über mich sprechen. Wenn ich es wirklich wollte, könnte ich ihnen folgen, aber warum soll ich mir die Mühe machen? Es würde zu viel Platz in meinem Hirn beanspruchen und ich habe nicht viel Platz übrig. Deshalb esse ich einfach weiter mein Abendessen. Was immer es ist. Für jemanden, der so viel Zeit in der Küche verbringt, kann Helen nicht besonders gut kochen.

»Anna?«

Sie sehen mich an. Fürchterlich. Jetzt muss ich wahrscheinlich zuhören.

Jack zieht seinen Stuhl einen bisschen näher zu mir. »Willst du darüber reden, was heute passiert ist?«

»Nein.« Ich stecke einen Löffel voll von dem, was Helen gekocht hat, in den Mund. Es ist so heiß, dass es mir die Haut im Mund verbrennt, und es schmeckt wie Tomatenbrei. Selbst die Bohnen und der Reis von Latina-Kochfrau sind besser als das.

»Anna«, versucht er es erneut, »haben wir etwas gemacht, was dich aufgeregt hat?«

»Nein.«

»Bist du sicher?« Offensichtlich hat er nicht vor lockerzulassen. Ich wünschte, er würde den Mund halten und mich meinen Tomatenbrei essen lassen.

»Ich bin sicher«, sage ich. »Es ist nur so, dass es mir hier nicht gefällt. Zu … laut.«

Jacks und Helens Gesichter schwenken gleichzeitig herum, als würden sie von demselben Puppenspieler bewegt. Das lange Blinzeln. Der nach unten klappende Kiefer. Der kurze Blick zum anderen. Ich schiebe mir noch einen Löffel voll in den Mund. *Au.* Scheiße! Heiß.

»Anna …«

»Wenn du nichts dagegen hast, möchte ich jetzt gern nach Hause«, sage ich, bevor die Fragerei wieder losgeht. Und als ich »nach Hause« sage, stelle ich überrascht fest, dass ich von dem großen Haus mit den alten Leuten spreche.

Kapitel 14

Eve

»Ich hätte Ihnen das gestern wahrscheinlich genauer erklären sollen« – Eric kauert auf der Kante meines Schreibtischs und stößt einen langen, resignierten Seufzer aus –, »was Anna und Luke betrifft. Dieser Vorfall – das ist nicht zum ersten Mal passiert.«

»Verzeihung?« Ich habe ihn durchaus verstanden, aber ich will, dass er es noch mal sagt.

»Es ist ein heikles Thema, und ich wusste nicht, wie viel ich Ihnen sagen soll. Inzwischen habe ich mit Annas Bruder gesprochen, und er ist damit einverstanden, dass ich Sie darüber in Kenntnis setze. Die Sache ist die, dass Anna und Luke befreundet waren.« Er macht eine Pause, schüttelt den Kopf. »Sie *sind* befreundet. Aber kurz nach ihrem Einzug hier haben sie eine enge Beziehung entwickelt. Eine Liebesbeziehung, könnte man sagen. Für die beiden war das wunderbar; es hat ihnen Auftrieb gegeben und sich möglicherweise sogar positiv auf ihre geistigen Fähigkeiten ausgewirkt. Wir hatten vor, den Dingen ihren Lauf zu lassen, und dachten, dass es sich letzten Endes von selbst erledigen würde; dass sie ihre Freundschaft vergessen würden. Das ist in solchen Fällen oft so.«

»In solchen Fällen?«, frage ich. »Sie meinen … es gab noch andere …?«

»… Liebesbeziehungen? Oh ja«, sagt Eric und grinst. »In einem Heim für betreutes Wohnen geht es heißer her als in der Highschool. Wussten Sie das nicht?«

Erics offensichtliches Vergnügen daran hat etwas Abstoßendes.

»Bei Demenzkranken kommt es besonders häufig vor«, fährt er fort. »Der Mensch ist darauf programmiert, Bindungen mit anderen einzugehen, um zu überleben. Insofern ergibt es Sinn, dass jemand mit einer Demenz neue Bindungen eingeht, um die verlorenen zu ersetzen. Es ist gut, es hilft gegen Einsamkeit und Depressionen. Aber in diesem Fall war es ein bisschen komplizierter.«

»Warum?«

»Wir haben gemerkt, dass Luke und Anna eine intime Beziehung hatten. Das ist an sich schon kompliziert genug, aber bei den beiden zog es einen Rattenschwanz an Problemen nach sich. Zum Beispiel die Frage, ist Anna – oder was das angeht, auch Luke – geistig in der Lage zuzustimmen?«

»Aber … Sie haben doch gerade gesagt, sie hatten eine Beziehung. Das lässt doch auf beiderseitige Zustimmung schließen?«

»Nicht unbedingt. Bei fortschreitender Demenz kann unter anderem die persönliche Hemmschwelle des Betroffenen sinken, so dass er sich gegen seine sonstige Gewohnheit promiskuitiv verhält oder wahllos flirtet. Selbst wenn sie ja sagen, können wir nicht sicher sein, dass sie das auch tun würden, wenn ihr Urteilsvermögen nicht beeinträchtigt wäre. Und dann gab es da ja auch noch diesen anderen Zwischenfall – Annas Selbstmordversuch. Danach blieb uns keine andere Wahl, als die Türen abzuschließen. Wir haben uns diese Entscheidung nicht leicht gemacht. Aber unter den gegebenen Umständen erschien es am besten.«

»Kommen Anna und Luke damit klar?«, frage ich.

»Ja, mehr oder weniger. Manchmal werden sie nachts unruhig, aber andererseits ist das bei Demenzkranken nichts Ungewöhnliches. Höchstwahrscheinlich rührt Annas Dysstress von ihrer Schlaflosigkeit her, und sie erinnert sich überhaupt nicht an Luke. Luke erinnert sich möglicherweise, aber selbst wenn, können wir ihm nachts keinen freien Zutritt zu Annas Zimmer gewähren. Sie können tagsüber Zeit miteinander verbringen, aber das Personal bemüht sich, sie zu beschäftigen und abzulenken, wenn sie versuchen, sich zurückzuziehen. Ich möchte Sie bitten, das ebenfalls zu tun«, sagt er, »wenn Sie sie zufällig zusammen sehen.«

Ich muss an Annas Bitte um Hilfe denken. An ihre Frage, ob *er* da sei, und dass sie dann sagte, sie habe von Luke gesprochen.

»In Ordnung, Eve?«, wiederholt Eric.

»Ja«, sage ich. »Alles klar.«

Offenbar verrät jedoch mein Gesichtausdruck, was ich wirklich empfinde, weil Eric fortfährt. »Es ist wichtig, dass wir uns an die Wünsche der Angehörigen halten, zum Besten aller.«

»Natürlich«, sage ich, obwohl ich mich unwillkürlich frage, ob es tatsächlich zum Besten aller ist, sich an die Wünsche der Angehörigen zu halten. Oder nur zum Besten aller *anderen.*

Clem alias Alice ist auf dem Weg zur Schule schweigsam. Ich versuche, sie aus der Reserve zu locken, indem ich sie frage, ob sie sich etwas Besonders zum Abendessen wünscht, aber sie zuckt nur mit den Schultern. Nicht einmal der Anblick von Legs auf dem Weg ins Klassenzimmer heitert sie auf.

Ich wechsle rasch ein paar Worte mit Mrs. Weber, die mir versichert, sie werde ein Auge auf Clem haben. Außerdem fragt sie mich nach dem Formular mit der Adressänderung, das ich ihr mit einem mulmigen Gefühl überreiche. Falls sie etwas ahnt, lässt sie es sich nicht anmerken.

Dann muss ich mich beeilen, um rechtzeitig zur Arbeit zu kommen. Ironie des Schicksals, denke ich. Früher, als ich die ausgeglichenste, fröhlichste Tochter der Welt hatte, hätte ich Zeit ohne Ende mit ihr verbringen können. Jetzt, wo sie ihre Mutter wirklich braucht, muss ich arbeiten.

Im Rosalind House haben sich alle im Salon versammelt. Laurie liest Zeitung, Bert führt leise Selbstgespräche. Gwen döst vor sich hin. Luke und Anna sitzen jeweils an einem Fenster. Während ich den Kaminsims abstaube, werfe ich verstohlen einen Blick zu den beiden. Sie wirken zufrieden, sehen in den Garten hinaus, aber wer weiß? Vielleicht wünschen sie sich, sie würden nebeneinandersitzen.

»Das ist hübsch«, schreckt mich Berts Stimme auf. Zuerst weiß ich nicht, was er meint, dann merke ich, dass ich vor mich hin gesummt habe.

»Oh«, sage ich. »Ja … danke.«

»Was war das für eine Melodie?«, fragt er.

»Das ist … der Kanon von Pachelbel.« Was hat mich dazu gebracht, ausgerechnet mein Hochzeitslied zu summen? »Kennen Sie ihn?«

»Natürlich. Ich finde ihn schön.« Er runzelt die Stirn. »Warum haben Sie aufgehört?«

Ich lächle und summe weiter. Es geht etwas Warmes von Bert aus, auch wenn er ruppig ist.

»Geht es dir gut, Liebling?«

Ich drehe mich um. Die Frage ist von Laurie gekommen, aber sie ist nicht an mich gerichtet.

Clara hat den Salon betreten, einen Roman von Maeve Binchy in der Hand. »Fit wie ein Turnschuh«, sagte sie und gibt ihm einen Kuss auf den Mund. Sie schließt die Augen, und einen Herzschlag lang wirkt sie völlig entrückt. »Mach dir nicht dauernd Sorgen.«

»Du solltest es der Ärztin sagen, wenn sie kommt«, sagt Laurie.

»Meinst du, sie interessiert sich für meine Kopfschmerzen?«

»Dr. Walker interessiert sich für alles«, sagt Laurie. »In deinem Alter ist alles ein Symptom.«

Clara macht *pfft*, lächelt dabei aber. »In unserem Alter sind Kopfschmerzen immer noch Kopfschmerzen.«

Ich sprühe den Beistelltisch mit Möbelspray ein. Es hat etwas Befriedigendes, finde ich – das Geräusch, der feine Nebel, der sich über die Oberfläche verteilt, bereit, sie zu reinigen. Beim Sprühen kann man nichts verkehrt machen. Wischen dagegen ist mühsam. Es macht kein Geräusch. Es ist anstrengend, und wenn man es nicht beherrscht, lässt es einen als den Stümper dastehen, der man ist.

»Sag es der Ärztin«, befiehlt Laurie.

»Du hast mir gar nichts zu sagen.«

»Doch«, gibt er zurück. »Ich bin dein Ehemann.«

Ich summe weiter, eingelullt in das freundliche Geplänkel eines seit sechzig Jahren miteinander verheirateten Paars.

»Ach, das hätte ich beinahe vergessen«, sagt Laurie. »Enid hat angerufen.«

Das darauf folgende Schweigen hält so lange an, dass ich aufblicke.

»Wann?«, fragt Clara.

Laurie zuckt mit den Schultern. »Vorhin.«

»Wann vorhin?«

»Ich bin ein alter Mann.« Er wedelt mit den Händen, als wollte er seine Worte unterstreichen. »Es ist zu deprimierend, ständig auf die Zeit zu achten.«

Er zwinkert mir zu, und ich summe lauter – zum Beweis, dass ich nicht lausche.

»Was wollte meine Schwester denn?«, fragt Clara.

»Nur sagen, dass sie zu Besuch kommt.«

»Aus Charlotte?« Claras Stimme steigt in die Höhe wie eine chinesische Himmelslaterne. »*Warum?*«

Der Beistelltisch ist inzwischen blitzblank, und ich sollte jetzt wirklich in die Küche gehen. Stattdessen nehme ich meine Sprühdose und neble ihn noch mal ein. Ich vermisse den täglichen Tratsch mit Jazz. Welche Frau sich Botox hat spritzen lassen, welche ihren Ehemann wegen des Personal Trainers verlassen hat. Obwohl diese Unterhaltung nicht annähernd so skandalös ist, kann ich mich nicht davon losreißen. Bei jemandem wie Clara hätte ich erwartet, dass sie jeden Tag mit ihrer Schwester telefoniert, dass sie sich gegenseitig Karten und Geschenke schicken und Bilder von ihren Enkeln austauschen. So wie sie sich verhält, könnte man jedoch meinen, Laurie habe den Besuch von Luzifer höchstpersönlich angekündigt.

»Enid kommt doch jedes Jahr«, sagt Laurie langsam. »Warum sollte sie dieses Jahr nicht kommen?«

Clara zuckt mit den Schultern. »Es ist eine lange Reise, das ist alles.«

»Das sagst du jedes Mal. Also wie ist's, hast du vor, dich wie üblich aufzuregen und jede Sekunde ihres Aufenthalts zu verplanen, oder lässt du sie dieses Mal einfach nur einen angenehmen Besuch hier verbringen?«

Clara kneift die Augen zusammen. »Seit wann ist dir denn so viel daran gelegen, dass meine Schwester einen angenehmen Besuch hier verbringt?«

»Ist es doch gar nicht«, sagt Laurie.

»Das ist auch besser.«

Clara knallt ihr Buch hin und stemmt sich aus ihrem Sessel hoch.

»Wohin gehst du?«, fragt Laurie.

»Was meinst du denn? Ich rufe Enid an. Um ihren Besuch zu planen und die Sache vom Tisch zu haben.«

Clara verschwindet, und im Zimmer ist es wieder still, abgesehen von meinem Summen. Laurie fängt an zu pfeifen, er ist sich seines Platzes in Claras Leben so sicher, dass er keine Zeit damit vergeuden muss, sich Sorgen zu machen. Ich habe immer gedacht, Richard und ich würden eines Tages nach einer langen Ehe auf unsere Art alt und zufrieden sein. Wir wären es gewesen. Aber Richard hat alles kaputtgemacht.

Ich staube noch ein paar Bücher auf dem Beistelltisch ab, dann stecke ich den Lappen in meine Schürze. Und dabei fällt mein Blick auf Anna.

»Anna?«, sage ich vorsichtig und gehe zu ihr. »Ist alles … in Ordnung?«

Ihr Gesicht ist tränenüberströmt. Sie starrt mich an, ohne mich zu sehen, deshalb gehe ich vor ihr in die Hocke und nehme ihre Hände. »Anna?«

Endlich sieht sie mich an. Ihre Augen weiten sich voller Panik. »Sie lassen uns verfolgen.«

»Wer lässt Sie verfolgen?«

Sie deutet mit dem Kopf zur Tür. »Die.«

Ich sehe zur Tür, aber da ist niemand. Ich schüttle den Kopf. »Niemand lässt Sie verfolgen, Anna.«

»Doch«, sagt sie. Sie hat die Hände zu Fäusten geballt und schlägt sich damit auf die Knie. Ihr Gesicht ist vor Verzweiflung verzerrt. »Und bald werde ich ihn vergessen.«

Was sie sagt, ergibt keinen Sinn. Ich sehe mich um, halte Ausschau nach Carole oder Trish oder Eric, sie sind jedoch nirgends zu sehen.

»Anna, ich schwöre Ihnen, niemand ...«

»Doch!« Unvermittelt reißt sie die Arme hoch, und ich verliere das Gleichgewicht und kippe nach hinten auf den Teppich. Ich rappele mich gerade wieder auf, als Carole und Eric angelaufen kommen.

»Sehen Sie?«, sagte Anna und zeigt auf die beiden. Auf ihrem Gesicht liegt ein fast triumphierender Ausdruck. »Ich habe es Ihnen doch gesagt! Sie verfolgen uns. Wo ist Jack?«, fragt sie Eric schnippisch. »Wo steckt denn Ihr Komplize?«

Eric kommt zu mir. »Haben Sie sich wehgetan?«

Ich stehe auf. »Nein, nichts passiert.«

»Alles ist gut, Anna«, sagt Carole zu Anna. Sie geht rasch zu ihr und beugt sich zu ihr hinunter. »Alles ist gut.«

»Nein, ist es nicht!«

Im Gegensatz zu dem, wie ich glaube, unabsichtlichen Stoß, den Anna mir versetzt hat, schubst sie Carole gezielt. Carole fällt um und landet mit einem Knall auf ihrem Ellbogen.

»Wir müssen sie beruhigen«, sagt Eric, und gleich danach ruft er: »Trish?«

»Oh nein«, sage ich. »Ich glaube nicht ...«

Doch da kommt Trish schon angerannt.

»Anna ist aufgeregt«, sagt Eric. »Gerade hat sie Eve und Carole geschubst.«

»Das war keine Absicht«, sage ich. »Es war ein Verseh...«

»Braucht sie ein Beruhigungsmittel?«, fragt Trish.

»Nein«, sage ich im gleichen Moment, in dem Eric sagt: »Das ist wohl am besten, zur Sicherheit.«

Ich fasse es nicht, dass das wirklich passiert. Anna scheint zwar immer noch etwas aufgeregt, aber sie fuchtelt ja nicht gerade mit einem Messer herum. Vielmehr sitzt sie in ihrem Sessel, blickt auf ihren Schoß, murmelt leise etwas vor sich hin. Ich höre, was sie sagt, aber es ergibt keinen Sinn. Es klingt wie: »Komm der Bombe zuvor, komm der Bombe zuvor.«

Bevor ich darüber nachdenken kann, kommt Trish mit einer Spritze zurück. Sie nähert sich von der Seite, so dass Anna sie nicht sieht. Als sie ihr die Nadel in den Arm jagt, gibt Anna einen hohen, schmerzerfüllten Laut von sich.

Ich halte mir die Hände vor den Mund. Ich will wegsehen, aber aus irgendeinem Grund, vielleicht aus Solidarität mit Anna, kann ich es nicht. *Helfen Sie mir. Sie verfolgen uns. Komm der Bombe zuvor.* Ich wiederhole ihre Worte im Stillen und suche nach einem Anhaltspunkt, nach einem Hinweis darauf, was sie mir sagen will. Aber sie klingen einfach nur wie die Worte eines Menschen, der den Bezug zur Realität verloren hat. Eines Menschen mit Alzheimer.

»So, das hätten wir«, sagt Trish, als Anna in ihrem Sessel zurücksinkt. Anna sieht mich noch ein paar Sekunden lang flehend an. Als das Beruhigungsmittel zu wirken beginnt, verschwindet der Blick nach und nach, bis ihr Gesicht völlig ausdruckslos ist.

Kapitel 15

Mit das Beste beim Kochen ist, dass man es halbwegs kontrollieren kann. Ist etwas zu stark gewürzt, kann man die Schärfe mit Sahne oder Joghurt mildern. Ist etwas zu sauer, gibt man Zucker dazu. Im richtigen Leben ist es nicht so einfach. Seit Richards Tod habe ich an manchen Tagen das Gefühl, in ein Loch zu fallen, ohne mich irgendwo festhalten zu können. An diesen Tagen halte ich mich an Essen fest. Deshalb gehe ich am Nachmittag einkaufen, nachdem sie Anna sediert haben.

Ich weiß nicht, was mir ein solches Vergnügen bereitet, wenn ich eine Avocado drücke. In meinem Korb liegen Zuckermais, Butternusskürbis, Karotten und Eier von freilaufenden Hühnern. Von Zeit zu Zeit hebe ich den Korb an die Nase, um einfach nur den Geruch einzuatmen. Es ist so schön, wieder bei Houlihan einzukaufen, in meinem alten Lebensmittelladen. Ich habe die Bioprodukte vermisst, die hochwertigen Marken. Hier ist es einfach, meine Lebensumstände als verwitwete Haushälterin zu vergessen – und wenn es nur für eine Stunde ist.

Es dauert eine Weile, bis mir klar wird, dass ich nicht nur für zwei einkaufe und dass mein Korb nicht ausreichen wird. Auf dem Weg zum Eingang, wo die Einkaufswagen stehen, sticht mir ein knackiger Eisbergsalat ins Auge – mit glatter

Petersilie, Tomaten, Gurken und ein paar hartgekochten Eiern genau die richtige Vorspeise für heute Abend. Dazu ein Dressing aus Olivenöl und Apfelessig. Selbst die Bewohner mit künstlichen Gebissen werden keine Probleme damit haben.

Ich greife nach dem obersten Salat, dem größten, noch mit feinen Wasserperlen von der Befeuchtungsanlage überzogen. Bevor ich ihn berühren kann, legt sich ein Gewicht auf meine Schulter, und ich werde so schnell herumgerissen, dass ich den Korb fallen lasse. Es folgt ein Knacken: Eier, die zerbrechen. Bevor ich das Gleichgewicht wiederfinde, schießt eine Hand vor und landet mit einem lauten Knall auf meiner Wange.

»Sie!«

Ich weiche zurück, weg von dem Finger, der sich jetzt auf mein Gesicht richtet, und packe die kühle Metallstange hinter mir. Was soll das? Ich kenne die Frau nicht, die vor mir steht. Sie ist älter als ich, vielleicht vierzig, mit akkurat frisierten braunen Haaren.

»Und?«, kreischt sie. »Was haben Sie zu sagen?«

Meine Wange beginnt zu pochen. In meinem Ohr fiept es, ein langgezogener Ton, der nicht mehr aufhört, wie ein Krankenhausmonitor, wenn jemand gestorben ist.

»Meine Eltern haben die Ersparnisse eines ganzen Lebens in die krummen Geschäfte Ihres Mannes gesteckt! Sie gehören nicht zu den großen Investoren, die es sich leisten können, mit Geld um sich zu werfen, sie haben sich abgerackert, um ihre Zukunft zu sichern. Jetzt wird ihr Haus zwangsversteigert, und sie stehen mit leeren Händen da.«

Mein Mund wird trocken. Die anderen Kunden sind verstummt; einige Leute sehen von ihren Einkaufskörben auf, wechseln vor den Kartoffeln Blicke. Ich spüre ihre Augen auf mir. *Das ist Eve Bennett. Jetzt kriegt sie die Quittung. Sie ist eine Schwindlerin. Genau wie ihr Ehemann.*

In der eingetretenen Stille ist ein scharfer Atemzug zu hören. Ich sehe Andrea Heathmont um die Ecke in den Gang spähen. Neben ihr steht eine andere blonde Frau, vielleicht Romy Fisher. Mir wird noch schwerer ums Herz.

»Ihretwegen«, fährt die Frau fort, »haben meine Eltern in den vergangenen Monaten bei Bent & Dent eingekauft! Und Sie kaufen Bioprodukte im teuersten Laden weit und breit? Wo bleibt da die Gerechtigkeit?«

Ich blicke auf meinen Korb. »Wie? Nein, das ist nicht für mich!«

»Und warum soll ich Ihnen das glauben? Wahrscheinlich sind Sie genauso eine Lügnerin und Betrügerin wie Ihr Mann. Er hat der Welt einen Gefallen getan, als er …«

»Das reicht.«

Wie aus dem Nichts ist Angus aufgetaucht. Er schiebt sich an mir vorbei und stellt sich zwischen mich und die Frau. Einen Moment lang scheint sie aus dem Konzept gebracht. Dann macht sie einen Schritt um Angus herum, aber er verstellt ihr den Weg.

»Das reicht noch lange nicht, nach dem, was sie getan hat!«, schreit sie über seine Schulter. »Wissen Sie, wer das ist?!«, fragt sie Angus.

Ich werfe einen Blick zu Andrea, die die Szene weiterhin verfolgt. Sie flüstert der anderen Frau etwas zu, und ich könnte mich selbst ohrfeigen, dass ich zu Houlihan gegangen bin. Was habe ich mir bloß dabei gedacht?

»Ja, ich weiß, wer sie ist«, sagt Angus leise. »Sie ist eine Frau, die versucht, ihre Arbeit zu machen, nämlich für alte Menschen zu kochen. Sie haben sie gerade geschlagen, das ist eine Straftat, und sie haben die Packung Eier kaputtgemacht, was dem Geschäft Schaden verursacht, es sei denn, Sie bezahlen sie.«

»*Ich* bezahle bestimmt nichts«, entgegnet die Frau, allerdings klingt es nicht mehr ganz so aufgebracht. Ihre Augen füllen sich mit Tränen. »Die Einzige, die bezahlen sollte, ist diese Schlampe.« Sie deutet mit dem Finger in meine Richtung, aber im Übrigen scheint ihr die Luft ausgegangen zu sein. Sie lässt ihren Einkaufswagen stehen und rennt durch einen Seiteneingang aus dem Geschäft.

Sofort setzt wieder die übliche Geräuschkulisse ein: gedämpfte Stimmen, die über den Linoleumboden quietschenden Räder der Einkaufswagen. Andrea sieht noch einen Augenblick zu mir her, dann verschwindet sie ebenfalls.

Ich blicke auf meinen umgekippten Korb. Ein Ei rollt über den Boden, und nach der gelben Pfütze um den Karton herum zu schließen, ist es das einzige, das heil geblieben ist. Ich gehe in die Hocke und lege die Sachen zurück in den Korb. Meine Wange brennt wie nach einem üblen Sonnenbrand. Das Fiepen in meinem Ohr hält an.

Angus geht neben mir in die Hocke. »Mein Pick-up steht vor der Tür.« Er drückt mir einen Schlüsselbund in die Hand. »Gehen Sie. Ich kümmere mich darum.«

Ich schüttle den Kopf und dränge die Tränen zurück. »Ich … ich habe noch nicht alles.«

»Ich erledige das.«

»Aber … ich habe keine Einkaufsliste.«

Ich bin immer stolz darauf gewesen, keine Einkaufsliste zu brauchen. Wenn jemand gefragt hat, erklärte ich immer, eine Einkaufsliste schade der Kreativität. *Was, wenn ich vorhatte, französische Zwiebelsuppe zu kochen, und dann plötzlich unglaublich appetitlich aussehende Artischocken sehe?* Jetzt erscheint mir dieser Gedanke ebenso leichtfertig wie lächerlich.

Angus sieht mich an. Sein Gesicht bildet einen starken Kontrast zu meinem. Ruhig. Beherrscht. »Ich erledige das«, wiederholt er.

Dieses Mal erhebe ich keinen Einwand. Wenn es sein muss, kann ich den Bewohnern eine Woche lang Hot Dogs und Tiefkühlerbsen vorsetzen.

Mit den Schlüsseln in der Hand verlasse ich den Laden durch die Vordertür. Gott sei Dank steht Angus' Pick-up tatsächlich direkt davor. Ich habe ihn schon ein paarmal vorm Rosalind House stehen sehen. Ich sperre die Beifahrertür auf, lasse mich auf den Sitz sinken und verriegle die Tür.

Ich erinnere mich nicht mehr an die Fahrt zu Clems Schule an dem Tag, an dem Richard mir gesagt hat, dass er ins Gefängnis muss. Ich kann mich nicht daran erinnern, dass ich das Auto geparkt habe oder durchs Tor gegangen bin oder eine der anderen Mütter gegrüßt habe. Woran ich mich erinnere, ist Clems Lächeln, als sie mich gesehen hat. Und ich erinnere mich, dass ich gedacht habe: *Wann werde ich Clem wohl jemals wieder so lächeln sehen?*

Auf der Fahrt nach Hause schwatzte sie wie üblich munter drauflos. Ich antwortete hin und wieder auf eine Frage, machte hin und wieder *ooh* oder *aah*, aber mit meinen Gedanken war ich woanders. Ich hatte nicht vor, ihr zu sagen, was Richard getan hatte. Das würde Richard selbst tun müssen. In den zwanzig Minuten, die ich brauchte, um Clem abzuholen, verwandelte sich der Schock in etwas Kaltes, Hartes. Richard hatte nicht nur seine Investoren betrogen; er hatte auch uns betrogen.

Als wir nach Hause kamen, versperrte ein Lieferwagen die Einfahrt. Ich hatte für mein neues Gartenbeet Pflanzen und Dekosteine bestellt. *Dekosteine!* Wie albern die Bestellung von Dekosteinen auf einmal erschien. Die Handwerker, die durch den Garten liefen, würden wahrscheinlich nicht für ihre Arbeit bezahlt werden. Die Dekosteine müssten zurückgeschickt werden. Der Anstand hätte es verlangt, auf der Stelle zu ihnen zu gehen und zu sagen, dass sie mit der Arbeit aufhören und nach Hause zu ihren Familien fahren sollen, aber wie sich zeigte, war meine Feigheit größer als mein Gefühl für Anstand.

Im Haus ging ich schnurstracks in die Küche und stellte überrascht fest, dass Richard nicht da war. Nach dem, was er mir erzählt hatte, hatte die Vorstellung, dass er aufstehen und sich frei bewegen konnte, etwas Absurdes. Aber sein Barhocker war leer, der Sitz nach links gedreht, als hätte er es eilig gehabt. Ich legte für Clem ein paar Butterkekse und geschnittenes Obst auf einen Teller und machte mich auf die Suche nach ihm.

»Richard!«, rief ich. Ich ging durchs Haus, über den Parkettboden, auf den Richard bestanden hatte, vorbei an den Bildern, die er im Überschwang auf einer Auktion erstanden hatte. »Richard?« Ich klopfte an die Tür seines Arbeitszimmers. Dass er in dieses Zimmer gegangen war, an den Ort, an dem er die Katastrophe ihren Anfang hatte nehmen lassen, kam mir wie ein weiterer Betrug vor. »Bist du da drin?«

Keine Antwort, deshalb ging ich einfach hinein, inzwischen voller Wut. *Wie kann er es wagen, mich zu ignorieren, nachdem er gerade diese Bombe hat platzen lassen!* Ich machte zwei Schritte ins Zimmer, dann blieb ich wie angewurzelt stehen.

Angus' Pick-up ist erstaunlich sauber. Am Handschuhfach hängt eine kleine Plastiktüte für Abfall. Wie vieles andere habe ich auch das nicht von Angus erwartet.

Es ist eine kurze, aber ungemütliche Fahrt nach Hause. Obwohl es warm ist, ballen sich am grauen Himmel Regenwolken zusammen, bedrohlich, aber ohne sich zu entleeren. Ein Teil von mir sehnt sich nach dem herunterprasselnden Regen, einer grauen Decke, unter der ich verschwinden kann. Hinten liegen die Einkaufstüten, gefüllt mit wer weiß was. Nachdem Angus sie verstaut hat, ist er wortlos eingestiegen und losgefahren.

Nach der halben Strecke habe ich das Bedürfnis, etwas zu sagen. »Ich weiß es zu schätzen, dass Sie für mich eingetreten sind, Angus.«

Angus zuckt mit den Schultern, die Augen weiter auf die Straße gerichtet. Wäre Mutter hier, würde sie sagen, dass es unhöflich ist, keine Antwort zu geben, wenn jemand mit einem spricht, aber in diesem Fall hätte sie unrecht. Ein stummes Schulterzucken, *nicht der Rede wert*, war vermutlich die netteste Antwort, die er mir geben konnte.

Ich versuche zu lachen. »Ich werde wohl anfangen müssen, bei Bent & Dent einzukaufen.«

Seine Augenbrauen gehen in die Höhe, und für den Bruchteil einer Sekunde streift sein Blick meinen. »Warum? Weil eine Frau, die nicht wusste, was sie redet, über Sie hergefallen ist, während Sie Ihre Arbeit getan haben?«

»Weil ich«, sage ich zu meinem Schoß, »nicht stark genug bin, das jede Woche durchzustehen.«

Wir biegen in die Einfahrt von Rosalind House. Angus stellt den Motor ab, steigt aber nicht aus. »Tut mir leid, was ich neulich gesagt habe«, sagt er. »Natürlich hat Ihre Tochter mehr verloren als ein Zuhause und Geld. Und Sie wohl auch.«

Jetzt bin ich diejenige, die mit den Schultern zuckt. Hauptsächlich weil ich meiner Stimme nicht traue.

Angus hebt die Hand, und einen Moment lang denke ich, er will meine Wange berühren, doch ein paar Zentimeter davor hält er inne. »Wie geht's Ihrem Gesicht?«

»Gut«, sage ich, obwohl es wieder zu pochen beginnt. Ich

werfe einen Blick in den Spiegel. Man kann den Abdruck der Hand deutlich sehen. »Nichts, was nicht wieder heilt.«

»Sind Sie schon so weit reinzugehen? Ich kann die Sachen ins Haus bringen, wenn Sie noch ein bisschen hier sitzen bleiben wollen.«

»Nein«, sage ich. »Gehen wir rein.«

Angus besteht darauf, die Tüten zu tragen, und ich folge ihm.

»Was haben Sie eigentlich bei Houlihan gemacht?«, frage ich.

Er hebt die Augenbrauen. »Denken Sie, dass ein Gärtner nicht vielleicht auch bio essen will?«

Das ist genau das, was ich gedacht habe, stelle ich fest. Angus verdreht die Augen, lächelt aber.

In der Küche stellt Angus die Einkaufstüten auf der Arbeitsplatte ab.

»Ich habe Safran gebraucht«, sagt er. »Deswegen war ich bei Houlihan. Ich habe heute Abend Gäste und mache Paella.«

»Paella mit Meeresfrüchten?« Ich bemühe mich, nicht allzu überrascht zu klingen, was mir offenbar nicht besonders gut gelingt.

Angus wirkt gleichermaßen irritiert wie belustigt. »Gibt es denn noch eine andere Art Paella?«

Nun ja, genau genommen schon. Paella Valenciana. Paella Mixta. Aber ich verkneife es mir, das zu sagen. Stattdessen fange ich an, die Lebensmittel auszupacken. Pak Choi. Romatomaten. Risoni. Pilze. Keine Spur von Hot Dogs oder Tiefkühlerbsen, wie ich befürchtet hatte. »Wenn Sie Paella machen, seien Sie nicht zu sparsam mit …«

»Sofrito?«, sagt er. »Ich weiß, keine Sorge.«

Unsere Blicke treffen sich. Ich habe auf einmal das Gefühl,

dass ich Angus zwar schon oft begegnet bin, ihn aber noch nie richtig gesehen habe.

»Ich koche für meine Schwester«, sagt er. »Sie kennt sich mit Paella aus. Und sie würde nie zulassen, dass ich zu sparsam mit Sofrito bin.«

Ich nicke mit gesenktem Kopf. Seine Schwester. Die Schwester, die wegen Richard nie ein Baby bekommen wird.

»Also«, sagt er. »Ich … geh dann mal wieder in den Garten.«

»Kennen Sie Anna und Luke eigentlich gut?«, frage ich, als er schon auf dem Weg zur Tür ist, und es hat nur am Rande mit dem Wunsch zu tun, dass er noch ein bisschen bleibt.

»Ich kenne sie, seit sie hier wohnen«, sagt er.

»Wie waren sie? Ich meine, als sie eingezogen sind.«

Er denkt eine Weile nach. »Wesentlich klarer. Fast normal, solange man sie nicht zu sehr gedrängt hat, irgendwas Kompliziertes zu machen. Luke hatte schon damals Schwierigkeiten beim Sprechen, aber geistig wirkte er ziemlich fit. Beide wirkten so.«

»Eric hat mir erzählt, dass sie … Freunde waren?«

Angus nickt. »Mehr als Freunde, glaube ich. Ich bin mir nicht sicher, ob sie *zusammen waren,* aber sie steckten auf jeden Fall ständig zusammen, wenn Sie verstehen, was ich meine.« Angus lächelt, und sein Blick wandert in die Ferne. »Wissen Sie, was wirklich rührend war? Ich weiß nicht, ob Eric es Ihnen erzählt hat, aber Anna hat furchtbare Angst vor Hunden. Ich glaube, sie wurde als Kind mal von einem gebissen. Luke dagegen liebt Hunde. Am Tiertherapietag hatte er immer einen Hund auf dem Schoß oder neben seinen Füßen. Aber als Anna hier eingezogen ist, fing Luke an, mit ihr im Haus zu bleiben, weg von den Hunden.«

»Tiertherapietag?«

»Das macht eine ehrenamtliche Gruppe; sie kommen alle zwei Wochen mit Hunden und Kaninchen und jungen Katzen, die die Bewohner streicheln können.«

»Und Luke hat aufgehört, mit den Hunden rauszugehen, damit er bei Anna im Haus bleiben kann?«

Angus nickt. »Rührend, was?«

Ich stoße die Luft aus. »Ja.«

»Allerdings ist es eine Weile her, seit ich das gesehen habe«, sagt Angus. »Sie haben stark abgebaut. Die meiste Zeit sitzen sie herum und starren ins Leere.«

»Wenn ich dement wäre«, sage ich, »oder irgendeine andere Krankheit hätte, würde ich den Menschen, den ich liebe, so oft wie möglich bei mir haben wollen.«

Angus sieht mich fragend an. »Ich habe nicht gesagt, dass sie ineinander verliebt waren.«

»Aber es ist möglich, oder?«

»Ich denke schon. Aber selbst wenn sie sich mal geliebt haben, können sie sich jetzt eigentlich nicht mehr lieben, oder? Wie kann man jemanden lieben, an den man sich nicht erinnert?«

Ich zucke mit den Schultern, ich weiß es auch nicht.

Angus lächelt. »Ganz schön schwer für einen Dienstagnachmittag, was?«

Ich erwidere sein Lächeln. »Jep.«

»Also«, sagt er, »ich geh dann mal …« Er deutet mit dem Daumen über die Schulter.

»Okay. Noch mal danke für Ihre … Hilfe vorhin, Angus.«

»Keine Ursache.«

Er geht zur Tür, und ich kehre ihm den Rücken zu, binde meine Schürze um und greife nach der Dose Mehl auf einem der oberen Regale. Als ich den Deckel öffne, steigt eine kleine Wolke Mehl auf und verteilt sich in der Luft.

»Ach, Eve?«

Ich zucke unwillkürlich zusammen. Als ich mich umdrehe, ist Angus immer noch da. »Ja?«

»Ich fahre jeden Dienstagnachmittag einkaufen. Wenn Sie Lust auf Gesellschaft haben – oder einen Leibwächter brauchen! –, sagen Sie einfach Bescheid.«

Und dann marschiert Angus davon, ohne auf eine Antwort zu warten. Und was immer mir eine Sekunde zuvor noch durch den Kopf gegangen sein mag, schwebt davon und löst sich in Luft auf, so wie das Mehlwölkchen.

An diesem Nachmittag ruft Mutter an, während ich versuche, eines von Berts Hemden zu bügeln.

»Ich hole Clem heute von der Schule ab«, sagt sie mit ihrer Keine-Widerrede-Stimme. »Und ich behalte sie über Nacht bei uns, damit du zum Lesekreis gehen kannst.«

Ich lach-huste. »Lesekreis?«

»Der ist doch heute Abend, oder nicht? Jeden dritten Mittwoch im Monat?«

Wow. Sie hat recht. Wenn es ihr in den Kram passt, ist ihr Gedächtnis unglaublich gut.

»Äh, ja, aber ...« Es fällt mir schwer, die richtigen Worte zu finden, um ihr zu erklären, warum ich nicht zum Lesekreis gehen sollte. Die Gründe sind so offensichtlich. Zum einen bin ich vier Monate lang nicht mehr dort gewesen. Zum anderen habe ich den Verdacht, dass die Mitglieder des Lesekreises – Andrea Heathmont, Romy Fisher, Jazz und ein paar andere Mütter von Clems Schule – eher das ausgewählte Buch aufessen würden, als bei Rotwein und Käse mit mir darüber zu plaudern.

»Ich weiß ja gar nicht, über welches Buch sie diskutieren«, sage ich schwach.

Mutter lacht. »Als ob jemand das Buch lesen würde! Ist der Kreis nicht nur ein Vorwand, um unter der Woche mit seinen Freundinnen ein Glas Wein zu trinken? Wer weiß, vielleicht fahrt ihr zum Schluss noch in die Stadt und geht tanzen?«

»Mutter, ich glaube wirklich …«

»Ich hole Clemmy sowieso ab, also mach, was du willst. Aber ich finde, du solltest deinen Freundinnen eine Hand reichen. Sie mögen ihre Schwierigkeiten mit dir haben, aber wenn du dich von ihnen zurückziehst, wie kannst du dann erwarten, dass sie nicht dasselbe tun? Wie deine Großmutter zu sagen pflegte, das beste Mittel gegen Traurigkeit sind Freundinnen. Geh hin. Was hast du schon zu verlieren?«

An diesem Abend liege ich im Schlafanzug auf dem Sofa und höre Mutters Worte in einer Endlosschleife in meinem Kopf. *»Was hast du schon zu verlieren?«* Vielleicht hat sie recht. Denn letztlich habe ich tatsächlich nicht mehr viel zu verlieren, und wer weiß, vielleicht verstehen die Frauen ja, dass es nicht meine Schuld war?

Ich sehe auf die Uhr. Eine Minute nach acht. Wenn ich mich jetzt auf den Weg mache, komme ich zwar zu spät, aber ich kann es noch schaffen.

Zehn Minuten später stehe ich draußen in der Abendluft. Ich habe nach wie vor Bedenken, aber ich fühle mich überraschend frei. Vielleicht ist es ja das Richtige? Immerhin bin ich eines der Gründungsmitglieder des Lesekreises. Am Anfang sind wir nur zu dritt gewesen, Jazz, Andrea und ich. Die Treffen haben bei einer von uns im Wohnzimmer stattgefunden, aber als die Mädchen dann in den Kindergarten kamen, haben wir noch ein paar andere Mütter eingeladen und den Treffpunkt ins Hinterzimmer von Emilios Weinbar verlegt. Inzwischen sind wir um die fünfzehn, auch wenn im Allgemeinen immer nur sieben oder acht zu einem Treffen kommen.

Bei Emilio ist es vorne ruhig, aber schon vom Eingang aus kann ich lautes Gelächter im Hinterzimmer hören, und ich fasse neuen Mut. Es kommt mir wie eine Ewigkeit vor, dass ich das letzte Mal beim Lesekreis gewesen bin. Und wie lange ist es her, dass ich so *gelacht* habe?

Als ich um die Ecke biege, zähle ich ungefähr zwölf Frauen um den Tisch – eine ganze Menge. Romy unterhält sich mit Madeleine, ein Glas Wein in der Hand. Andrea stippt ein Stück Fladenbrot in einen Spinatdip und lacht über etwas, das Carmen sagt. Die Gruppendiskussion (so es denn überhaupt eine gegeben hat) ist offensichtlich beendet, und jetzt sitzen die Frauen zu zweit oder zu dritt zusammen und plaudern. Das ist der angenehme Teil der Treffen. Es war die richtige Entscheidung zu kommen.

»Eve!« Jazz bemerkt mich als Erste. Auf ihrem Gesicht spiegelt sich blankes Entsetzen – offen stehender Mund, weit aufgerissene Augen, gerötete Wangen. Wegen der Musik dauert es ein paar Sekunden, aber dann dreht sich ein Kopf nach dem anderen zu mir.

»Hallo«, sage ich und zwinge mich zu einem Lächeln. »Habt ihr noch Platz?«

»Klar«, sagt Jazz schließlich. »Ja. Setz dich.«

Zwei der Frauen rücken ein Stück, und ich setze mich neben eine Kindergartenmutter, die ich nur flüchtig kenne. Jemand schiebt mir ein leeres Weinglas hin. Ich sehe mich erwartungsvoll um, doch alle schweigen.

»Also«, sage ich. »Um welches Buch geht's?«

»*Das perfekte Opfer*«, sagt jemand. »Hast du es gelesen?«

»Ja«, sage ich. »Ja, es hat mir gut gefallen.«

Ich klinge ein wenig förmlich, ein wenig nervös. Auf dem Tisch steht eine offene Flasche Rotwein, und ich ziehe sie zu mir her und gieße den Rest daraus in mein Glas.

»Und … wie geht es dir, Eve?«, fragt Carmen und beugt sich, auf die Ellbogen gestützt, vor. »Du machst sicher eine schreckliche Zeit durch.«

»Ach nein«, sage ich. »Es geht mir ganz gut.«

»Und deine … Kleine? Clementine? Wie geht es ihr?«

Carmens Stimme ist ziemlich laut, und Jazz und zwei andere Mütter sehen beiläufig interessiert zu uns her. Ein paar andere Frauen setzen ihre Unterhaltungen fort.

»Clem geht es gut«, sage ich und frage mich, ob das stimmt. »Sie trauert natürlich, aber sie ist ein zähes kleines Ding. Sie wird es überwinden.«

»Gut.« Carmen zieht an ihrer goldenen Halskette und lächelt ein bisschen zu strahlend, das gleiche Lächeln wie bei der Frau neben ihr und der Frau neben der. »Gut.«

Ich lächle zurück. Die Situation ist unangenehm, und das wird sich auch nicht so schnell ändern. Aber irgendwann verlieren die Leute schließlich das Interesse. Es gibt immer jemanden oder etwas Neues, über das man tratschen kann.

»Wo wohnst du denn jetzt, Eve?«, fragt eine der Frauen, und mir schnürt es die Kehle zu. Aus Verlegenheit trinke ich mit einem großen Schluck das Glas aus. »Soll ich eine neue Flasche bestellen?«, frage ich.

Niemand sagt etwas. Ein paar Köpfe drehen sich weg, leise wird die eine oder andere Unterhaltung weitergeführt. Das Lied, das gelaufen ist, endet, und ein paar Sekunden herrscht Stille, bevor das nächste beginnt.

Schließlich schabt ein Stuhl über den Boden. »Ich muss dann mal los«, sagt Andrea und steht auf. Für den Bruchteil einer Sekunde streift ihr Blick meinen. »Ich habe morgen viel zu erledigen.«

»Ja – ich auch«, sagt Romy. »Ich muss früh raus.«

Allgemeines zustimmendes Gemurmel. Einige Frauen sehen auf ihre Uhr. Es ist spät. Sie sind müde. Eine nach der anderen schiebt ihren Stuhl zurück.

»Schön, dich zu sehen, Eve.«

»Gibt auf dich Acht.«

»Bis bald mal wieder.«

Zehn Minuten später sind nur noch Jazz und ich übrig. Das Hinterzimmer macht jetzt einen traurigen Eindruck, überall sind die Überreste des Abends verteilt. Ein halb aufgegessener Vorspeisenteller, leere Gläser, benutzte Servietten. Aber was spielt das für eine Rolle? Mit einer guten Flasche Wein wird uns das nicht weiter auffallen.

»Was meinst du, Jazz?«, sage ich. »Noch eine Flasche? Oder wenigstens ein Glas?«

Ich bin versucht, *Um der alten Zeiten willen* zu sagen, halte mich jedoch zurück, in der Hoffnung, dass unsere Freundschaft noch stark genug ist, um eine solche Beschwörungsformel nicht zu brauchen. Jazz sieht sich nervös um, als würde sie erst jetzt merken, dass niemand mehr da ist, der sie retten könnte.

»Lieber nicht, Evie«, sagt sie schließlich. »Es ist wirklich schon spät.«

Ich nicke und sage: »Ja, kein Problem, wahrscheinlich sollten wir es für heute gut sein lassen.« Als wir nach unseren Taschen greifen, werfe ich einen Blick auf meine Uhr. Es ist halb neun.

Kapitel 16

Clementine

»Also, Kinder!«, sagt Miss Weber. »Gute Neuigkeiten. Nächste Woche findet der Familien-Tanzabend für die zweite Klasse statt!«

Wir hatten gerade Pause und sitzen alle im Kreis auf dem Boden. Ich habe an was anderes gedacht und aus dem Fenster geschaut, aber jetzt höre ich zu.

Miranda hebt die Hand. »Was ist der Familien-Tanzabend?«

»Das machen wir jedes Jahr«, sagt Miss Weber. »Er findet nach dem Nachmittagsunterricht in der Turnhalle statt. Es gibt Essen und Getränke und dann wird getanzt. Alle Zweitklässler dürfen jemanden dazu einladen. Einen Großelternteil, einen Freund oder eine Freundin, oder ihr könnt eure Mom oder euren Dad mitbringen.«

»Oh!«, sagt Miranda. Sie sagt das ganz langsam und gedehnt, als ob sie es jetzt *endlich* kapiert. »Sie meinen die Daddy/Tochter- und Mommy/Sohn-Party?«

Auf dem Boden vor mir entdecke ich einen Zweig, und ich hebe ihn auf und bohre ihn in eine Ritze im Teppich. Letztes Jahr bin ich mit Daddy dorthin gegangen. Er hat gesagt, es ist ein Date. Ich weiß noch, dass er in seinem Anzug aus der Arbeit zur Schule gekommen ist und einen Strauß Blumen dabeigehabt hat. Rot und rosa und gelb und violett. Kein anderer Dad hat Blumen mitgebracht, nicht mal der von Miranda. Er hat mir die Tür aufgehalten und den Mantel abgenommen, so wie bei Mom. Und beim Tanzen durfte ich mich auf seine Füße stellen, und wir haben uns durch die Turnhalle gedreht wie ein König und eine Königin.

»So haben wir es letztes Jahr genannt, ja.« Miss Webers Wangen werden rosa. »Aber dieses Jahr dachten wir, dass es lustiger ist, wenn jeder mitbringen darf, wen er will …«

»Wenn jemand keine Mom oder keinen Dad hat?«, fragt Miranda.

»Oder lieber jemand anderen mitbringt«, sagt Miss Weber.

Miranda hebt schon wieder die Hand, aber Miss Weber schaut über ihren Kopf weg und spricht weiter. »Auf jeden Fall haben wir viel zu tun. Wir müssen die Dekoration fertig bekommen – Girlanden, Fahnen, Ballons. Also, ich möchte, dass sich jetzt jeder von euch einen Partner sucht …«

Miranda packt Legs Knie. »Partner?«

Das macht sie schon zum dritten Mal diese Woche. Es ist, als ob Miranda plötzlich in Legs *verliebt* ist oder so.

Legs sieht mich an.

»Es macht dir doch nichts aus, Clem, oder?«, sagt Miranda mit Quietschstimme, als ob sie nett sein will, dabei ist sie einfach nur *verschlagen*. »Du kannst ja zusammen mit … hmmm, schauen wir mal …« Sie sieht sich um und tippt sich mit dem Finger auf die Unterlippe.

»Ich bin dein Partner, Clem.«

Das hat Harry gesagt. Er lächelt und wischt sich die Haare aus den Augen.

Ich hätte lieber Legs als Partner, aber Harry ist auch nett. »Klar«, sage ich.

»*Ja!*«, sagt Miranda. »Harry und Clem *müssen* Partner sein. Keiner von ihnen hat einen Daddy.«

»Miranda!«, sagt Miss Weber.

»Was denn?«, sagt Miranda. »Stimmt doch!«

Mirandas Hand liegt immer noch auf Legs Knie. Ich schaue sie an, und mein Gesicht wird ganz heiß. Ich habe es satt, dass sie so verschlagen ist. Ich habe es satt, dass sie Sachen über meinen Daddy sagt. Ich nehme den Zweig zwischen zwei Finger und lasse ihn schnalzen. Er fliegt hoch und trifft sie am Auge.

»Aua!«

»Entschuldigung«, sage ich. Ihr Auge ist rot und tränt, und mir geht es gleich viel besser. »Das hab ich nicht gewollt.«

Ich sehe zu Harry, und wir grinsen beide. Manchmal kann ich auch verschlagen sein.

»Warum starrst du mich denn so an, kleines Fräulein?«, fragt Bert.

Es ist nach der Schule, und ich bin im Rosalind House. Mom ist in der Küche und macht Abendessen, und ich bin im Salon und schaue Bert an. »Ihre Augen«, sage ich. »Sie sind ganz gelb.«

Er hustet. »Sind sie nicht.«

Neben Bert sitzt Gwen und lächelt. Gwen lächelt Bert immer an.

»Sie sind doch gelb, oder, Gwen?«, frage ich sie.

»Na ja, äh … ich habe meine Brille nicht auf.«

Ich schaue wieder auf seine Augen. Man braucht keine Brille, um zu sehen, dass sie gelb sind. »Soll ich Ihnen einen Spiegel holen?«, frage ich Bert.

Er sieht mich an, als ob er will, dass ich weggehe. »In meinem Alter schaut man nicht mehr so oft in den Spiegel.«

»Warum nicht?«

»Du stellst ganz schön viele Fragen«, sagt er.

Ich zucke mit den Schultern. »Sie haben zuerst gefragt. Warum ich Sie anstarre.«

Es scheint ihn zu ärgern, dass ich recht habe. Dann sagt er: »Kann ich etwas für dich tun, kleines Fräulein?«

Bert sagt oft »kleines Fräulein«. Ich glaube, das macht er, weil er sich nicht an meinen Namen erinnern kann. »Ja«, sage ich. »Ich will gern über Myrna reden.«

»Warum willst du über Myrna reden?«

»Äh … weil sie unsichtbar ist.«

»Aha.«

»Also, wenn ich mit jemandem reden will, der unsichtbar ist … muss ich da irgendwas machen? An meine Nase fassen? Zweimal blinzeln?«

»An deine Nase fassen?«, sagt er, dann wedelt er mit der Hand. »Nein. Nein.«

»Okay«, sage ich. »Was dann?«

»Na ja, ich würde sagen, ich denke daran, wie Myrna ausgesehen hat. Wie sie ihre Haare zu Locken gedreht hat. Was für ein Rouge sie auf ihre Wangen aufgetragen hat. Wenn ich das eine Zeitlang mache, kann ich sie sehen.«

Ich stütze das Kinn in die Hand und nicke. »Okay.«

»Ich denke daran, was sie gesagt hätte. Hätte sie gelacht, geschrien, geweint … solche Dinge. Und dann, na ja, dann kann ich sie hören.«

Ich wiederhole alles in meinem Kopf, damit ich es nicht vergesse. *Daran denken, wie er ausgesehen hat. Daran denken, was er gesagt hätte.* Ich merke, dass Gwen Bert immer noch anlächelt.

»Haben Sie irgendwann mal an eine andere Frau gedacht?«, frage ich. »Eine, die nicht unsichtbar ist?«

Bert hustet wieder. »Eher scheint mir die Sonne aus dem Allerwertesten, bevor das passiert, kleines Fräulein.«

Ich runzle die Stirn und wiederhole seine Worte stumm. *Eher scheint mir die Sonne aus dem …*

»Oh«, sage ich schließlich. Ich glaube, das heißt nein.

»Daddy?«

Im bin im Garten bei dem großen Baum. Auf der anderen Seite sitzen ein paar alte Leute, aber ich schaue nicht zu ihnen rüber. Ich weiß nicht genau, was passieren soll, aber ich mache die Augen zu und konzentriere mich, so fest ich kann. Ich kann ihn in meinem Kopf sehen, er hält mir einen Strauß Blumen entgegen. Aber als ich die Augen aufmache, *puff*. Da ist er weg.

»Daddy?«, versuche ich es noch einmal. »Bist du da?«

Ich versuche, mich daran zu erinnern, was Bert über Myrna gesagt hat. *»Ich sehe sie, weil ich mir das sehr wünsche.«*

»Nächste Woche ist der Familien-Tanzabend«, sage ich, weil er mir ja vielleicht zuhört, auch wenn ich ihn nicht sehen kann. »Erinnerst du dich noch an die Party letztes Jahr? Das war lustig, oder? Weißt du noch, dass du mir Blumen mitgebracht hast?«

Legs haben meine Blumen so gefallen, dass ich Daddy gefragt habe, ob ich ihr eine geben kann, und er hat ja gesagt. Daddy mochte Legs. *»Jeder, der dein Freund ist, ist auch mein Freund«*, hat er gesagt.

»Dieses Jahr geht Mom mit mir hin«, sage ich. »Aber es wäre mir lieber, wenn du mit mir hingehen könntest.«

Ich kneife die Augen zusammen und erinnere mich an letztes Jahr. Nachdem ich auf Daddys Füßen durch die Turnhalle getanzt bin, hat er Legs und mir beim Irish Dance zugesehen und dabei die ganze Zeit geklatscht. Er hat gesagt, dass ihm das am besten gefallen hat.

»Zeig mir deinen Tanz.«

Ich reiße die Augen auf. Ich sehe ihn nicht. Eigentlich höre ich ihn auch nicht. Es ist komisch, aber irgendwie *spüre* ich die Worte. Ich spüre sie von den Zehenspitzen bis rauf in die Haare auf meinem Kopf.

»Bitte«, sagt er. »Zeigst du ihn mir?«

Ich gehe in Grundstellung und gebe mir selbst einen kleinen Schubs. *Komm schon, Clem. Er sieht zu.* Ich lege die Arme an die Seiten und fange an. Drei Skips, zwei Point-Hop-Backs, zwei Side-Sevens. Wieder von vorn. Es ist der Tanz, den ich Daddy voriges Jahr auf der Party gezeigt habe. Ich sehe, dass Clara und May auf der anderen Seite des Gartens klatschen.

»Bravo«, sagt Daddy in meinem Kopf. »Bravo, meine süße Clementine.«

»Verbeug dich!«, ruft Laurie, als ich aufhöre mich zu drehen. Und ich tue es. Aber ich verbeuge mich nicht für ihn. Ich tue es für Daddy.

Kapitel 17

Anna

Zwölf Monate zuvor …

Meine Mutter hat immer gesagt: »*Wenn man auf zu viele Dinge verzichtet, lebt man nicht länger, es kommt einem nur länger vor.*« Ich glaube, sie hat recht. Seit ich im Rosalind House wohne, habe ich mir nichts mehr versagt. Kuchen. Roten Alkohol. (Ich bin angenehm überrascht gewesen, dass sie ihn hier zum Essen servieren.) Online-Shopping. (Jack erlaubt mir eine Kreditkarte mit einem geringen Kreditrahmen, die ich dazu benutze, politisch inkorrektes Spielzeug für die Neffen zu kaufen – wozu hat man eines geisteskranke Tante, wenn sie einem keine Super-Soaker-Wasserpistole kaufen kann?) Ich habe unzählige Bücher auf mein Online-Buchdings runtergeladen, obwohl ich in letzter Zeit lieber fernsehe. (Romane haben oft eine komplexe Handlung, und mein Gehirn kann da nicht mithalten.)

Und auch das Küssen habe ich mir nicht versagt.

Junger Mann und ich sind wieder in dem oberen Zimmer und liegen nebeneinander auf dem Boden. Seine Lippen sind auf meinen, und meine Hände sind auf seinem Gesicht. Manchmal machen wir das stundenlang. Manchmal vergesse ich, wer wir sind und warum wir hier sind.

»Ich bin f-froh, dass du … da bist«, sagt er und küsst meine

Haare. Ich liege in seiner Armbeuge und habe ihm gerade erzählt, wie ich in der dritten Klasse Jacks Freund Greg eins auf die Nase gegeben habe, weil er versucht hat, mich zu küssen. Alte Erinnerungen lassen sich neuerdings am leichtesten hervorkramen, und es macht mir Spaß, sie zu erzählen. Und nach dieser Bemerkung zu schließen, macht es Jungem Mann Spaß, mir zuzuhören.

»Na ja, ich hatte eine Menge anderer Angebote«, erkläre ich ihm, »aber ich dachte, vielleicht bist du einsam, deshalb …«

Junger Mann dreht sich so, dass er mir ins Gesicht sehen kann. Er lächelt. »Nein, ich m-meine, ich bin f-froh, dass du *nicht* …«

Das Herz wird mir schwer, als ich begreife, was er meint. »Du solltest wissen, dass ich mich in dieser Sache noch nicht endgültig entschieden habe«, sage ich.

Er rutscht ein kleines Stück weg von mir. »Aber …«

»Tut mir leid, falls du was anderes gedacht hast. Aber es ist nun einmal so, dass ich nur innerhalb eines schmalen Zeitfensters in der Lage bin, es zu tun, und es schließt sich schnell. Ich habe lediglich beschlossen, es nicht schon jetzt ganz zuzuschlagen. Das ist alles.«

Er wird so blass, dass ich fürchte, er könnte sich übergeben. Und danach gibt es keine Küsse mehr. Danach liegen wir schweigend da, und ich kann immer nur denken: *So sieht meine Zukunft mit Jungem Mann aus*. Schweigen.

Das Merkwürdigste ist, dass es mir gar nicht so schrecklich vorkommt.

In dem großen Haus mit den vielen alten Leuten sind es die kleinen Dinge, die glücklich machen. Braten zum Abendessen. Der Tag, an dem die Tierleute kommen. Bingo. Heute ist Filmabend, und sie zeigen *Romeo und Julia*. Die meisten

Bewohner freuen sich schon darauf, aber Kahlkopf hat den ganzen Tag gejammert. Offenbar werden wir eine moderne Version des Films sehen, und Kahlkopf hat es nicht so mit modern. Was mich betrifft, würde ich nicht von freuen sprechen, aber ich bin froh, dass ausnahmsweise mal nicht alle Punkt Viertel nach acht ins Bett gehen. Junger Mann und ich werden am Abend ein bisschen Gesellschaft haben.

Junger Mann holt mich an meinem Zimmer ab, was wirklich süß ist. Wahrscheinlich kommt das für den Rest meines Lebens einem Date am nächsten. Allerdings starrt er mich einen Moment zu lange an, und ich fange an zu bedauern, dass ich Make-up aufgelegt habe. Ich bin schon vor Alzheimer nicht besonders geschickt beim Schminken gewesen, aber inzwischen hat es etwas von einem Puzzle. All die Dosen und Tuben für die verschiedenen Teile des Gesichts. Heute Abend habe ich ein paar Dosen aufgemacht, mir was davon ins Gesicht geschmiert und dann alles wieder abgewischt, aber jetzt frage ich mich, ob ich mir vielleicht ein bisschen mehr Mühe hätte geben sollen.

»Was ist?«, frage ich.

»Nichts. Du siehst ... du siehst hü-hü-hü-«

»Hübsch aus?«

Normalerweise vermeide ich es, seine Sätze zu beenden, aber heute Abend scheint es ihm egal zu sein. Er nickt. Ich trage schwarze Jeans und ein gestreiftes Oberteil. Keine hohen Absätze oder so, obwohl ich annehme, dass ich Schuhe trage. Und, ja, das Make-up. Aber so wie er mich ansieht, könnte man meinen, ich wäre in voller Kriegsbemalung.

Auf dem Weg in den Salon hält er meine Hand. Für gewöhnlich sitzen wir in zwei Sesseln am Fenster, aber heute Abend haben sie die Möbel umgestellt, so dass alle Stühle zu der weißen Wand hin ausgerichtet sind, auf die der Film projiziert wird.

Junger Mann und ich setzen uns in die hinterste Reihe. Auf das Zweiersofa.

Ich habe es mir gerade bequem gemacht, als Bohnenstange kurz zu mir herübersieht und gleich darauf noch einmal. Ihr Gesichtsausdruck sagt mir, dass irgendwas nicht stimmt.

Mein Magen krampft sich zusammen. »Was ist?«

»Nichts, Schätzchen«, sagte sie, aber sie steuert schnurstracks auf mich zu, zieht ein zerknülltes weißes Dings aus ihrer Tasche und fährt sich damit über die Zunge. »Sie sind nur ein bisschen verschmiert im Gesicht. Keine Sorge. Ich mache es weg.«

Sie reibt mir mit dem weißen Dings im Gesicht herum, und als sie es wieder wegnimmt, ist es voller schwarzer und brauner Flecken. Dann macht sie es noch einmal. Die alten Leute schauen alle geradeaus, als würden sie nichts davon mitbekommen, aber wie sollten sie es nicht mitbekommen? Ich sehe Jungen Mann an, und er zuckt mit dem Schultern. *Na und,* sagt sein Schulterzucken. Danach mache ich mir keine Gedanken mehr darüber.

Nachdem Bohnenstange drei Dings voll Flecken gemacht hat, lächelt sie und sagt: »Na also. Viel besser.«

Dann beginnt der Film.

»Was in Gottes Namen ist das?«, ruft Kahlkopf nach ein paar Minuten. »Seit wann haben Romeo und Julia denn *Gewehre*?«

»Das ist eine Neuverfilmung«, sagt Bohnenstange hastig. Sie klingt etwas nervös. »Die Geschichte ist die gleiche. Also, im Großen und Ganzen.«

»Das ist ein Haufen Mist«, sagt er. »Ich gehe.«

Aber er macht keine Anstalten zu gehen. Stattdessen kleben seine Augen an der Wand. Wahrscheinlich ist es das Aufregendste, was er seit Jahren erlebt hat.

Ich versuche, mich auf den Film zu konzentrieren, aber es ist mir alles zu schnell. Zu laut. Nach einer Weile wird mir der Lärm zu viel, deshalb lehne ich mich zurück, schließe die Augen und lasse die Musik über mich hinwegspülen. Ich spüre, dass Junger Mann meine Hand nimmt, seine Finger mit meinen verschränkt. Das reicht, um das Geschrei auszublenden, den Lärm der Gewehre, die Musik, alles.

In der Highschool hat uns der Biologielehrer einmal erklärt, dass für solche Lustgefühle das Gehirn verantwortlich ist. In intimen Momenten schickt es offenbar Botschaften an das Herz, mehr Blut zu pumpen, und an den Magen, sich zusammenzuziehen. Wenn das stimmt, bin ich dankbar dafür, ein defektes Gehirn zu haben. Wenn dieses Glücksgefühl, das in meinem Inneren auflodert, noch stärker wäre, bräuchte ich ziemlich sicher medizinische Hilfe.

Als die Namen der Schauspieler über die Wand wandern, wird es im Zimmer wieder hell, und wir lösen unsere Hände voneinander. Ich stelle fest, dass die meisten Bewohner eingenickt sind. Aber Kahlkopf ist noch wach. Südstaatenlady. Uralte Lady. Junger Mann und ich.

»Und?«, sagt Bohnenstange. Ihren geröteten Augen nach zu urteilen, hat sie geweint. »Wie hat er Ihnen gefallen?«

»Meiner Meinung nach«, sagt Uralte Lady, »war Romeo ein Playboy. In der einen Minute ist er in Rosalinde verliebt und in der nächsten brennt er mit Julia durch!«

»Welche war Rosalinde?«, fragt jemand, den ich nicht sehen kann.

»Die Frau, in die Romeo am Anfang des Films verliebt war, bevor er Julia begegnet ist«, erklärt Südstaatenlady. »Aber das kannst du Romeo doch nicht übelnehmen, May? Er ist seiner wahren Liebe begegnet. Im Krieg und in der Liebe ist alles erlaubt.«

Uralte Lady verschränkt entschlossen die Arme. »Wenn er bei Rosalinde geblieben wäre, ihr die Treue gehalten hätte, wäre er besser dran gewesen. Vielleicht wäre er sogar am Leben geblieben.«

Kahlkopf gibt ein Geräusch von sich, das wie *pfffft* klingt. »Du willst damit doch wohl nicht allen Ernstes sagen, Romeo hätte auf seine wahre Liebe verzichten und sich mit dem Zweitbesten zufriedengeben sollen, bloß um ein paar Jährchen rauszuschinden? Zeit spielt nur dann eine Rolle, wenn man den richtigen Menschen gefunden hat, mit dem man sie verbringen kann. Romeo ist besser dran gewesen, wenn er ein paar Tage mit der Liebe seines Lebens zusammen war als fünfzig Jahre lang mit der falschen Frau.«

An dem Gespräch nehmen ziemlich viele Leute teil, und es geht hin und her. Aber ich schaffe es, den Worten zu folgen, indem ich mich gewaltig anstrenge. Und ich ertappe mich dabei, wie ich zu Kahlkopfs Ausführungen nicke. Ich habe Aiden an dem Tag verlassen, an dem meine Diagnose bestätigt wurde. Als meine Zeit plötzlich so knapp wurde, war jeder weitere Tag in der falschen Beziehung einer zu viel.

»Ich sage es nur ungern«, sage ich, »aber ich bin seiner Meinung.«

Die Hand von Jungem Mann streichelt meine, und mir wird bewusst, dass er bis jetzt nichts gesagt hat. Südstaatenlady muss es ebenfalls bemerkt haben, denn sie fragt: »Was denken Sie, Luke?«

Luke! Ich wiederhole es im Stillen dreimal. *Luke. Luke. Luke.*

Luke denkt wie immer erst nach und rutscht ein paarmal auf seinem Stuhl hin und her, bevor er antwortet. »Ich d-denke«, sagt er und sieht mir in die Augen, »dass alles sinnlos wurde, als sie beschlossen haben, sich umzubringen.«

Kapitel 18

Als mich Junger Mann heute Abend zu meiner Tür bringt, bin ich ein bisschen abgelenkt.

»Geht … es …?«, fragt er vor der Tür.

»Mir geht's gut«, sage ich. Ich muss nicht mehr fragen, was er meint, meistens weiß ich es. Immer wieder geht mir seine Bemerkung durch den Kopf. *»Alles wurde sinnlos, als Romeo und Julia beschlossen haben, sich umzubringen.«* Ich frage mich, ob das stimmt. Ich frage mich, ob ihr Tod etwas an dem geändert hat, was sie im Leben miteinander teilten.

Vor ein paar Monaten, konfrontiert mit der Erkenntnis, dass mein Leben nicht so verlaufen würde, wie ich es geplant hatte, wollte ich am liebsten aussteigen, das Buch zuschlagen. Aber jetzt ist es so, als hätte ich plötzlich noch ein paar Seiten entdeckt. Und aller Wahrscheinlichkeit zum Trotz habe ich das Gefühl, als könnte das letzte Kapitel das beste werden. Das letzte Kapitel könnte tatsächlich *großartig* werden.

»N-Nach oben?«, fragt er.

Ich greife nach Lukes Hand, und sie schmiegt sich in meine: Sie passen perfekt ineinander. »Ich habe eine bessere Idee«, sage ich und ziehe ihn in mein Zimmer.

Das letzte Mal hatte ich Sex in der Nacht, in der ich meinen Mann verlassen habe. Während er in der Arbeit war, habe ich meine Sachen gepackt und das meiste davon ins Auto geladen. Möbel, Erinnerungsstücke, alles außer meiner Kleidung sollte er behalten – dort, wo ich hinging, würde ich es nicht brauchen. Danach habe ich mich in der Diele auf meinen Koffer gesetzt und gewartet.

Aiden kam zur gewohnten Zeit nach Hause. Die Tür knallte gegen meinen Koffer, als er das Licht einschaltete. »He«, sagte er, »was machst du hier?«

»Ich verlasse dich«, sagte ich.

Aiden hängte ungerührt seine Jacke an die Garderobe. »Ach ja?«

»Hm-hm«, sagte ich. »Es scheint dir nicht viel auszumachen.«

Er drehte sich um und musterte meinen Koffer, mein ernstes Gesicht. »Ist das … dein Ernst?«

Ich hatte noch nie damit gedroht, ihn zu verlassen, aber wir hatten eine bestimmte Art, miteinander zu reden, eine spielerische Art, die alles wie einen Scherz erscheinen ließ. Als ich seinem Blick standhielt und nickte, dämmerte es ihm.

»Scheiße, Anna.« Er fuhr sich mit der Hand durch die Haare. »Ich weiß ja, dass wir Probleme haben, aber …«

»Ich habe Alzheimer.«

Und so ließ ich die nächste Bombe platzen. Es gab mir das Gefühl, Kontrolle über dieses Gespräch zu haben, und ich wollte wenigstens über *irgendetwas* Kontrolle haben.

»Im Ernst?« Aiden sank in die Knie. »Oh Gott. Es … Es tut mir so leid.«

Zu Beginn unserer Beziehung hatten wir einmal kurz über diese Möglichkeit gesprochen, seither jedoch nie wieder. Aiden war in dieser Hinsicht wie ich – gab es etwas Unangenehmes, über das er hätte nachdenken müssen, suchte er sich eine andere Beschäftigung.

»Aber … du verlässt mich? Jetzt?«

Zugegeben, es klang nicht besonders logisch. Die meisten Leute, bei denen eine tödliche Krankheit diagnostiziert worden war, hätten an einer gescheiterten Beziehung festgehalten, aber ich war eben nicht wie die meisten Leute. Die einzige Möglichkeit, wie ich damit umgehen konnte, war, Aiden zu verlassen. Und ich vermute, dass er erleichtert war, auch wenn er es nie sagte.

Ich fuhr ohne Umweg zu einer Bar. Ein Klischee, aber ich hatte zu viel Durst, um mir Gedanken über Klischees zu machen. Und wie sich zeigte, musste ich nur für einen Drink zahlen.

Ich erinnere mich nicht mehr an den Namen des Mannes, was ich allerdings eher auf Jack Daniels als auf Alois Alzheimer schiebe. Ich erinnere mich an Hände, die an Kleidungsstücken zerren – meine verzweifelte Hast, die Klamotten loszuwerden. Ich erinnere mich, wie der Kies unter seinen Füßen knirschte, als er mich auf dem Parkplatz gegen die kalte Ziegelmauer drückte. Ich erinnere mich an die Lust und die Qual, von einem Fremden genommen zu werden, der sich nicht das Geringste aus mir machte. Ich erinnere mich an das verlegene Hochziehen von Reißverschlüssen und Zuknöpfen von Hemden danach.

Hinterher rief mir der Barkeeper ein Taxi.

»Wohin?«, fragte der Fahrer und ließ den Arm über die Lehne seines Sitzes hängen. Ich ratterte meine Adresse herunter und döste auf der Fahrt vor mich hin, betrunken und erschöpft und wund. Als ich die Wohnung betrat, blickte Aiden vom Sofa hoch und starrte mich an, als wäre ich ein Gespenst.

»Was machst du denn hier?«, fragte er.

»Was meinst du?«, sagte ich und steuerte den Kühlschrank an. »Ich wohne hier.«

In dieser Nacht machte Aiden mir ein Bett auf dem Sofa. Und am nächsten Tag musste ich ihn noch einmal verlassen.

Als Luke in mich eindringt, stoßen wir mit den Köpfen zusammen – mein Kinn gegen seine Nase. Es ist erstaunlich, dass sich etwas gleichzeitig so seltsam und so wunderbar anfühlen kann. Wir lachen und zucken kurz zurück. Und dann lassen wir uns davontragen.

Luke hält meine Hände neben meinem Kopf fest, während er sich in mir bewegt. *Ja.* Ich sehe ihm ins Gesicht. Ein Gesicht, das mir neu ist und doch so vertraut. Ein Gesicht, das mir bald wieder fremd sein wird, aber im Moment ist mir das egal. Es ist mir egal, was jemals passiert ist, und es ist mir egal, was passieren wird. Warum sollte ich mir Gedanken darüber machen, wenn alles, was wir haben, das Jetzt ist?

Seine Atemzüge werden schneller und keuchender, und tief aus seiner Kehle steigt ein heiserer Laut auf. In diesem Moment gibt es bei ihm kein Stottern und kein Stammeln mehr. Ich bin nicht desorientiert oder verwirrt. Ich habe keine Angst, dass ich etwas Falsches sagen oder tun könnte. Ich habe das Gefühl, dass ich sterben könnte, so schön ist es.

Vielleicht werde ich mich nicht daran erinnern. Aber ich bin froh, dass ich es erlebt habe.

Kapitel 19

Eve

Es dauert zwar seine Zeit, aber nach und nach lerne ich die einzelnen Bewohner besser kennen. Ich habe sogar ein paar Lieblinge. Clara zum Beispiel, mit ihrem Südstaatenakzent und ihrer Angewohnheit, jeden »Herzchen« zu nennen, muss man einfach mögen. Ihr Mann, Laurie, ist genauso liebenswert, und sei es nur deshalb, weil er seine Frau vergöttert. Dann ist da noch May, still und so alt, dass ich mich oft dabei ertappe, wie ich darauf lausche, ob sie noch atmet, wenn sie in ihrem Sessel einnickt. Außerdem Gwen, robust und fröhlich und immer mit Strickzeug in der Hand. Bert, ein ewiger Griesgram und trotzdem einer meiner Lieblinge. Vielleicht weil Clem ihn ins Herz geschlossen hat? Oder weil er immer noch bis über beide Ohren in die Frau verliebt ist, die er vor fünfzig Jahren verloren hat? Was immer der Grund dafür ist, mir scheint, dass er auch Gwens Liebling ist, falls die Art, wie sie ihn ansieht, irgendetwas zu bedeuten hat.

Ich bin jetzt seit einem Monat im Rosalind House, und es lässt sich nicht leugnen, dass es allmählich ein bisschen vernachlässigt aussieht. Die Spiegel sind mit undefinierbaren Flecken übersät, und der Teppichboden ist schmutzig und voller Haare. Und da Eric noch immer keine Reinigungskraft eingestellt hat, fällt es in *meine* Verantwortung, etwas dagegen zu tun. Trotzdem lasse ich mir erst mal weiter Ausreden dafür einfallen, zu kochen statt zu putzen. Falls es die Frauen merken, sagen sie nichts. Mit Bert ist es dagegen eine andere Geschichte.

»Sie wissen schon, dass sich mein Bad nicht von allein putzt, Mädchen?«, sagt er eines Nachmittags in Hörweite von Eric. Damit ist klar, dass ich es nicht länger vor mir herschieben kann. Und so findet mich Eric dann: auf den Knien, wie ich Berts Toilette schrubbe.

»Was köchelt denn da auf dem Herd vor sich hin?«, fragt er und bleibt in der Badezimmertür stehen. »Es riecht einfach unglaublich.«

»Rinderhackfleisch- und Spinattaschen«, sage ich. »Es ist genug da, wenn Sie wollen …«

»Besser nicht.« Eric klopft sich auf den Bauch, der stolz über seinen Gürtel hängt. »Ehrlich gesagt, wollte ich kurz mit Ihnen reden. Wenn ich es richtig verstehe, erledigen Sie die Einkäufe bei Houlihan.«

Ich zucke zusammen und lasse mich auf die Fersen zurücksinken. Bestimmt hat er von der Ohrfeige gehört.

»Die Sache ist die«, sagt er, »die letzte Rechnung war beinahe doppelt so hoch wie unser wöchentliches Budget für Lebensmittel.«

Damit habe ich nicht gerechnet. »Oh. Tut mir leid.«

»Das ist nicht Ihre Schuld«, sagt Eric. »Ich hätte Ihnen erklären sollen, wo wir einkaufen. Ich habe einfach nur … nicht erwartet, dass Sie zu Houlihan gehen!«

Er lässt seinen Worten ein kurzes Lachen folgen, und ich schäme mich. Die Ehe mit Richard hat eindeutig meinen Blick für die Realität getrübt. Aber doppelt so hoch wie das wöchentliche Budget? Wie kann das sein?

»Sie meinen … Ihre frühere Köchin hat es geschafft, alle mit der Hälfte des Betrags eine Woche lang durchzufüttern?

Alle zwölf Bewohner, drei Mahlzeiten am Tag, sieben Tage die Woche?«

»Ja.«

»Wow.«

»Wenn Sie in einem normalen Supermarkt oder beim Discounter einkaufen, entlastet das das Budget erheblich«, sagt er mit Nachdruck. »Auch der Kauf von saisonalen Produkten, Sonderangeboten.«

»Okay, gut ... Wohin soll ich gehen? Houlihan ist ... der einzige Laden, den ich in der Gegend kenne.«

»Sie könnten es bei Food Basics oder Aldi probieren«, sagt er. »Oder bei Bent & Dent.«

Bei Bent & Dent kann man billig Lebensmittel mit beschädigten Verpackungen kaufen. Ich lache, weil ich den Vorschlag für einen Witz halte. Aber Eric nickt und lächelt, als wäre es damit abgemacht.

»Ach, eins hätte ich beinahe vergessen!«, sagt er und überreicht mir einen Briefumschlag mit dem Logo von Clems Schule. Auf seiner Stirn erscheinen einige Falten, die eine gewisse Neugier verraten. »Der ist gestern gekommen. Er wurde an diese Adresse geschickt ...«

»Oh!« Ich nehme den Brief und stopfe ihn in meine Tasche. »Tut mir leid, ich hatte noch keine neue Adresse, als ich Clem angemeldet habe, aber das ist, äh ... das ist toll.«

Ich lächle. Eric rührt sich nicht von der Stelle. Ich fange an zu schwitzen.

»Ist sonst noch was, Eric?«

»Offen gestanden, ja. Es geht um Mays Geburtstag morgen – sie wird hundert. Ihre Familie plant am Wochenende eine größere Feier, und ich würde morgen gerne etwas mit den Bewohnern machen. Nur ein paar Ballons und vielleicht« – er lächelt verlegen – »ein Kuchen?«

»Da fällt mir sicher was ein«, sage ich.

»Karottenkuchen mag sie am liebsten«, sagt er. »Und ich fände es schön, wenn es eine Überraschung wäre, falls das möglich ist.«

»Kein Problem«, sage ich. »Aber dafür muss ich noch mal einkaufen gehen. Bei Bent & Dent«, füge ich rasch hinzu. »Ich kann heute Abend wieder herkommen und den Kuchen hier backen.«

»Dafür haben Sie was bei mir gut«, sagt er. Sein Blick hält meinen so lange fest, dass ich anfange, mich unbehaglich zu fühlen. »Was halten Sie davon, eine der Weinbars hier in der Gegend auszuprobieren, sagen wir am Freitag? Wir können uns eine Flasche Rotwein teilen. Ich lade Sie ein.«

Ich blinzle.

»Nur zwei Singles, die einen Abend miteinander verbringen«, sagt er lächelnd. »Keine große Sache.«

Ich stelle mir vor, wie ich mit Eric bei Emilio sitze. Seine geröteten Wangen, seine verfärbten Zähne, sein beinahe das Hemd sprengender Bauch. Bestimmt würde ich jemandem über den Weg laufen, den ich kenne. Andrea oder Romy wären entzückt. *Karma,* würden sie einander zuflüstern. *Jeder, was er verdient.*

Eric beobachtet mich mit hochgezogenen Augenbrauen. Er hält sich für das große Los. Mir fällt auf, dass er etwas Überhebliches hat. Er denkt, er kann sich alles nehmen, was er will.

»Am Freitag habe ich schon etwas vor«, sage ich. »Vielleicht ein andermal.«

An diesem Nachmittag will ich das Gemüsebeet in Angriff nehmen. Es ist warm und windstill, und ein paar Wolken ziehen über den hellblauen Himmel. Ein idealer Tag zum Pflanzen.

»Okay«, sage ich zu den Bewohnern. »Alle startklar?«

Vor mir stehen Gwen und Clara, ausstaffiert mit breitkrempigen Hüten und geblümten Gartenhandschuhen. Clara hat mir erzählt, dass sie früher eine leidenschaftliche Gärtnerin gewesen ist und mit ihrem üppig gedeihenden Gemüsegarten jede Menge Preise des Gartenvereins eingeheimst hat. Gwen hat nicht ganz so viel Erfahrung, aber das macht sie durch Enthusiasmus wett. Anna und Luke haben sich ebenfalls zu uns gesellt, und ich kann zwar nicht genau einschätzen, wie es um ihren Enthusiasmus bestellt ist, aber sie haben sich zumindest nicht lange bitten lassen.

Unser Beet liegt in einem sonnigen Teil des Gartens. Angus hat bereits die Erde umgestochen und Kompost und Kalk eingearbeitet, außerdem hat er einen ausziehbaren Sonnenschutz gebaut, der mindestens genauso gut wie einer aus dem Gartencenter ist. Im Moment ist er in einem der angrenzenden Beete zugange, jätet Unkraut, verteilt Mulch und gießt. Seit jenem schicksalhaften Tag bei Houlihan haben Angus und ich große Fortschritte gemacht. Wir sind zwar keine dicken Freunde geworden, aber wenigstens gehören die langen kalten Blicke der Vergangenheit an. Hin und wieder winkt er mir sogar zu, wenn er mich hinter dem Küchenfenster sieht, und neulich hat er mir gezeigt, wie ich ein chemiefreies Insektenspray herstellen kann, um das Ungeziefer von meinem Gemüse fernzuhalten.

»Clara«, sage ich, »da Sie hier die Expertin sind, wie wär's, wenn Sie sich diesen Teil des Beets vornehmen und die Setzlinge pflanzen. Sie können Gwen zeigen, wie es geht. Anna und Luke, wir nehmen uns den anderen Teil vor und säen aus.«

Ich habe lange darüber nachgedacht. Luke und Anna sind in der Lage, einfachen Anweisungen zu folgen, Säen und Gießen sind ideale Aufgaben für sie, die Anna auch von ihrem

Rollstuhl aus bewältigen kann. Während Clara und Gwen sich an die Arbeit machen, hole ich die Samentütchen hervor.

»Okay – Luke, Anna. Wir werden Rucola säen. Der Boden ist schon vorbereitet, wir müssen nur noch die Packung aufreißen, so … und Samen ausstreuen.«

Ich verstreue ein paar Samenkörner und schaue, ob Anna und Luke es mir nachmachen. Doch Annas Blick ist auf Clara und Gwen gerichtet, die Löcher für die Pflänzchen graben. Luke beobachtet Anna. Nach ein paar Sekunden sehen sie beide wieder zu mir.

»Versuchen Sie, die Samen dünn und gleichmäßig auszusäen«, sage ich und wende mich wieder dem Beet zu. »Also, wer will es mal probieren?«

Als ich mich erneut umdrehe, ist Anna in ihrem Rollstuhl zu Clara und Gwen gerollt.

»Sie müssen tiefer graben, sonst finden die Wurzeln keinen Halt«, erklärt sie und zeigt ihnen mit einer Geste, wie tief sie graben sollen. Sie folgen ihrer Anweisung. »Ja«, sagt sie und nickt. »Genau so.«

»Sie hat recht«, sagt Clara zu Gwen, »wir waren ein bisschen faul.«

»Ich wusste gar nicht, dass Sie gärtnern können, Anna«, sage ich.

»Wussten Sie, dass ich mal Preisboxerin war?«, sagt sie, ohne aufzublicken.

»Nein.«

»War ich auch nicht«, sagt sie, und alle fangen an zu lachen.

Anna erzählt uns, dass ihre Mutter eine begeisterte Hobbygärtnerin war und dass sie viele Sommer mit einer Pflanzschaufel in der Hand verbracht hat. Beim Zuhören stelle ich fest, dass sie so viel mehr ist als ihre Krankheit. Sie ist witzig. Fröhlich. Warmherzig. Und noch etwas. Eine Anführerin?

Was immer es ist, sie steht die ganze Zeit im Mittelpunkt der Gruppe, während wir uns über das Gartenbeet beugen und darum herumgehen.

Nach einer Weile nehme ich meine Samentütchen. »Also«, sage ich, »wie wär's, wenn ich jetzt aussäe?«

Anna blickt hoch und grinst mich breit an. »Nur zu«, sagt sie. »Lassen Sie sich nicht aufhalten.«

Als alles gepflanzt ist, gehe ich ins Haus, um einen Krug Limonade zu machen. Ein paar Minuten später kehre ich damit in den Garten zurück und schenke jedem ein Glas ein, und zum Schluss bringe ich Angus ein Glas. Er wischt sich gerade mit dem Saum seines T-Shirts über die Stirn und entblößt dabei einen gebräunten, muskulösen Bauch.

Einen Moment lang sehe ich Richard vor mir, ohne Hemd in unseren Flitterwochen auf Hawaii. Richards Körper lässt sich mit dem von Angus nicht vergleichen, aber er war gut gebaut und straff. Ich erinnere mich, wie ich ihm eines Morgens beim Zähneputzen zugesehen habe, ein weißes Handtuch um die Hüften geschlungen. Ich habe gedacht, dass dieser Körper eines Tages alt und faltig sein und die Haut an den Ellbogen herunterhängen würde. Ich erinnere mich, dass ich bei diesem Gedanken lächeln musste.

»Für mich?«, fragt Angus, als er den Saum des T-Shirts loslässt.

Ich zucke mit den Schultern. »Es ist ziemlich warm.«

»Stimmt.« Er lässt seine Pflanzschaufel fallen, greift nach dem Glas, trinkt einen Schluck, wischt sich mit dem Handrücken über den Mund. »Gut.«

Ich weiß, dass sie gut ist. Ich bin berühmt für meine selbstgemachte Limonade. Letztes Jahr hat mich die Schule praktisch angefleht, am Spendentag einen Stand aufzubauen, und wie ich hinterher erfahren habe, hat dieser Stand am meisten eingebracht.

Dieses Jahr haben Romy und Andrea einen Orangensaftstand aufgebaut.

»Eins meiner Lieblingsrezepte«, sage ich.

Angus trinkt noch einen Schluck. »Wer hat Ihnen eigentlich das Kochen beigebracht?«

»Das habe ich selbst getan, bevor ich auf die Kochschule gegangen bin« sage ich. »Ich habe auf der Highschool angefangen, mich für Gewürze zu interessieren. Und Sie? Haben Sie sich schon immer für Pflanzen interessiert?«

Ich warte, während er das Glas leert. »Nee. Ich wollte Footballprofi werden.«

»Tatsächlich?«

»Will das nicht jeder Junge?« Er lacht. »Leider war ich in Football nicht besonders gut.«

Jetzt muss ich lachen.

»He, man wird ja wohl noch träumen dürfen«, sagt er. »Aber meine Großmutter war eine begeisterte Gärtnerin. Ich bin praktisch in ihrem Garten aufgewachsen. Als mir klar wurde, dass das mit dem Footballprofi nichts wird, dachte ich … es gibt Schlimmeres, als sein Leben in einem Garten zu verbringen. Wie Grandma sagt, man ist immer vom Duft von Rosen umgeben.«

Automatisch werfe ich einen Blick hinüber zu den Rosen. Sie sind rosa und weiß und klettern an der Seite des Hauses ein Spalier hoch. »Außer im Winter«, halte ich dagegen. »Da riechen sie nicht.«

Angus sieht mich nachdenklich an.

»Ich meine ja nur«, sage ich, »dass nichts ewig dauert.«

Er gibt mir das Glas zurück. »Manche Dinge dauern ewig, oder?«

Ich sehe zu Anna und Luke. »Ehrlich gesagt? Ich habe keine Ahnung.«

Sobald ich nach dem Abendessen die Küche aufgeräumt habe, fahre ich zum Laden, um die Zutaten für Mays Geburtstagskuchen zu besorgen. Als ich zurückkomme, sind die meisten Bewohner in ihren Zimmern, im Haus ist es ruhig, und es brennen nur einige wenige Lampen.

Es ist merkwürdig, nachts im Rosalind House zu sein. Normalerweise ist es hier laut und lebendig. Jetzt ist es, abgesehen vom Rauschen und Gurgeln der Geschirrspülmaschine, totenstill, was ich ein bisschen bedrückend finde.

Mutter passt in unserer Wohnung auf Clem auf, und gegen acht rufe ich an, um gute Nacht zu sagen. Eine Stunde später reibe ich gerade Zitronenschale in die Frischkäsefüllung für den Kuchen, als der Schrei einer Frau die Stille zerreißt. Ich lasse die Reibe fallen und folge dem Geräusch bis vor Annas Tür.

»Eve?«

Zu meiner Erleichterung taucht Rosie neben mir auf. »Ich … ich habe den Schrei gehört«, sage ich.

»War ja auch kaum zu überhören.« Sie lächelt ergeben. Keine Sorge, ich sehe nach ihr.«

Rosie steckt den Schlüssel ins Schloss, und ich bin verblüfft, wie gelassen sie es nimmt. Sie scheint nicht im Geringsten überrascht. Dann erinnere ich mich an Erics Worte. *»Manchmal werden sie nachts unruhig.«* Ich hatte dabei an Schlaflosigkeit gedacht. Alpträume vielleicht. Aber nicht an so etwas.

Rosie tritt in das Zimmer, und instinktiv folge ich ihr. Anna sitzt aufrecht in ihrem Bett. Sie hat das Bettzeug ans Fußende geschoben, und die Haare hängen ihr wirr ins Gesicht.

»Was ist los, Anna?«, fragt Rosie. »Hat Sie etwas aufgeregt? Kann ich Ihnen helfen?«

»Ich will *nach Hause*!« Annas Ton ist scharf wie eine Rasierklinge, absichtlich verletzend. »Bringen Sie mich nach Hause.«

»Wie wär's, wenn ich die Lampe hier einschalte?« Rosie geht langsam, aber entschlossen auf Anna zu. »Damit Sie mehr sehen.«

»Nein!«, schreit Anna. »Wo ist er?«

Ein Kribbeln läuft mir über den Rücken.

»Wen suchen Sie denn, vielleicht können wir Ihnen helfen, ihn zu finden?«, fragt Rosie.

Anna nickt. »Ja. Ihn.« Gleich darauf fällt ihr Gesicht in sich zusammen. »Ich … will nach Hause.«

»In Ordnung«, sagt Rosie fröhlich. »Ich bringe Sie nach Hause. Aber es ist schon zu spät, um jetzt noch zu fahren. Wie wär's erst mal mit einer Tasse Tee? Und sobald es hell wird, springen Sie und ich ins Auto? Klingt das gut?«

Anna beobachtet Rosie aufmerksam. »Ist Jack zu Hause? Und Mom?«

»Alle sind da«, sagt Rosie. »Aber es ist mitten in der Nacht; wahrscheinlich schlafen sie tief und fest. Wir wollen sie nicht wecken.«

»Okay«, sagt Anna, ein wenig misstrauisch. »Aber morgen früh bringen Sie mich nach Hause?«

»Auf jeden Fall.«

Rosies Stimme klingt so beruhigend, dass sogar ich ihr beinahe glaube. Wenn Eric mir nicht erzählt hätte, Annas Mutter sei tot.

»Wären Sie so nett, uns eine Tasse Tee zu machen, Eve?«, sagt Rosie. »Anna mag Pfefferminz am liebsten, und ich hätte gern Kamille. Und könnten Sie kurz nachsehen, ob die anderen Bewohner schlafen? Ich bleibe eine Weile hier bei Anna.« Sie zieht ein Taschentuch hervor und wischt Anna diskret über die Nase.

Ich nicke. »Ja. Sofort.«

Ich lausche an den Türen der anderen Bewohner und höre wundersamerweise nichts außer Schnarchen. Sie haben nichts mitbekommen. Schlecht zu hören hat auch seine Vorteile. Alles ist ruhig und friedlich. Alles außer Anna.

»Alle schlafen«, sage ich, als ich mit dem Tee zurückkomme. Rosie sitzt neben Anna auf dem Bett und massiert ihr die Hände. Ich stelle das Tablett auf den Tisch.

»Danke«, sagt Rosie. »Anna und ich bleiben noch ein bisschen auf. Ich sehe mir nachts gern Teleshopping an, und jetzt habe ich Gesellschaft dabei.«

»Hätten Sie …?«, setze ich an und frage mich gleich darauf, ob das möglicherweise seltsam oder anmaßend klingt. »Hätten Sie gern noch mehr Gesellschaft? Ich habe gerade meinen Kuchen aus dem Ofen geholt und er muss ein bisschen abkühlen, bevor ich ihn füllen kann.«

Rosie zuckt mit den Schultern. »Was meinen Sie, Anna? Haben Sie was dagegen, wenn Eve mit uns fernsieht?«

Anna mustert mich mit zusammengekniffenen Augen. »Okay«, sagt sie. »Das ist okay.«

Rosie wirft mir ein Kissen zu, und ich quetsche mich mit aufs Bett. Anna liegt in der Mitte und lehnt sich mit Rosie und mir als Buchstützen gegen ihre Kissen. Sie scheint jetzt ruhiger zu sein, aber sie zittert leicht und murmelt leise vor sich hin. »Wo ist er? *Wo ist er?*«

Sie spricht von Luke, da bin ich sicher. Und nach dieser Nacht steht eins fest. Wenn so ihr Leben aussieht – in ihrem Zimmer eingesperrt zu sein, am Leben, aber nicht lebendig –, dann verstehe ich, warum sie vom Dach gesprungen ist. Wenn man mich einsperren würde, getrennt von den Menschen, die ich liebe, dann würde ich mich auch umbringen wollen.

Nachdem Anna eingeschlafen ist, schleichen Rosie und ich uns aus ihrem Zimmer. Auf dem Flur bleiben wir in einer Pfütze aus Mondlicht stehen.

»Ich habe das Gefühl, dass das nicht zum ersten Mal passiert«, sage ich.

Rosie gähnt. »Leider nicht. Nächtliche Unruhe kommt häufig vor. Von Zeit zu Zeit leidet auch Luke darunter.«

»Sie hat von ihm gesprochen, nicht wahr? Als sie fragte: ›Wo ist er?‹«

»Wahrscheinlich«, gibt Rosie zu.

»Warum haben wir sie nicht einfach zu ihm gebracht?«

»Die Familien wollen nicht, dass sie zusammen sind, es bringt also nichts, darauf einzugehen«, sagt sie. »Es ist besser, man wechselt einfach das Thema.«

»Aber sie waren doch … Freunde, oder? Warum wollen die Familien nicht, dass sie sich gegenseitig besuchen?«

Rosie schweigt.

»Glauben Sie, dass sie …«, setze ich an.

»Einander immer noch zugetan sind?«, sagt sie.

Ich nicke, erleichtert, dass Rosie dieser Gedanke auch schon gekommen ist. »Schwer zu sagen. Niemand weiß so genau, wozu Demenzkranke fähig sind.«

»Aber …?«

»Aber«, sagt sie, »ich denke, dass sie zu viel mehr fähig sind, als die Leute gemeinhin glauben. In der letzten Einrichtung, in der ich gearbeitet habe, gab es zwei Bewohner mit Alzheimer, Rodney und Betty. Jeden Nachmittag saßen sie beieinander, sahen sich Seifenopern an und hielten Händchen. Die Krankheit war bei beiden schon ziemlich weit fortgeschritten, und sie hatten sicher nicht die geringste Erinnerung daran, dass sie das jeden Tag machten, für sie war es also jedes Mal wie das erste Mal. Immer machte Rodney den ersten Schritt, ließ es so aussehen, als würden sich ihre Hände zufällig berühren. Wenn Betty dann lächelte, legte er los, verschränkte seine Finger mit ihren und streichelte mit dem Daumen ihren Handrücken. Es lief jeden Tag auf die gleiche Weise ab. Wenn einer von ihnen ausnahmsweise mal Besuch oder einen Arzttermin hatte, sahen sie sich die Seifenopern zwar mit den anderen Bewohnern an, aber sie wirkten dann immer unruhig. Und keiner von ihnen hielt jemals Händchen mit jemand anderem.« Sie lächelt. »Die Demenz raubt einem Dinge – Erinnerungen, Sprache, andere Fähigkeiten. Aber ich glaube nicht, dass sie etwas daran ändert, wer man ist oder wen man liebt.«

»Wenn Sie das glauben … was halten Sie dann davon, dass die Türen abgeschlossen werden?«, fragte ich.

»Na ja, Anna ist nun mal vom Dach gesprungen«, sagt sie. Mir fällt auf, dass Rosie meinem Blick ausweicht.

»Rosie«, sage ich. »Was ist los?«

Sie wedelt mit der Hand. »Sehen Sie, in einer idealen Welt wären die Türen natürlich nicht abgeschlossen. Es gäbe auch genügend Pflegekräfte, die die ganze Nacht mit ihnen aufbleiben könnten, und ein Zimmer, in dem sie spielen oder fernsehen könnten. Aber nicht einmal private Einrichtungen wie das Rosalind House verfügen über den nötigen Etat für Pflegepersonal, das vierundzwanzig Stunden am Tag Aktivitäten beaufsichtigt. Ich tue, was ich kann. Aber Eric hat mir unmissverständlich klargemacht, dass Anna und Luke in ihren Zimmern bleiben müssen und dass ich die Türen abschließen muss. Ich weiß, es klingt grausam. Aber anstatt mir darüber den Kopf zu zerbrechen, versuche ich, mich auf das zu konzentrieren, was ich tatsächlich tun kann, um das Leben für sie ein bisschen schöner zu machen. Bei jeder Schicht, die ich hier arbeite, habe ich die Möglichkeit dazu. Das ist mein Ziel.«

»Aber warum haben Sie zu Anna gesagt, Sie würden sie nach Hause bringen?«, frage ich. »Und dass ihre Mutter da sein würde. Sie wissen doch, dass ihre Mutter tot ist, oder?«

»Ja«, sagt sie. »Aber Anna dachte, sie würde noch leben. Hätte ich ihr vielleicht beibringen sollen, dass sie sich nicht nur an diesem merkwürdigen Ort befindet, sondern dass auch noch ihre Mutter tot ist?«

»Nein, aber ... es wäre doch bestimmt am besten, ehrlich zu sein, oder? Zerstören Sie nicht das Vertrauensverhältnis zwischen Ihnen, indem Sie lügen?«

Rosie lächelt, doch es ist ein trauriges Lächeln. »Schließen Sie die Augen.«

»Was?«

Sie legt die Hand auf meine Stirn und streicht über meine Augenlider, bis ich nur noch schwarz sehe. »Und jetzt stellen Sie sich vor, dass Sie die Augen öffnen und sich in einer völlig fremden Umgebung befinden. Sie kennen nichts, Sie kennen mich nicht, und es gibt auch sonst niemanden, den Sie kennen. Sie haben Angst, und Sie sind verwirrt und desorientiert. Sie wollen nach Hause, und jemand, den Sie nicht kennen, erklärt Ihnen, dass *das* Ihr Zuhause ist und dass Sie nirgendwo anders hingehen werden. Jedes Mal wenn Sie nach Ihrer Mutter fragen, sagt Ihnen jemand, dass sie tot ist. Und weil Sie sich das nicht lange merken können, bekommen Sie es wieder und wieder zu hören. Wie würden Sie sich dabei fühlen?«

Rosie sagt das mit sanfter, neutraler Stimme, dennoch treffen mich ihre Worte wie ein Schlag in die Magengrube. Ich habe Tränen in den Augen, als ich sie wieder öffne.

»Morgen früh wird Anna sich nicht daran erinnern, dass ich ihr versprochen habe, sie nach Hause zu bringen. Sie weiß nur, wie sie sich fühlt. Und mit ein bisschen Glück fühlt sie sich sicher, geborgen und zufrieden.« Rosie beobachtet mich, sucht in meinem Gesicht nach einem Zeichen des Verstehens. »Wir können mit der Wahrheit dafür sorgen, dass für sie jede Sekunde von Angst erfüllt ist. Oder wir können lügen und dafür sorgen, dass jede Sekunde von Glück und Freude erfüllt ist. Ich weiß, was ich an ihrer Stelle vorziehen würde.«

Kapitel 20

Am nächsten Morgen komme ich vier Minuten zu spät, was keine Katastrophe ist, abgesehen davon, dass meine Augen brennen und ich dauernd gähnen muss. Gestern ist es ziemlich spät geworden. Durchs Fenster sehe ich Angus im Garten; Clem folgt ihm auf Schritt und Tritt und löchert ihn mit Fragen. Er lächelt über etwas, das sie sagt, dann zeigt er auf einen Busch in einer Ecke des Gartens. Ich freue mich, dass er Kinder mag oder dass es wenigstens so aussieht, weil ich heute Morgen jede Hilfe brauchen kann.

Ich reibe mir die Augen und betrachte eine Schale Obst auf der Arbeitsfläche, versuche, mich daran zu erinnern, was ich damit machen wollte. Nach ein paar Minuten reiße ich den Kühlschrank auf und stecke den Kopf hinein, in der Hoffnung, dass mich die kalte Luft wach macht.

»Ich hörte, es gab letzte Nacht einen kleinen Aufreger.«

Ich nehme eine Packung Milch und ziehe den Kopf aus dem Kühlschrank. Am Türrahmen lehnt Eric.

»Guten Morgen«, sage ich. »Ja. Hat Rosie es Ihnen erzählt?«

Eric nickt. »Tut mir leid, dass Anna Sie erschreckt hat.«

»Schon gut.« Ich stelle die Milch auf die Arbeitsfläche. »Aber ehrlich gesagt muss ich dauernd daran denken. Sie war ziemlich durcheinander.«

»Es ist sehr traurig«, sagt Eric. »Eine schreckliche Krankheit, dieses Alzheimer.«

»Ja. Gestern Nacht hat Anna nach ihrer Mutter gefragt. Außerdem hat sie dauernd gefragt: ›Wo ist er?‹«

»Hat sie das?«

Ich nicke. »Offensichtlich hat sie von Luke gesprochen. Und ich habe mich gefragt, ich meine, gibt es irgendeinen Grund, warum sie ihn nicht wenigstens besuchen kann?«

»Wie kommen Sie auf die Idee, dass sie von Luke gesprochen hat?«, fragt Eric.

»Ich weiß es natürlich nicht«, gestehe ich, »aber wen sollte sie sonst meinen?«

Eric zuckt mit den Schultern. »Sie haben selbst gesagt, dass sie nach ihrer Mutter gefragt hat, die schon lange tot ist. ›Er‹ könnte ihr Vater sein oder ihr Bruder. Irgendwer. Jedenfalls haben die Familien die Entscheidung getroffen, dass die Türen nachts abgeschlossen werden. Wir können nichts daran ändern.«

»Ja, aber ...« Mir schießt ein Gedanke durch den Kopf. Eric zufolge hat Anna versucht, sich umzubringen, und *danach* hat man angefangen, die Türen abzuschließen, aber was, wenn es sich nicht in dieser Reihenfolge abgespielt hat? Was, wenn sie diesen Selbstmordversuch unternommen hat, *weil* die Türen abgeschlossen wurden? »War Annas Selbstmordversuch bevor oder nachdem Sie begonnen haben, die Türen abzuschließen?«, frage ich. Ich warte nicht auf eine Antwort, sondern rede ohne Pause weiter, weil ich sicher bin, dass ich recht habe. »Es war danach, stimmt's?«

»Nein«, sagt Eric und runzelt die Stirn. »Ich glaube nicht.«

»Oh.« Ich nehme eine Birne und einen Apfel aus der Obstschale und schneide sie in Scheiben, um meine Enttäuschung zu verbergen. »Ich dachte nur, das könnte einiges erklären. Ich meine, wenn man mich von dem Menschen trennen würde, den ich liebe, dann würde ich wahrscheinlich …«

»Lieben?« Eric stößt die Luft aus. »Eve, um jemanden zu lieben, bedarf es Erinnerung, Kommunikation, Verstand, Entscheidungen. Es ist äußerst unwahrscheinlich, dass jemand, der an Demenz leidet, über diese Fähigkeiten verfügt.«

Ich denke an Rodney und Betty, von denen Rosie mir erzählt hat, dass sie jeden Tag Händchen hielten. Sie brauchten keine Erinnerung, um miteinander verbunden zu sein.

»Aber …«

»Sehen Sie«, sagt Eric, »die Arbeit hier ist manchmal ziemlich schwierig. Diese Menschen nähern sich dem Ende ihres Lebens, und das ist traurig. Besonders bei Luke und Anna, weil sie noch so jung sind. Aber um Ihre Arbeit tun zu können, müssen Sie eine gewisse Distanz wahren. Sie sind hier in erster Linie ein Teil des Personals. Und es ist zwar sehr schön, dass Sie sich so viele Gedanken um die Bewohner machen, aber Ihre Aufgabe ist es, zu kochen und sauberzumachen. Also überlassen Sie solche Dinge von jetzt ab der Pflegerin, ja? Dafür wird sie schließlich bezahlt.«

»Okay.« Ich zwinge mich dazu, ihm in die Augen zu sehen, auch wenn es mir schwerfällt. »Das werde ich tun.«

Eric klatscht in die Hände, zum Zeichen, dass das Thema damit erledigt ist. »So, Zeit, dass ich in die Gänge komme.« Er wendet sich zum Gehen, hält dann aber noch einmal inne. Ich widerstehe nur mit Mühe dem Drang, ihm einen kräftigen Schubs zu geben, damit ich ihn nicht mehr sehen muss.

»Wir sind uns also einig, was Luke und Anna angeht?«, sagt er.

»Vollkommen«, sage ich, obwohl ich, was Luke und Anna angeht, ganz und gar nicht einig mit ihm bin.

Kapitel 21

Anna

Zwölf Monate zuvor …

»V-versprich mir was«, sagt Junger Mann, als ich mir die Decke über die Brust ziehe. Wir liegen in meinem Bett, es herrscht ein bisschen Gedränge bei zwei Erwachsenen, aber wir kommen gut damit zurecht. Ich weiß nicht, wie spät es ist, und es ist mir auch egal. Ich muss nirgendwohin. Ich habe *Alzheimer*.

»Klar.«

Sein Blick ist fest auf mich gerichtet, und auf seinem Gesicht erscheint ein entschlossener Ausdruck. »Versprich mir, dass wir … zusammenbleiben. B-Bis zum Ende.«

Ich lächle, weil das praktisch automatisch passiert, wenn ich ihn ansehe. »Das kann ich nicht versprechen. Und du kannst es auch nicht.«

»K-Kann ich wohl.«

»Na gut, du kannst es. Aber bloß weil du es sagst, ist es nicht so. Wenn sich unser Zustand verschlechtert, können sie uns einfach trennen, und wir würden es nicht mal mitkriegen.«

»Doch, würden wir.« Er stützt sich auf einem Ellbogen auf. »Wir … treffen eine Verfügung. Keine T-Trennung.«

»So wie ›Keine Wiederbelebungsmaßnahmen‹?«

»J-Ja.«

Ich lache. »Und bei wem hinterlegen wir die?«

»Bei Eric. Unseren F-Familien.«

»Ach komm! Wir sind bis dahin so gaga, dass sie uns in Kisten sperren könnten, und wir würden es nicht merken. Wenn sie an meiner Stelle den Hund Anna nennen würden, würde dir kein Unterschied auffallen.«

Luke lacht nicht.

Ich seufze. »Du gibst mir das Gefühl, eine furchtbare Pessimistin zu sein, weißt du das? Ich bin ein positiver Mensch! In deiner Nähe werde ich zur ... Miesmacherin.«

Ich hoffe, dass Luke recht hat, dass wir uns dann noch erkennen. Überzeugt bin ich nicht davon. Ich habe jetzt schon so viel vergessen. »Wenn ich anfange, mich nicht mehr an dich zu erinnern, will ich gehen. Einen Schalter umlegen und die Sache beenden. Warum sollte ich dann noch länger bleiben?«

»S-Sag n-niemals ...«

»Warum nicht? Willst du wirklich bis zum bitteren Ende aushalten, wenn dein Körper vergessen hat, wie er funktioniert, du dir in die Hose pinkelst und scheißt und jemand Fremdes dich saubermachen muss? Ist es das, was du willst?«

Er nickt.

»Selbst wenn du dich nicht an mich erinnerst?«, frage ich.

Er bekommt diesen Blick, als würde er direkt in mich hineinsehen, durch Haut und Haare und Knochen und mitten durch meine Brust in meine Seele. »J-Ja.«

»Warst du schon immer so süß, oder liegt das an der Demenz?«

Er legt den Kopf schief. »V-Versprich mir, dass wir bis zum Ende zusammen sind«, sagt er. »Kein umgelegter Schalter, kein Beenden. Versprochen?«

Ich seufze. Aber seine Miene ist entschlossen. Darüber lässt er nicht mit sich diskutieren.

»Na gut«, sage ich.

»Sag … es.«

Ich verdrehe die Augen. »Ich verspreche es. Wir sind bis zum Ende zusammen. Völlig gaga. Aber zusammen. Ich verspreche es.«

Am nächsten Morgen, nachdem Junger Mann sich über den Flur in sein Zimmer geschlichen hat, setze ich mich an meinen Tisch. In der Schublade liegt mein Notizbuch und ich nehme es heraus. Meine Gedanken wandern kurz zurück zum letzten Mal, als ich hier gesessen habe, um etwas zu schreiben. Aber jetzt ist alles ganz anders. Dieses Mal schreibe ich einen Brief an mich selbst. An mein zukünftiges Ich.

1. November 2013

Liebe Anna,
heute hast du ein Versprechen gegeben. Du hast dem jungen Mann mit den teefarbenen Augen versprochen, dass du bis zum Ende bei ihm bleibst. Dich nicht vorher aus dem Staub machst, keine Abkürzung nimmst. Dass du dich darauf eingelassen hast! Ich kann es kaum glauben, während ich das schreibe.
Also warum hast du dich darauf eingelassen?
Du hast es getan, weil dieser Mann der eine ist, von dem du nicht gewusst hast, dass du auf ihn wartest. Du hast es getan, weil euch, so wie die Dinge stehen, nicht genug Zeit miteinander bleiben wird. Und du hast es getan, weil dieser Mann ein ziemlich guter Grund ist, noch ein bisschen hier herumzuhängen.
Bald wirst du dich nicht mehr an dieses Versprechen erinnern –

deshalb schreibe ich es auf. Also, wenn du das hier jetzt liest, dann solltest du noch was wissen: Anna Forster bricht niemals ein Versprechen.

Anna

Kapitel 22

Niemand hat etwas gesagt, als Junger Mann in dem großen Zimmer vorne zum ersten Mal meine Hand gehalten hat, aber ich weiß, dass es ihnen nicht entgangen ist. Kahlkopf hat einen Hustenanfall bekommen. Südstaatenlady hat die Augen zuerst zusammengekniffen, dann weit aufgerissen. Uralte Lady hat gelächelt, wobei sie allerdings immer lächelt. (Wahrscheinlich würde sie nicht mehr lächeln, wenn sie wüsste, was wir nachts machen.) Aber nach einer Weile fängt es an, ihnen zu gefallen. Es fängt an, *mir* zu gefallen. Und vielleicht liegt es ja an der Demenz, aber ich kann mich an keine Zeit erinnern, als seine Hand noch nicht auf meiner lag.

Heute sind die üblichen Verdächtigen in dem großen Zimmer versammelt. Und der Typ, der sich um den Garten kümmert. Hin und wieder kommt er mit Blumen rein und verteilt sie. Die Frauen mögen das. Aber jetzt ist der Garten mit weißem Zeug bedeckt, er muss die Blumen also von irgendwoher haben, wo es warm ist.

»Gabriela!«, sagt er, als die Latina-Kochfrau vorbeigeht. Er überreicht ihr einen großen Blumenstrauß, der in braunes Papier gewickelt ist. »Herzlichen Glückwunsch.«

Sie strahlt ihn an. Heute hat sie verkündet, dass sie ein

Baby im Bauch hat, und alle sind furchtbar aufgeregt. Ich weiß, dass ich auch aufgeregt sein sollte.

Als Nächstes überreicht er mir eine Blume. »Wie geht es Ihnen heute Morgen, Anna?«, fragt er.

»Ganz gut.« Es tut mir leid, dass ich mich nicht an seinen Namen erinnern kann. Dafür erinnere ich mich an den Namen der Blume. »Eine Inkalilie, wie hübsch.«

An seinem Gesicht erkenne ich, dass er beeindruckt ist, und ich freue mich darüber.

»Alle Achtung«, sagt er, »Sie kennen sich mit Blumen aus. Lassen Sie mich raten, waren Sie früher Floristin?«

»Sehe ich so aus?«

Er überlegt. »Na ja, wenn Sie es so sagen, nein. Was haben Sie denn gemacht?«

»Ich war Rettungssanitäterin.«

Genauso gut hätte ich sagen können, dass ich für die Vereinigten Staaten verantwortlich war. Südstaatenlady bleibt der Mund offen stehen, ihrem Mann fallen beinahe die Augen raus, Kahlkopf unterbricht sogar die Unterhaltung mit seiner imaginären Frau.

»Sie wissen schon, was ein Rettungssanitäter ist, oder?«, sage ich und lache. »Ich habe nicht gesagt, dass ich …«, ich versuche, mich an die Bezeichnung für Leute zu erinnern, die zum Mond fliegen, aber sie fällt mir im Moment – oder auf Dauer? – nicht ein, »Weltraumfrau war.«

»Das war bestimmt aufregend«, sagt Uralte Lady. »In so einem Bus mit Blaulicht und Sirene durch die Gegend zu rasen.«

»Eher traumatisch«, sagt Kahlkopf. »Was glauben Sie, wer die Leute von der Straße kratzt, nachdem sie vom Dach eines Hochhauses gesprungen sind?«

»Gelegentlich kam das vor«, sage ich. »Aber wir hatten

nicht dauernd mit Sirenen und Tragödien zu tun. Oft mussten wir uns um Leute kümmern, die zu viel Alkohol getrunken hatten. Viele routinemäßige Transporte von Orten wie dem Rosalind House ins Krankenhaus.« *Oder dorthin, wo tote Leute aufgehoben werden*, aber das sage ich nicht. Die Bewohner schauen allmählich ein bisschen enttäuscht drein, deshalb beschließe ich, ihnen das zu liefern, was sie hören wollen. »Aber es gab auch aufregende Momente. Einmal habe ich dabei geholfen, einen Promi zu bändigen, der high war und in seinem Hotelzimmer zu randalieren anfing. Und einmal« – ich muss unwillkürlich lächeln – »habe ich ein Baby auf die Welt geholt, mitten in einem Einkaufszentrum auf dem Boden.« Ich sehe das schleimige kleine Ding immer noch vor mir – ein Junge –, wie es zwischen den Beinen seiner Mutter zu mir hochlinst. In der Zeitung erschien ein Bericht darüber, aber ich überließ es Tyrone, für das Foto zu posieren. Im hellen Scheinwerferlicht kam er besser rüber als ich.

Die Bewohner gurren zufrieden, und ich setze mich ein bisschen aufrechter hin. Es ist eine Weile her, seit mir jemand so aufmerksam zugehört hat. Als wüsste ich, wovon ich rede. »Und einmal ist …«

»Ach, hier bist du, Grandpa!« Wir drehen uns alle zu einer jungen Frau mit stacheligen gelben Haaren, die in der Türöffnung erschienen ist. »Tut mir leid, wenn ich störe. Aber ich muss etwas mit meinem Grandpa besprechen.« Die junge Frau sieht zu Kahlkopf, doch dann wandert ihr Blick durch das Zimmer und bleibt an mir hängen. »Oh. Hallo.«

Seltsam. Sie sieht eindeutig mich an, aber sie kommt mir nicht im Entferntesten bekannt vor. Sie muss mich verwechseln.

»Ich bin froh, dass ich Sie treffe«, sagt sie. »Ich wollte mich bei Ihnen bedanken. Ihr Rat hat funktioniert.«

Ich mustere sie. Sie ist zu jung, um eine Freundin von mir zu sein, und wenn Kahlkopf ihr Großvater ist … Ich komme nicht drauf. Nein, ich kenne sie ganz sicher nicht.

»Ich bin ins Zimmer Ihrer Großmutter gekommen, erinnern Sie sich? Vor ein paar Monaten. Ich bin auf dem Weg zur Toilette falsch abgebogen und da bin ich bei Ihnen gelandet und wir haben uns unterhalten und Sie haben mir einen Rat gegeben …«

»Tut mir leid«, sage ich, »ich glaube, Sie verwechseln mich mit jemandem.«

Plötzlich steht Kahlkopf neben der jungen Frau. Er tätschelt ihre Schulter.

»Ich bin sicher, dass Sie es waren«, beharrt sie. »Sie müssen sich doch erinnern. Ich habe Ihnen erzählt, dass Grandpa sich Sorgen machte, dass mich ein Fluch treffen könnte, wenn ich heirate, und Sie haben mir geraten, ich soll ihm sagen, dass ich lieber ein Jahr wahres Glück erlebe, als zu sterben, ohne zu wissen, was Glück ist. Und es hat funktioniert, wir werden nächstes Jahr heiraten, hier im Garten von Rosalind House!«

Als jemand mit Alzheimer würde ich lügen, wenn ich behauptete, dass es nicht guttut zu sehen, wie eine »normale« Person in Verwirrung gerät. *Seht ihr*, möchte ich am liebsten rufen, *das kann jedem passieren*. Diese junge Frau scheint alle ihre Sinne beisammenzuhaben, bei klarem Verstand zu sein, und trotzdem ist sie verwirrt.

»Meine Großmutter wohnt nicht hier«, erkläre ich ihr, dankbar für diesen Rettungsring, an dem ich mich festhalten kann, der Beweis, dass nicht ich es bin, die verwirrt ist. »Ich wohne hier.«

Auf einmal ist es im Zimmer merkwürdig still. Der Blick der jungen Frau schießt zu Kahlkopf, um dann langsam zurück zu mir zu wandern.

»Ich … verstehe«, sagt sie schließlich. Ihre Wangen sind leicht gerötet, und ich hoffe, ich habe sie nicht in Verlegenheit gebracht. »Ich muss jemand anderen gemeint haben.«

Kurz nachdem Kahlkopf mit seiner Enkelin gegangen ist, schlendern Junger Mann und ich zu meinem Zimmer. Wir treffen diese Entscheidung wortlos, nur ein Blick und ein Nicken. Wie ein altes Ehepaar. In Anbetracht dessen, dass wir mit ziemlicher Sicherheit nie ein altes Ehepaar sein werden, freue ich mich, dass wir jetzt die Gelegenheit haben. Draußen rieseln weiße Flocken, und hier drin ist es gemütlich. Während wir nebeneinander hergehen, nimmt er meine Hand. Ich habe nie viel für Romantik übrig gehabt, aber an das Händchenhalten könnte ich mich gewöhnen.

Kahlkopf und seine Enkelin sind in diesem Eingangsdings. Falls Kahlkopf jemals die Fähigkeit zu flüstern besessen hat, ist sie ihm abhandengekommen, ich verstehe die Worte »Demenz« und »traurig«. Sie reden über uns.

»Sie tun mir schrecklich leid«, sagt sie. »Sie sind noch so jung.«

Ich gehe weiter. Ich verstehe, dass wir anderen Leuten leidtun. Wahrscheinlich würde ich an ihrer Stelle genauso empfinden. Aber Junger Mann bleibt stehen, und weil unsere Hände ineinander verflochten sind, bleibe ich mit ihm stehen. Kahlkopf und die junge Frau sehen zu uns her.

»Sie müssen kein Mitleid mit uns haben«, sagt Junger Mann. »Wir h-haben mehr Glück als die meisten Leute.«

Dann zieht er leicht an meiner Hand, und wir gehen zusammen in mein Zimmer.

Kapitel 23

Clementine

Unsere Gäste stehen aufgereiht auf der einen Seite der Turnhalle. Mom steht am Ende der Reihe, sie hat Jeans und flache Schuhe an. Obwohl wir einladen durften, wen wir wollten, haben die Jungen ihre Mom mitgebracht und die Mädchen ihren Dad. Ich bin das einzige Mädchen, das seine Mom mitgebracht hat.

»Guten Abend, alle miteinander«, sagte Miss Weber. Sie hat ein Kleid an, so wie die meisten Mütter, und rosa Schuhe mit Bändern, die um ihre Knöchel geschlungen sind. »Ich freue mich, dass so viele der Einladung zu unserem Familien-Tanzabend gefolgt sind. Wir haben uns viel Mühe mit der Dekoration gegeben. Sieht es nicht wunderschön aus?«

Unsere Gäste klatschen. Ich sehe, dass Mirandas Dad einen Blumenstrauß in der Hand hat. Rot und violett und weiß.

»Wir danken der Familie Heathmont, die das Material für die Spruchbänder und die Girlanden gestiftet hat, und der Familie Anderson, die die Klapptische zur Verfügung gestellt hat. Und allen, die heute Kuchen und Kekse mitgebracht haben.«

Ich grinse Mom an. Sie hat Red Velvet Cupcakes mit Vanillecreme mitgebracht – ich kann sie auf dem Tisch stehen sehen, zu einer Pyramide aufgebaut. Moms Red Velvet Cupcakes sind die besten.

»In Kürze beginnt der Tanz, aber ich dachte, vielleicht würden Sie vorher gerne noch ein Lied hören. Wir haben fleißig geübt, oder?«

Letztes Jahr haben wir auch ein Lied gesungen. Ich kann mich nicht mehr erinnern, welches. Aber ich erinnere mich, dass ich in der Menge nach Daddy gesucht habe. Die anderen Eltern haben miteinander geflüstert und sich angestupst und mit ihren Smartphones Videos gemacht, aber Daddy hat einfach nur zugehört. Hinterher hat er gesagt, dass er es nicht mit seinem Smartphone aufnehmen musste, weil es für immer in seinem Gedächtnis gespeichert ist.

Dieses Jahr singen wir »Firework« von Katy Perry. Als wir fertig sind, beginnt der Tanz. Freya wird von ihrem Dad hochgehoben, und sie schlingt die Beine um seine Taille. Miranda wird von ihrem Dad so im Kreis herumgewirbelt, dass ihr der Rock um die Beine fliegt. Legs steht auf den Füßen ihres Dads. Ich lege meine Arme um Moms Taille, und wir schaukeln ein bisschen hin und her.

»Tut mir leid«, sagt Mom. »Ich bin keine besonders gute Tänzerin.«

Danach unterhält Mom sich mit Harrys Mom, und Harry und ich essen Red Velvet Cupcakes, und Harry schmiert sich Vanillecreme auf die Nase.

»Harry!«, sage ich kichernd. »Du hast …« Ich muss so lachen, dass ich nicht zu Ende sprechen kann.

Harry lacht auch, obwohl er nicht weiß, was so lustig ist. *»Was ist?«*

»Deine Nase!«

»Oh!« Er wischt sich über die Nase, kriegt aber nicht alles weg. Der Rest bleibt kleben. Wir müssen so lachen, dass Harrys Gesicht knallrot wird.

Dann kommen Miranda und Freya mit ihren Dads herüber.

Die Dads schütteln sich die Hand und lächeln Harrys Mom an. Sie sehen zu meiner Mom, aber sie schütteln ihr nicht die Hand, und sie lächeln auch nicht.

»Unsere Dads mögen deine Mom nicht«, flüstert Miranda. Sie steht neben mir und nimmt sich einen Red Velvet Cupcake.

»Doch, tun sie wohl«, sage ich.

»Nein, tun sie nicht«, sagte Freya. Sie hat sich auch einen von Moms Cupcakes genommen und beißt hinein. »Echt nicht.«

Ich sehe zu Mom. Harrys Mom unterhält sich jetzt mit jemand anderem, und meine Mom steht allein da. Mir fällt ein, dass sie auch immer allein am Schultor steht.

»Warum mögen sie sie nicht?«, frage ich.

»Weil sie niederprächtig ist«, sagte Miranda. »Das sagt mein Dad.«

»Niederprächtig«, wiederholt Freya. »So wie dein Daddy.«

Harry runzelt die Stirn. Mir wird auf einmal heiß. Ich weiß nicht, was »niederprächtig« ist, aber sie stehen ganz dicht vor mir, und ich will, dass sie weggehen.

»Ist sie nicht.«

»Ist sie doch«, sagt Miranda.

Mom sieht zu mir her. Zuerst sind ihre Augen fröhlich, aber dann zieht sie die Augenbrauen zusammen. Vielleicht sieht sie, dass mein Gesicht immer heißer wird? Sie kommt einen Schritt auf uns zu.

»Sie ist nicht niederprächtig«, sage ich zu Miranda. »Du bist niederprächtig!«

Und dann fange ich an, Miranda zu schlagen und zu kratzen, und ich höre nicht damit auf, bis ich weine und mich starke Hände von ihr wegziehen.

Kapitel 24

»Ich halte es für das Beste, wenn sie ein paar Tage zu Hause bleibt«, sagt Ms. Donnelly. »Nicht als Strafe, sondern ... zu ihrem eigenen Wohl. Um ihr die Möglichkeit zu geben, ein bisschen Zeit allein mit ihrer Mutter zu verbringen.«

Ms. Donnelly ist die Direktorin der ganzen Schule, und wir sitzen in ihrem Büro. Sie ist nicht so hübsch wie Miss Weber – sie hat kurze graue Haare und eine große Brille und trägt braune Röcke. Miss Weber ist auch in dem Büro und außerdem Mom. Nachdem ich aufgehört habe, Miranda zu schlagen, hat uns Miss Weber schnell hierhergebracht, weg von dem Geschrei und dem Geheule.

»Natürlich«, sagt Mom. »Ich arbeite zwar im Moment, aber ich werde eine Lösung finden.«

»Nur für ein paar Tage«, sagt Ms. Donnelly. »Wir wollen Clementines Leben nicht zusätzlich durcheinanderbringen. Uns ist klar, dass sie in den vergangenen Monaten eine Menge durchgemacht hat.«

Ich schaue auf meine Fingernägel. Unter ein paar klebt getrocknetes Blut.

»Also«, sagt Ms. Donnelly. Sie schlägt eine Mappe auf, und ich sehe, dass mein Name darauf steht. CLEMENTINE BENNETT. Als sie hineinschaut, rutscht ihr die Brille über die

Nase. »Sie wohnen … Forest Hills Drive? Nummer 82?« Ms. Donnelly hebt den Kopf.

»Ja, das stimmt«, sagt Mom.

Moms Wangen werden rosa, und Ms. Donnelly runzelt die Stirn. Ein paar Sekunden lang sagt niemand was.

»Ich verstehe«, sagt Ms. Donnelly schließlich und klappt die Mappe wieder zu. »Was diesen Vorfall betrifft, habe ich mit Mirandas Eltern gesprochen. Mrs. Heathrow war ziemlich aufgebracht, was verständlich ist, wenn man bedenkt, dass Miranda etliche Kratzer abbekommen hat. Aber sie und ihr Mann haben sich bereit erklärt, keine weiteren Schritte zu unternehmen, wenn Clementine sich bei Miranda entschuldigt.«

Ich sehe hoch. Mom, Ms. Donnelly und Miss Weber schauen mich alle an.

»Clem?«, sagt Mom. »Hast du gehört, was Ms. Donnelly gesagt hat?«

Ich runzle die Stirn. »Was bedeutet ›niederprächtig‹?«

Auf dem Heimweg denke ich an Mirandas zerkratztes Gesicht. Ich denke an Mirandas Dad mit dem Blumenstrauß und daran, wie Legs auf den Füßen ihres Dads getanzt hat. Ich denke an »niederprächtig«.

»Also?«, sagt Mom. Ihr Knie hüpft auf und ab. »Willst du mir erzählen, was passiert ist?«

»Miranda hat mich wütend gemacht.«

»Was hat sie denn gemacht, dass du so wütend geworden bist?«

»Gemeine Sachen.«

Mom wirft mir einen kurzen Blick zu, dann schaut sie wieder auf die Straße. »Hat sie über Daddy geredet?«

»Das sag ich nicht«, sage ich.

»Warum nicht, Clem?«

Ich seufze laut. »Ich bin nicht Clem. Ich bin Laila.«

Mom blinzelt. »Okay. Warum willst du es mir nicht sagen, Laila?«

»Darum«, sage ich. »Weil es gemein war.«

Ich schaue auf meiner Seite aus dem Fenster. Eine Weile sagt Mom nichts. Dann bleiben wir an einer Ampel stehen.

»Was hältst du davon, wenn du es jemand anderem erzählst?«, sagt sie langsam. »Einem anderen Erwachsenen, jemandem, den du nicht kennst. Du könntest ihm erzählen, wie es dir geht, und brauchst dir keine Gedanken zu machen, dass es gemein ist. Was meinst du?«

»Okay.«

»Gut«, sagt sie. »Gut.«

»Mom?«

»Ja?«

»Haben wir ein bisschen Zeit, nur wir beide?«

Sie lächelt. »Aber sicher. Du kannst mich zur Arbeit begleiten und meine persönliche Helferin sein.«

Ich lächle auch. Ich bin eine gute Helferin. Ich werde Mom beim Tischdecken helfen, und wir können einen Erdnussbutter-Gugelhupf für die Bewohner backen. Erdnussbutter-Gugelhupf ist Daddys Lieblingskuchen gewesen.

»Mom?«, sage ich.

»Hmm?«

»Ich will mich nicht bei Miranda entschuldigen.«

Wir kommen zu Hause an. Mom hält das Auto an und schaltet den Motor aus. Sie dreht sich zu mir. »Es wäre aber gut, wenn du das tun würdest, Schätzchen.«

»Warum?«

»Weil du ihr wehgetan hast. Und wenn man jemandem wehtut, sollte man sich dafür entschuldigen.«

»Aber Miranda hat mir auch wehgetan«, sage ich, »und sie muss sich nicht dafür entschuldigen.«

Mom öffnet den Mund, aber bevor sie was sagen kann, klettere ich auf ihren Schoß und fange an zu weinen.

Kapitel 25

Eve

Es ist schwer, die Freude zu beschreiben, mit der ich die erste Karotte aus dem Gemüsebeet im Garten von Rosalind House ziehe. Die Sonne scheint, und obwohl ein frischer Wind geht, hat sich der Gartentrupp draußen versammelt – Clara und Gwen, Luke und Anna. Für mich ist das Gemüsebeet inzwischen »unser Beet«, und ich glaube, für die anderen auch. Wir haben den Vormittag über schwer geschuftet, und jetzt sitzen Anna und Luke am Rand des Beets und genießen die Sonne, während Clara und Gwen unter dem Baum Limonade trinken. Die Luft riecht nach Erde und Kräutern. Das einzige nennenswerte Geräusch ist das Klappern der Baumschere, mit der Angus Äste abschneidet.

Clem ist auch mit draußen. Ich muss daran denken, wie sie gestern auf Miranda losgegangen ist. Das passt überhaupt nicht zu ihr. Seit sie ganz klein gewesen ist, habe ich sie kein anderes Kind mehr schlagen sehen (und selbst damals geschah es nicht ohne guten Grund). Ich kann es mir immer noch kaum vorstellen. Aufmerksam hört sie Angus zu, der ihr die verschiedenen Blumensorten erklärt und wie man sie pflegt. Sobald er irgendwo auftaucht, scheint er sie anzuziehen wie ein Magnet. Er ist sehr nett zu ihr, aber es gibt mir trotzdem zu denken – was fehlt ihr? Was kann ich tun, um die Lücke zu schließen?

Den vergangenen Abend habe ich damit verbracht, einen Kinderpsychologen für Clem zu finden, und es ist mir gelungen, für nächste Woche einen Termin zu bekommen, aber in der Zwischenzeit liegt ihre seelische Gesundheit in meinen Händen. Und nicht nur ihre seelische Gesundheit ist in Gefahr. Ich muss dauernd daran denken, wie Ms. Donnelly mich angesehen hat, als es um meine Adresse ging. Ahnt sie etwas? Wenn es so ist, dann kann ich nur hoffen, dass sie zu sehr mit den aktuellen Geschehnissen um Clem beschäftigt ist, um der Sache auf den Grund zu gehen.

Ich pflücke ein paar Zweige Rosmarin für den Lammbraten und etwas Minze für das Eiswasser. Bert hat sicher wieder was daran auszusetzen; letzte Woche hat er sich beschwert, ich würde »mit dem Wasser herumpanschen« (an dem Tag waren es Zitronen), aber er wird sich damit abfinden müssen. Heute gibt es Eiswasser mit Minze.

»Reichen Ihnen die Blumen, Eve?«, fragt Angus. Er hat beide Arme voller Chrysanthemen, Lilien und Hibiskus – genug, um einen riesigen Saal damit zu schmücken.

Ich lache. »Soll das ein Scherz sein?«

Angus lacht nicht, aber um seine Augenwinkel erscheint ein Kranz von Fältchen, mehr kann ich wahrscheinlich nicht erwarten. Allmählich beginne ich seine gelassene, schweigsame Art zu mögen. Richard war immer schnell mit einem Lächeln, einem Kompliment bei der Hand. Wenn man mit einem solchen Menschen zusammenlebt, verliert es nach einer Weile seine Bedeutung. »Falls welche übrig bleiben«, sagt Angus, »nehmen Sie sie einfach mit nach Hause. Stellen Sie sie in Ihr Schlafzimmer.«

Bei dem Wort »Schlafzimmer« werde ich rot.

»Meine Mutter pflegte zu sagen, dass eine Frau stets Blumen in ihrem Schlafzimmer haben sollte«, sagt er.

»Hat sie auch gesagt, warum?«

Angus antwortet mit seinem typischen Schulterzucken. Ich stelle jedoch fest, dass sich seine Wangen ebenfalls leicht gerötet haben.

Gleich darauf zieht eine plötzliche Bewegung zu unserer Linken unsere Aufmerksamkeit auf sich. Ein riesiger Hund springt durch den Garten, seinen Besitzer im Schlepptau.

»Rupert! *Rupert*!«

Angus legt die Blumen ab und eilt zu Hilfe. Der Hund scheint es für ein Spiel zu halten. Er springt hin und her, als hätte er Sprungfedern an den Pfoten. Luke, der bis jetzt neben Anna am Rand des Beets gesessen hat, steht auf, während Anna sich die Hände vors Gesicht hält und den Kopf einzieht. Mir fällt ein, dass sie Angst vor Hunden hat.

Angus hat den Hund auf das Tor zugetrieben, aber in dem Moment, als der Besitzer nach dem Halsband greifen will, schlägt der Hund einen Haken und saust quer über den Rasen davon. Anna stößt einen Schrei aus. Der Hund läuft auf sie zu, doch bevor er sie erreicht, mache ich einen Hechtsprung und schlinge beide Arme um seinen Bauch. Ich gehe zu Boden. Genauso gut hätte ich Angus tackeln können. Er ist schwer – richtig schwer – und windet sich. Ich lege meine Arme noch fester um ihn. Mein Atem geht keuchend, und ich scheine mir den Ellbogen angeschlagen zu haben, aber ich lasse nicht los.

Gleich darauf packt Angus den Hund am Halsband und übergibt ihn seinem Besitzer.

»Entschuldigung«, sagt der Mann. »Ich bitte vielmals um Entschuldigung.«

Angus hilft mir auf. Ich werfe einen Blick zum Gemüsebeet, um zu sehen, wie es Anna geht, und halte die Luft an.

»Angus«, sage ich. »Sie haben mir doch erzählt, dass Luke

Anna immer vor den Hunden beschützt hat, wenn die Leute mit den Tieren da waren, erinnern Sie sich?«

»Ja.«

»Und Sie haben auch gesagt, Sie seien sich nicht sicher, ob ein Demenzkranker zu echten Gefühlen für einen anderen Menschen in der Lage ist.«

Er legt den Kopf schief, noch leicht außer Atem. »Ja, ich glaube, etwas in der Art habe ich gesagt.«

Ich deute zum Gemüsebeet, wo Luke mit beschützend ausgebreiteten Armen vor Anna in die Hocke gegangen ist. Sie versteckt sich hinter seinem Rücken.

»Was sagen Sie jetzt?«

Nach dem aufregenden Erlebnis mit dem Hund fragt Clem, ob sie ins Haus gehen und fernsehen darf. Sobald sie es sich vor dem Fernseher gemütlich gemacht hat, hole ich den Rollwagen aus der Putzkammer und mache mich an die Arbeit. Ich sprühe, fege, wische und staubsauge, bis ich meine Arme nicht mehr spüre. Und dabei denke ich die ganze Zeit über Luke und Anna nach.

Was würde ich darum geben zu wissen, was in ihren Köpfen vor sich geht! Eric hat gesagt: *»Um jemanden zu lieben, bedarf es Erinnerung, Kommunikation, Verstand, Entscheidungen.«* Aber ist das wirklich so? Seit ich vorhin Luke beobachtet habe, geht mir der Gedanke im Kopf herum, dass Liebe eher einem Fluss gleicht – er will fließen. Und wenn der eine Weg blockiert ist, sucht er sich eben einen anderen.

Ich bin ziemlich erschöpft, als ich schließlich zu Annas Zimmer komme. Ich hole meinen Staubwedel hervor, gehe herum und schiebe ein paar Staubkörnchen hin und her. Im untersten Fach der Kommode liegt unter einer dicken Staubschicht Annas Notizbuch. Ich erkenne es wieder – es ist das

Buch, in das Anna am ersten Tag mein Foto gesteckt hat. Einem Impuls folgend will ich es aufschlagen, habe die Finger schon unter den Deckel geschoben, als ich zögere. Das geht mich nichts an. Ich lege das abgestaubte Notizbuch zurück in das Fach.

Und hole es sofort wieder heraus.

Vielleicht lese ich nur die erste Seite, um zu sehen, was da steht? Bevor ich es mir anders überlegen kann, schlage ich es auf.

Liebe Anna,
heute hast du ein Versprechen gegeben. Du hast dem jungen Mann mit den teefarbenen Augen versprochen, dass du bis zum Ende bei ihm bleibst. Dich nicht vorher aus dem Staub machst, keine Abkürzung nimmst. Dass du dich darauf eingelassen hast! Ich kann es kaum glauben, während ich das schreibe.
Also warum hast du dich darauf eingelassen?
Du hast es getan, weil dieser Mann der eine ist, von dem du nicht gewusst hast, dass du auf ihn wartest. Du hast es getan, weil euch, so wie die Dinge stehen, nicht genug Zeit miteinander bleiben wird. Und du hast es getan, weil dieser Mann ein ziemlich guter Grund ist, noch ein bisschen hier herumzuhängen.
Bald wirst du dich nicht mehr an dieses Versprechen erinnern – deshalb schreibe ich es auf. Also, wenn du das hier jetzt liest, dann solltest du noch was wissen: Anna Forster bricht niemals ein Versprechen.

Anna

Ein Klopfen an der Tür lässt mich zusammenzucken.

»Bin nur ich.«

Es ist Angus. Er hält meinen Korb in die Höhe, in dem exakt eine Karotte liegt. »Ich dachte, den brauchen Sie vielleicht. Tut mir leid, habe ich Sie erschreckt?«

Ich deute auf das Notizbuch. »Sehen Sie sich das an.«

Angus kommt näher. Ich lasse ihm Zeit, den Eintrag zu lesen.

»Da haben Sie's!«, sage ich. »Sie liebt ihn wirklich. Und er liebt sie, daran kann seit vorhin wohl kein Zweifel mehr bestehen.«

Angus runzelt die Stirn. »Na ja … ich habe mal von einer demenzkranken Frau gelesen, die sich nicht mehr daran erinnern konnte, dass sie jemals verheiratet war, aber als ihr jemand ihr Hochzeitskleid gezeigt hat, ist sie in Tränen ausgebrochen. In dem Bericht hieß es, dass sich das Erinnerungszentrum des Gehirns direkt neben dem Gefühlszentrum befindet, die emotionale Kraft des Kleides wirkte also immer noch, obwohl die Erinnerung weg war.«

»Das heißt, Luke wusste vielleicht, dass er Anna vor dem Hund beschützen muss, auch wenn er sich nicht daran erinnert hat, warum …«

»Unglaublich, oder? Wie das alles funktioniert – das Herz, das Hirn.«

»Ja«, sagte ich. »Das ist es.«

Angus' Blick gleitet über mein Gesicht, und an die Stelle des Staunens tritt etwas anderes … etwas Intensiveres. Ein Schauer überläuft mich. »Angus …«

»Schh«, sagt er und dann legen sich seine Arme um meine Taille und wir küssen uns. Er riecht nach Gras. Seine Arme halten mich, und das ist gut so, denn ich bin wie eine Feder im Wind – kraftlos, gewichtlos, davonwirbelnd. Es fühlt sich seltsam an und sehr, sehr gut.

»Mom?«

Ich taumle zurück. Clem steht in der Tür. »Was machst du denn da?«

»Nichts.« Ich streiche mir die Haare zurück, ziehe meinen Pferdeschwanz fest. »Angus hat mir nur … den Korb gebracht.« In meinem Kopf dreht sich alles, und dass Angus so dicht vor mir steht, macht es nicht besser. »Hast du Hunger, Schätzchen? Ich wollte gerade etwas zu essen machen, möchtest du …?«

»Habt ihr euch geküsst?«, fragt Clem.

Ich werfe einen kurzen Blick zu Angus. Er sieht schuldbewusst aus und leicht benommen. So wie ich mich fühle.

»Warum gehen wir nicht in die Küche?«, sage ich zu Clem.

»Habt ihr?«

Ich weiß nicht, was ich sagen soll. Mein Kopf fühlt sich an wie ein Luftballon, mein Mund ist plötzlich staubtrocken.

»Ihr habt euch geküsst«, sagt sie schließlich. »Ich habe es *gesehen*.«

»Ja«, gebe ich zu. »Du hast recht.«

Clem presst die Lippen aufeinander. Mir schießt der Gedanke durch den Kopf, dass es genau andersherum sein müsste. Ich bin ihre Mutter. In sechs oder sieben Jahren sollte ich *sie* dabei erwischen, wie sie einen Jungen küsst. Ich sollte *sie* ins Kreuzverhör nehmen.

»Ich will nicht, das du jemanden küsst«, sagt sie. »Nie wieder.«

Mir ist auf einmal nach Weinen zumute. Vor allem deshalb, weil ihre Forderung, so ungerecht sie auch erscheint, absolut angemessen ist. Ihr Vater ist erst vor vier Monaten gestorben. *Vor vier Monaten*. Hat sich durch den Umstand, dass er furchtbare Dinge getan hat, meine Trauerphase verkürzt? Oder dadurch, dass ich Angus unglaublich attraktiv finde?

»Okay, Mom?«, sagt sie.

»Clem …«

»Ich heiße *Alice*.«

»Okay, Alice.«

»Du wirst nie mehr jemanden küssen?«

Ich blicke zu Angus, und er zuckt mit den Schultern. Dieses Schulterzucken besagt: *Mach dir keine Gedanken um mich. Tu, was du tun musst.*

Ich wünschte, es gäbe ein Handbuch zur Erziehung von Töchtern, deren Welt in den vergangenen Monaten komplett aus den Fugen geraten ist. Eines Mädchens, das Schwierigkeiten in der Schule hat und das sich über kurz oder lang damit wird abfinden müssen, dass sein Vater nicht der Mann war, für den es ihn gehalten hat. Dann wird mir klar, dass ich kein Handbuch brauche, weil ich bereits weiß, was es raten würde.

»Nein. Nie mehr.«

Ich nehme Clems Hand und führe sie aus dem Zimmer, lasse Angus einfach stehen. Und so gerne ich es auch tun würde, ich bringe es nicht über mich zurückzusehen.

Kapitel 26

An diesem Nachmittag backe ich mit Clem einen Erdnussbutter-Gugelhupf. Ich warte darauf, dass sie noch einmal den Kuss mit Angus zur Sprache bringt, aber sie tut es nicht, und ich rühre auch nicht daran – Kinder reden, wenn sie dazu bereit sind –, auch wenn mich ihr Schweigen bedrückt. Clem hat sich schon lautstark geäußert, bevor sie sprechen konnte. Als Baby hat sie, während ich kochte, in ihrem Hochstuhl in der Küche gesessen, gequietscht, ihr Spielzeug klappern lassen und zahnlos gelacht. Als ich jetzt ihr ernstes kleines Gesicht beobachte, verspüre ich eine solche Sehnsucht nach dieser Clem, dass es beinahe weh tut.

Wir schieben den Kuchen in den Ofen, und Clem macht sich aus dem Staub, bevor es ans Aufräumen geht – wenigstens in dieser Hinsicht hat sich nichts geändert. Als sie weg ist, erlaube ich mir endlich, durchs Fenster Ausschau nach Angus zu halten. Er steht gebückt in einem Beet, die behandschuhten Hände in der Erde vergraben. Der Gedanke, dass mich diese Hände nie wieder berühren werden, macht mich traurig.

Nachdem die letzte Schüssel gespült ist, suche ich im Salon nach Clem. Stattdessen finde ich Anna. Ihr Sessel steht am Fenster, und sie hat die Hände an die Scheibe gelegt.

»Na, Anna?«, sage ich. »Alles in Ordnung?«

Sie antwortet nicht. Sie streicht über die Ecken des Fensters, dann schlägt sie mit der Faust dagegen.

»Anna?«

Sie fährt herum, sichtlich verärgert über die Störung. »Was ist?«

»Was tun Sie da?«

»Nichts.«

»Soll ich das Fenster aufmachen?«

Sie sieht mich an, und an die Stelle von Frustration tritt Neugier. »Sie können es aufmachen?«

»Natürlich.«

Ich rolle ihren Stuhl ein Stück zurück, um mir das Fenster anzusehen. Es ist ein bis zum Boden reichendes Schiebefenster. Eric hat mir gesagt, dass die Fenster in den oberen Stockwerken seit Annas Sturz fest verriegelt sind. Aber dieses Fenster lässt sich öffnen, ich schiebe die obere Scheibe ein Stück nach unten und lasse eine leichte Brise herein. »Bitte sehr.«

Anna sieht mich verdutzt an. »Aber … wie komme ich raus?«

»Ach, Sie wollen nach draußen? Wir können durch die Tür rausgehen. Warten Sie, ich helfe Ihnen.« Ich strecke die Hände nach den Griffen ihres Rollstuhls aus, aber sie schüttelt den Kopf.

»Nein. Ich will *da* raus.«

Sie klingt trotzig, beinahe weinerlich und reckt das Kinn vor.

»Warum wollen Sie denn zum Fenster raus?«, frage ich.

»Weil …« Sie schluckt. »Ich habe genug.«

Sie verschränkt die Arme und blickt entschlossen auf das Fenster.

Ich folge ihrem Blick. Vor dem Fenster fällt das Gelände

leicht ab, und aus ihrer Perspektive, vom Rollstuhl aus, scheint es in die Tiefe zu gehen. Ich frage mich, ob Anna denkt, sie wäre im ersten Stock. Ob sie denkt, dass sie vom Fenster aus in die Tiefe fällt.

Ich habe genug.

Ich gehe neben ihr in die Hocke. »Warum haben Sie genug?«

Eine einzelne Träne rollt ihre Wange hinab.

»Wegen Luke«, höre ich mich selbst sagen. »Weil man Sie von ihm fernhält?«

Sie sieht mich an, und ich kann nicht sagen, ob sie mir folgt.

»Was wäre, wenn man Sie nicht von ihm fernhalten würde?«, frage ich. »Würden Sie dann immer noch da rauswollen?« Ich deute auf das Fenster.

Ihre Augen sind zwei hellgrüne Seen voller Emotion. Ich denke daran, wie Luke sich vor sie gekauert hat, als der Hund in den Garten gekommen ist. An Annas Frage *»Wo ist er?«*. An die Blicke, die sie wechseln. Die Liebe, die sie unverkennbar füreinander empfinden. Und plötzlich begreife ich, worum sie mich die ganze Zeit gebeten hat.

»Nein, das würden Sie nicht, oder?«, sage ich zu mir selbst. Dann sehe ich ihr in die Augen. »In diesem Fall werde ich Ihnen helfen.«

An diesem Abend bleiben Clem und ich ein bisschen länger als sonst. Sie muss morgen nicht in die Schule, daher kann ich sie ruhig noch eine Weile fernsehen lassen, während ich aufräume. Die Bewohner sind alle schon in ihren Zimmern – angeblich sind sie Frühaufsteher, jedenfalls liegt in diesem Haus jeder schon um Viertel nach acht im Bett. Sobald ich in der Küche fertig bin, nehme ich meine Handtasche und gehe den Flur hinunter. Die Geschirrspülmaschine summt vor sich hin, die Böden sind (einigermaßen) sauber, und der Speiseplan für die kommende Woche steht. Clem sitzt im Salon vor dem Fernseher und ich stehe vor Annas Tür.

Ich denke an Richard, wie er von dem Deckenbalken in seinem Arbeitszimmer hing. Ich denke an den Moment, als ich ihn gefunden habe, die Worte, die um mich herumschwebten, nutzlos und ungesagt, die Dinge, die ungetan in der Luft hingen. Es war zu spät. Aber für Anna ist es nicht zu spät.

Entschlossen mache ich einen Schritt nach vorn. Ich habe Anna gesagt, dass ich ihr helfe. Und ich werde es tun.

Kapitel 27

Anna

Elf Monate zuvor …

In meinem Zimmer gibt es drei Türen. Eine führt auf den Flur, eine ins Bad und eine in den Schrank. Jeden Morgen suche ich mir wie bei einer Lotterie eine aus, immerhin stehen die Chancen eins zu zwei, dass ich meine Anziehsachen finde. Anfangs habe ich mich noch angestrengt – mich bemüht, Logik und Verstand und Gedächtnis einzusetzen. Das Bad liegt wahrscheinlich näher beim Bett, so in der Art. Mittlerweile spar ich mir das.

»Ene, mene, muh …«, ich deute auf Tür Nummer zwei. »Raus bist du!«

Junger Mann (der vor ein paar Minuten in mein Zimmer gekommen ist, um mich zum Frühstück abzuholen), öffnet die Tür, und zum Vorschein kommt eine Toilette. »Leider Pech gehabt.«

An manchen Tagen treibt es mich fast in den Wahnsinn, wenn ich irgendwas nicht finden kann. Vor ein paar Wochen, vielleicht war es auch vor ein paar Tagen, habe ich ein Glasdings gepackt und gegen eine der Türen geworfen, weil ich das Bad nicht finden konnte. Wenn man so oft pinkeln muss wie ich, kann man es sich nicht leisten, Zeit mit der Suche nach dem Klo zu verschwenden.

»Das da ist garantiert … der Flur«, sage ich und deute auf Tür Nummer eins. Ich habe keine Ahnung, ob das stimmt, und keine Lust, nach Hinweisen zu suchen. Aber wir haben schließlich schon das Toilettenzimmer gefunden, also dürften meine Chancen gut stehen.

Er öffnet die Flurtür, und zum Vorschein kommt eine Reihe Kleider, die an einem Stangendings hängen.

»Verdammt!«, sage ich, aber als er ein Teil von dem Dings zieht (ein Teil, das bei diesem Wetter vielleicht angemessen ist, vielleicht auch nicht), muss ich lachen. Es hat einmal eine Zeit gegeben, da hätte ich nicht mehr leben wollen, wenn ich nicht hätte sagen können, was sich hinter einer bestimmten Tür befindet. Aber heute bin ich sehr froh darüber, am Leben zu sein.

Wir sind wieder in dem Zimmer im oberen Stock. Junger Mann legt dieses Stabdings auf den Plattenspieler, und Musik beginnt zu spielen. Ich frage mich, wie lange wir in der Lage sein werden, den Weg hierher zu finden, in dieses Zimmer im oberen Stock. Es fühlt sich wie unser Zimmer an. Die Vorstellung, dass wir nicht mehr in der Lage sind, uns daran zu erinnern, finde ich noch schlimmer, als mich nicht an meinen eigenen Namen erinnern zu können.

Er streckt die Arme aus. »Mö-Möchtest du …?«

»Was?«

Er schwingt Arme und Hüften. Ich weiß, was er meint. Ich soll zu ihm gehen und seine Hände halten und zu der Musik hin und her wackeln. Mir fällt auch nicht ein, wie das heißt.

Er versucht ein paarmal, das richtige Wort zu finden, bis er schließlich eine Grimasse schneidet. »Du w-weißt schon«, sagt er unter Mühen. Seine Augenbrauen ziehen sich zusammen. Auch das bringt mich zum Lachen. Ich stehe auf und schlurfe zu ihm, aber statt seine Hände zu nehmen, lege ich meine Wange an seine Brust. Gemeinsam beginnen wir uns zu bewegen.

»Ja«, sage ich. »Ich weiß.«

Heute ist der Tag, an dem Leute zu Besuch kommen. Ich mag diesen Tag nicht. Und da bin ich nicht die Einzige. Uralte Lady mag ihn nicht, weil sie nur selten Besuch bekommt. Kahlkopf mag ihn nicht, weil das Mitten-am-Tag-Essen dann früher ausgeteilt wird und, wie er sagt, Myrna es nicht leiden kann, wenn ihr Tagesablauf durcheinandergebracht wird. Nach und nach entdecke ich immer mehr Vorzüge an Myrna. Ich glaube, ich könnte mich mit ihr anfreunden. *Tut mir leid, ich kann heute nicht Bingo spielen, Myrna gefällt das nicht. Ich kann nichts dafür,* werde ich sagen. *Es liegt an Myrna.*

Für gewöhnlich kommt Jack an diesem Tag allein oder höchstens mit einem der kleinen Jungen. Seine Frau habe ich eine ganze Weile nicht gesehen. Aber auch so finde ich seine Besuche anstrengend. Hier, an diesem Ort, wo ich lebe, merken es die Leute entweder nicht oder sie reagieren nicht darauf, wenn ich etwas vergesse oder etwas Komisches sage. Aber wenn ich in Jacks Gegenwart etwas Komisches sage, dann guckt er verwirrt. Verbessert mich mit langsamer, deutlicher Stimme. *»Erinnerst du dich nicht, Anna, das war doch Tante Geraldine.«* Oder: *»Ja, Anna, das hast du schon gesagt.«* Am schlimmsten ist das lange Schweigen, gefolgt von einem Nicken. Dieser Blick, der besagt: *Ich habe keine Ahnung, wovon du redest, aber mir ist meine Zeit zu schade, um mir lange den Kopf darüber zu zerbrechen.*

Heute bin ich ziemlich nervös. Nicht nur, weil der Tag ist, an dem die Leute zu Besuch kommen, sondern auch wegen Luke. (Ich weiß, dass er Luke heißt, weil er sich gerade eben

Jack vorgestellt hat.) Luke hatte die schräge Idee, dass wir uns gegenseitig unseren Familien vorstellen sollten – so wie normale Leute. Manchmal kommt er auf ziemlich absonderliche Ideen. Das habe ich ihm auch gesagt. Glaube ich.

Wir sind also in dem großen vorderen Zimmer. Jack sitzt uns gegenüber und starrt auf unsere verschränkten Hände. Ich habe keine Ahnung, was ich sagen soll. Deshalb beschließe ich, wie neuerdings oft, gar nichts zu sagen. Immerhin habe ich Alzheimer. Damit kann ich mich doch bestimmt vor lästigem Smalltalk drücken?

»Das ist s-si…sicher merkwürdig für Sie, Jack«, sagt Luke schließlich. Er gibt sich große Mühe und macht das wirklich toll, auch wenn seine Worte ein bisschen gepresst klingen. »Vermutlich haben Sie … gedacht, die Zeiten, in denen Ihre … Zwillingsschwester einen Freund anschleppt, sind vorbei.«

Jack sucht ungläubig meinen Blick. Ich zwinge mich zu einem Lächeln.

»Falls es Sie beruhigt«, fährt Luke fort, bei dem Wort »beruhigt« kurz stockend, »kann ich Ihnen versprechen, dass ich der l…etzte bin.«

Ich kann nicht anders, ich muss lachen. Für jemanden mit Demenz ist Luke ziemlich lässig. Er lächelt leicht verlegen und wirft mir einen Blick zu. Ich bin beeindruckt. Es ist eine Weile her, dass ich ihn ohne Unterbrechung so viel habe sagen hören. Jacks Gesicht zeigt jedoch nicht den Hauch eines Lächelns.

Mir fällt auf, dass Luke immer wieder auf seine Hände starrt. Er hat zwar ein paar kleine Tics, aber der ist mir neu. Erst als er die Handflächen leicht nach oben dreht, sehe ich, dass mit blauer Tinte etwas darauf geschrieben ist. Ich erkenne die Wörter *Jack, Zwilling* und *Freund.* Es versetzt mir einen kleinen Stich.

Jack scheint etwas antworten zu wollen, vorher denkt er aber erst lange nach. Kein Problem, ich kann warten. Doch bevor er seine Gedanken gesammelt hat, stürmt eine Frau ins Zimmer, gibt Luke einen Kuss auf die Wange und lässt sich auf das Sitzdings neben Jack fallen.

»Entschuldigung, ich bin zu spät«, sagt sie. »Sie müssen der Bruder sein. Ich bin Sarah. Die Schwester.«

Die Frau ist so blond, wie Luke dunkel ist. Sie trägt Jeans und eine Dünnjacke mit jeder Menge Glitzerzeug an den Handgelenken und am Hals. Ihr Gesicht ist nach oben gerichtet, das soll wohl freundlich wirken. Sie blickt von Luke zu mir und schließlich zu Jack. »Und? Haben sie es Ihnen gesagt?«

Jack starrt sie an. »Sie *wissen* davon?«

»Klar. Luke erzählt mir alles.«

»Fantastisch«, murmelt Jack. »Anna erzählt mir nichts.«

»Kein Grund zur Aufregung«, sagt sie. »Mein Bruder ist ein netter Kerl.«

Lukes Schwester klingt bemerkenswert ruhig, geradezu zufrieden. Ich weiß, dass Jack das maßlos ärgert.

»Davon bin ich überzeugt«, sagt Jack. »Ich möchte nur nicht, dass er meine Schwester ausnutzt, nur weil er noch mal eine Freundin haben will.«

Kurzes Schweigen. »Luke hatte genug Freundinnen«, sagt die Schwester. »Er lässt sich nicht auf irgendwas ein, wenn er es nicht ernst meint.«

»Toll!«, sagte Jack. »Wirklich toll.«

»Außerdem«, fährt sie fort, »warum sollten sie hier drin nicht ein bisschen glücklich sein?«

»Kommt darauf an«, Jacks Stimme ist etwas lauter geworden, »um welche Art von Glück es sich dabei handelt …«

»Sie sind beide erwachsen! Es geht uns nichts an, was sie tun!«

»Und wen geht es etwas an, wenn Anna schwanger wird? Hm? Die beiden? Vielleicht könnten sie das Kind ja gemeinsam hier großziehen? Sie haben recht, das ist eine hervorragende Idee …«

Jacks Gesicht ist rot, und seine Stimme ist laut. Das Gesicht der Schwester verschließt sich. Ich lasse mich in mein Sitzdings zurücksinken, weg von den beiden.

»H-H-H…*Hört auf damit*!«

Ich blicke hoch zu Jungem Mann, der aufgestanden ist. Jack und die Schwester reißen die Augen auf und blinzeln, bleiben aber still. Das ist schön, diese Stille. Ich bin Jungem Mann dankbar – ich will danke sagen, aber die Worte entschweben mir, bevor ich sie einfangen und aussprechen kann.

»Anna?« Eine Helferfrau kommt mit gerunzelter Stirn angetrabt. Normalerweise trabt sie nicht. Und sie runzelt auch nicht die Stirn. Sie beugt sich zu mir herunter. »Sie haben Besuch.«

Ich höre, was sie sagt, aber es ergibt keinen Sinn. Habe ich denn nicht schon Besuch? »Wie bitte?«

Jack hat seinen Blick auf etwas hinter mir gerichtet, und ich drehe mich um. Hinter meinem Stuhl steht ein großer Mann, schick angezogen in schwarzer Hose und weißem Hemd. Unter seinem einen Arm klemmt eine dicke braune Jacke. Der Mann ist mir gleichzeitig vertraut und fremd.

Ich höre, wie Jack sich räuspert. »Dad«, sagt er. »Du hier.«

Kapitel 28

Dad ist kein attraktiver Mann. Er ist groß, aber mager und hat eingesunkene Schultern, deshalb ist er vornübergebeugt wie eine verwelkende Blume. Seine Augen sind hellblau, und seine grau-roten Haare sind so gekämmt, dass sie eine kahle Stelle verbergen. Diese Informationen sind allerdings offensichtlich. Das, was ich über Dad wissen müsste – sein Geburtstag, seine Baseballmannschaft, ob er den krummen Rücken schon immer hatte oder erst seit kurzem –, ist nicht da. Oder vielleicht ist es da, aber tief drinnen, in die Ferne gerückt, als wäre er eine Figur aus einem Roman, den ich vor ein paar Jahren gelesen habe, und nicht der Mann, der mich gezeugt hat. Er mustert mich eingehend, vielleicht sucht er nach Anzeichen für meine Demenz. Ich frage mich, ob er welche findet.

»Anna«, sagt er, »ich kann es nicht glauben.«

Beim Klang seiner Stimme gibt mein Hirn ein paar ausgewählte, offenbar unwichtige Erinnerungen frei. Wie er Eis immer mit der Gabel gegessen hat. Wie er seinen … Morgenkoffeindrink getrunken hat … so heiß, dass er sich jedes Mal den Mund verbrannt haben muss.

»Was machst du hier?«, frage ich.

»Nach was sieht es denn aus?«, antwortet er. »Ich wollte dich besuchen.«

Jack steht auf und erinnert mich daran, dass er auch noch da ist. »Dad«, sagt Jack. »Ich halte das für keine so gute Idee.«

Eine weitere Erinnerung treibt sich am Rand meines Bewusstseins herum, ohne vorzutreten. Es ist, als hätte mein Hirn einen Vorhang vor den Erinnerungsbereich gezogen. Und nicht mal die VIPs dürfen rein.

»Dad«, versucht es Jack noch einmal, »wie wär's, wenn wir kurz rausgehen?« Jack fasst Dad am Ellbogen, ohne seine Antwort abzuwarten.

Ich sehe Dad an, die Jacke unter seinem Arm, mit den großen schräg aufgesetzten Taschen.

»Schokoladenzigarren!«, rufe ich.

Dad bleibt stehen. »Das weißt du noch, was?«

Ich könnte jubeln, weil ich diese Erinnerung ausgegraben habe. Schokoladenzigarren. Als ich ein Kind war, hatte Dad immer welche in der Jackentasche. *»Gönnt euch eine Pause«*, hat er zu Jack und mir gesagt, jedem von uns eine gegeben und sie mit seinem Daumen-Feuerzeug angezündet. *»Raucht eine Zigarre.«* Ich muss gegen ein Lächeln ankämpfen, schließlich darf ich nicht vergessen, dass der Mann mit den Schokoladenzigarren in der Tasche derselbe Mann ist, der seine Frau verlassen hat, als sie krank wurde. Derselbe Mann, der mich verlassen hat.

»Ich fürchte, heute habe ich keine dabei«, sagt er. »Aber ich bringe nächstes Mal welche mit, wenn ich wiederkommen darf.«

»Dad!«, sagt Jack. »Du kannst nicht einfach hier aufkreuzen und …«

»Schon gut«, sage ich. »Ich rede mit ihm.«

Jack wirkt unentschlossen. »Bist du sicher?«

Ich nicke. »Lass uns in mein Zimmer gehen, Dad.«

Es fühlt sich merkwürdig an, »Dad« zu sagen. Das habe

ich das letzte Mal als Teenager gesagt. Als ich den Flur entlanggehe, bete ich im Stillen, dass ich den Weg finde und ausnahmsweise (hey, für gewöhnlich wird mir nicht so viel Freundlichkeit zuteil) sind die Götter mir gnädig. In meinem Zimmer setzen wir uns.

»So … du hast es also?«, sagt Dad. »Alzheimer?«

»Ja.«

»Warum hast du es mir nicht gesagt? Ich hätte dich unterstützt.«

»Danke«, sage ich ruhig, »aber das glaube ich dir nicht.«

Er nickt. »Das verdiene ich. Und alles andere, was du auszuteilen hast. Ich habe schon so viel verpasst. Jetzt will ich nichts mehr verpassen, selbst wenn es Beleidigungen sind.«

Ich sehe ihn an, er hat ein solches Selbstvertrauen. Unglaublich, dass er die Stirn hat, nach all der Zeit einfach hier aufzutauchen. Hat er gedacht, ich würde die Arme ausbreiten und ihn wieder in mein Leben lassen? Wenn er vor einer Frau mit Alzheimer davongelaufen ist, was will er dann mit mir? »Warum bist du gekommen, Dad?«

»Ich habe zugelassen, dass deine Mutter mich von sich gestoßen hat, als sie krank wurde«, sagt er nach einer kurzen Pause. »Das habe ich immer bereut. Und ich werde nicht zulassen, dass sich die Geschichte wiederholt.«

Ich sehe ihn schweigend an.

»Das soll keine Entschuldigung sein«, sagt er, »ich will es dir nur erklären. Deine Mutter war eine stolze Frau. Sie wollte nicht, dass ich dabei zusehe, wie sie verfällt. Ich hatte nie die Absicht, dich und Jack zu verlassen, aber …«

»Du hast doch wohl nicht erwartet, dass wir die Beziehung zu dir aufrechterhalten, nachdem du unsere an Alzheimer erkrankte Mutter verlassen hast? Ironischerweise hast gerade du uns damit beigebracht, integrer zu sein.«

»Ich hab Mist gebaut. Und ihr habt den Preis dafür bezahlt. Aber nichts, was du sagst, kann mich davon abhalten wiederzukommen, Anna. Ich will unsere Beziehung kitten.«

»Unsere Beziehung kitten?« Ich schnaube. »Erwarte da mal nicht zu viel.«

Er steht auf. »Tu ich nicht. In meinem Alter sollte man sowieso nicht mehr allzu viel Zeit mit Warten verbringen.«

Überraschenderweise verspüre ich den Drang zu lachen. Aber ich reiße mich zusammen. Das könnte so aufgefasst werden, als würde ich ihm verzeihen. »Mach, was du willst.«

Unbeholfen drückt mir Dad einen Kuss auf die Stirn und schlurft zur Tür. Ich will ihm sagen, dass er verschwinden soll. Ich will ihm sagen, dass er bleiben soll.

»Als ich erfuhr, dass ich Alzheimer habe, habe ich meinen Mann verlassen«, platze ich heraus, als er nach dem Türknauf greift. »Es war keine glückliche Ehe, und Alzheimer erschien mir ein genauso guter Grund wie jeder andere, die Sache zu beenden. Ich schätze, in dieser Hinsicht ähneln wir uns. Weglaufen, wenn es schwierig wird.«

Dads Augen sind jetzt ganz sanft und schimmern feucht. »Das macht uns einander nicht ähnlich, Anna. Du hast eine unglückliche Ehe hinter dir gelassen, als du am verletzlichsten warst, und das zeugt von Mut. Ich habe eine Frau und zwei Kinder verlassen, als *sie* am verletzlichsten waren, was genau vom Gegenteil zeugt. Ein besserer Mann als ich wäre geblieben.«

»Bist du jetzt ein besserer Mann?«, frage ich. Zu meinem Ärger stelle ich fest, dass mein Gesicht nass ist.

»Ich versuche es.« Er lacht leise und schüttelt den Kopf. »Und wenn ich dich ansehe, meine Kleine, dann habe ich vielleicht doch was richtig gemacht.«

In dieser Nacht vergräbt Junger Mann sein Gesicht in meinen Haaren, und ich schlinge ein Bein um seine Taille und ziehe ihn näher an mich. Es ist dunkel, aber von irgendwoher fällt ein Lichtstrahl ins Zimmer.

Wow. Ich blinzle in das Halbdunkel. Das ist … seltsam.

Ich blinzle noch mal. Da liegt jemand neben uns im Bett. Genauer gesagt mehr als einer – da sind mehrere Leute, die sich unter den Laken hin und her bewegen.

»Verflixt …« Ich schiebe ihn weg und springe aus dem Bett. Die Leute neben uns machen das Gleiche. »Wer zum Teufel sind die?«, flüstere ich.

Halluziniere ich? Aber nein … sie sind da. Sie sind schwarz, nicht nur ihre Haut, sondern auch ihre Augen, ihre Haare – alles an ihnen. Ich *muss* halluzinieren.

»Siehst du das?«, sage ich zu Jungem Mann. »*Da!* Schau doch.«

Ich strecke den Arm aus, und gleichzeitig streckt einer von den Phantomleuten, die Frau, den Arm aus. Ich mache einen Satz zurück. Im selben Moment macht sie das auch.

Junger Mann rutscht langsam aus dem Bett und stellt sich neben mich. Er wirkt genauso erschrocken, wie ich es bin. Das ist … zu seltsam. Ich drehe mich zu der schwarzen Frau, und sie macht meine Bewegung nach. Ich winke. Sie winkt. Allmählich dämmert es mir. Ich beuge mich vor, strecke die Hand aus, um das Gesicht der schwarzen Frau vor mir zu berühren. Es ist glatt, flach. Und dann, *pling*, fällt der Groschen.

»Die Leute«, sage ich, »diese schwarzen Leute … das sind wir. Das sind unsere Schatten.«

Einen Moment lang stehe ich einfach nur da. Ich fass es nicht. Ich habe tatsächlich meinen Schatten für eine Art verrückten Alien-Mutanten gehalten. Ist es schon so weit mit mir? Die Hand von Jungem Mann legt sich um meine, und ich merke, dass sie zittert. Und nicht nur das – er gibt außerdem ein Geräusch von sich. In der Dunkelheit lässt sich schwer sagen, was er macht, aber schließlich begreife ich es. Er lacht.

Auch ich fange an zu kichern, zuerst leise, dann immer lauter, bis ich mich vor Lachen kaum noch halten kann. Neben mir lacht Junger Mann. Und unsere Schatten lachen auch.

Ich schrecke aus dem Schlaf hoch. Irgendwas stimmt nicht. Die Wange von Junger Mann liegt direkt unter meinem Kinn auf meiner Brust und … Bohnenstange ragt über uns auf.

»So habe ich sie gerade entdeckt«, sagt sie zu jemandem. Ihr Gesicht ist verzerrt, und ihre Stimme klingt schrill. »Ich weiß nicht, wo Rosie ist. Carole, würdest du bitte *Rosie suchen*?«

»Bert hat sich den Knöchel verstaucht«, sagt jemand anderes. »Sie macht ihm eine Bandage.«

Bohnenstange hebt die Dünndecke über uns an und späht darunter. »Wenigstens sind sie nicht völlig nackt. Gott sei Dank! Oh, Anna ist wach.«

Ich bleibe still liegen, als der Mann mit dem Schnurrbart in mein Blickfeld kommt. Seine Augen wandern langsam über meinen Körper. »Alles in Ordnung, Anna?«, fragt er.

Ich nicke und krieche unter der Dünndecke noch mehr in mich zusammen, ich wünschte, sie würden aus meinem Zimmer verschwinden.

»Wussten Sie, dass Luke hier bei Ihnen ist?«, fragt er und seine Augen wandern immer noch.

Ich blicke auf den Scheitel von Jungem Mann und dann wieder hoch. »Ich bin dement, oder? Ich bin nicht blind.«

Schnurrbartmann kneift die Augen zusammen. Er wischt sich mit dem Arm über die Stirn.

Es hat etwas höchst Beunruhigendes, flach auf dem Rücken

zu liegen, während sich Leute über einen beugen, aber Junger Mann liegt schwer auf meiner Brust, deshalb kann ich mich nicht bewegen.

»Wir müssen ihren Bruder anrufen«, sagt Bohnenstange. »Und Lukes Schwester. Soll ich das machen?«

»Nein, das mache ich«, sagt Schnurrbartmann, ohne den Blick von mir zu wenden. »Anna, brauchen Sie Hilfe beim Anziehen?«

Ich schüttle so heftig den Kopf, dass mir schwindlig wird.

»Gut. Trish wartet draußen, bis Sie angezogen sind, und begleitet Sie dann in mein Büro, okay?«

Ich will mich eigentlich gar nicht anziehen oder in das Büro von Schnurrbartmann gehen, aber da ich offenbar keine andere Wahl habe, nicke ich.

»Gut«, sagt er und stößt die Luft aus. »Dann können wir diese Angelegenheit in Ruhe klären.«

Endlich gehen Schnurrbartmann und Bohnenstange, und ich schiebe den Kopf von Jungem Mann von mir runter und setze mich auf. Und in diesem Moment dämmert mir, was Bohnenstange und Schnurrbartmann klären wollen. *Uns.* Mich und Jungen Mann.

Kapitel 29

Eve

Als ich die Tür zu Annas Zimmer öffne, zittere ich am ganzen Körper. Mir ist schwindlig von all den Fragen – und Zweifeln –, die in meinem Kopf herumwirbeln … Ist sie wach? Wird sie überrascht sein? Wird sie sich an unser Gespräch erinnern? Auf keinen Fall will ich sie erschrecken. Doch bevor ich es mir anders überlegen kann, setzt sich Anna in ihrem Bett auf.

»Hallo Anna«, flüstere ich und mache ein paar vorsichtige Schritte auf sie zu. Wie jeder, der mitten in der Nacht aufgeweckt wird, blinzelt sie, reibt sich die Augen. Mustert ihre Umgebung. Sieht mich argwöhnisch an. »Ich bin's, Eve«, sage ich. »Möchten Sie … äh … Luke besuchen?« Ich lächle, hoffe, dass sein Name etwas bei ihr klingeln lässt. Lässt er nicht.

Sie runzelt die Stirn. »Wen?«

Meine Zuversicht, sofern ich sie jemals besessen habe, verlässt mich. »Äh, na ja … er hat dunkle Haare, braune Augen …«

Ich halte inne, lasse ihr Zeit. Sie sieht mich jedoch weiter verständnislos an.

»Wissen Sie was«, sage ich. »Warum legen Sie sich nicht einfach wieder hin und schla…«

»Rosie!«, tönt plötzlich Berts Stimme durch die Stille. Ich

unterdrücke einen Aufschrei. »Ich muss aufs Klo. Kommen Sie her und helfen Sie einem alten Mann aus dem Bett.«

Mein Blick schießt zur Tür, die offen steht. Ich stürze hin und schließe sie im gleichen Augenblick, in dem Rosie den Flur entlangkommt, um Bert zu helfen. Ich schicke ein Stoßgebet gen Himmel, dass Anna nicht gerade jetzt beschließt auszurasten. Es wird erhört; sie bleibt ruhig.

Ich höre, wie Rosie zurück ins Pflegerinnenzimmer geht, und merke, dass Anna mich beobachtet. »Wer ist Luke?«, fragt sie.

Unsicher trete ich an ihr Bett. »Luke ist der junge Mann«, flüstere ich. »Er hat dunkle Haare, braune Augen …«

»Ist er sexy?«

Ich kichere. »Unbedingt.«

»Okay. Gehen wir.«

Ich schiebe sie zur Tür. Von den Bewohnern ist kein Laut zu vernehmen, aber im Salon höre ich Clems Lieblingsserie im Fernsehen laufen und aus dem Pflegerinnenzimmer dringt das monotone Geplapper eines Teleshopping-Senders. Das ist unsere Chance.

Schnell laufe ich über den Flur und öffne Lukes Tür. Drinnen schalte ich die Badezimmerlampe ein, die das Zimmer in einen sanften Lichtschein taucht. Plötzlich machen sich wieder die Nerven bemerkbar. Meine. Nicht die von Anna. Mit der Neugier eines Kindes sieht sie sich um und versucht, sich zu orientieren. Ich schiebe sie ins Zimmer.

Ich weiß es in dem Moment, als sie ihn sieht, weil sie auf einmal ganz still dasitzt und leise die Luft ausstößt. Luke blinzelt sich wach. Sein Blick fällt zuerst auf mich, dann auf Anna. Vielleicht liegt es daran, dass ich es sehen will, aber ich schwöre, dass etwas in ihm aufleuchtet. Er setzt sich mit einem Ruck auf.

Ich schiebe Anna zu Luke und helfe ihr, neben ihm aufs Bett zu klettern. Dann ziehe ich mich zurück. Sie legt die Hände an sein Gesicht, und er schließt die Augen. Sie nicken einige Male im Gleichtakt – ein seltsamer, schöner liturgischer Tanz – und halten dann Stirn an Stirn inne. Der Raum zwischen ihren Körpern ähnelt einem Herzen.

Nach einem kurzen Moment sieht Anna zu mir her. Ihre Lippen bewegen sich kaum merklich, und ich vernehme einen gehauchten Laut, wie ein Flüstern, das nicht gelingt. Aber ich verstehe trotzdem, was sie mir sagen will. *Danke.*

Am nächsten Morgen stehe ich gähnend in der Küche. Theoretisch spüle ich das Frühstückgeschirr, aber praktisch sehe ich aus dem Fenster, vor dem Angus sich über ein Beet beugt. Bald kommt der erste Frost, und er hat viel zu tun, um alle Pflanzen rechtzeitig in die Erde zu bringen. Selbst von hinten ist er irgendwie sexy. Ich versuche, es zu ignorieren, aber das ist so, als würde man versuchen, bei einem abendlichen Strandspaziergang den Sonnenuntergang zu ignorieren. Es geht einfach nicht.

Möglicherweise hat er meinen Blick gespürt, jedenfalls dreht er den Kopf. Hastig wende ich mich der eingebrannten Kruste in der Pfanne zu, die ich gerade spüle. Seit Clem uns beim Küssen erwischt hat, habe ich nicht mehr mit Angus gesprochen. Ich habe ihn seither kaum *angesehen*. Allerdings habe ich die ganze Zeit an ihn gedacht. Als ich erneut aus dem Fenster blicke, richtet er sich auf und kommt aufs Haus zu. Gleich darauf steht er in der Küche.

»Hi«, sagt er.

»Hi«, sage ich. Clem ist im Salon, und ich bete im Stillen darum, dass sie nicht ausgerechnet jetzt in die Küche kommt.

»Ich wollte dir nur das hier zeigen.« Angus hält einen winzigen grünen Sprössling zwischen Daumen und Zeigefinger. Ich hole tief Luft. »Koriander?«

»Kaum groß genug, um einen Babyschlumpf damit zu füttern, aber ja.«

»Wow.« Ich streife meine Handschuhe ab und beuge mich vor, um daran zu riechen. »Hmm. Ich war mit meinen Versuchen, Koriander zu ziehen, bis jetzt immer erfolglos.«

»Du hast es bis jetzt nie mit mir zusammen versucht«, sagt Angus.

Ich werde rot und frage mich, ob Angus das Gleiche denkt wie ich: Dass es da noch etwas gibt, das ich bis jetzt nie mit ihm versucht habe. Wie in aller Welt komme ich auf einen solchen Gedanken?

»Danke fürs Zeigen«, sage ich.

»Ehrlich gesagt habe ich überlegt, ob ich dich dazu bewegen könnte, mal einen Abend Pause vom Kochen zu machen«, sagt er. »Und stattdessen mich kochen lässt.«

»Oh.« Ich lache. »Danke, aber das ist mein Job. Ich glaube auch nicht, dass Eric besonders erfreut wäre, wenn ...«

»Nicht für die Bewohner«, sagt Angus und grinst. »Für dich.«

Ich spüre, dass meine Wangen heiß werden. Ich möchte ja sagen. Aber ...

»Du willst nicht«, sagt er.

»Nein, das ist es nicht. Es ist nur ...«

»Clem.« Er nickt. »Ich verstehe. Schon gut.«

»Tut mir leid, Angus.«

»Kein Problem.« Er gibt mir den Koriander und lächelt. »Für dich.«

»Danke.«

Ich wende mich wieder der Spüle zu und ziehe die Gummihandschuhe über. Ich weiß, dass ich das Richtige tue, aber manchmal fühlt sich das Richtige ziemlich falsch an. Darüber sinniere ich immer noch, als ich einige Minuten später Schritte hinter mir höre.

»Eve! Hier sind Sie.«

Ich drehe mich um. Eric steht in der Tür zur Küche. Mir schwant nichts Gutes.

»Wissen Sie, dass es schon fast zehn ist?«, fragt er. Sein Gesicht ist gerötet, und seine Haare sehen ungekämmt aus.

Ich werfe einen Blick zur Uhr. Er hat recht. Den Instruktionen meines Handbuchs zufolge soll um zehn das Frühstücksgeschirr gespült und in den Zimmern der Bewohner saubergemacht sein. Ich bezweifle, dass ich diesen Zeitplan in all den Monaten, die ich hier arbeite, überhaupt jemals eingehalten habe, und heute Morgen war ich sowieso schon spät dran und habe dann auch noch drei Anläufe für meine Maispuffer gebraucht, deshalb hänge ich besonders weit hinterher.

»Mist!« Ich streiche mir mit dem Unterarm die Haare aus dem Gesicht und mache mich über den letzten Topf her. »Tut mir leid, Eric. Ich bin hier fast fertig.« Auf dem Küchentisch steht ein Tablett mit Orangen-Mohn-Muffins zum Auskühlen, und ich deute darauf. »Nehmen Sie sich ein Muffin, Eric. Frisch aus dem Ofen!«

Ich zwinge mich zu einem Lächeln, doch zum ersten Mal erwidert Eric es nicht.

»Eve, ich bin besorgt, dass Ihnen Ihre Prioritäten etwas durcheinandergeraten sind. Sie sind hier als Köchin und Reinigungskraft angestellt. Und die Putzarbeiten lassen offen gestanden einiges zu wünschen übrig.«

Damit trifft er einen wunden Punkt. »Der Gerechtigkeit halber ist zu sagen, dass ich nur aushilfsweise putze. Und es ist wirklich sehr viel mehr Arbeit, als ich erwartet habe.« Ich stelle den Topf in das Trockengestell und drehe mich um. »Ich hätte gedacht, dass Sie inzwischen jemanden gefunden haben. So schwierig ist diese Arbeit ja auch wieder nicht, und es sind bereits einige Monate vergangen …«

»Es haben sich eben gewisse Änderungen ergeben, was die Stelle betrifft«, sagt er. »Man hat mir gerade von oben mitgeteilt, dass der Etat gekürzt wurde, das heißt, dass die Putzarbeiten damit auf Dauer in Ihren Aufgabenbereich fallen.«

Ich blinzle.

»Ich weiß, dass das nicht die ideale Lösung ist«, sagt er, »aber so sieht es nun mal aus. Wir müssen die Kosten senken.«

Eric weicht meinem Blick aus. Das weckt ein merkwürdiges Gefühl in mir.

»Warum müssen wir denn die Kosten senken?«, frage ich. »Bei dem Betrag, den die Bewohner zahlen, sollte doch ein guter Gewinn abfallen. Ich meine, das Budget fürs Essen ist bereits äußerst knapp …«

»Die Entscheidung kommt von ganz oben«, sagt er. Sein Ton ist scharf und endgültig. »Wenn Sie der Sache nicht gewachsen sind, finde ich jemand anderen.«

»Ich … ich habe nicht gesagt, dass ich der Sache nicht gewachsen bin.«

Aber eigentlich will ich genau das sagen. Ich würde Eric gern sagen, dass er sich seinen Putzjob sonst wohin stecken kann. Ich würde am liebsten das (Geschirr-)Handtuch werfen. Aber ohne diesen Job kann ich keine Adresse in Clems Schulbezirk vorweisen, und das Letzte, was sie gerade jetzt, wo sie sowieso schon genug Schwierigkeiten hat, brauchen kann, ist der Wechsel an eine andere Schule.

»Also«, sagt er erwartungsvoll. »Wie sieht es aus?«

»In Ordnung, Eric. Ich übernehme das Putzen auf Dauer«, presse ich zwischen den Zähnen hervor.

»Das freut mich.« Eric nimmt ein Muffin und beißt davon ab. »Sehr gut«, sagt er auf dem Weg zur Tür. Bevor er verschwindet, sehe ich, dass das Lächeln, das bis vor wenigen Augenblicken auf seinem Gesicht seltsamerweise gefehlt hat, wieder da ist.

Meine abendlichen Besuche bei Anna werden schnell zu einer festen Einrichtung. Der Ablauf ist ganz einfach: Jeden Abend nach dem Essen gehe ich in ihr Zimmer und hole sie zu einem kleinen Spaziergang ab. Rosie ist um diese Zeit anderweitig beschäftigt, und Trish und Carole haben bereits Feierabend gemacht, deshalb ist es erstaunlich leicht. Sobald Anna bei Luke ist, räume ich die Küche auf oder sehe mit Clem eine Weile fern und zehn oder fünfzehn Minuten später schiebe ich sie in ihr Zimmer zurück.

Ideal ist es nicht. Ich habe Angst, dass Clem nach mir suchen könnte oder dass Luke oder Anna unruhig werden oder dass Rosie aus irgendeinem Grund in Annas Zimmer geht und feststellt, dass sie nicht da ist. Aber ich beruhige mich damit, dass es ja nur ein paar Minuten sind. Und ein paar Minuten können den Unterschied zwischen Leben und Tod ausmachen.

An den ersten drei Abenden klappt alles reibungslos, und ich habe den Eindruck, dass Anna tagsüber fröhlicher gewesen ist. Auch Luke hat aufgeweckter gewirkt. Allerdings muss ich jeden Abend wieder bei null anfangen, mich Anna vorstellen, sie fragen, ob sie Luke besuchen möchte.

»Ich habe überlegt, ob Sie … Luke besuchen möchten«, sage ich, als ich heute Abend in ihr Zimmer komme. »Luke ist der junge Mann. Dunkle Haare, braune Augen …«

»Sexy?«, fragt sie.

Ich grinse. »Ungemein sexy.«

Inzwischen freue ich mich auf die allabendliche Wiederholung dieser Unterhaltung. Abend für Abend reagiert Anna exakt auf die gleiche Weise auf die gleiche Situation. Irgendwie ist das schön. Und es ist auch schön, dass sie nie lange zögert, Luke zu besuchen. Sobald ich seinen Namen sage und ihr ein paar Einzelheiten liefere, verändert sich ihre Haltung. Ich frage mich, wie das sein kann, wenn sie sich nicht an ihn erinnert. Da ich keine logische Erklärung dafür finde, kann ich nur zu dem Schluss gelangen, dass sich ein Teil von ihr doch erinnert. Vielleicht ihr Herz.

Am wenigsten mag ich, sie dazu zu bringen, Lukes Zimmer wieder zu verlassen.

»Wir sind beschäftigt«, sagt Anna am dritten Abend, als ich sie abholen will. »Gehen Sie weg.«

»Ich muss Sie in Ihr Zimmer zurückbringen, Anna. Sie können morgen wiederkommen.«

»Nein«, sagt sie eine Spur aggressiver. »*Sie* können morgen wiederkommen!«

Darauf bin ich überhaupt nicht vorbereitet. Während bereits Panik in mir aufsteigt, fallen mir wieder Rosies Worte ein. *»Wir können mit der Wahrheit dafür sorgen, dass für sie jede Sekunde von Angst erfüllt ist. Oder wir können lügen und dafür sorgen, dass jede Sekunde von Glück und Freude erfüllt ist.«*

»Wollen Sie denn nicht ausgeschlafen sein, wenn Sie auf Tour gehen?«, frage ich.

Anna sieht mich an. »Meine Motorradtour?«

Ich nicke. »Sie brechen morgen in aller Frühe auf.«

Einen Augenblick lang wirkt Anna verärgert, dann seufzt sie. »Sie hat recht«, sagt sie zu Luke. »Ich sollte nicht fahren, wenn ich nur ein paar Stunden geschlafen habe. Wir sehen uns, wenn ich wieder da bin.«

Und dann lässt sie sich von mir zurückbringen.

Als ich am vierten Abend in Annas Zimmer komme, ist sie

unruhig. Das Licht ist gedämpft, und sie blickt immer wieder über ihre Schulter. Ich sage ihr, wer ich bin, mit so lauter Stimme wie möglich, ohne die anderen Bewohner zu wecken, und stelle mich vor sie. Sie ignoriert mich und blickt erneut über ihre Schulter. Es dauert einen Moment, bis ich begreife, dass es ihr Schatten ist, der sie beunruhigt.

»Machen Sie sich ihretwegen keine Gedanken«, sage ich und deute mit dem Daumen auf den Schatten. »Sie kommt nicht mit.«

Anna sieht mich an und lässt sich sichtlich erleichtert zurücksinken. »Puh«, sagt sie.

Unsere Besuche werden für mich zum Höhepunkt des Tages. Vielleicht liegt es daran, dass im Haus alles still ist oder dass wir beide allein sind, aber es ist leicht, sich mit ihr zu unterhalten. Manchmal plaudern wir eine Weile, bevor ich sie in Lukes Zimmer bringe. Ich erzähle ihr von Clem und von Richard. Was für eine grauenhaft schlechte Putzfrau ich bin. Manchmal hört Anna nur zu; manchmal sagt sie etwas. Anna hat kein Gedächtnis mehr, und manchmal liegt sie mit ihren Einschätzungen ein bisschen daneben … aber ich habe zunehmend das Gefühl, dass Anna und ich Freundinnen werden.

Als ich am nächsten Abend in ihr Zimmer komme, wartet sie offenbar schon auf mich. Sie steht mit ihrem Rollstuhl neben der Tür und sieht mich erwartungsvoll an. »Ich bin fertig«, sagt sie, bevor ich etwas sagen kann.

Ich nähere mich ihr langsam. Sie scheint von einer Klarheit, wie ich sie bis jetzt nicht an ihr erlebt habe. Rosie hat mir erzählt, dass so etwas passieren kann – dass die Leute manchmal für kurze Zeit wieder da sind. Sie hat nicht erwähnt, für wie lange.

Ich knie mich vor sie. »Wissen Sie, wohin wir gehen, Anna?«

In ihren Augen schimmern Tränen. »Wir gehen ihn besuchen.«

»Richtig. Wir besuchen Luke. Wollen Sie das?«

Sie nickt. Halb erwarte ich, dass sie sich aus eigener Kraft zu Lukes Zimmer rollt, so präsent wirkt sie. Stattdessen nimmt sie meine Hände. »Danke«, sagt sie.

Ich will ihr antworten, aber ich bin so gerührt, dass ich kein Wort herausbringe.

»Ich werde mich nicht daran erinnern, oder?«, fragt sie.

Ich schüttle den Kopf und sie nickt, stößt langsam und etwas zittrig die Luft aus. Es liegt so viel Tapferkeit in diesem einen Atemzug. Ich sehe den Menschen, der Anna war. Nein. Den Menschen, der Anna *ist*.

»Nun ja«, sagt sie. »Man soll für den Moment leben, stimmt's? Das sollte doch einfach sein, wenn man sonst nichts hat.«

»Anna«, sagte ich, als ich endlich die Sprache wiederfinde. »Nur damit das klar ist. Sie werden sich vielleicht nicht daran erinnern. Aber ich verspreche Ihnen, dass ich es niemals vergessen werde.«

Kapitel 30

Als ich mich am nächsten Tag aus dem Bett wälze, sitzt Clem bereits fix und fertig angezogen auf dem Sofa. Heute geht sie zum ersten Mal wieder in die Schule. Sie hat sich für ein interessantes Outfit entschieden: gestreifte Leggings, Tutu, langärmeliges grünes T-Shirt mit dem Aufdruck DIVA quer über der Brust. Und ihre Glitzerturnschuhe. Sie lassen mich kurz innehalten. Sie sind knallrosa und blinken, wenn sie hüpft, und sie waren ein Geschenk ihres Vaters zu ihrem siebten Geburtstag.

»Alles in Ordnung, Schätzchen?«, frage ich und schiebe eine Scheibe Rosinenbrot in den Toaster.

Clem nickt, den Blick weiter starr geradeaus gerichtet.

»Freust du dich darauf, Legs zu sehen?«, frage ich.

»Ja.«

»Und wirst du dich bei Miranda entschuldigen?«

Clem seufzt. »Ja.«

»Braves Mädchen. Man darf jemand anderen nicht schlagen, nicht wahr?«

Sie schüttelt den Kopf. Beim Anblick ihres ernsten kleinen Gesichts zieht sich der Knoten in meinem Magen, den ich mit mütterlichen Schuldgefühlen assoziiere, noch fester zusammen.

»Ich hole dich nach der Schule ab, okay?«

»Okay.«

»Und was sagst du, wenn jemand was über Daddy sagt?«

»Er war *mein* Daddy, ich kenne ihn besser als du«, erwidert sie, wie wir es geübt haben.

»Ganz genau«, sage ich. Clem starrt auf ihre Schuhe. »Und Clem?«

Ich mache mich darauf gefasst, dass sie mir erklärt, ihr Name sei Sophie-Anne oder Laila oder Alice. Aber dieses Mal lässt sie es durchgehen.

»Ja, Mom?«

»Wenn du dich bei Miranda entschuldigst, dann lass eine Hand in der Tasche, damit du die Finger kreuzen kannst.«

Clem blickt hoch, blinzelt. Und endlich erscheint auf ihrem Gesicht ein breites, strahlendes Lächeln. Bei diesem Anblick lockert sich der Knoten in meinem Magen. Ein bisschen.

Von all meinen Aufgaben im Rosalind House kann ich Bügeln am wenigsten ausstehen. Erstens muss ich es in einem winzigen Kabuff erledigen, mit einem zusammenklappbaren Bügelbrett und einem Bügeleisen, das so viel Feuchtigkeit produziert, dass sich meine Haare ringeln. Zweitens brauche ich eine Ewigkeit, um ein einziges Hemd zu bügeln, und das auch noch schlecht. Und weil ich drittens dazu neige, mit den Gedanken abzuschweifen, um die Zeit herumzubringen, passieren mir ziemlich viele, na ja, Missgeschicke.

An diesen Nachmittag stehe ich in der Tür zu Berts Zimmer. Er betrachtet den bügeleisenförmigen Brandfleck auf seinem Hemd und runzelt die Stirn. »Das ist nicht ordentlich gebügelt, Eve. Das ist wirklich nicht ordentlich.«

»Ich weiß. Tut mir leid. Ich kaufe Ihnen ein neues Hemd.«

»Ich will kein neues Hemd. Ich will dieses Hemd. Ohne Brandfleck.«

»Na ja … ich bin eben keine gute Büglerin.«

»Ihr jungen Leute seid immer so schludrig. Ihr nehmt euch nie genug Zeit, um etwas so zu machen, wie es sich gehört.« Er schüttelt missbilligend den Kopf. »Also Myrna … die konnte bügeln. Die hat nie ein Hemd versengt. Kein einziges Mal!«

»Tut mir leid«, wiederhole ich, weil es sonst nicht viel zu sagen gibt. Ich kann Myrna ja schlecht um eine Stunde Bügelunterricht bitten. Ich sehe aus dem Fenster und halte Ausschau nach Angus, doch stattdessen sehe ich Trish, die Gwen bei schneidendem Wind über den Rasen schiebt. Diese Frau ist wirklich eine Frischluftfanatikerin, wenn sie sogar bei diesem Wetter mit ihr spazieren geht. Ich sehe wieder zu Bert. »Vielleicht könnte ich mir von Gwen ein paar Tipps geben lassen?«

Bert zuckt gleichgültig mit den Schultern, aber auf seinen Wangen erscheinen zwei rosa Flecken. »Warum nicht.«

»Sie ist wirklich reizend. Ich bin sicher, dass sie gern hilft.« Ich behalte Bert genau im Auge. »Finden Sie nicht auch, dass sie reizend ist, Bert?«

Er hält den Kopf gesenkt. »Keine Ahnung.«

»Sie findet Sie reizend.«

Seine Augen treten hervor. »Was?«

»Gwen«, sage ich. »Ich glaube, sie mag Sie.«

Bert räuspert sich, und aus dem Räuspern wird ein Hustenanfall. Ich klopfe ihm fest auf den Rücken und nutze die Gelegenheit, mir das ruinierte Hemd hinten in die Hose zu stecken, außer Sichtweite.

»Also?«, flöte ich. »Was halten Sie davon? Sie und Gwen?«

»Machen Sie sich nicht lächerlich«, sagt er. Die rosa Flecken auf seinen Wangen sind verschwunden, und er ist wieder ganz der Alte. »Und sparen Sie sich die Ablenkungsversuche!

Wenn Sie noch mal eins meiner Hemden ruinieren, sage ich es Eric. Da helfen Ihnen keine Ausflüchte mehr.«

»Gut«, sage ich. »Verstanden.«

Mit diesen Worten bewege ich mich langsam zur Tür. Als ich vor dem Hinausgehen noch einmal einen Blick zurückwerfe, hat Bert seinen Stuhl herumgedreht und sieht aus dem Fenster. Zu Gwen.

Als Clem um halb vier mit einem Lächeln auf dem Gesicht durch das Tor hüpft, kommen mir vor Erleichterung beinahe die Tränen. Ich habe Legs schon immer ausgesprochen nett gefunden, aber als ich jetzt sehe, wie ihre kleine Hand die von Clem umschließt, verspüre ich ein überwältigendes Bedürfnis, sie in die Arme zu nehmen und ihr einen Kuss zu geben.

Auf dem Heimweg ist Clem wesentlich fröhlicher als in den vergangenen Tagen. Sie erzählt mir, dass sie schnurstracks zu Miranda gegangen ist und sich entschuldigt hat, und dass Miss Weber hinterher gesagt hat, das sei sehr tapfer gewesen. Dann erzählt sie noch, dass Miss Weber ihr erlaubt hat, den ganzen Tag neben Legs zu sitzen. Ich beschließe, dass ich Miss Weber auch einen Kuss geben möchte.

Sobald Eric, Carole und Trish an diesem Abend das Haus verlassen haben, gehe ich zu Anna. Ich bin früher dran als sonst, aber da Clem heute das erste Mal wieder in der Schule war, will ich möglichst bald mit ihr nach Hause, damit wir noch ein bisschen Zeit miteinander verbringen können, bevor sie ins Bett geht. Wenn ich es Anna und Luke ermögliche, sich kurz zu sehen, bevor ich Feierabend mache, habe ich mein Pensum für heute erfüllt.

Einige der Bewohner sind noch im Haus unterwegs, und Rosie ist in der Küche und kocht Kaffee. Nicht die idealen Voraussetzungen, aber es wird schon klappen.

»Hi Anna«, sage ich und schließe die Tür hinter mir. Sie steht am Fenster und sieht hinaus in die Dunkelheit. »Ich bin's, Eve.«

Sie blickt über die Schulter und runzelt die Stirn. »Hallo.«

»Ich bin heute ein bisschen früher dran«, flüstere ich, nachdem ich ihr erklärt habe, dass wir zu Luke gehen. »Aber meine Tochter hat es in der Schule gerade nicht leicht, deshalb will ich mit ihr nach Hause, damit wir noch ein bisschen Zeit für uns haben.«

Für gewöhnlich steuert Anna nur hin und wieder ein Ja oder Nein bei, wenn ich ihr aus meinem Leben erzähle, aber ich habe das Gefühl, dass sie mir gern zuhört. Ich habe begonnen, ihr alles Mögliche anzuvertrauen – ich beklage mich übers Putzen, berichte ihr von meinen kleinen Problemen. Am nächsten Tag erinnert sie sich nicht daran, was ich ihr am Abend zuvor erzählt habe, aber während wir uns unterhalten, kann sie mir oft erstaunlich gut folgen.

»In letzter Zeit war ich nicht gerade die beste Mutter«, sage ich.

Sie schaut mich an. Ich zögere.

»Na gut«, sage ich. »Ich muss Ihnen etwas gestehen. Ich habe den Gärtner geküsst.«

Ich warte auf eine Reaktion, aber ihre Miene verändert sich nicht im Geringsten.

»Genauer gesagt hat er mich geküsst«, korrigiere ich mich. »Und meine Tochter hat uns erwischt. Ich musste ihr versprechen, dass ich nie wieder jemanden küsse.«

Anna überlegt eine Weile. »Haben Sie es versprochen?«

Ich lächle. Sie kann mir folgen. »Ja.«

Darauf bleibt Anna still, aber die Falten auf ihrer Stirn sagen mir, dass sie noch bei mir ist. Also warte ich.

»Ist er sexy, der Gärtner?«, fragt sie schließlich.

»Umwerfend«, sage ich kläglich.

»Dann müssen Sie das Versprechen brechen.«

Ich kichere, aber Anna bleibt todernst. Das bringt mich nur noch mehr zum Lachen.

»Das Leben ist zu kurz, um es mit Nichtküssen zu verschwenden«, sagt Anna.

»Vielleicht haben Sie recht«, sage ich und wische mir über die Augen. Ich gehe um sie herum und fasse nach den Griffen ihres Rollstuhls, immer noch grinsend. Dann vergewissere ich mich, dass auf dem Flur die Luft rein ist, und schiebe sie schnell hinüber in Lukes Zimmer. Sobald die beiden beieinander sind, gehe ich in den Salon, um nach Clem zu sehen.

»Gehen wir?«, fragt sie und blickt vom Fernseher auf.

»Noch nicht. Ich muss noch ein paar Sachen erledigen.«

»Mo-*om*!«

»Tut mir leid. Es dauert nicht lange, versprochen.«

Sie seufzt und wendet sich wieder dem Fernseher zu. Ich werfe einen Blick auf meine Uhr. Fünf Minuten. Das muss für heute reichen.

»Wohin gehst du?«, fragt sie, als ich das Zimmer verlassen will.

»Ich bringe schnell den Müll raus. Bin gleich wieder da.«

Auf dem Flur begegne ich Rosie. Sobald sie in Berts Zimmer verschwunden ist, schlüpfe ich in das von Luke. Anna sitzt auf Lukes Bett, wie ich sie zurückgelassen habe. So ist es meistens. Sie reden, küssen sich, berühren sich. Abgesehen von dem einen Mal an meinem ersten Abend im Rosalind House, als ich sie im Bett überrascht habe, scheint ihre Beziehung ziemlich unschuldig zu sein.

Als Anna mich hört, zuckt ihr Kopf herum. »Können Sie nicht anklopfen?«, fragt sie mit zusammengezogenen Augenbrauen.

»Entschuldigung«, flüstere ich und schließe die Tür hinter mir. »Aber es …«

Anna hebt eine Hand. »Wir hätten gerne etwas mehr Privatsphäre, bitte.«

Ihre Stimme ist laut, aber ich verkneife es mir, ihr zu sagen, sie soll leiser sein, weil sie das bestimmt nur noch mehr aufregen würde. »Wir müssen gehen, Anna. Sie wollen doch morgen zu einem Motorradrennen …«

»Sagen Sie es ab«, blafft sie. Dann wendet sie sich wieder Luke zu.

»Aber Sie haben schon bezahlt. Und …«

»Ist. Mir. *Egal.*«

Ich spüre einen Anflug von Panik. »Okay«, sage ich. »Dann eben kein Rennen. Aber könnten Sie bitte ein bisschen leiser reden, weil … Jack schläft.«

Neulich habe ich gesagt, »die Bewohner« würden schlafen, und sie wurde unruhig und fragte: *»Welche Bewohner?«* Doch als ich Jack erwähnte, beruhigte sie sich wieder.

Heute nicht.

»*Scheiß* auf Jack.« Bei diesen Worten sieht sie mich hasserfüllt an. Ich stehe da und frage mich, was ich jetzt tun soll.

»Mom. Mom! Wo bist du?«

Ich gehe schnell hinaus auf den Flur und schließe die Tür hinter mir.

»Ach, *hier* bist du!«, sagt Clem. »Du hast doch gesagt, du bringst den Müll raus!«

»Tut mir leid, Schätzchen, ich musste erst noch ein paar andere Sachen erledigen.«

»Was denn?«, fragt Rosie, die mit einem Becher in der Hand den Flur entlangkommt. Sie bleibt bei Clem und mir stehen. »Das kann ich auch machen. Gehen Sie nach Hause.«

Clem strahlt.

»Oh nein!«, sage ich. »Ich muss noch ein bisschen aufräumen. Das kann ich nicht von Ihnen verlangen, Rosie. Clem, es dauert nur ein paar Minuten.«

»Ob Sie's glauben oder nicht, ich kann eine Geschirrspülmaschine ausräumen und den Müll rausbringen«, sagt Rosie. »Ich kann sogar einen Tisch abwischen. Jetzt gehen Sie schon. Ich bestehe darauf.«

»Aber ...«

»Sie besteht darauf, Mom.« Clem hat meine Tasche in der Hand und über ihrer Schulter hängt ihr Schulrucksack. Sie schiebt ihre Hand in meine. »Komm schon. Lass uns gehen.«

»Na gut«, sage ich, aber meine Stimme ist so dünn wie der Lichtstreifen, den ich unter Lukes Tür hervorscheinen sehe. »Na gut. Gehen wir.«

Rosie lächelt, und ich nehme Clem meine Tasche ab und hänge sie mir über die Schulter. Ich bedanke mich bei Rosie und wünsche ihr eine gute Nacht. Und dann bleibt mir nichts anderes mehr übrig, als zu gehen.

Kapitel 31

Anna

Elf Monate zuvor …

Ich habe recht gehabt mit dem Schnurrbartmann. Als er gesagt hat, wir würden »die Angelegenheit klären«, hat er tatsächlich mich und Jungen Mann gemeint. Und was das »Klären« angeht – das sollte wohl bedeuten, dass er Jack und die Schwester anrufen würde. Jetzt sitzen wir alle zusammen in einem kleinen Zimmer, und sie schreien über unsere Köpfe hinweg, als wären wir gar nicht da.

»Sie waren miteinander im Bett«, schreit Jack.

»Ja, Trish hat sie heute Morgen entdeckt«, sagt Schnurrbartmann. Seine Augen schießen hin und her wie Fliegen in einem Einmachglas. »Aber Anna machte nicht den Eindruck, als hätte sie etwas dagegen.«

»Soll ich dafür vielleicht dankbar sein?«, fragt Jack. »Wie konnte das passieren?«

»Was schlagen Sie denn vor?«, schreit die Schwester. »Dass wir sie wie Hunde anbinden?«

»Um Gottes willen«, sagt Jack. »Habe ich das gesagt? Es gibt doch bestimmt einen Mittelweg zwischen anbinden und herumstreunen lassen.«

»Im Rosalind House wird niemand angebunden«, sagt

Schnurrbartmann und streicht sich zum fünfzigsten Mal über die Stirn. »Und es streunt auch niemand herum.« Er sieht mich an. »Das Letzte, was wir wollen, ist, Ihre Freiheiten zu beschneiden, Anna, oder Ihre, Luke. Wir wollen, dass sie hier glücklich sind.« Er wirft einen Blick zu Jack. »Und sicher.«

Ich verdrehe die Augen. Schnurrbartmann sollte Diplomat werden.

»Warum reden wir nicht in Ruhe darüber und versuchen eine Lösung zu finden, mit der jeder zufrieden ist?«, sagt er.

Ich erkläre Schnurrbartmann, dass Junger Mann und ich mit der derzeitigen Situation durchaus zufrieden sind, und Jack stöhnt auf. »Ich bezweifle nicht, dass Luke damit zufrieden ist«, sagt er, und daraufhin fängt wieder die Schwester an rumzubrüllen.

Ich halte mir die Ohren zu, aber der Lärm hört einfach nicht auf. Es fühlt sich an, als würde in meinem Kopf ein voll aufgedrehtes Radio laufen, eingestellt auf eine Talksendung in einer Sprache, die ich nicht verstehe. Wenn abwechselnd immer nur einer von ihnen reden würde, und langsam, dann könnte ich ihnen vielleicht folgen oder mich sogar an dem Gespräch beteiligen. Aber so habe ich keine Chance. Als Schnurrbartmann fragt, ob Junger Mann und ich eine »kleine Pause« wollen, sehe ich keinen Grund, etwas dagegen einzuwenden.

»Ich habe Angst«, sage ich zu Jungem Mann, als wir in dem großen vorderen Zimmer nebeneinander auf dem … riesigen langen Stuhl sitzen. Ich habe den Kopf an ihn gelehnt.

»Was … w-warum«, fragt er.

»Ich weiß nicht.«

Wenn ich mit ihm zusammen bin, verschwende ich keine Hirnenergie auf den Versuch, das Richtige zu sagen oder aus meinen Gefühlen schlau zu werden. Ich sage einfach, was mir in den Sinn kommt. Manchmal ist es ein bisschen unheimlich, sich vor jemand anderem so zu entblößen. Manchmal ist es gut.

»Ich weiß, dass ich jetzt glücklich bin«, sage ich. »Wenn alles so bleibt, wie es ist, geht es uns gut.«

Er zieht mich enger an sich, und ich höre das, was er nicht mehr sagen kann: *Ja. So ist es.*

Da ist ein neuer Mann im Rosalind House. Offensichtlich alt. Mehr oder weniger kahl. Trägt eine Fliege zu einem kurzärmligen Hemd. Er ist groß und um Kopf und Schultern herum mager und um die Mitte und die Beine dick. Ich taufe ihn Mr. Kegel, weil er mich an einen Kegel auf der Bowlingbahn erinnert. Man merkt, dass er nicht besonders glücklich darüber ist, hier zu sein, aber ich glaube, das können wir ihm alle nachfühlen.

Er kommt mit seinem Schieberolldings in das große vordere Zimmer geschlurft und murmelt dabei etwas vor sich hin. Die Frau, die ihm folgt, hat eine verblüffende Ähnlichkeit mit ihm, nur dass sie mehr Haare und weniger Leberflecke hat. Wahrscheinlich seine Tochter oder Enkelin. Möglicherweise sogar seine junge Frau. Früher war ich mal richtig gut darin, mit einem Blick das Alter von jemandem zu schätzen. Heutzutage, na ja … Zum Beispiel diese Frau. Sie könnte fünfunddreißig oder fünfundsechzig sein. Gemeinsam steuern sie auf den geblümten Sessel neben dem Bücherregal zu.

»Da können Sie nicht sitzen«, sagt Kahlkopf, bevor Mr. Kegel auch nur in seine Nähe kommt. Er deutet mit dem Kopf in Richtung des Sessels, ohne den Blick von seinem Buch zu heben. »Das«, sagt er, »ist Myrnas Platz.«

»Verzeihung?«, sagt Mr. Kegel.

Kahlkopf wiederholt es.

»Nun ja, es macht Myrna bestimmt nichts aus, da sie momentan nicht hier ist.« Mr. Kegel dreht sich mit seinem Wägelchen und macht Anstalten, sich mit seinem knochigen Hintern mitten auf Myrna zu setzen. Im Zimmer herrscht auf einmal höchste Alarmstufe.

»Sind Sie blind?«, faucht Kahlkopf. »Da sitzt sie doch.«

Mr. Kegel schaut auf den leeren Sessel und dann wieder zu Kahlkopf. Zuletzt sieht er seine junge Doppelgängerin an. »Louisa«, sagt er, »mach was.«

»Tut mir leid, Sir«, sagt Louisa mit übertrieben höflicher Stimme zu Kahlkopf. »Sie irren sich. Da sitzt niemand.«

»*Doch*«, sagt Kahlkopf. Seine Stimme klingt mürrisch wie immer, aber jetzt zittert sie außerdem. »Myrna sitzt da. Und sie wäre Ihnen sehr verbunden, wenn Sie sich nicht auf sie setzen würden.«

An einem Ort wie diesem, wo nie irgendwas passiert, ist eine solche Auseinandersetzung so aufregend wie ein Feuerwerk am Unabhängigkeitstag. Von allen Seiten rücken die Leute näher, um ja nichts zu verpassen. Sogar ich lasse mich davon anstecken. Allerdings bin ich auch ein wenig besorgt. Als würde gleich etwas Schlimmes passieren.

»Das ist der einzige freie Platz«, sagt Mr. Kegel. Er fängt an, sein Außenhemddings auszuziehen, und aus Kahlkopfs Gesicht weicht alle Farbe. »Falls Sie also nicht …«

Bevor ich weiß, was ich tue, bin ich von meinem Stuhl aufgestanden und stehe neben Kahlkopf. Ich mag den Mann eigentlich nicht besonders, und ich bin zutiefst überzeugt, dass er einen Knall hat, aber Mr. Kegel ist neu hier, und ich empfinde unwillkürlich eine gewisse Loyalität.

»Heute Abend gibt's Lammbraten, Myrna«, höre ich mich selbst sagen. Ich blicke auf den leeren Sessel und versuche, vor meinen geistigen Auge das Bild einer alten Dame heraufzubeschwören. »Das ist doch Ihr Lieblingsessen.«

Im Zimmer ist es totenstill. Mr. Kegel erstarrt mit einem Arm draußen aus seinem Außenhemddings.

Kahlkopf sieht mich an und nickt leicht. Mr. Kegel wirft uns einen Blick zu und lässt sich auf den Sessel sinken.

»T-Tiertherapietag, M-Myrna«, sagt plötzlich Junger Mann. »Sie dürfen einen H-H-Hamster halten!«

Alle Köpfe im Zimmer wenden sich Jungem Mann zu. Auf Kahlkopfs Gesicht erscheint endlich ein Lächeln. Mr. Kegel steht auf und mustert verwirrt den Sessel.

»Keine Sorge, Liebes«, sagt Kahlkopf zu Myrna. »Keine Küchenmäuse am Tiertherapietag.« Er schüttelt den Kopf und lacht. »Als wir frisch verheiratet waren, kam ich eines Tages nach Hause, und sie stand in der Küche auf der Arbeitsplatte, weil sie eine Maus gesehen hatte. Sie war weiß wie die Wand. Stand da schon seit Stunden, sagte sie. Damals gab es natürlich noch keine Handys.«

»Das ist Clara auch mal passiert, nicht wahr, Liebling?«, sagt der Mann von Südstaatenlady. »Angeblich war die Maus so groß wie eine Katze! Ich bin von der Arbeit nach Hause gerast, und sie war gerade mal so groß wie mein Daumen.«

Südstaatenlady – Clara – durchquert das Zimmer, schiebt Mr. Kegel mit dem Ellbogen zur Seite und setzt sich auf Myrnas Armlehne. »Sie *war* so groß wie eine Katze, Myrna«, flüstert sie und tätschelt Myrna die nicht vorhandene Schulter. »Diese Männer haben doch keine Ahnung, was wir alles ertragen müssen.«

Wir bilden einen kleinen Kreis um Myrnas Sessel, und ich kann mir ein Grinsen nicht verkneifen. Ich bemerke, dass Kahlkopf ebenfalls grinst und Junger Mann auch. Er zwinkert mir zu.

Mr. Kegel und die junge Frau treten den Rückzug an. Weg von dem Sessel. Weg von mir. Von den ganzen Irren.

Die »Lösung« besteht offenbar darin, Jungen Mann und mich zu überwachen. Seit unserem Treffen mit Schnurrbartmann wird Junger Mann weggeführt, sobald ich ihn auch nur ansehe. Zu den Essenszeiten schaltet Bohnenstange in den passiv-aggressiven Turbogang. *»Von diesem Platz aus hat man eine herrliche Aussicht auf den Garten, Anna«*, sagt sie, wenn ich mich neben Luke setze. *»Warum kommen Sie nicht her?«* Natürlich lehne ich höflich ab, und im Allgemeinen drängt sie mich nicht weiter, aber es ist ein armseliger Sieg. Wir haben keine Zeit mehr für uns allein. Nachts patrouillieren die Pflegerinnen auf dem Flur, was unsere Treffen stark einschränkt. Wenn es die nette Pflegerin ist – Blondie –, schaut sie ein paar Minuten in die andere Richtung, bevor sie uns auseinanderscheucht. Bei den anderen haben wir praktisch schon verloren, bevor wir die Tür einen Spalt aufgemacht haben.

Natürlich habe ich mich mit Jack gestritten, dass die Fetzen flogen. An die Einzelheiten kann ich mich nicht erinnern, aber ich weiß noch, dass ich so lange geschrien habe, bis er damit gedroht hat, mir ein Beruhigungsmittel verabreichen zu lassen. Jack arbeitet beim Gericht und gehört zu den streitlustigen Leuten, aber bis vor kurzem konnte ich ihn bei jeder Auseinandersetzung in Grund und Boden reden. Jetzt nicht mehr. Er ist schnell – wirklich schnell – mit einer Antwort bei der Hand gewesen, noch bevor ich mir die Frage überlegen konnte. Er hat auch genau gewusst, welche Register er ziehen muss. Er hat mich nicht einfach nur angebrüllt – nein, damit hätte er es mir zu leicht gemacht, ihn zu hassen –, er hat geweint, dieser Mistkerl. Richtige Tränen. Hat gesagt, es würde *ihn umbringen*. »Das ist ja witzig«, habe ich gesagt, »weil diese Gedächtniskrankheit nämlich mich umbringt. Und zum ersten Mal seit ewigen Zeiten wünsche ich mir, sie würde sich ein bisschen beeilen und es zu Ende bringen.«

Kapitel 32

Anna

Zehn Monate zuvor …

Wissen Sie, was noch trauriger ist, als dass ich Jungen Mann seit einer Ewigkeit nicht mehr angefasst habe? Bald werde ich ihn nicht mehr kennen. Ja, das wäre selbst dann so, wenn es das Projekt Dauerüberwachung nicht gäbe, aber in Anbetracht des Projekts Dauerüberwachung, na ja … momentan schafft es nicht einmal eine rosa Superpille, mich aufzuheitern.

Aber die Zeit vergeht, langsamer als vorher. Hin und wieder denke ich über das Fenster in dem oberen Zimmer nach. Darüber, dass ich hinaufgehen und die Sache beenden könnte, einfach so. Dann sehe ich ihn in dem großen vorderen Zimmer oder draußen im Garten und ich beschließe: Nicht heute. Heute werde ich es nicht tun.

Ich liege flach auf meiner Schlafbank, wo ich den ganzen Tag verbracht habe. Was würde ich für einen Schluck Wasser geben! Heute Morgen musste ich mich übergeben, und ich habe immer noch diesen ekligen Geschmack im Mund. Außerdem habe ich Hunger, aber jedes Mal wenn ich überlege, was ich gerne essen würde, wird mir wieder schlecht. Deshalb bleibe ich einfach, wo ich bin, auf meiner Schlafbank.

Als Bohnenstange hereinkommt, werfe ich ihr bloß einen kurzen Blick zu, dann sehe ich wieder an die Wand. Sie wird mir nur wieder was von frischer Luft erzählen. Scheiß auf frische Luft.

»Kommen Sie?«, sagt sie. »Es geht gleich los.«

»Was geht los?«

»Die Trauung.« Die Stimme von Bohnenstange klingt übertrieben geduldig, womit sie mir klarmacht, dass sie mir das schon mal gesagt hat, vielleicht erst vor kurzem. »Die Trauung von Berts Enkelin. Im Garten.«

Sie sieht mich an und runzelt die Stirn. »Wo sind Ihre Sachen, Anna?«

»Wo sind denn Ihre?«, sage ich, auch wenn es albern ist, weil ihre Sachen sich unübersehbar an ihrem Körper befinden. Meine nicht. Ich sitze hier in einem Oberdings und einer Schlafhose. »Ich wollte mich gerade anziehen«, sage ich.

Wenigstens das ist wahr. Ich wollte mich wirklich anziehen, schon vor einer Weile. Aber als ich meine Sachen nicht finden konnte, habe ich das Interesse verloren und angefangen, an die Wand zu starren. »Jemand hat meine Sachen versteckt«, erkläre ich ihr, erneut frustriert. »Oder gestohlen. Das waren Sie, oder?«

Miststück.

»Ihre Sachen sind hier, Anna, in Ihrem Schrank. Warum lassen Sie sich nicht von mir helfen?«

Sie öffnet eine Tür und, Simsalabim, da sind sie! Ich bin sauer. Ich kann es nicht leiden, wenn Bohnenstange recht hat.

Sie zieht ein langes Hemd ohne Ärmel heraus. »Wie wäre es damit? Das ist doch hübsch für eine Hochzeit.«

Ich betrachte das Ding, das sie mir gegeben hat. »Ist es warm draußen?«

Sie gibt mir ein weiteres Ding, das lange Ärmel hat und

vorne offen ist. »Mit der Strickjacke drüber werden Sie nicht frieren.«

Eins muss man Bohnenstange lassen, sie ist erstaunlich gut darin, mich anzuziehen. Sie bürstet mir sogar die Haare und steckt sie fest, und dann lächelt sie und sagt, wie hübsch ich aussehe. Es ärgert mich, dass sie jetzt so freundlich tut, nachdem sie vorher meine Sachen versteckt hat. Andererseits ist es ziemlich praktisch, mich nicht selbst anziehen zu müssen, deshalb denke ich mal, wir sind quitt.

Vor meiner Tür, in dem langen schmalen Zimmer, sehe ich ihn. Bohnenstange sieht ihn wohl auch, weil sie mich am Ellbogen fasst und zur Hintertür zieht. Als wir an ihm vorbeigehen, berühren sich einen Moment lang unsere Handrücken, und ich schließe die Augen. Als ich sie wieder öffne, ist er weg.

Draußen sieht es aus, als hätte sich eine Fee übergeben. Überall sind weiße Blütenblätter verstreut: auf dem Rasen, den Stühlen, dem grünen Bogending vor der Tür. Die Stuhlreihen werden in der Mitte durch einen rosa Teppich geteilt, der ebenfalls mit – richtig geraten – weißen Blütenblättern bestreut ist. Von irgendwoher ist Musik zu hören. Ich kenne das Lied. Glaube ich.

Ich fange gerade an, mich zu fragen, was das alles soll, als jemand erklärt, dass eine Hochzeit stattfindet. Die von Kahlkopfs Enkelin. Alle, die hier wohnen, sitzen auf einer Seite des Gartens, das Personal auch. Latina-Kochfrau sitzt neben mir. Ihr Bauch ist inzwischen kugelrund, und sie legt die Hand darauf. In der anderen Hand hält sie ein Sandwich, das nach eingelegten Gurken und Käse riecht. Ich bekomme Hunger.

Alle machen ah und oh, aber meine Begeisterung hält sich in Grenzen. Bei meiner Hochzeit mit Aiden habe ich ein kurzes schwarzes Dings und rote spitze Schuhe getragen, aber ich schätze, das hier ist der Traum der meisten Frauen. Kahlkopf führt die Braut mit seinem Schieberolldings den Gang hinunter und bekommt dafür Applaus. Ich gebe zu, dass ich wegen all der Blütenblätter die Braut als oberflächliche Barbie-Prinzessinnen-Hochzeits-Tussi abgeschrieben habe, aber als ich sehe, wie sie neben ihrem alten Großvater langsam den Gang entlanggeht, gewinnt sie etwas von meinem Respekt zurück.

Erst als das Paar seine Ehegelübde ablegt, merke ich, dass Junger Mann neben mir sitzt. Sein Kopf hängt nach vorne, schirmt mein Gesicht gegen die Sonne ab. Und ich kenne ihn noch. Jetzt jedenfalls.

»Na, so was«, sage ich, erstaunt, dass ihn noch niemand verscheucht hat. »Bohnenstange muss flachgelegt worden sein.«

Wir sehen beide zu ihr, sie sitzt am Ende der Reihe und betupft sich die Augen. Sie ist mit ihren Gedanken eindeutig woanders.

Seine Hand umschließt meine.

Die gesamte Zeremonie über bleiben wir so sitzen, während um uns herum die Musik – dem gefalteten Papierdingsbums zufolge der Kanon von Pachelbel – spielt. Und ehe ich mich's versehe, male ich mir *unsere* Hochzeit aus. Wie sie hätte sein können. Wie sie hätte sein *sollen,* wenn diese bescheuerte Hirnkrankheit nicht wäre. Andererseits, wenn diese bescheuerte Hirnkrankheit nicht wäre, wären wir uns nie begegnet.

Als die Hochzeitsgäste aufstehen und die Party beginnt, serviert die Latina-Kochfrau Brot mit Zeugs drauf und blubberndes Wasser, und wir essen und trinken im Freien. Sogar Bohnenstange und die andere Frau – Dickerchen? – essen mit uns hier draußen. Niemand spricht – es ist, als würden wir alle unter einem Bann stehen. Vielleicht ist es so, dass uns der

Anblick von zwei Menschen, die am Anfang ihres Lebens stehen, über unser Leben nachdenken lässt, das sich dem Ende nähert.

Als ich in dieser Nacht unter der Dünndecke meinen Arm ausstrecke, ist *er* da. Ich habe keine Ahnung, wie er das gemacht hat. Nach dem kurzen Händchenhalten beim Mittagessen haben uns Dickerchen und Bohnenstange keine Sekunde mehr allein gelassen. Jedes Mal wenn er mich angeschaut hat, stand eine der beiden vor mir und schlug mir vor, Scrabble zu spielen (was immer das ist). Aber heute Abend hat Blondie Dienst. Sie muss ihm gewisse Freiheiten erlaubt haben.

Halb sitzend, halb liegend ist er neben mir auf der Schlafbank und schaut mich an. »Ich w-wünschte, das wäre der Anfang«, sagt er. »Wie für das P…P…Paar, das … gehei…geheiratet hat.«

Im Mondlicht sehe ich Tränen in seinen Augen. Ich habe ihn nicht mehr sprechen gehört, seit … ich weiß nicht, wie lange.

»Das habe ich auch gedacht«, sage ich. »Ich habe mir vorgestellt, wie unser Leben wäre. Wir hätten ein Haus, unser eigenes Haus, ohne … Helferleute.« Ich stütze mich auf den Ellbogen. »Ein Cottage mit einem Gästezimmer, das wir als Arbeitszimmer bezeichnen würden, aber wir wüssten beide, dass es das Kinderzimmer ist. Du tätest so, als würde dich der Gedanke an ein Kind in Angst und Schrecken versetzen, aber in Wirklichkeit wärst du begeistert.«

Er lächelt. Eine Träne löst sich aus seinem Augenwinkel.

»Wir würden keinen Nachhochzeitsurlaub machen, weil wir völlig abgebrannt wären, aber du würdest mich mit einer Ballonfahrt über die Stadt überraschen.«

»Ich bin … keine … Höhen.«

»Deshalb wäre es umso schöner«, sage ich. Ich fange an, diese Fantasie zu genießen.

»Wir hätten eine Katze«, sage ich, und Luke zieht eine Schnute. »Die würden wir Hund nennen. Nach der Hochzeit würde ich irgendwann aufhören, diese Tablette zu nehmen, die verhindert, dass man ein Baby kriegt, weil ich denke, dass es Monate oder sogar Jahre dauern kann, ein Kind zu kriegen, und dann würden wir gleich im nächsten Monat merken, dass wir ein Baby gemacht haben. Das Baby ist ein Junge, und wir würden ihn …«

Er hebt die Hand und unterbricht mich mitten im Satz. »Nur … ein Baby?«

»Ich bin fast vierzig. Es ist unwahrscheinlich, dass wir es noch zu einer Fußballmannschaft bringen.«

»Dann …« Er hält inne. Es wird immer schwieriger für ihn, dieses Sprechen. »… ein Mädchen.«

Ich verdrehe die Augen, obwohl es mich freut, dass er mitspielt. »Na gut. Dann eben ein Mädchen. Sie hat deine Augen …«

»Und deine …« Er runzelt die Stirn, dann nimmt er eine Strähne von meinem Haar und zieht daran.

»Locken«, sage ich, »die sie hasst!«

Er grinst und zeigt ein Grübchen.

»Sie wickelt dich um den kleinen Finger«, sage ich.

Er lacht leise. Und ich kann es vor mir sehen: er und ich und unsere kleine Tochter. Und es ist wirklich komisch – wenn ich die Hände auf meinen Bauch lege, kann ich tatsächlich eine kleine Beule spüren.

Kapitel 33

Eve

Es mag vergeblich sein, aber nachdem ich Anna und Luke an diesem Abend in seinem Zimmer zurückgelassen habe, wage ich es zu hoffen. Vielleicht wird alles gut? Vielleicht schläft Anna in Lukes Armen ein und ich schaffe es, sie am Morgen in ihr Zimmer zurückzubringen, bevor jemand etwas merkt? Vielleicht habe ich ihnen einen Gefallen getan, indem ich es ihnen ermögliche, eine ganze Nacht miteinander zu verbringen – wahrscheinlich die letzte ihres Lebens?

Ich gehe so früh wie möglich zur Arbeit. Die Zimmertüren sind geschlossen. Alles ist still. Ein gutes Zeichen. Ich klopfe leise an Lukes Tür und betrete das Zimmer.

Mir rutscht das Herz in die Hose. Es ist leer.

Annas Zimmer ist ebenfalls leer. Ich schleiche durchs Haus und halte Ausschau nach den beiden, kann sie jedoch nirgends finden. Schließlich gehe ich ins Pflegerinnenzimmer. Als ich eintrete, blickt Rosie auf. Anna und Luke sitzen ihr in zwei Sesseln gegenüber.

»Guten Morgen, Eve«, sagt sie. »Wie wär's, wenn Sie sich setzen und mir erzählen, was hier los ist?«

Es könnte schlimmer sein, sage ich mir. Statt Rosie hätte mich Eric erwischen können. Andererseits kommt Rosie in meiner derzeitigen Situation einer Freundin wahrscheinlich am nächsten, mal abgesehen von Anna, und mir ist nicht wohl dabei, sie hintergangen zu haben.

»Wie lange geht das schon?«, fragt sie, als Anna und Luke wieder in ihren Zimmern sind und wir auf dem Flur stehen.

»Ein paar Wochen.«

»Ein paar Wochen?« Rosie legt eine Hand an die Schläfe und beginnt auf und ab zu gehen. »Sind Sie verrückt? Ist Ihnen klar, dass Sie deswegen gefeuert werden können?«

»Nur wenn Sie es Eric sagen.«

Sie bleibt stehen. »Ist das Ihr Ernst?«

»Ich weiß, dass Sie es Eric eigentlich sagen müssten«, sage ich. »Aber ich hoffe, Sie tun es nicht.«

Rosie ist fassungslos. »Und warum sollte ich es nicht tun?«

»Weil man Anna und Luke erlauben sollte, zusammen zu sein. Und das wissen Sie.«

Ihre Augen blitzen. Ich gehe damit ein Risiko ein. Ich kann nicht sicher sein, dass sie es auch so sieht, selbst wenn mein Gefühl es mir sagt.

»Also, was genau haben Sie gemacht?«, fragt sie. »Gehen Sie jeden Abend in Annas Zimmer, holen sie aus dem Bett und schieben sie in ihrem Rollstuhl in Lukes Zimmer?«

Wenn man es so ausdrückt, klingt es ziemlich verrückt. »Mehr oder weniger.«

»Und dann?«

»Ich lasse sie ein paar Minuten bei ihm und bringe sie dann zurück. Aber gestern Abend sind Sie plötzlich aufgetaucht, deshalb konnte ich sie nicht zurückbringen.«

»Sie lassen sie also normalerweise nicht über Nacht dort?«

»Nein.«

Rosie scheint erleichtert, das zu hören. Sie denkt eine Weile nach. »Und … Sie finden, dass sie glücklicher sind, wenn sie sich sehen?«

»Sehr viel glücklicher.« Hoffnung steigt in mir auf. »Und tagsüber sind sie viel ruhiger gewesen.«

»Um eins klarzustellen, Eve, Sie hätten das nicht tun dürfen. Sie haben die Sache eigenmächtig in die Hand genommen, und das hätte für alle Beteiligten katastrophale Folgen haben können.«

»Was denn für Folgen?«, frage ich. »Und kommen Sie mir jetzt bloß nicht wieder mit dieser Einverständnisgeschichte, weil ich Ihnen das nicht abkaufe. Es ist offensichtlich, dass Anna und Luke beide damit einverstanden sind. Ich würde sogar …«

»Das sehe ich auch so«, sagt Rosie leise.

Mir liegt bereits eine Entgegnung auf der Zunge, doch bei ihren Worten halte ich inne. »Wirklich?«

Sie nickt. »Aber Eve, wenn wir das machen, dann machen wir es auf meine Weise.«

Ich blinzle. »Sie meinen …?«

Um Rosies Mund erscheint ein schwaches Lächeln. »Ja, wir machen es. Aber dieses Mal machen wir es richtig.«

Von diesem Abend an gelten Rosies Regeln.

Jeden Abend sperrt Rosie die Türen von Anna und Luke ab, und fünf Minuten später sperre ich sie wieder auf, bevor ich gehe. Es ist albern, aber Rosie ist wohler, wenn sie Eric sagen kann, dass sie die Türen abgeschlossen hat, falls er sie danach fragt. Wenn alle schlafen, geht Rosie zu einem von beiden und bringt ihn ins Zimmer des anderen. Sie dürfen sich gegenseitig besuchen, aber sie lässt die Tür offen und sieht in regelmäßigen Abständen nach ihnen. In diesem Punkt lässt sie nicht mit sich verhandeln, und mir soll es recht sein, obwohl ich es nicht ganz verstehe. Anna und Luke sind zusammen. Ich halte mein Versprechen.

Als ich heute meinen Putzwagen den Flur entlangschiebe, laufe ich Angus über den Weg. Er hat den Arm voller Blumen.

»Hi«, sage ich.

»Hi«, sagt er.

»Du hast da Erde im Gesicht.« Ich strecke die Hand aus und wische sie von seiner Wange. Dann ziehe ich die Hand rasch zurück.

»Weg?«, fragt er.

»Tut mir leid. Da kommt wohl die Mutter in mir durch.«

Er lacht, und ich empfinde plötzlich ein überwältigendes Verlangen.

»Gilt die Einladung zum Abendessen noch?«, frage ich unvermittelt. Vielleicht liegt es an seinem Lachen oder daran, dass die Beziehung zwischen Anna und Luke mir den Glauben an die Liebe zurückgegeben hat, aber die Worte purzeln einfach so aus meinem Mund.

»Klar«, sagt er überrascht. »Natürlich. Aber was ist mit Clem?«

»Clem will, dass ich glücklich bin«, sage ich. »Und das Leben ist … na ja, ziemlich kurz. Oder nicht?«

Angus' Augen funkeln. »Ja, das stimmt.«

»Also, wie wär's mit Donnerstagabend?«, frage ich.

»Donnerstagabend passt gut«, sagt er und steckt mir eine Blume hinters Ohr.

Ich darf nicht vergessen, mich bei Anna zu bedanken.

Um drei Uhr nachmittags schiebe ich den Putzwagen ins Zimmer von Clara und Laurie. Eigentlich soll ich in den Zimmern der Bewohner morgens nach dem Frühstück saubermachen, aber zurzeit entspricht das eher einem langfristigen Ziel als der Realität. Und bei allem anderen, was sonst passiert, ist es auf meiner Prioritätenliste noch weiter nach unten gerutscht.

Ich fange im Badezimmer an, damit ich es hinter mir habe. Ich hasse es, die Badezimmer zu putzen. Die Gerüche, die Streifen, die Flecken. Ich sprühe die Wände der Duschkabine ein, wische den Toilettentisch ab. Ich spritze ein bisschen WC-Reiniger in die Kloschüssel, lasse ihn kurz einwirken und spüle nach. Ich hänge die Handtücher ordentlich auf. Der Boden sieht sauber genug aus, den lasse ich, wie er ist. Zuletzt sammle ich die gebrauchten Handtücher ein und werfe sie in den Wäschekorb.

Es ist gesetzlich vorgeschrieben, dass jeder Bewohner ein eigenes Zimmer hat, aber weil Clara und Laurie verheiratet sind, haben sie eins der Schlafzimmer als Wohnzimmer eingerichtet, mit einem Sofa und einem Fernseher und einer Frisierkommode. Als ich aus dem Bad komme, sitzt Clara vor der Frisierkommode und betrachtet die Fotos, die darauf stehen.

»Ich bin's nur«, sage ich. »Soll ich mit dem Putzen weitermachen oder lieber später wiederkommen?«

Clara blickt über ihre Schulter. »Ach, machen Sie nur weiter, Herzchen, beachten Sie mich gar nicht.« Sie nimmt einen Fotorahmen, sieht sich das Bild an, stellt ihn wieder hin.

Ich wische die Tische ab, sauge Staub, mache das Bett. Dann hole ich meinen Staubwedel hervor. »Ist es in Ordnung, wenn ich Staub wische?«

»Natürlich.«

Ich hebe ein Foto in einem schweren Silberrahmen hoch, um darunter hin und her zu wedeln. Als ich es zurückstellen will, fällt mein Blick darauf. »Sind das Sie und Laurie?«

»An unserem Hochzeitstag.« Sie lächelt mir zu. »Laurie und ich sind seit einundsechzig Jahren zusammen.«

»Wow. Eine beeindruckende Leistung.«

Es *ist* eine Leistung; dieser Meinung bin ich schon immer

gewesen. Jede Ehe, selbst eine gute, erfordert eine Menge Arbeit, eine Menge Kompromisse. Ich glaube, es sagt viel über jemanden aus, wenn er es schafft, bis an sein Lebensende mit ein und demselben Menschen zusammen zu sein.

Ich muss an Richard denken, wie es hin und wieder passiert.

»Tut mir leid«, sagt Clara. »Ich sollte so etwas nicht sagen, wegen Ihres Mannes und überhaupt.«

»Schon gut. Ich höre gern Geschichten mit einem glücklichen Ende. Auch wenn es für mich kein Happy End gibt.«

»Ach, Herzchen.« Sie stößt einen Seufzer aus. »An einem Ende ist nichts glücklich.«

Ich stelle das Foto wieder hin. Clara scheint irgendwie nicht sie selbst zu sein. Sie hat eine Perlenkette in der Hand und dreht eine einzelne große Perle zwischen den Fingern, und mir fällt auf, dass sie schlecht aussieht – irgendwie aufgedunsen und gleichzeitig ausgemergelt. Ihr Make-up ist zu dunkel für ihren Teint, und ihr rosafarbener Lippenstift verläuft in den Falten um ihren Mund.

»Geht es Ihnen gut, Clara?«, frage ich.

»Natürlich geht's mir gut, Herzchen«, sagt sie. »Nur … ein bisschen Kopfweh, das ist alles.«

»Soll ich Laurie holen?«

Clara wischt diesen Vorschlag mit einer Handbewegung beiseite, und mir steigt ihr Duft in die Nase: Lavendel und Puder. »Haben Sie Schwestern, Eve?«, fragt sie.

»Ich?«, sage ich überrascht. »Nein. Weder Brüder noch Schwestern.«

»Haben Sie ein Glück.«

»*Glück*?« Ich muss lachen. »Wissen Sie, wie es ist, zwanzig Jahre lang jeden Abend Ihr Abendbrot unter den wachsamen Augen von Eltern zu essen, die nichts lieber tun, als – ausführlichst – über *Ihren* Tag zu sprechen? Niemand, der sie unterbricht, niemand, der mit einer verhauenen Mathearbeit die Aufmerksamkeit auf sich lenkt. Nur Sie. Und die beiden. Ich hätte sonst was für eine Schwester gegeben!«

Aus Claras Lächeln schließe ich, dass ich sie erwischt habe. Aber dann sagt sie: »Schwestern sind nicht immer so wie im Fernsehen, Eve, mit all den Umarmungen und den geteilten Geheimnissen und getauschten Kleidern. Schwestern können auch heimtückisch sein.«

Ich denke zurück an die Szene im Salon, als Laurie gesagt hat, dass Claras Schwester zu Besuch kommen will. Offenbar haben die beiden kein besonders gutes Verhältnis.

»Haben Sie sich jemals gefragt, ob Ihr ganzes Leben auf einer Lüge aufgebaut ist?«, fragt Clara.

»Ja«, sage ich.

Sie sieht mich an und nickt. »Ja, ich vermute, das haben Sie.«

Das Handy in meiner Tasche klingelt, und ich ziehe es heraus und werfe einen Blick auf das Display, im Begriff, den Anrufer wegzudrücken. Dann sehe ich, dass der Anruf von Clems Schule kommt. »Entschuldigen Sie, Clara, da muss ich rangehen.«

»Natürlich. Machen Sie nur, Herzchen.«

Ich drücke die grüne Taste. »Hallo?«

»Mrs. Bennett, hier ist Kathy Donnelly von Clementines Schule. Ich fürchte, wir haben ein kleines Problem.«

Kapitel 34

Clementine

»Clementine, ich bin's, Miss Weber. Würdest du bitte die Tür aufmachen?«

Ich klappe den Klodeckel runter und setze mich. Ich werde hier so lange warten, bis alle nach Hause gegangen sind, erst dann komme ich raus. Bis dahin ist Mom hier, und sie wird mich nach Hause bringen, und ich werde ihr sagen, dass ich nie mehr zurück in die Schule will.

»Ich bin allein«, sagt Miss Weber. »Die anderen Kinder sind alle schon wieder in ihren Klassenzimmern. Warum kommst du nicht raus und erzählst mir, was passiert ist?«

»Ich will nicht.«

»Clementine, irgendwas muss doch passiert sein, wenn du dich da drin einschließt. Ich will dir helfen, aber du musst mit mir reden. Hat jemand etwas gesagt, das dich geärgert hat?«

»Ja.«

»Das tut mir leid. Sagst du mir, was es war?«

Dein Daddy war ein böser Mann. Alle haben deinen Daddy gehasst.

»Sie haben Lügen erzählt.«

»Was für Lügen?«

Auf der Klotür steht was geschrieben:

Jenny und Katie wahren hier. Ella stinkt RIECHT GUT.

Plötzlich will ich auch was schreiben. *Miranda stinkt.* Oder vielleicht *Miranda ist eine Lügnerin.* Aber ich habe keinen Stift.

»Clem?« Das ist eine andere Stimme, nicht die von Miss Weber. Sofort laufen mir die Tränen übers Gesicht.

»Mom?«

»Ja, ich bin's.«

Deine Mom hassen auch alle.

Ich reiße die Tür auf und schlinge die Arme um Moms Taille. »Was ist los?«, fragt sie und nimmt meinen Kopf zwischen die Hände. »Was ist passiert?«

»Ich habe es nicht rausbekommen«, sagt Miss Weber zu ihr. »In der Mittagspause ist irgendetwas passiert. Clem ist nicht in die Klasse zurückgekommen, und ich habe sie schließlich hier gefunden. Ich habe versucht, sie zum Reden zu bewegen, aber sie will es mir nicht erzählen, ich weiß nur, dass jemand etwas gesagt hat, um sie zu ärgern.«

Mom tritt einen Schritt zurück und schaut mich an. Auf ihrem Hemd ist ein nasser Fleck von meinen Tränen. »Wer hat etwas zu dir gesagt?«, fragt sie. »War es Miranda?«

Ich muss so weinen, dass ich kein Wort rauskriege, deswegen nicke ich nur. Mom kniet sich vor mich. »Was hat sie gesagt, Schätzchen?«, fragt sie mich mit ganz ruhiger Stimme.

Ich weiß, wie er gestorben ist. Er war nicht alt oder krank.

»Ich will nach Hause«, sage ich. »Können wir nach Hause?«

»Ich würde wirklich gern wissen, was passiert ist«, sagt Miss Weber. »Damit wir die Sache klären können. Wenn Miranda etwas zu Clem gesagt hat, dann spreche ich mit ihr, ich spreche mit ihrer Mutter ...«

Ich drücke Moms Hand. »Bitte, können wir nach Hause?«

»Eigentlich wollte Ms. Donnelly noch kurz mit Ihnen sprechen, Mrs. Bennett«, sagt Miss Weber zu Mom. »Sie sagte, es sei wichtig.«

Moms Gesicht wird ganz blass.

»*Bitte!*«, schreie ich.

Mom schaut Miss Weber an. Endlich nickt Miss Weber.

»Sagen Sie Ms. Donnelly, dass ich sie anrufe«, sagt Mom.

Miss Weber holt meinen Rucksack und begleitet uns zum Parkplatz. Vor Moms Auto geht sie in die Hocke und umarmt mich. »Wir klären das, Clementine. Es macht mich sehr traurig, wenn ich mir vorstelle, dass dich jemand absichtlich geärgert hat. Ich gehe jetzt zurück in die Klasse und erkläre allen, dass es nicht richtig ist, etwas zu sagen, womit man seine Freunde ärgert.«

»Selbst wenn es wahr ist?«, sagt Mom leise.

Miss Weber und ich schauen hoch, aber ich glaube nicht, dass Mom mit mir spricht. Und auch nicht mit Miss Weber. Sie spricht irgendwie mit der Luft.

Auf dem Heimweg ruft Mom Eric an, um ihm zu sagen, dass sie heute nicht mehr zurückkommt. Sie sagt, es tut ihr leid, aber es handelt sich um einen familiären Notfall. Ich will ihr sagen, dass es mir nichts ausmacht, dass ich gern im Rosalind House bin, aber dann sagt sie: »Ich bringe meine Tochter nach Hause, und damit basta«, und legt auf.

Zu Hause macht Mom Makkaroni mit Käse, und ich darf auf dem Sofa essen.

»Mir ist klar, dass du nicht darüber reden willst«, sagt sie und setzt sich neben mich. »Aber ich wüsste wirklich gern, was Miranda zu dir gesagt hat.«

»Ich will es dir aber nicht erzählen.«

»Okay«, sagt sie. »Gibt es irgendetwas, das du mich *fragen* willst?«

Ich stochere mit meiner Gabel auf dem Teller. »War Daddy ein böser Mann?«

Ich schaue sie nicht an. Sie ist eine Weile still, dann schaue ich doch.

»Daddy hat ein paar schlimme Dinge getan«, sagt sie schließlich.

»Was denn?«, frage ich.

»Na ja, er hat das Geld anderer Leute genommen und sie angelogen.«

»Oh.«

Ich lasse den Kopf hängen, aber Mom hebt mein Kinn an und sieht mir in die Augen. »Ist es das, was Miranda gesagt hat? Dass Daddy ein böser Mann war?«

»Und … andere Sachen.«

»Was für Sachen?«

Ich schiebe die Makkaroni hin und her und sage nichts.

»Du willst es mir nicht erzählen?«, fragt Mom, und ich nicke. »Na gut, du musst es mir nicht jetzt erzählen. Aber vielleicht erzählst du es mir später, wenn du darüber nachgedacht hast.«

Ich schlucke. »Ja, vielleicht.«

Ich habe keinen Hunger mehr, und Mom und ich sehen ein bisschen fern. Ich passe aber nicht richtig auf, ich denke darüber nach, was Mom gesagt hat. *Daddy hat schlimme Dinge getan.*

Als wir später im Bett liegen, denke ich immer noch darüber nach. Mom schläft schnell ein, und ich beobachte sie eine Weile. Ihre Augen sind geschlossen, und ihr Mund ist offen.

»Mom?« Sie antwortet nicht, deshalb klopfe ich ihr auf die Schulter. »Mom?«

Sie macht erschrocken die Augen auf. »Was ist? Alles in Ordnung?«

»Miranda hat gesagt, dass Daddy sich *umgebracht* hat.«

Mom blinzelt, dann werden ihre Augen ganz groß und traurig. Sie setzt sich auf.

»Hat er das getan?«, frage ich. »Sich umgebracht?« Ich warte, während mein Herz wie verrückt in meiner Brust schlägt.

Mom will mich in den Arm nehmen, aber ich rutsche von ihr weg. Ich will ihr Gesicht sehen. Schließlich sagt sie: »Ja, Clem. Das hat er getan.« Ihre Augen glänzen. Sie streckt wieder die Arme nach mir aus, aber ich rutsche noch weiter weg.

Er hat es getan.

Daddy hat sich umgebracht. Daddy war ein böser Mann.

Ich verkrieche mich unter der Decke und weine und weine.

Kapitel 35

Es ist heiß in Dr. Felders Sprechzimmer, so heiß, dass ich am liebsten gleich wieder in den scheußlichen Regen hinauslaufen würde. Draußen kneifen die Leute zum Schutz vor dem Wind ihre Gesichter zusammen. Mom ist im Wartezimmer. Sie hat gesagt, dass ich sowieso einen Termin bei Dr. Felder hatte und dass wir ihn vorverlegen konnten, wahrscheinlich weil ich gestern Nacht so viel geweint habe. Gestern Nacht habe ich gedacht, dass ich vielleicht nie mehr aufhöre zu weinen. Aber heute Morgen habe ich dann doch aufgehört, als ob plötzlich keine Tränen mehr da gewesen sind.

Dr. Felder ist eine Therapeutin. Sie hat stachlige schwarze Haare und eine rote Brille, die an einer Kette um ihren Hals hängt. Ihre Nägel sind rot lackiert, und sie hat eine Menge Silberringe an den Fingern. Außerdem hat sie eine Menge Spielsachen. Ein riesiges Puppenhaus mit vielen Zimmern und vielen Puppen darin.

Sie sitzt auf dem Sitzsack neben mir und hat die Hände im Schoß gefaltet.

»Wie geht es dir heute?«, fragt sie.

»Ganz gut.«

»Möchtest du mit irgendetwas spielen?«

»Nein.«

»Wollen wir uns dann einfach unterhalten?«

Ich ziehe mit dem Finger eine Linie in dem gemusterten Teppich nach und sage nichts.

»Gibt es etwas, worüber du gerne reden würdest, Clementine?«

Ich vermisse dich jeden Tag. Ich vermisse unsere Spiele.

»Nein.«

»Manchmal fällt es uns schwer zu reden«, sagt sie. »Vor allem über Dinge, die wehtun. Aber es ist wichtig, dass wir darüber reden, sonst können sie sich in uns festsetzen. Du kennst doch dieses Gefühl, das man im Bauch hat, wenn man wegen irgendwas traurig ist oder sich Sorgen macht? Es kann sich anfühlen wie Hornissen oder wie eine geballte Faust, und manchmal wird einem sogar ein bisschen schlecht davon.«

Ich kenne das Gefühl, von dem sie spricht. Ich spüre es immer, wenn Miranda in der Nähe ist.

»Das passiert, wenn man Gefühle in sich verschließt«, sagt sie. »Wenn man darüber redet, was einen bedrückt, dann fühlt es sich manchmal nicht mehr so schlimm an. Und manchmal verschwindet es auch ganz.«

»Mein Daddy hat sich umgebracht«, sage ich.

»Das tut mir leid«, sagt sie. »Vermisst du deinen Daddy?«

Ich zucke mit den Schultern. Ich *habe* ihn vermisst. Jetzt weiß ich es nicht mehr.

»Wenn man plötzlich jemanden verliert«, sagt Dr. Felder, »ist es manchmal am schlimmsten, dass man ihm nichts mehr von dem sagen kann, was man ihm sagen will.« Sie sieht mich an. »Was würdest du deinem Daddy sagen, wenn er jetzt hier wäre?«

»Ich würde ihm sagen, dass ich sehr wütend auf ihn war.« Ich schaue Dr. Felder an, ihre komische Brille und die stachligen Haare, und ich überlege, was sie jetzt wohl denkt.

Aber sie scheint gar nichts zu denken. »Weswegen bist du wütend?«, fragt sie.

»Ich bin wütend, weil er uns verlassen hat.«

»Das ist verständlich.« Danach sagt Dr. Felder ein Weile nichts.

»Und ich bin wütend, weil er ein böser Mann ist.«

»Oh?« Dr. Felders Augenbrauen gehen in die Höhe. »Warum ist er ein böser Mann?«

»Er hat schlimme Dinge getan. Mit dem Geld von anderen Leuten.«

Sie nickt. »Es ist bestimmt schwer für dich, wenn du hören musst, dass dein Dad schlimme Dinge getan hat.«

»Ja«, sage ich. »Ich dachte, er ist ein guter Daddy. Ich dachte, er ist der beste Daddy auf der Welt.«

Plötzlich kommen die Tränen zurück.

Dr. Felder nimmt eine Schachtel Kleenex von ihrem Schreibtisch und hält sie mir hin. Ich nehme eins.

»Gibt es noch etwas, das du deinem Dad sagen willst, Clementine?«

Ich denke an einen Abend, nicht lange bevor Daddy gestorben ist, an dem Mom ausgegangen ist. Daddy und ich haben Pizza gegessen, und dann hat er sich von mir die Lippen mit rosa Lippenstift anmalen und Spangen in die Haare stecken lassen. Als ich ins Bett musste, hat er mir versprochen, dass er den Lippenstift drauflässt, bis Mom nach Hause kommt, damit er ihn ihr zeigen kann. Am nächsten Morgen hat er mir erzählt, dass er ihn wirklich draufgelassen hat und dass Mom ihn sehr hübsch fand. Ich habe gekichert.

Jetzt überlege ich, ob er mir die Wahrheit gesagt hat.

»Nein«, sage ich. »Sonst nichts.«

Kapitel 36

Eve

An diesem Abend sitze ich mit einem großen Glas Weißwein auf dem Sofa und übe.

Hallo Angus.

Willkommen.

Willst du nicht reinkommen?

Es soll sinnlich klingen, aber aus meinem Mund klingt es nur lächerlich. Die letzte Stunde habe ich damit verbracht, hin und her zu überlegen, ob ich dieses Date nicht besser absagen sollte. Aber jedes Mal wenn ich nach dem Telefon greife, um Angus anzurufen, höre ich Annas Stimme. Und ich lege es wieder weg.

Punkt halb acht nehme ich es erneut. Das ist zwar auf den letzten Drücker, aber ich sage einfach, ich wäre plötzlich krank geworden oder etwas in der Art. Doch bevor ich Angus' Nummer wählen kann, klingelt es.

Mir schlägt das Herz bis zum Hals. Ich habe heute zwei Nachrichten von Ms. Donnelly, der Direktorin von Clems Schule erhalten, die zweite erst vor einer Stunde. Sie hat lediglich hinterlassen, dass ich sie zurückrufen soll, aber ihre Stimme klang kurz angebunden – der Ton eines entschlossenen Schuldeneintreibers. Sie scheint etwas gemerkt zu haben. Ich stelle sie mir vor, wie sie mit ihrer dicken Brille an ihrem

Schreibtisch sitzt und unsere Adresse rot umrandet, und am liebsten würde ich mich auf dem Sofa verkriechen und weinen. Doch als ich auf das Display schaue, wird Mutters Nummer angezeigt. Ich atme erleichtert auf.

»Clem?«, sage ich.

»Hi, Mom.«

»Ist es schön bei Nana und Papa?«

»Ja.« Sie kichert. »Papa behauptet dauernd, er ist nicht kitzlig, aber das stimmt überhaupt nicht.«

Im Hintergrund höre ich Dad beteuern, dass er wirklich nicht kitzlig ist. Darauf folgt ein lautes (offensichtlich falsches) Lachen von ihm und ein echtes Lachen von Clem. Es wärmt mir das Herz.

»Clem?«

»Ja?«

Ein lautes knisterndes Geräusch, wie von einem Radio zwischen zwei Kanälen, dröhnt durchs Zimmer. Der Türsummer.

»Was ist das?«, fragt Clem.

»Ach, wahrscheinlich ein Paket«, sage ich schnell. »Also, Nana liefert dich morgen früh zu Hause ab, dann bringe ich dich in die Schule, okay?«

»Okay.«

Ich atme aus. Bei dem Wort »Schule« habe ich mit Protest gerechnet, aber sie scheint guter Laune zu sein. »Okay. Träum was Schönes, Schätzchen.«

»Mach ich. Gute Nacht, Mom.«

Mit wild klopfendem Herzen drücke ich auf den Türöffner. Dann werfe ich einen Blick in den Spiegel. Ich wünschte, ich hätte mich für Jeans und den weichen schwarzen Pullover entschieden statt für das ausgeschnittene rote Wickelkleid, aber jetzt ist es zu spät. Ich öffne die Tür, und da steht Angus, mit zwei braunen Tüten voller Lebensmittel und einem kleinen Strauß rosa Rosen.

»Hi«, sage ich. So viel zu meiner sinnlich klingenden Begrüßung.

»Hi«, sagt er.

Ich lächle. Wir stehen eine Weile so da.

»Darf ich reinkommen?«, fragt er.

»Oh! Klar.« Ich kichere und öffne die Tür etwas weiter. Was hat Angus bloß an sich, dass ich mich jedes Mal, wenn ich ihn sehe, wie eine Vollidiotin benehme. »Du kannst die Tüten dort drüben in der Küche abstellen. Danke noch mal fürs Einkaufen.«

Angus geht schnurstracks in die Küche, und ich folge ihm. »Da wo ich herkomme, lädt man eine Frau nicht zum Abendessen ein und überlässt es dann ihr, den Einkauf zu erledigen.«

Angus lädt die Tüten auf der Arbeitsfläche ab, und ich stelle fest, dass jetzt nicht mehr viel in die Küche passt. Mich eingeschlossen. Verlegen stehe ich da, bis Angus ein kleines Stück von der Arbeitsfläche frei macht und mit der Hand darauf klopft.

Ich zögere.

»Na komm. Ich habe beim Kochen gern ein bisschen Unterhaltung.«

Ich zögere immer noch, so dass Angus mich um die Taille fasst und auf die Arbeitsfläche hebt. Dann beginnt er, die Tüten auszupacken, als wäre nichts gewesen, aber mich lässt die sanfte Geste kurz nach Luft ringen. Angus scheint es nicht zu merken. Ich sehe ihm beim Auspacken zu. Petersilie. Spinat. Kartoffeln. Seine Hände sind bemerkenswert sauber, wie ich bemerke. Ich hätte ein paar Schmutzränder erwartet, die sich einfach nicht entfernen lassen, aber die Fingernägel des Gärtners sind sauberer als meine.

»Soll ich die aufmachen?«, frage ich. Ich deute auf die beschlagene Flasche Weißwein.

»Ich mach das schon«, sagt er und zieht ein Schweizer Taschenmesser aus der Hosentasche. Ich rutsche von der Arbeitsfläche und greife an ihm vorbei nach den Gläsern. Einen herrlichen Augenblick lang drückt sich meine Brust leicht an seinen Rücken.

»Wie war …?«, setze ich im selben Moment an, in dem er sagt: »Langer Tag?«

»Entschuldigung«, sagen wir im Chor, und dann: »Du zuerst. Nein, du zuerst.«

Angus schenkt uns Wein ein, und ich trinke einen großen Schluck. Bei der Arbeit pflegen Angus und ich für gewöhnlich einen lockeren Umgang, aber was, wenn wir sonst nicht miteinander können? Wenn dieser Abend in die Hose geht, kann ich unsere angenehme Arbeitsbeziehung in den Wind schreiben! Ich sehe zu, wie Angus nach meinem Schneidebrett greift. Sein Gesichtsausdruck ist erfreulich neutral, aber er ist schließlich auch im Vorteil – er muss das Essen vorbereiten und kann damit seine Hände beschäftigen und seinen Kopf davon abhalten, alles bis ins Kleinste zu analysieren.

»Hübsche Wohnung«, sagt er nach längerem Schweigen.

»Ja«, sage ich und mustere die braunen Flächen. »Ich bin sicher, dass Braun irgendwann wieder in Mode kommt – ich bin einfach nur ein bisschen der Zeit voraus.«

Angus grinst. »Gefällt mir, was du aus der Küche gemacht hast«, sagt er, nimmt ein Fischfilet aus der Kühltasche und legt es auf das Schneidebrett. Ich lache und versetze ihm einen Knuff. Er fängt meine Faust ein und hält sie ziemlich lange fest. Es durchfährt mich wie ein Stromstoß.

»Was gibt's denn?«, frage ich, um die knisternde Stille zu durchbrechen.

»Seebarsch. Mit Kartoffeln.«

Ich lächle. Kein Jus. Kein Kamut-Salat und kein vietnamesisches Gemüse. Einfach nur Fisch. Und Kartoffeln. Richtig zubereitet ein exzellentes Gericht.

Angus sucht in den Schubladen nach einem Kartoffelschäler und lehnt mein Angebot, ihm zu helfen, ab. Er wirkt so selbstsicher in meiner Küche, so entspannt. Seine Hand lässt den Schäler mit gleichmäßigen Bewegungen über die Kartoffel gleiten. Als ich dagegen auf meine Hand mit dem Weinglas hinunterblicke, stelle ich fest, dass sie ein kleines bisschen zittert.

Wir essen an dem kleinen runden Tisch und wechseln danach aufs Sofa. Dort lässt Angus sich zurücksinken und zieht mich – auf eine zugleich selbstverständliche und unglaublich aufregende Art – in seinen Arm. Unwillkürlich muss ich an Anna und Luke denken. Haben sie auch einmal solche Abende miteinander verbracht? Na ja, vielleicht nicht genau so, aber ich kann sie vor mir sehen, auf dem Sofa im Salon, miteinander redend, Händchen haltend, die Gegenwart des anderen genießend. Sie verdienen es, solche Abende miteinander zu verbringen.

»Weißt du was?«, sage ich und entspanne mich. »Das war köstlich.«

»Ich war ganz schön nervös«, gesteht er. »Ich habe noch nie ein Essen für eine Köchin gekocht. Ich wollte dich beeindrucken.«

»Das hast du«, sage ich. »Zuletzt hat Clem für mich gekocht, und zwar Toast und Tee am Muttertag.« Ich lächle. »Dein Essen war etwas ganz Besonderes.«

»Wie geht's Clem?«, fragt Angus.

»Sie …« Ich setze dazu an, die Standardantwort herunterzuspulen – sie kommt klar mit der Situation, sie ist zäh –, doch dann halte ich inne. »Ehrlich gesagt, habe ich keine Ahnung. Es geht auf und ab. Ich mache mir Sorgen um sie.«

»Sie ist ein tolles Mädchen, Eve.«

»Obwohl sie mir verboten hat, dich jemals wieder zu küssen?«

»Ja, das ist eine Gemeinheit«, sagt er. »Trotzdem, ich mag sie. Sie ist temperamentvoll und sagt, was sie denkt. Aber sie ist auch freundlich, was man nicht von allen Siebenjährigen sagen kann. Neulich hat Clem sich neben May gesetzt und eine Zeitlang ihre Hand gehalten, nachdem ihre Besucher gegangen waren.«

Ich lächle bei der Erinnerung daran. Als ich sie hinterher gefragt habe, warum sie das getan hat, sagte sie: *»Ich glaube, dass May sich einsam fühlt, wenn ihre Familie wieder weg ist.«*

»In dieser Hinsicht ist sie wirklich was Besonderes«, sage ich.

Angus grinst und stößt mit seinem Kopf sanft gegen meinen. »Ich habe übrigens Neuigkeiten.«

»Ach ja?«

»Kelly, meine Schwester, ist schwanger.«

Ich richte mich auf und sehe ihn an. »Ich dachte, sie kann sich keine künstliche Befruchtung mehr leisten, weil ...«

»Keine künstliche Befruchtung. Sie ist auf natürliche Weise schwanger geworden. Ende dritter Monat. Heute war sie beim Ultraschall, und es sieht alles gut aus.«

Ich kann es nicht fassen. Schuld und Erleichterung und Freude durchfahren mich gleichzeitig.

»Das Seltsame dabei ist, dass sie es siebenmal mit künstlicher Befruchtung versucht haben und nie Glück hatten. Und dann wird sie fünf Monate nach Ende der letzten Behandlung einfach so schwanger!«

»Das habe ich schon öfter gehört«, sage ich. »Es ist fast so, als würde der Körper darauf warten, dass man sich entspannt und nicht mehr ständig daran denkt, damit es passiert.«

»Und es wäre nicht passiert, wenn sie nicht ihr Geld verloren hätten.«

Schweigen. »Ach Angus, ich glaube nicht …«

»Was dein Mann getan hat, war übel. Aber alles hat seine guten und seine schlechten Seiten. Das brauche ich dir nicht zu sagen, oder?«

Nein, das braucht er nicht. Ich habe darüber nachgedacht; aus etwas Schlechtem kann etwas Gutes entstehen. Wenn ich Richard nie begegnet wäre, hätte ich Clem nicht. Und dennoch …

»Ich bin nicht sicher, ob man die Schwangerschaft deiner Schwester Richard als Verdienst anrechnen sollte.«

»Das wohl nicht«, sagt Angus, »aber es erinnert einen daran, dass Menschen Krisen überwinden und ihr Leben weiterleben. Und womöglich schlagen sie sogar ein neues Kapitel auf, was nicht der Fall gewesen wäre, wenn dein Mann das, was er getan hat, nicht getan hätte.«

»Ja. Vielleicht.«

»Ich muss zugeben …«, sagt er und streckt die Hand aus, um mir über die Wange zu streichen, »ich hoffe, dass du und ich gerade ein neues Kapitel aufschlagen. Und obwohl ich niemandem wünschen würde, das Gleiche durchmachen zu müssen wie Clem und du, bin ich sehr froh, jetzt hier so neben dir zu sitzen.«

»Na ja«, sage ich, »ich bin *nicht* froh darüber, dass wir hier sitzen.«

Er hebt eine Augenbraue. »Nein?«

»Ich wäre wesentlich glücklicher, wenn wir dort drüben« – ich deute über Angus' Schulter in Richtung Schlafzimmer – »liegen würden.«

Angus' Blick folgt meinem Finger, und seine Augen beginnen zu funkeln. Er steht auf und zieht mich mit. »Dein Wunsch ist mir Befehl.«

Kapitel 37

Anna

Neun Monate zuvor …

»Zieh das an«, sagt Dad und gibt mir ein Paar blaue Dingsda für die Beine. Seine Wangen haben rote Flecken, und ich merke, dass ich, abgesehen von einem weißen Tuch, nackt bin. Er kramt noch einmal in meinem Schrank und zieht ein Paar Unterdings heraus. »Und das da. Ich gehe schon mal vor ins Esszimmer.«

Ich rühre mich nicht vom Fleck. Ich fühle mich sehr wohl da, wo ich bin.

»Warum gehst du da hin?«, frage ich.

»Mittagessen.« Er sagt nicht: *Erinnerst du dich?*, aber aus seinem Blick schließe ich, dass er mir das schon gesagt hat. »Die Köchin hat Tostadas oder Enchiladas oder so was gemacht.«

»Sie macht immer nur Tostadas oder Enchiladas oder so was. Was ich wirklich gern mal hätte, ist ein großer, saftiger Hamburger mit Pommes.«

Dad lächelt. »Ich halte dir einen Platz frei.«

Er geht, und ich blicke auf das Zeug in meinem Schoß. Mit erstaunlicher, geradezu wissenschaftlicher Klarheit wird mir bewusst, dass ich keine Ahnung habe, was ich damit anfangen soll. Die blauen Dinger kommen an meine Beine – so viel weiß ich. Aber es gibt drei Löcher, zwei kleine und ein großes, außerdem ein langes Dings mit silbernen Zähnen und einem großen silbernen Ring. Überall Taschen und Nähte. Was soll ich damit machen?

Ich lasse mich zurücksinken und lehne den Kopf an die Rückseite des Sitzdings. Ich könnte ohne weiteres stundenlang so schlafen. Ist wirklich erst die Hälfte des Tages vorbei? Das Licht draußen, verschwommen und neblig, deutet darauf hin, dass es so ist. Und auch das Knurren in meinem Bauch. Er sieht mittlerweile aus wie eine kleine Kugel, mein Bauch. In letzter Zeit hat sich so viel an mir verändert, kein Wunder, dass ich mich selbst nicht mehr erkenne.

Schließlich stehe ich auf, und dabei fängt es auf meiner linken Seite an zu stechen. Ich überlege, was das sein könnte. Harmloses Kribbeln? Herz…explosion? Eingeschlafenes Bein? Ich schüttle den Gedanken ab. Panik bringt nichts. Ich habe eine Hirnkrankheit. Wie groß ist die Wahrscheinlichkeit, dass es zweimal bei mir einschlägt?

Ich setze mich wieder, ich bin müde, aber gleichzeitig quält mich ein scheußliches Gefühl – das Gefühl, dass ich woanders sein sollte. Allerdings wohne ich in einem Heim für alte Leute. Wo könnte ich dringend hinmüssen?

Ich schließe die Augen und schlafe ein.

»Anna.«

Als ich die Augen öffne, steht Dad vor mir. Wie auf Autopilot reibe ich mir die Augen und strecke mich. Komisch, was mein Hirn mit mir macht. Es streckt mich ohne jede Aufforderung, doch wenn ich verzweifelt eine Information von ihm haben will, lässt es mich hängen. »Was ist?«

»Mittagessen.« Seine Stimme klingt gereizt, was seltsam ist. Er muss wirklich hungrig sein.

»Oh. Gut. Ich bin am Verhungern.« Als ich aufstehe, rutscht ein Häufchen Kleider an meinen Beinen runter, und ich stelle fest, dass ich nur ein weißes Tuchding anhabe. Ein *Handtuch,* so heißt das. »Ich zieh mich besser mal an, ich komm dann nach.«

Auf seinen Wangen erscheint ein Hauch von Rosa und verschwindet ebenso schnell wieder. Plötzlich sieht er unendlich traurig aus. »Schon gut«, sagt er. »Ich warte.«

Auf dem Tisch neben meiner Schlafbank habe ich eine Sammlung von Zeug. Blumenblätter. Steine. Filme, die ich mir nie ansehen werde. Ein Buch, das Dad bei seinem letzten Besuch vergessen hat – ich könnte es verstecken, bevor er wiederkommt, als Andenken. Vielleicht schreibe ich es in mein Notizbuch, um es Jack zu sagen. *Dads Buch gestohlen.* Was soll er machen? Ich habe die Hirnkrankheit.

Ein Tropfen läuft über meine Stirn. Es ist stickig hier drin. Drückend heiß. Ich stemme mich von der Schlafbank hoch. Hier muss es doch irgendwo eine Kühlmaschine geben! Oder so ein Drehdings, das die Luft herumwirbelt. Oder ein nasses Tuch oder irgendwas anderes, das ich mir aufs Gesicht legen kann. Ich gehe zu dem Loch in der Wand und presse mein Gesicht dagegen, aber da ist kein Wind. Bringt auch nichts.

»Anna?«, sagt eine Männerstimme. »Was machst du da?«

Ich drehe mich um. »Jack!« Es kommt mir wie eine Ewigkeit vor, seit ich ihn zuletzt gesehen habe. »Dem Himmel sei Dank. Wo ist die Kühlmaschine? Ist es Sommer?«

Jack schaut mich beunruhigend lange an. »Ja«, sagt er. »Es ist Sommer.«

Er geht durchs Zimmer zu dem Loch in der Wand und schiebt es auf. Ich lache. *Wie dumm von mir. Es war zu!* Dann knöpft er mein wolliges Überhemd auf und zieht es mir aus.

Zieht mir noch etwas über den Kopf. »So. Jetzt dürfte dir gleich weniger heiß sein.«

Jack trägt ein Hemd, Kurzbeinhosen und Schuhe, die kaum seine Füße bedecken. Ohne die Sachen ist es schon kühler. »Ah«, sage ich, »das ist besser.«

Ein kleiner Junge kommt hinter Jack hervor und grinst, gleichzeitig schüchtern und frech.

»Hallo, junger Mann!«. Es ist schwer, sein kleines Elfengesicht nicht anzulächeln. Er erinnert mich an jemanden, eine Zeichentrickfigur, Richie Rich oder Dennis oder so. Allein sein Anblick macht mich froh. »Wie heißt du?«

Der kleine Junge sieht Jack an und Jack nickt. »Das ist … Ethan«, sagt er.

»Cooler Name«, sage ich. »Freut mich, dich kennenzulernen, Ethan.«

Das Lächeln des kleinen Jungen verschwindet. Jack lächelt weiter, aber er hat schon seit jeher ein Pokerface. Als wir klein waren, habe ich immer gesagt, er soll im Zimmer warten, wenn einer von uns Mom oder Dad anlügen musste. Dann hat Mom jedes Mal darauf bestanden, dass Jack ihr erzählte, wie die Vase zu Bruch gegangen war oder was wir sonst angestellt hatten. Jetzt klingt seine Stimme zwar freundlich und geduldig, aber sein Gesicht ist ganz starr.

Ich bin nicht mehr so froh.

»Ich glaube, ihr solltet jetzt gehen«, sage ich und drehe ihnen den Rücken zu. Ich konzentriere mich auf das Loch in der Wand, auf das offene Loch. Die Luft, die von draußen reinkommt, ist warm und trocken. Weil *Sommer* ist.

»Aber wir sind doch gerade erst …«

»Ich bin müde«, sage ich. »Ich will schlafen.«

Ich warte eine Weile. Aber als ich über die Schulter sehe, stehen sie immer noch da, zusammengesunken, wie diese

Puppen an Stöcken, die jemanden brauchen, der an ihren Schnüren zieht. Wie heißen die noch mal? Ich kneife die Augen zusammen und versuche, auf das Wort zu kommen. Es liegt mir auf der Zunge.

Ich drehe mich um. »Wie zum Teufel nennt man diese kleinen Puppen?«

Die Worte klingen hässlich, und der kleine Junge zuckt zurück. Über mein Gesicht laufen Tränen, und ich habe das Gefühl, dass mir gleich schlecht wird. Ich rechne damit, dass der kleine Junge aus dem Zimmer flüchtet, aber stattdessen kommt er auf mich zu, immer näher, bis ich diejenige bin, die zurückzuckt. Als er nur noch ein paar Zentimeter von mir entfernt ist, zieht er mich zu sich hinunter und legt seine kleinen Arme um meinen Hals. »Es war schön, dich zu sehen, Anna«, sagt er. Er ist ein dünner, sehniger kleiner Junge, und er riecht nach Sonne und Schmutz. »Ich hab dich lieb.«

»Ich hab dich auch lieb, Ethan«, sage ich, ohne nachzudenken. Und für ein, zwei Sekunden bin ich wieder froh.

Kapitel 38

Eve

Meine Füße berühren kaum den Boden, als ich das Frühstück serviere, und dass ich vom Esszimmer aus einen ungehinderten Blick auf das Beet habe, wo Angus mit einer Schaufel zugange ist, macht es nicht besser. Wenigstens ist es draußen kalt, und er hat mehrere Schichten Fleece an. Wäre einer dieser Oben-ohne-Tage, könnte ich mich vermutlich kaum beherrschen. Clem sitzt mit den Bewohnern am Tisch, fröhlich nach dem Besuch bei ihren Großeltern. Mit ein bisschen Glück hält ihre gute Laune bis durchs Schultor und über den Tag hinweg an.

Ich nehme einen leeren Toastständer von der Mitte des Tischs und will damit zurück in die Küche, als ich die letzten Sätze einer Unterhaltung zwischen den Bewohnern aufschnappe.

»… offenbar ist er einfach in Berts Zimmer marschiert«, sagt May zu Gwen und Clara. »Weiß der Himmel, warum seine Tür nicht abgeschlossen war …«

Ich spitze die Ohren. »Was haben Sie gerade gesagt, May?«, frage ich. »Wer ist in Berts Zimmer marschiert?«

Bert knallt seinen Löffel auf den Tisch. »Es war jedenfalls nicht Elvis Presley. Könnten Sie jetzt bitte aufhören, darüber zu reden?«

»Es war Luke«, flüstert May. »Anscheinend war seine Tür nicht abgeschlossen, und er hat die Orientierung verloren und ist mitten in der Nacht in Berts Zimmer aufgetaucht. Bert hat mit seinem Geschrei das ganze Haus aufgeweckt, aber als Rosie zu ihm kam, war Luke schon wieder weg. Wir haben alle nach ihm gesucht, und Laurie hat ihn in Annas Bett entdeckt.«

Ich muss mich schwer zusammenreißen, um nicht den Krug Milch fallen zu lassen, den ich in der Hand halte.

»Weiß Eric Bescheid?«, frage ich.

Clara nickt. »Bert hat es ihm sofort brühwarm erzählt, als er kam. Rosie ist gerade in seinem Büro.«

»Eric ist schon da? Ich habe sein Auto gar nicht gesehen.«

»Er hat ein neues«, sagt Clara. »Das glänzende silberne vor der Eingangstür.«

Ich blinzle. »Das ist *seins*?«

Clara zuckt mit den Schultern. »Alte Leute sind zweifellos rentabel.«

Ich renne den Flur hinunter und verschwende keine Zeit damit, an Erics Tür zu klopfen, sondern reiße sie einfach auf. »Rosie hat nichts damit zu tun!«, sage ich. »Ich war's!«

Erst als ich da stehe, wird mir bewusst, dass ich keine Ahnung habe, was Rosie Eric erzählt hat, welche Lüge sie ihm vielleicht aufgetischt hat oder welche Taktik sie verfolgt – eine Taktik, die ich jetzt womöglich durchkreuzt habe. Ich recke das Kinn und versuche, selbstsicher zu wirken, Erics Blick richtet sich jedoch auf meine zitternden Hände. »Kommen Sie rein, Eve«, sagt er. Sein Gesicht ist rot und verkniffen. »Schließen Sie die Tür.«

Eric und Rosie warten schweigend, bis ich mich auf den freien Stuhl gesetzt habe.

»*Sie* haben also die Türen aufgesperrt?«, sagt er.

Ich werfe einen verstohlenen Blick zu Rosie. »Ja.«

»Warum?«

»Ganz einfach«, beginne ich, »Anna und Luke lieben sich. Ich habe in Annas Notizbuch einen Brief gefunden – in dem steht, dass Anna versprochen hat, bis zum Ende bei Luke zu bleiben. Und vor ein paar Wochen bin ich in Annas Zimmer gekommen, und sie stand am Fenster und …«

Eric trommelt mit den Fingern auf die Schreibtischplatte. »Würden Sie uns bitte entschuldigen, Rosie?«

Rosie geht. Ich sitze aufrecht da, als würde ich von unsichtbaren Schnüren nach oben gezogen, auch wenn mir eher danach ist, mich auf meinem Stuhl ganz klein zu machen.

»Eve …«

»Ich habe es gegoogelt!« Ich stehe auf. »Untersuchungen zeigen, dass es Demenzkranken viel, viel besser geht, wenn sie von den Menschen umgeben sind, die sie lieben. Viele Demenzkranke sind alt und haben niemanden mehr, den sie lieben, aber Anna und Luke haben jemanden. Sie haben sich. Die beiden zu trennen ist einfach … es ist tragisch. Können Sie sich vorstellen, wie es ist, wenn sich die Liebe Ihres Lebens im Zimmer nebenan befindet und Sie nicht zu ihr können, sosehr Sie sich auch bemühen? Würden Sie da nicht auch an Selbstmord denken?«

»Und deshalb haben Sie gestern Abend eigenmächtig beschlossen, Lukes Tür aufzusperren und zu sehen, was passiert?«

Ich überlege. *Gestern Abend.* Er weiß nur von gestern Abend.

»Na ja, ja.«

Eric steht auf und geht um seinen Schreibtisch herum, bleibt direkt vor mir stehen. »Ist Ihnen eigentlich klar, wie ernst diese Angelegenheit ist? Es hätte unsere Bewohner in

Gefahr bringen können, wenn Luke unruhig geworden wäre oder Angst bekommen hätte. Wenn jemanden zu Schaden gekommen wäre, hätte man Rosalind House dafür haftbar gemacht. Mir sitzen schon genug Leute im Nacken, ohne dass ich mir auch noch über so etwas Gedanken machen muss.« Eric stößt einen Seufzer aus und blickt auf einen Punkt in der Ferne. »Sagen wir mal, ihre Theorie trifft zu – Anna war also rundum glücklich mit Luke. Warum hat sie dann versucht, sich umzubringen?«

Ich habe bereits den Mund geöffnet, bereit, seinen Argumenten etwas entgegenzusetzen, aber das ist das *einzige* Teilchen des Puzzles, von dem ich noch nicht weiß, wohin es gehört. Wenn Annas Tür erst seit ihrem Selbstmordversuch abgesperrt wird ... warum hat sie es dann getan?

»Ganz genau«, sagt Eric, als ich nichts erwidere. Er geht zurück auf seine Seite des Schreibtischs. »Ich muss die Familien von diesem Vorfall in Kenntnis setzen«, sagt er. »Falls Annas Familie die Befürchtung hat, dass ihre Situation ausgenutzt wurde, veranlasst sie möglicherweise eine ärztliche Untersuchung, um feststellen zu lassen, ob Gewalt angewendet wurde. Wenn Sie nächstes Mal mit dem Gedanken spielen, ihr zu helfen, dann denken Sie auch daran, ihr das Trauma einer derartigen Untersuchung zu ersparen, wenn Sie verstehen, was ich meine.«

Die Schärfe seiner Worte verfehlt nicht ihre Wirkung auf mich, trotzdem fasse ich »nächstes Mal« als gutes Zeichen auf.

»Es versteht sich wohl von selbst, dass es sich hier um eine einmalige Verwarnung handelt. Und ich würde es sehr bedauern, Sie zu verlieren.«

»Ich würde es sehr bedauern, dieses Haus zu verlassen«, sage ich.

Als ich mich zum Gehen wende, sehe ich durchs Fenster Angus, der in einem Beet gräbt. Und ich stelle fest, dass ich die Wahrheit gesagt habe.

Kapitel 39

Clementine

Auf dem Weg zur Schule macht Mom sich Sorgen. Sie hat die Stirn in Falten gelegt und sagt, falls irgendwas ist, soll ich Miss Weber bitten, sie anzurufen, und dann kommt sie sofort und holt mich ab. Ich mache mir auch Sorgen. Ich will Miranda nicht sehen und will nicht hören, wie sie kichert oder irgendwas Gemeines über Daddy sagt. Was ich will, ist, dass ihre Eltern mit ihr von hier wegziehen, damit sie nicht mehr in der gleichen Schule ist wie ich.

Als wir da sind, redet Mom ein paar Minuten mit Miss Weber, und dann gibt sie mir einen Kuss auf den Scheitel, obwohl sie das schon zweimal gemacht hat. Sie fragt, ob ich bereit bin, und ich schlucke die Tränen runter und sage ja. Dann sehe ich, dass Ms. Donnelly auf uns zukommt, und Mom geht schnell weg.

Jetzt sind wir in der Turnhalle, weil es draußen zu kalt ist. In der Turnhalle riecht es nach Schweißfüßen. Ich sitze auf dem Boden und spiele mit Legs ein Fadenspiel, als ich Miranda höre.

»Schaut mal, wer wieder da ist!« Miranda stapft zwischen Legs und mir durch. Wir ziehen die Hände zurück – aber es ist zu spät, Miranda fällt darüber. Mit einem lauten Krachen landet sie auf dem Boden.

»Hast du dir weh getan?«, frage ich.

Miranda schaut mich nicht an, sondern steht schnell wieder auf und packt Legs bei der Hand. »Komm, Legs. Halt dich von Clem fern. Sie geht auf andere Leute los.«

Ich runzle die Stirn. »Nein, tu ich nicht!«

»Lügnerin«, sagt Miranda. »Du hast mir einen Zweig ins Auge geschnalzt *und* du hast mich beim Tanzen gekratzt.« Sie sagt das ganz schnell, als ob sie es geübt hat. »Und jetzt bin ich auch noch wegen dir hingefallen.«

»Ich gehe nicht auf andere Leute los«, sage ich leise. »Nur auf *dich*.«

Legs hält sich den Mund zu, weil sie kichern muss.

Mirandas Gesicht bewegt sich, als ob sie von innen daran kaut. »Meine Mom hat jedenfalls mit Ms. Donnelly geredet, und wenn du noch mal auf mich losgehst, fliegst du von der Schule.«

Legs reißt die Augen auf. Ich überlege, ob das stimmt oder ob Miranda es sich ausgedacht hat.

»Jedenfalls war ihr Daddy fies«, sagt Miranda zu Legs. »Also ist *sie* auch fies.«

Ich stehe auf. Am liebsten würde ich Miranda ins Gesicht schlagen und ihr sagen, dass *sie* fies ist. Aber ich will nicht von der Schule fliegen, deshalb stecke ich die Hände in die Hosentaschen.

»Wisst ihr, wie ihr Daddy gestorben ist?« Mirandas Stimme ist echt laut. Sie kneift ihr Gesicht zusammen, als ob sie versucht, nicht zu lächeln. Ich will, dass sie still ist. Ich will irgendwas tun, damit sie still ist.

Miranda schiebt ihren Arm unter den von Legs. »Er hat sich *umgebracht*«, flüstert sie ganz laut und dann reckt sie das Kinn vor und lächelt.

»Sei still!«, schreie ich und meine Hände kommen aus meinen Hosentaschen raus und ballen sich zu Fäusten. Sie schießen auf Miranda zu. Es ist mir egal, dass sie die Wahrheit sagt. Ich will nicht, dass Miranda und ihr vorgerecktes Kinn das sagen.

Miranda reißt erschrocken die Augen auf. Aber ich schlage sie nicht.

»Du hast meinen Daddy überhaupt nicht gekannt«, sage ich und laufe aus der Turnhalle, durch die Seitentür, und immer weiter, bis ich vorm Rosalind House stehe.

Als ich beim Rosalind House ankomme, gehe ich direkt in den Garten. Angus ist da und gräbt in einem Beet, deshalb bleibe ich hinter dem Baum stehen. Der Wind bläst durch meine Jacke, und ich friere. Ich zittere.

»Dad?« Ich schließe die Augen. »Ich will mit dir reden.«

Ich mache meinen Kopf ganz leer. Dann taucht Daddy langsam vor meinen geschlossenen Augen auf. Sein Gesicht, seine schwarzen Haare.

»Daddy!«

Ich kann ihn nur sehen, wenn meine Augen zu sind. Er hat die Beine übereinandergeschlagen, und ich erinnere mich daran, wie ich immer auf seinem Fuß gesessen habe und auf und ab gehüpft bin, als ob ich reite.

Ich fange an zu lächeln, aber dann fällt es mir wieder ein. »Ich bin so böse auf dich, Daddy. Du hast anderen Leuten Geld gestohlen, und jetzt hassen dich alle.«

Ich denke daran, dass Dr. Felder mich gefragt hat, ob es noch etwas gibt, das ich Daddy sagen will. Ich merke, dass es noch was gibt.

»Wegen dir hat Mom niemanden mehr, mit dem sie auf dem Spielplatz reden kann, wenn sie mich abholt. Und Miranda sagt dauernd hässliche Dinge zu mir. Und wir wohnen in einer scheußlichen Wohnung, in der es nach Salami riecht! Und … du hast dich *umgebracht*. Das macht mich so wütend. Manchmal«, sage ich, »glaube ich, dass ich dich hasse.«

Mir laufen Tränen übers Gesicht, und ich will, dass mich jemand in den Arm nimmt, aber ich kann Daddy nicht umarmen und außerdem ist er ein böser Mann. Deshalb weine ich einfach nur noch mehr.

Ich rede weiter und sage Daddy alles, was ich ihm sagen will. Als ich fertig bin, geht es mir ein bisschen besser.

Als ich die Augen aufmache, sehe ich auf der anderen Seite des Rasens Angus. Er steht auf und redet mit Mom, er steht ganz nah bei ihr. Dann lehnt Mom sich an ihn, und Angus legt die Arme um sie. Ich sehe ihnen zu. Sie legt den Kopf nach hinten, damit sie ihm ins Gesicht sehen kann, und er streicht ihr eine Haarsträhne hinters Ohr. Sie lächelt. Dann nimmt er ihr Gesicht zwischen die Hände und küsst sie.

Kapitel 40

Eve

Ich erzähle Angus alles. Wie ich begonnen habe, Annas Tür aufzusperren, wie Rosie sich auf meine Seite geschlagen hat. Ich erzähle ihm von meiner Freundschaft zu Anna und dass Eric Wind davon bekommen hat. Angus' Augenbrauen gehen ein paarmal in die Höhe, aber sein Blick ist sanft. Er legt die Arme um mich, streicht mir eine Haarsträhne hinters Ohr. Dann gibt er mir einen wunderbaren, zärtlichen Kuss.

»So sieht's aus«, sage ich.

Ich frage mich, was Richard sagen würde, wenn er mich sehen könnte. Seine Eve, deren schlimmster Stressfaktor die Frage gewesen ist, was sie zum Abendessen kochen soll, hat echte Probleme.

»Und, was willst du jetzt wegen Anna machen?«, fragt Angus.

»Ich weiß es nicht, ganz ehrlich. Ich darf diesen Job nicht verlieren – nur so kann Clem weiter auf ihre Schule gehen.«

Angus sieht mich an.

»Ach. Den Teil habe ich dir noch nicht erzählt, oder?«

In gespielter Verzweiflung schüttelt er den Kopf, um gleich darauf zu lächeln. Es fühlt sich so gut an, in dem kalten Garten von ihm in die Arme genommen zu werden. Ich denke an die vergangene Nacht – daran, was wir miteinander getan haben, und fange an zu fantasieren, wie ich ihn in den Gartenschuppen ziehe und vielleicht …

»Mom?«

Ich wirble herum. Clem steht da, das Gesicht tränenüberströmt.

»Clem.« Ich laufe zu ihr. »Was machst du denn hier? Warum bist du nicht in der Schule?«

Sie weicht einen Schritt zurück und sieht zu Angus.

»Du hast es gesehen«, sage ich.

Sie nickt.

»Clem«, sage ich. »Ich … ich kann es erklären.«

Eine Träne läuft über ihre Wange, dann noch eine.

»Schon gut.«

»Schätzchen, es tut mir so leid.«

Halb erwarte ich, dass sie wegläuft oder mich anschreit oder voller Verachtung ansieht. Aber ihr völlig ausdrucksloses Gesicht beunruhigt mich mehr als alles andere.

»Können wir reingehen, Mom?« Sie zittert in ihrer Jacke. »Mir ist kalt.«

»Ja, natürlich. Lass uns reingehen. Wir können drinnen reden.«

»Mom?«

»Ja?«

»Ich will nicht« – ihre Augen wandern kurz zu Angus – »*darüber* reden. Ja?«

»Natürlich«, sage ich überrascht. »Das ist okay.«

Ich lege den Arm um Clem und werfe Angus einen Blick zu. Er nickt ernst. Mir wird bewusst, dass es das letzte Mal sein könnte, dass wir uns ansehen. Es könnte das letzte Mal sein, dass wir irgendetwas miteinander tun.

Clem sitzt in der Küche auf einem Hocker, während ich in ihrer Schule anrufe. Sie entschuldigen sich tausendmal, zweifellos besorgt, dass ich sie verklagen könnte, aber da brauchen sie sich keine Sorgen zu machen. Wenn jemand ein schlechtes Gewissen haben muss, bin ich es.

»Also«, sage ich, nachdem ich aufgelegt habe. »Was war in der Schule los?«

Clem blickt auf ihren Schoß. »Miranda hat so Sachen gesagt.«

»Was für Sachen?«

»Sie hat gesagt, dass ich auf Leute losgehe und dass ihre Mom was macht, damit ich von der Schule fliege, wenn ich noch mal auf sie losgehe.«

Ich denke an Ms. Donnellys Nachrichten, auf die ich noch immer nicht reagiert habe. Und mir schießt der Gedanke durch den Kopf, dass ich es sehr gut selbst schaffen könnte, dass Clem von der Schule fliegt.

»Aber du gehst doch nicht mehr auf sie los, oder?«, sage ich.

»Nein.«

»Na, dann musst du deswegen keine Angst haben. Und ich spreche mit Miss Weber, okay?«

Clem erwidert nichts.

»Okay, Schätzchen?«

»Okay.«

Ich beginne misstrauisch zu werden. Hat sie bereits irgendetwas getan? Doch bevor ich sie fragen kann, geht Eric an der Küche vorbei und reißt mich aus unserer kleinen Welt. Ich werfe einen Blick auf die Uhr. »Mist! Clem, ich muss saubermachen. Willst du mir helfen?«

Sie schüttelt den Kopf.

»Willst du im Salon fernsehen?«

»Kann ich einfach hierbleiben, Mom?«

Sie sieht auf dem Hocker so winzig aus mit ihren herunterbaumelnden Beinen, und auf einmal überfällt mich Sehnsucht nach Richard. Wenn Clem früher ein Problem hatte, habe ich einfach ihn angerufen.

»Hol sie mal ans Telefon«, hat er dann gesagt und sie jedes Mal innerhalb kürzester Zeit zum Kichern gebracht. Bei all seinen Schwächen war er ein guter Vater.

Aber Richard ist nicht hier, also nehme ich stattdessen die Keksdose aus dem Regal. »Natürlich. Hier. Du kannst so viele essen, wie du willst.«

Sie blickt auf die Dose, und endlich lächelt sie.

»Es dauert nicht lange«, sage ich.

Ich hole meinen Putzwagen und schiebe ihn am Salon vorbei. Bert liest laut Zeitung. Anna und Luke sitzen an verschiedenen Fenstern und sehen hinaus. Laurie und Clara haben nebeneinander in zwei Sesseln Platz genommen. Das ist komisch, normalerweise sitzen die beiden auf dem Sofa, aneinandergeschmiegt oder Händchen haltend – irgendeine Form von Körperkontakt. Dass sie sich nicht berühren, lässt mich ein zweites Mal hinsehen. Auf den zweiten Blick erkenne ich, was nicht stimmt.

Das ist nicht Clara.

Plötzlich fällt mir wieder ein, wie meine letzte Unterhaltung mit Clara endete. *»Schwestern können auch heimtückisch sein.«*

Ich gehe schnurstracks zum Zimmer von Clara und Laurie und klopfe sachte an die Tür. »Ich bin's«, rufe ich. »Kann ich bei Ihnen saubermachen?«

»Danke, Herzchen. Kommen Sie rein.« Claras Stimme klingt leise und schwach. Sie liegt in dem abgedunkelten Zimmer auf Kissen gestützt im Bett.

»Soll ich die Vorhänge aufziehen?«, frage ich, und sie nickt. Ich stelle meinen Eimer ab und ziehe die Vorhänge zurück, hake die Schlaufen ein. »Ist das Ihre Schwester im Salon?«, frage ich.

»Ja. Das ist Enid.«

»Ich dachte, sie kommt nur einmal im Jahr zu Besuch.« Einen Moment zu spät wird mir bewusst, dass ich diese Information vor ein paar Monaten aufgeschnappt habe, als ich das Gespräch von Clara und Laurie im Salon belauscht habe. Clara scheint es jedoch nicht zu bemerken.

»Das stimmt. Aber ich habe sie gebeten, noch mal zu kommen.« Clara stößt einen Seufzer aus. »Sie können es genauso gut jetzt erfahren. Ich werde sterben.«

Ich erstarre, in halb gebückter Haltung, weil ich gerade meinen Wischlappen ins Wasser tauchen wollte.

»Seit vierzig Jahren untersuche ich jeden Monat meine Brust. Mama hatte auch Brustkrebs, wissen Sie. Sie wollte nicht zum Arzt gehen.« Clara lacht bitter auf. »Natürlich ist Mama gestorben. Und ich habe immer gesagt, wenn ich mal einen Knoten entdecke, lasse ich ihn schneller rausschneiden, als man ›Krebs‹ sagen kann. Aber als ich zum Arzt ging, sagte er, es sei zu spät. Ironie des Schicksals, was?«

»Das … das tut mir leid.«

Clara macht *pffft*. »Mitleid bringt überhaupt nichts. Was zählt, ist Handeln. Fehler wiedergutmachen. Verstehen Sie, was ich meine?«

Ich runzle die Stirn. »Nein, nicht genau.«

»Vor langer Zeit habe ich meiner Schwester etwas Furchtbares angetan, Eve. Ich habe sie auf die schlimmste Weise hintergangen. Jetzt muss ich Wiedergutmachung leisten.«

»Wiedergutmachung … wie denn?«

»Ich werde ihr Laurie zurückgeben.«

Ich starre sie an. »Was?«

Clara sieht aus dem Fenster. »Laurie ist in dem Haus gegenüber von uns aufgewachsen. Als er sechzehn war, konnte selbst ein Blinder sehen, dass er in Enid verliebt war. Ich habe die beiden immer durchs Fenster beobachtet, wenn Laurie für Mama Holz hackte, während Enid auf einem Baumstumpf neben ihm saß. Aber Enid war eine Dame. Sie kicherte nicht und flirtete nicht mit Laurie. Für jeden anderen musste es so aussehen, als würde sie sich nichts aus ihm machen. Nicht für mich. Schwestern spüren so etwas.« Clara schüttelt den Kopf. »Dann bot sich Enid eines Tages die Gelegenheit, für unsere Kirche als Missionarin ins Ausland zu gehen. Enid war ein gebender Mensch – das war genau das Richtige für sie. Es ging alles sehr schnell, ich glaube, jemand war kurzfristig abgesprungen, und sie hatte keine Zeit mehr, sich groß zu verabschieden. Und als Laurie am nächsten Tag zum Holzhacken kam, nun ja … ich habe ihm gesagt, sie wäre weggegangen.«

Ich blinzle. »Aber das kann man wohl kaum als hintergehen bezeichnen …«

»Wenn zu unserer Zeit eine junge Frau von einem Tag auf den anderen die Stadt verließ, dann bedeutete das, dass sie in anderen Umständen war.« Clara lächelt wehmütig. »Sagen wir einfach, dass ich nichts getan habe, um Laurie von dieser Annahme abzubringen.«

»Oh.«

»Während sie weg war, saß ich neben Laurie, wenn er Holz hackte. Und im Gegensatz zu Enid lächelte ich. Ich kicherte. Ich konnte einfach nicht anders. Ich sagte mir, dass ich besser zu ihm passe als Enid. Als Enid zurückkam, waren wir verlobt. Im selben Moment, in dem er sie wiedersah, wusste ich, dass die Gefühle noch da waren. Ich kann es immer noch sehen, wenn sie hier ist.«

Schwestern können heimtückisch sein. Auf einmal begreife ich.

»Und ... was haben Sie jetzt vor?«, frage ich.

Clara wendet den Blick vom Fenster und sieht mir in die Augen. »Ich werde es wieder in Ordnung bringen. Solange ich noch kann.«

»Aber ... wie soll das gehen?«

Clara faltet die Hände im Schoß und zuckt leicht mit den Schultern, als würde das klar auf der Hand liegen. »Ich bin ziemlich sicher, dass Sterben den Zweck erfüllen wird.«

Ich verlasse Claras Zimmer, ohne auch nur Staub gesaugt zu haben, und bleibe vor dem Durchgang zum Salon stehen. Inzwischen ist auch Clem da und unterhält sich mit Bert. Die beiden scheinen dicke Freunde geworden zu sein. May ist in ihrem Sessel eingeschlafen, und Gwen strickt. Mein Blick bleibt an Laurie hängen. Claras Schwester ist verschwunden, und er sitzt allein da. Ich lasse mich auf den Sessel neben ihm sinken. »Ich war gerade bei Clara.«

Er blickt auf, mustert mein Gesicht. »Sie hat es Ihnen gesagt?«

»Ja.«

»Ich kann es immer noch nicht glauben«, sagt er und blickt wieder auf seinen Schoß. »Meine Clara. Ich dachte immer, sie würde mich um zwanzig Jahre überleben.«

»Es tut mir leid, Laurie.«

Er wischt meine Worte mit einer Handbewegung beiseite. »Das Schicksal hat es gut mit uns gemeint, Eve. Wir hatten eine lange Ehe. Vier Söhne. Ein langes Leben.«

»Ein glückliches Leben?«

Überrascht hebt er den Kopf. »Ein sehr glückliches Leben.«

»Sagen Sie mir eins«, ich rutsche auf meinem Sessel nach vorn, bis meine Knie beinahe seine berühren. »Sagen Sie mir, warum Sie sich für Clara entschieden haben. Was hatte sie an sich, das Sie zu dem Schluss kommen ließ, dass sie die Richtige ist?«

Auf seinem Gesicht erscheint ein Lächeln. »Clara hat mir das Gefühl gegeben, der einzige Mann auf der Welt zu sein. Das tut sie immer noch. Es gab nie jemanden, mit dem ich mich auch nur annähernd so wohl gefühlt habe wie mit Clara. Sonst ist dafür wahrscheinlich niemand dumm oder blind genug.«

»Niemand?«

Laurie schweigt einen Moment. Er streicht sich eine graue Strähne aus der Stirn. »Nun ja, wenn ich ehrlich bin, gab es da mal jemanden. Das ist sehr lange her. Sie war ganz anders als Clara.«

Möglicherweise wage ich mich damit zu weit vor, aber ich muss einfach fragen. »Haben Sie es jemals bereut?«

Er sieht mich mit gerunzelter Stirn an, eher neugierig als verärgert. Und ich merke, dass ich den Atem anhalte. »In meinem Alter«, sagt er, und seine Züge werden wieder weich, »verschwendet man keine Zeit damit, etwas zu bereuen. Letzten Endes erinnert man sich nur an die Momente voller Freude. Unterm Strich ist es das, was uns bleibt.«

Und ich stoße die Luft aus, die ich angehalten habe.

Als ich an diesem Nachmittag Berts Zimmer saubermache, überkommt mich eine Erinnerung. Clem war erst ein paar Wochen alt und hatte mich die halbe Nacht wach gehalten. Am nächsten Morgen schreckte ich aus dem Schlaf hoch – erfüllt von einer Angst, wie sie nur frisch gebackene Mütter empfinden. Das Bett neben mir war zerwühlt und leer, ebenso Clems Wiege.

Ich folgte den Klängen eines Schlaflieds in das Bad im Erdgeschoss, wo Richard in der Wanne lag, die winzige, schläfrige Clem in den Armen. Er blickte auf, lächelte und sang weiter. Ich sehe den Ausdruck auf seinem Gesicht noch vor mir. Liebevoll, aber zugleich warnend, er ließ keinen Zweifel daran, dass es eine ausgesprochen schlechte Idee wäre, ihn zu unterbrechen.

Deshalb setzte ich mich auf den Rand der Badewanne und sang mit.

Jedes Mal wenn das Lied zu Ende war, hielten wir den Atem an und warteten, und jedes Mal, wenn ihre winzigen Augenlider flatterten, fingen wir wieder von vorne an. Schließlich zog ich meinen Schlafanzug aus und kletterte zu den beiden in die Wanne. Nach ungefähr einer Stunde schlief Clem ein.

Danach kehrt noch eine Erinnerung zurück. Und noch eine. Wie Richard immer Kochbücher mit nach Hause gebracht hat, wenn ich krank war. Wie Richard bei unserem Urlaub in Vietnam versucht hat, in drei verschiedenen Apotheken, wo man kein Wort von dem verstand, was er sagte, Tampons für mich zu besorgen. Die Nacht, in der er aufgeblieben ist, um mir den Lippenstift zu zeigen, den Clem ihm aufgelegt hatte – weil er es ihr versprochen hatte.

Wenn ich jetzt zurückblicke, kann ich mein Leben mit Richard nicht bereuen. Es gab diese Moment voller Freude. Es gibt Clem.

Nachdem ich noch die Kissen auf Berts Bett aufgeschüttelt habe, lasse ich mich in den Sessel am Fenster fallen. Und zum ersten Mal seit Richards Tod weine ich um ihn.

Kapitel 41

Anna

Acht Monate zuvor …

Eines Tages kommt Jack, um mich irgendwohin zu bringen. Ich strenge mich gar nicht erst an herauszufinden, welcher Tag ist, denn selbst wenn ich es rauskriegen könnte, was habe ich schon davon? Wir gehen in ein Zimmer mit Stühlen an den Rändern, und ich nehme eins der dünnen Bücher, damit ich nicht mit Jack reden muss. Ich rede nicht gern mit Jack. Das würde ich ihm nie sagen, weil ich weiß, dass er sich Mühe gibt. Er achtet darauf, dass unsere Gespräche einfach und langsam sind, die Themen unkompliziert. Aber es ist unmöglich, nicht seinen forschenden Blick zu bemerken, als würde ich eine Prüfung ablegen. Ich konzentriere mich so sehr darauf, nichts Dummes zu sagen, dass ich in meinem Kopf stecken bleibe und völlig vergesse, was er überhaupt gefragt hat. Und ich falle durch die Prüfung.

Mit dem dünnen Buch auf dem Schoß ist mein erster Gedanke … all das *Geschreibsel*. Selbst über den Umschlag ziehen sich Buchstaben in leuchtendem Rosa und Orange. Es gibt auch mehrere Fotos von berühmten Leuten, die ich nicht erkenne. Wie werden die Leute bloß schlau daraus? Habe ich so was auch gelesen? Ich lege es auf den Glastisch zurück und starre stattdessen auf den Fernseher in der Ecke, der ohne Ton läuft. Und in diesem Augenblick spüre ich einen Tritt in meinem Bauch. Danach zu urteilen, wie es in meinem Bauch rumort, muss Latina-Kochfrau heute eins ihrer stark gewürzten Gerichte serviert haben.

»Anna Forster.« Eine Frau steht in der Tür, ihre dichten schwarzen Haare fließen ihr über eine Schulter. Ich erkenne sie. Das ist meine Hausärztin – Dr. Li.

Auf meinem Gesicht liegt ein aufrichtiges Lächeln, als ich aufstehe. Ich werde diese Ärztin mit Namen begrüßen. Ein kleiner, geradezu lächerlicher Sieg, aber ein Sieg für jemanden mit Alzheimer. Ein Sieg für mich.

»Ja«, sagt Jack und steht ebenfalls auf. »Schön, Sie zu sehen, Dr. Li.«

Ich bin sauer, richtig sauer, weil er mir zuvorgekommen ist. Ich boxe Jack fest gegen die Schulter. Aus dem Augenwinkel nehme ich wahr, dass er den Kopf zu mir dreht, sein Mund steht offen, aber ich sehe nicht hin. Ich gehe einfach an ihm und Dr. Li vorbei ins Sprechzimmer.

»Also Anna …« In dem Zimmer wendet Dr. Li sich endlich mir zu. »Wie ist es Ihnen ergangen?«

Ich sehe sie lange an. Das Letzte, was ich will, ist, dass Jack an meiner Stelle antwortet, aber ich komme beim besten Willen nicht drauf, was ich auf ihre Frage antworten soll. *Wie ist es mir ergangen?*

»Mit präziseren Fragen kommt sie besser zurecht«, sagt Jack schließlich. »Ja oder nein. Antworten aus ein, zwei Worten.«

Soweit es Jack betrifft, stimmt das. Jack lässt mir nie eine Chance, mehr als zwei Worte zu sagen. Aber bei Jungem Mann sage ich viel – zumindest habe ich es getan. Vielleicht hat Jack ja recht? Vielleicht bin ich etwas aus der Übung? Wie auch immer, ich habe keine Lust, es zu erklären. Stattdessen sehe ich Jack böse an, und er zuckt zurück, weil er wohl mit einem weiteren Knuff rechnet. Ich lache laut, was mich wahrscheinlich ein bisschen verrückt wirken lässt.

»Ich verstehe«, sagt Dr. Li und kritzelt etwas auf ein weißes Viereck. Danach sieht sie wieder mich an. »Geht es Ihnen heute gut, Anna?«

»Es geht mir sehr gut.« Mit hochgezogenen Augenbrauen werfe ich Jack einen Blick zu. Das waren eindeutig mehr als zwei Worte.

»Haben Sie Ihre Medikamente genommen?«

»Ja.«

»In der Einrichtung verteilt eine Pflegerin die Medikamente«, sagt Jack, »so dass sie sie auch nimmt.«

Dr. Li sieht auf das weiße Viereck. »Also … Aricept, Vitamin E?«

Ich nicke. Wenn das auf ihrem Viereck steht, stimmt es vermutlich.

»Und Cipram«, sagt Jack. »Ich glaube, das war's.«

»Irgendwelche Nebenwirkungen? Schwindel, Kopfschmerzen, Unruhe, Schlafstörungen?«

»Normale nächtliche Unruhe«, mischt Jack sich schon wieder ein. »Sie schläft tagsüber viel und ist nachts oft wach.«

»Stimmt das, Anna?«

Dr. Li sieht mich erwartungsvoll an, deshalb nicke ich. Sie zieht wieder das weiße Viereck zu Rate.

»Aricept kann bei manchen Patienten Schlafstörungen hervorrufen«, sagt sie. »Ich kann Ihnen zusätzlich ein Schlafmittel aufschreiben. Möchten Sie das, Anna?«

»Klar.«

»Gut«, sagt sie und kritzelt etwas auf ein anderes Viereck. Dann hebt sie den Kopf. »Und, wie ist Ihre Stimmung?«

»War schon mal besser.«

»Irgendeine Art von Depression, Angstzustände, das Gefühl von Hilflosigkeit?«

»In letzter Zeit hat sie oft niedergeschlagen gewirkt«, sagt Jack. »Völlig anders als noch vor ein paar Monaten. Offen gestanden beunruhigt es mich, wie schnell sie abbaut. Hast du etwas dagegen, wenn ich rede, Anna? Ich will nur sichergehen, dass Dr. Li die Situation begreift.«

Ich weiß nicht, warum er mich das jetzt fragt, wo er doch schon die ganze Zeit redet. Aber ich nicke.

»Anna hat sich dort … mit jemandem angefreundet«, sagt er zu Dr. Li. »Mit einem Mann, ebenfalls dement. Wie sich herausgestellt hat, haben sie eine sexuelle Beziehung.«

Dr. Lis Augenbrauen schießen in die Höhe. »Ich verstehe.«

»Ich weiß nicht, was ich machen soll. Ich will, dass Anna glücklich ist, aber wie kann ich diesem Mann vertrauen? Er ist *dement*. Ich möchte ja gern glauben, dass Anna ihn davon abhalten kann, irgendetwas gegen ihren Willen zu tun, aber …« Plötzlich merke ich, dass Jack weint. »Das geht alles so schnell. Sie ist nicht mehr die Anna, die sie mal war.«

»Ich verstehe«, sagt Dr. Li. »Das ist sicher sehr schwer für Sie.«

»Vor einem Jahr wirkte Anna noch ganz normal, wenn man es nicht wusste. Normal vergesslich, aber man konnte sich mit ihr unterhalten. Sie konnte mit der Familie zu Abend essen oder telefonieren. Als sie dann im September bei uns zu Hause gewesen ist, rastete sie nach gerade mal vier Stunden komplett aus, und wir mussten sie zurückbringen. Letzte Woche habe ich sie besucht, und sie saß bei geschlossenem Fenster in Jacke, Pullover und Stiefeln in ihrem Zimmer, obwohl es draußen über dreißig Grad hatte. Sie braucht mindestens fünf oder sechs Sekunden, um auf eine Frage zu antworten, und manchmal gibt sie überhaupt keine Antwort.« Jack lässt den Kopf hängen, und seine Schultern beginnen zu beben. »Als wir Kinder waren, war immer Anna diejenige, die mich beschützt hat. Ich möchte sicher sein, dass ich jetzt sie beschütze.«

Dr. Li wirft mir einen Blick zu, wahrscheinlich will sie herausfinden, wie viel ich mitkriege. Die Antwort lautet: Alles. Jedes Wort.

»Tut mir leid«, sage ich. Ich konzentriere mich auf die Worte, damit sie richtig aus meinem Mund kommen. »Das klingt schrecklich, was du gesagt hast. Ich weiß, dass ich … nicht mehr alles richtig mache, ich bin verwirrt und mache seltsame Dinge. Aber ich …«, ich halte kurz inne, um mir übers Gesicht zu wischen. »Ich bin immer noch da. Es ist nur – du musst ein bisschen länger und genauer hinsehen, um mich zu finden.«

Aus dem Augenwinkel sehe ich, dass Dr. Li ihren Stuhl zurückschiebt und so tut, als wäre sie woanders. Jack rutscht auf seinem Stuhl nach vorne und schaut mich an. Und zum ersten Mal, seit ich in dieses Haus mit den alten Leuten gezogen bin, vielleicht zum ersten Mal, seit bei mir Alzheimer diagnostiziert wurde, sieht Jack mich.

Kapitel 42

Eve

»Clem redet nicht.«

Es ist später Nachmittag, und ich quetsche mich mit meinem Handy in eine Ecke der Putzkammer. Ich habe Dr. Felder bereits erzählt, dass Clem aus der Schule weggelaufen ist und gesehen hat, wie Angus und ich uns im Garten geküsst haben. Bis jetzt hat Dr. Felder nur zugehört. Ich finde es schön, wie sie zuhört. Es macht mir bewusst, wie sehr ich es vermisst habe, mit jemandem über Clem sprechen zu können.

»Ich habe versucht, es zur Sprache zu bringen, aber sie sagt, sie will nicht darüber reden.«

»Dann sollten Sie auf sie hören«, sagt Dr. Felder. »Ob sie es glauben oder nicht, die meisten Leute – sogar Kinder – wissen recht gut, was am besten für sie ist. Wenn ihr nicht nach Reden ist, bedeutet das, dass ihr Unterbewusstsein noch dabei ist, alles zu verarbeiten. Und das ist völlig in Ordnung.«

»Ich weiß, aber ich mache mir trotzdem Sorgen. Clem ist ein richtiges Plappermaul. Normalerweise ist es mein größtes Problem, wie ich sie mal zum Schweigen bringen kann.«

»Clementine wird irgendwann wieder reden. Und sie weiß, dass sie dann zu Ihnen kommen kann. In der Zwischenzeit sollten Sie sich überlegen, was Sie ihr sagen, wenn es so weit ist. Sie wird ganz sicher Fragen haben, vor allem, was den Tod ihres Vaters betrifft und seine Geschäfte, die sie als ›böse‹ begreift. Sie wird wissen wollen, wie Sie mit alldem fertig werden. Haben Sie in Erwägung gezogen, selbst eine Therapie zu machen, Eve?«

»Ich? Nein. Ich bin nur besorgt wegen Clem.«

»Ich weiß. Aber manchmal kann man sich am besten um andere kümmern, indem man sich um sich selbst kümmert. Denken Sie darüber nach, Eve.«

»Mach ich.«

Nachdem ich aufgelegt habe, sehe ich im Salon nach Clem. Sie sitzt immer noch wie vorhin neben Bert und unterhält sich mit ihm. Offensichtlich erstreckt sich ihre Schweigsamkeit nicht auf ihn. In den letzten paar Minuten hat sich der Salon gefüllt. Zwölf der dreizehn Bewohner haben sich versammelt und betrachten Clem, als wäre sie die Mona Lisa höchstpersönlich. Es ist, als hätte ihre Anwesenheit einen Alarm ausgelöst – *Kind in der Nähe!* –, der sie dazu veranlasst hat, ihr Nickerchen zu beenden oder ihre Besucher nach Hause zu schicken und in den Gemeinschaftraum zu schlurfen. Nur Anna fehlt.

Ich staube in der Eingangshalle die Beistelltische ab, als zwei Männer aus ihrem Zimmer kommen. In dem jüngeren erkenne ich ihren Bruder, von einem Foto auf ihrer Kommode. Und der ältere hat eine so verblüffende Ähnlichkeit mit ihr, dass er ihr Vater sein muss.

»Hallo«, sage ich lächelnd. »Sie müssen zu Anna gehören. Ich bin Eve. Die Köchin.«

»Jack«, sagt der Bruder. Er schüttelt mir die Hand, aber er wirkt abwesend.

»Peter«, sagt der Vater.

»Wie geht es Anna?«, frage ich.

»Nicht schlecht«, sagt Peter. »Heute ist ein guter Tag. Sie hat sogar ein paar Witze gemacht.«

»Sie hat Sinn für Humor, nicht wahr?«, sage ich. »Neulich hat sie Luke und mich so zum Lachen gebracht, dass wir uns kaum halten konnten.«

Ich lasse Jack und Peter nicht aus den Augen, und es entgeht mir nicht, dass sich ein Schatten über Jacks Gesicht legt.

»Die beiden scheinen eine ganze besondere Beziehung zu haben«, fahre ich fort. »Anna und Luke.«

»Es war schön, Sie kennenzulernen, Eve«, sagt Jack und setzt sich in Richtung Tür in Bewegung.

Ich könnte vor Frustration laut schreien. Ist ihm die Beziehung zwischen Anna und Luke egal? Oder glaubt er es einfach nicht? Plötzlich kommt mir eine Idee.

»Ach, bevor Sie gehen«, rufe ich ihnen nach. »Es gibt da etwas, das Sie sehen sollten.«

Bis sich die beiden Männer umgedreht haben, habe ich bereits in meine Handtasche gegriffen. Ich habe Annas Notizbuch eingesteckt, um es gegebenenfalls als Beweis gegenüber Eric zu benutzen. Jetzt drücke ich es Jack aufgeschlagen in die Hand.

»Was ist das?«, fragt er.

»Ein Brief. Anna hat ihn voriges Jahr an sich selbst geschrieben.«

Annas Vater nimmt das Notizbuch und greift nach der Brille in seiner Brusttasche. Währenddessen überfliegt Jack die Seite.

»Ich finde es sehr romantisch«, sage ich nervös, »dass die beiden hier die Liebe gefunden haben.«

Ich bin mir sicher, dass der Brief Jack anrühren wird. Vielleicht bringt er ihn sogar dazu, seine Meinung zu ändern, was das Abschließen der Türen angeht. Doch stattdessen verfinstert sich seine Miene.

Er entwindet seinem Vater das Notizbuch und klappt es

mit einer Hand zu. »Haben Sie etwas dagegen, wenn ich das an mich nehme?«, fragt er mich. »Oder wird Anna es vermissen?«

»Ich … ich weiß nicht«, sage ich. »Ich sollte es vielleicht zurückbringen, für den Fall …«

»Ich halte es für besser, wenn ich es nehme.« Seine Stimme klingt entschlossen. »Danke, Eve.«

Ich bin fassungslos. Er sieht mich mit einem langen, festen Blick an. »Nachdem ich das gelesen habe, vermute ich, dass Sie glauben zu wissen, was Sie an meiner Stelle für Anna tun würden«, sagt Jack. »Aber wenn Sie an meiner Stelle wären, würden Sie erkennen, dass es bei Alzheimer keine fantasievollen Szenarien gibt. Ihr Angehöriger verlässt sich darauf, dass Sie für seine Sicherheit sorgen, wenn er selbst nicht mehr dazu in der Lage ist. Und wenn Sie alle Einzelheiten kennen würden, dann wüssten Sie, dass es nicht Annas Sicherheit dienen würde, wenn ich ihren vermeintlichen Wünschen entsprechen würde.« Jack spricht mit ruhiger, klarer Stimme, aber ich bemerke, dass sich seine Wangen röten. »Es hat mich jedenfalls gefreut, Sie kennenzulernen. Dad? Lass uns gehen.«

Ich bleibe leicht zitternd stehen, als sie sich umdrehen und zur Tür gehen. Welche Einzelheiten kenne ich nicht? Und was könnte sich dadurch so entscheidend ändern, dass sie es lieber in Kauf nehmen, dass Anna unglücklich ist, statt sie mit dem Mann, den sie liebt, zusammen sein zu lassen? Es drängt mich, Jack danach zu fragen, ihn zu bitten, mir das fehlende Teilchen des Puzzles zu liefern. Stattdessen sehe ich zu, wie Annas Erinnerungen verschwinden – dieses Mal durch die Vordertür.

Nachdem Annas Bruder und ihr Vater weg sind, gehe ich zu Annas Zimmer und klopfe an die Tür.

»Hi«, sage ich.

»Hi«, sagt sie.

Sie sitzt in ihrem Rollstuhl am Fenster, neben einem leeren Sessel. Am liebsten würde ich mich neben sie setzen und ihr alles erzählen. Von Jack und ihrem Notizbuch. Von Clem. Von Angus. Von Eric. In den vergangenen Monaten ist Anna irgendwie zu meiner Vertrauten geworden, mit der ich über solche Dinge rede. Sie ist meine Freundin geworden. Und Freundschaft beruht auf Gegenseitigkeit. Heute möchte ich daher etwas für sie tun.

»Wollen Sie Luke besuchen?«, frage ich.

Es ist erst fünf, aber Eric ist früh gegangen. Ich beantworte die üblichen Fragen, wer Luke ist, dann schiebe ich sie in sein Zimmer.

Luke sitzt auf der Bettkante und bewundert einen Strauß Blumen auf seinem Nachttisch. Angus hat ihm vorhin geholfen, sie in eine Vase zu stellen. Er hebt den Kopf und lächelt schüchtern. Und mehr braucht es nicht.

Auf dem Weg zurück in die Küche klingelt mein Handy, und ich schaffe es gerade noch rechtzeitig ranzugehen, bevor sich die Mailbox einschaltet. »Hallo?«

»Mrs. Bennett?«

»Ja?«

»Hier ist Kathy Donnelly. Von Clementines Schule.«

Ich schließe die Augen. »Ms. Donnelly. Entschuldigen Sie, dass ich noch nicht zurückgerufen habe. Aber es … war ein bisschen hektisch.«

»Ich verstehe«, sagt sie. »Haben Sie jetzt kurz Zeit?«

»Ehrlich gesagt …«

»Ich halte Sie nicht lange auf. Ich habe gehört, dass Clementine heute unbeaufsichtigt die Schule verlassen hat, und ich bin sehr besorgt. Seien Sie versichert, dass wir die nötigen

Schritte unternehmen werden, um zu gewährleisten, dass so etwas nicht wieder vorkommt.«

Erleichterung macht sich in mir breit. Sie ruft an, weil Clem aus der Schule weggelaufen ist. Wahrscheinlich will sie nur gut Wetter machen. »Ich weiß das zu schätzen.«

»Wie geht es Clem?«, fragt sie.

Ich blicke kurz um mich, um sicherzugehen, dass sie nicht in der Nähe ist. »Offen gestanden … es ging ihr schon mal besser. Sie ist nicht sie selbst. Still. Weint viel. Aber ich werde ihr helfen, damit fertigzuwerden.«

»Daran habe ich nicht den geringsten Zweifel. Es ist nicht leicht, eine alleinerziehende Mutter zu sein.«

Ihr Ton lässt vermuten, dass sie aus eigener Erfahrung spricht. Und zum ersten Mal kommt mir der Gedanke, dass Ms. Donnelly mit ihrer dicken Brille und der praktischen Frisur auch eine Geschichte hat.

»Danke«, sage ich. »Es ist sehr freundlich von Ihnen, sich danach zu erkundigen.«

»Ehrlich gesagt gibt es noch einen anderen Grund, warum ich anrufe. Es geht um Ihre Adresse. Sie ist hier mit 82 Forest Hills Drive angegeben.«

Mein Magen zieht sich zusammen. »Das stimmt.«

Es folgt ein kurzes Schweigen. »Hmm. Es ist mir aufgefallen, weil meine Mutter bis zu ihrem Tod in einer Pflegeeinrichtung namens Rosalind House gewohnt hat, und deren Adresse ist auch 82 Forest Hills Drive.«

Ich suche fieberhaft nach einer Ausrede, irgendeiner plausiblen Erklärung, aber in meinem Kopf herrscht Leere. Sie wartet. Schließlich öffne ich den Mund und heraus kommt ein lautes Schluchzen.

Das war's. Clem fliegt von der Schule. Sie wird mitten im Schuljahr auf eine andere Schule in einer raueren Gegend wechseln müssen, mit Kindern, die sie nicht kennt. Und was am schlimmsten ist, sie wird nicht mehr Legs an der Seite haben.

Die nur von meinem Schluchzen unterbrochene Stille hält beängstigend lange an. Ich beginne mich zu fragen, ob Ms. Donnelly überhaupt noch da ist, als sie sich räuspert. »Wissen Sie«, sagt sie nachdenklich, »ich habe meinem Optiker schon ein paarmal gesagt, dass ich eine neue Brille brauche.«

Ich hole tief Luft. »Verzeihung?«

»Meine Augen«, erklärt Ms. Donnelly. »Es ist *schrecklich*. Ständig lese ich irgendwas falsch. Vielleicht wohnen Sie nicht 82 Forest Hills Drive. Vielleicht ist es Nummer 83? Oder Nummer 87?«

Ich schlucke. »Äh …«

»Ja«, sagt sie. »Ja, ich bin sicher, dass es so da steht. Siebenundachtzig. Ich muss mich entschuldigen.«

»Ms. Donnelly …«

»Bitte«, sagt sie, »nennen Sie mich Kathy.«

»Kathy«, sage ich. Wenn ich Ms. Donnelly in diesem Augenblick vor mir hätte, würde ich sie packen und umarmen. »Ich weiß nicht, was ich …«

»Es ist nicht leicht, eine alleinerziehende Mutter zu sein«, sagt sie, und ich höre die Wärme in ihrer Stimme. »Richten Sie Clementine bitte aus, dass wir uns darauf freuen, sie am Montag wiederzusehen.« Und damit legt sie auf.

Rosie sieht furchtbar aus, als sie nachmittags kommt. Dunkle Ringe unter den Augen und rissige Lippen. Ich bin eindeutig nicht die Einzige, von der die jüngsten Vorkommnisse ihren Tribut gefordert haben. Sie macht mir ein Zeichen, ihr ins Pflegerinnenzimmer zu folgen. Unterwegs kommen wir an Clem vorbei, die in der Eingangshalle Rad schlägt.

»Es tut mir so leid«, sage ich, kaum dass Rosie die Tür hinter uns geschlossen hat. »Ich fühle mich schrecklich.«

»Warum? Sie haben doch die ganze Schuld auf sich genommen.« Sie streift den Riemen ihrer Tasche von der Schulter und lässt sich auf einen Stuhl fallen. »Ich bin überrascht, Sie hier zu sehen, um ehrlich zu sein. Ich dachte, Eric hätte Sie …«

»Er hat mir eine letzte Chance gegeben. Er glaubt, es wäre gestern Abend zum ersten Mal passiert.«

»Wow. Ich nehme an, das ist gut.«

»Wussten Sie das von Clara?«, frage ich.

Auf Rosies Gesicht erscheint ein wachsamer Ausdruck.

»Schon gut, sie hat mir gesagt, dass sie sterben wird«, sage ich.

Rosie lässt den Kopf an die Stuhllehne sinken und schließt die Augen. »Ja, ich wusste es. Sie hat Brustkrebs. Weit fortgeschritten.«

»Wie viel Zeit bleibt ihr noch?«

»Ich würde gern sagen, ein paar Monate«, sagt Rosie, die Augen noch immer geschlossen, »aber ich vermute, dass es sich eher um ein paar Wochen handelt.«

Obwohl Clara es mir gesagt hat, schockieren mich Rosies Worte. Wochen. Konnten es tatsächlich nur noch ein paar Wochen sein?

»Sie hat sich in den Kopf gesetzt, Laurie und ihre Schwester wieder zusammenzubringen«, sage ich. »Offenbar war etwas zwischen den beiden, bevor er und Clara ein Paar wurden, und sie schleppt seit Jahren Schuldgefühle mit sich herum, weil sie ihr Laurie weggeschnappt hat.«

Rosie öffnet die Augen. »Es fällt mir nicht leicht, das zu sagen, aber ich bezweifle, dass sie noch die Gelegenheit dazu haben wird.«

Das ist keine gute Nachricht, ganz und gar nicht, und trotzdem macht es mich aus irgendeinem Grund froh. Die Vorstellung, dass Clara in den letzten Tagen ihres Lebens ihren Mann an ihre Schwester übergibt, ist schwer zu ertragen. »Und, was geschieht jetzt?«, frage ich.

»Was meinen Sie damit, ›was geschieht jetzt‹?«

»Mit Anna und Luke«, sage ich. »Was geschieht jetzt?«

»Na ja, wir haben nicht viele Möglichkeiten, oder? Wir werden ihre Türen zusperren müssen. Nach dem, was heute passiert ist, können wir sie nicht gut zusammen sein lassen …«

Als ich nichts darauf erwidere, blickt Rosie auf.

»Können wir nicht?«, flüstere ich.

Ihre Augen treten hervor. »Das ist doch nicht Ihr Ernst, Eve? Nach dem Aufstand? Nachdem Eric Ihnen erklärt hat, dass das Ihre letzte Chance ist?«

»Ich weiß, die Umstände sind nicht ideal, aber …«

»Eve, ich *mag* meine Arbeit, okay? Tut mir leid, aber ich kann die Stelle hier nicht länger aufs Spiel setzen.«

»Aber … ich habe es ihr versprochen.«

Rosie mustert mich, als wollte sie meine Stirn durchbohren und in mein Hirn schauen, um dort vielleicht einen Hinweis darauf zu finden, was darin vor sich geht. Möglicherweise ist das der Grund, warum ich beschließe, den Gedanken auszuspucken, der dort schon den ganzen Tag herumgeistert.

»Es ist so … wenn sich noch jemand umbringt, weil ich ihn im Stich gelassen habe, als er mich brauchte … Dann bringt das *mich* um.«

Kapitel 43

Clementine

Vom Radschlagen kriegt man nach einer Weile Kopfweh. Ich mache es jetzt schon fast zwanzig Minuten, und May und Gwen schauen mir immer noch zu. Langsam denke ich, dass wir noch den ganzen Abend da sind, wenn ich nicht aufhöre. Ich sage ihnen, dass ich gehen muss, und sie klatschen und schlurfen davon. Dann suche ich nach Mom und gucke in Rosies Zimmer.

»Und, was geschieht jetzt?«, sagt Mom gerade.

»Was meinen Sie damit, ›was geschieht jetzt‹?«, fragt Rosie.

»Mit Anna und Luke. Was geschieht jetzt?«

»Na ja, wir haben nicht viele Möglichkeiten, oder?«, sagt Rosie. »Wir werden ihre Türen zusperren müssen. Nach dem, was heute passiert ist, können wir sie nicht gut zusammen sein lassen …«

»Können wir nicht?«, sagt Mom.

Einen Moment bleibt es still, dann sagt Rosie: »Das ist doch nicht Ihr Ernst, Eve? Nach dem Aufstand? Nachdem Eric Ihnen erklärt hat, dass das Ihre letzte Chance ist?«

»Ich weiß, die Umstände sind nicht ideal«, sagt Mom, aber …«

»Eve, ich mag meine Arbeit, okay? Tut mir leid, aber ich kann die Stelle hier nicht länger aufs Spiel setzen.«

»Aber … ich habe es ihr versprochen.«

Es bleibt wieder still. Ich überlege, ob sie gemerkt haben, dass ich da stehe. Aber dann redet Mom weiter. »Es ist so … wenn sich noch jemand umbringt, weil ich ihn im Stich gelassen habe, als er mich brauchte … Dann bringt das *mich* um.«

Ich gehe schnell weg von der Tür. Die Haare auf meinen Armen und Beinen richten sich auf. *Dann bringt das mich um.* Der Gedanke, dass Mom auch stirbt, ist so schrecklich, dass ich keine Luft mehr kriege.

Ich denke eine Weile nach, bis ich weiß, was ich jetzt tun muss. Dann laufe ich zu Erics Büro … Miss Weber sagt immer, wenn man in Schwierigkeiten steckt, dann soll man zu jemandem gehen, der sich auskennt und einem hilft. Aber als ich in Erics Büro komme, ist er nicht da. Ich klettere auf Erics Stuhl. Neben dem Telefon liegt eine Liste mit Nummern, und ich nehme die, neben der »Eric Handy« steht. Während es klingelt, gucke ich durch den Türspalt auf den Flur. Rosie sortiert auf ihrem Wagen die Körbchen mit den Tabletten für die Bewohner. Am liebsten würde ich schreien: *Was machen Sie da? Haben Sie nicht gehört, dass Mom gesagt hat, etwas bringt sie um?* Dann höre ich am anderen Ende des Telefons einen tiefen Atemzug. »Hier ist Eric.«

»Eric!«

»Ja.« Pause. »Wer ist denn da?«

»Ich bin's«, sage ich. »Clementine.«

»Clementine? Was machst du in meinem Büro? Wo ist deine Mutter? Ist alles in Ordnung?«

»Nein«, sage ich leise. »Gar nichts ist in Ordnung.«

»Clementine, meine Kleine, ist deine Mutter da?«, fragt er.

»Nein!«, sage ich. »Ich meine, ja. Aber Sie können nicht mit ihr reden. Sie müssen mir helfen.« Ich hole tief Luft. »Rosie hat gesagt, dass sie die Türen von Anna und Luke zusperren muss, und Mom hat gesagt, sie will das nicht. Sie hat gesagt, wenn sie sie zusperrt … dann bringt sie das um! Und ich will nicht, dass sie stirbt. Können wir die Türen nicht einfach wieder aufsperren? Bitte!«

Ich atme jetzt ganz schnell, aber Eric sagt nichts. Ich überlege, ob er noch da ist.

Eric sagt immer noch nichts, das macht mich nervös.

Dann sagt er schließlich: »Hör zu, Clementine, du bleibst, wo du bist, und ich komme zu dir. Dann können wir über alles reden.«

Ich habe gerade aufgelegt, als es an der Tür klingelt. Wow. Eric muss den ganzen Weg gerannt sein. Ich flitze aus dem Büro, vorbei an Bert (der irgendwas vor sich hinmurmelt, das so ähnlich wie *oje* oder *o weh* klingt) und an Rosie und ihrem Tablettenwagen, und bleibe erst stehen, als ich an der Tür bin.

»Eric«, sage ich und reiße die Tür auf. »Danke, dass …«

Weiter komme ich nicht.

»Clementine, ist deine Mutter zu Hause?«, sagt Mirandas Mom und schiebt sich einfach an mir vorbei ins Haus. Mirandas Mom ist echt dick, und ihr Gesicht ist rosa von der Kälte draußen. Als ich die Tür hinter ihr zumache, kriege ich Angst. Was will sie hier? Hat Miranda ihr etwas von unserem Streit heute Morgen erzählt? Sie geht durch die Eingangshalle und schaut alles an, an dem sie vorbeikommt – die Lampe, die Vase, die in einer Reihe aufgestellten Gehwagen.

Endlich taucht Mom auf. »Andrea.« Moms Gesicht wird blass. Ich warte darauf, dass sie noch was sagt, aber sie starrt Mirandas Mom einfach nur an, als ob die eine sprechende Gans ist.

»Ich habe deine Adresse von der Klassenliste«, sagt Mirandas Mom. »Ich bin hier, weil ich mit dir über deine Tochter sprechen will. Heute hat sie meine Tochter zum dritten Mal verletzt, und ich wollte dich wissen lassen, dass ich einen offiziellen Antrag stellen werde, sie von der Schule zu verweisen.«

Mom sieht mich an.

»Ich habe Miranda nichts getan!«, sage ich. »Ich schwöre, Mom.«

»Hör auf zu lügen«, sagt Mirandas Mom. Sie beugt sich zu mir herunter, und ihr Mund sieht richtig gemein aus. »Ich habe Mirandas Knie gesehen, sie hat einen riesigen Bluterguss. Du hast sie stolpern lassen.«

»Hab ich nicht«, sage ich. »Sie ist von allein hingefallen.«

Mirandas Mom macht wieder den Mund auf, aber Mom stellt sich zwischen uns. »Du hast Clem gehört«, sagt sie wütend. »Miranda ist von allein hingefallen. Und im Übrigen möchte ich dich bitten, nicht mit meiner Tochter zu sprechen. Sprich mit mir.«

Am liebsten würde ich Mom umarmen. Mom spricht sonst nie wütend mit anderen Erwachsenen. Ich will sie anlächeln, aber sie schaut gar nicht zu mir her, sondern die ganze Zeit zu Mirandas Mom.

»Wie wäre es dann, wenn wir beide über die Adresse sprechen, die du in der Schule angegeben hast?«, sagt Mirandas Mom. Sie geht ein paar Schritte und schaut um die Ecke, wo noch mehr Gehwagen stehen. »Das ist ja offensichtlich nicht dein Haus.«

Mom bewegt sich nicht, aber ihr Gesicht verändert sich. Eine Weile sagt keiner was.

»Das ist ein Heim für betreutes Wohnen«, sage ich, damit es nicht mehr so still ist. »Mom kocht hier. Wir wohnen in einer Wohnung. Sie ist klein und braun und direkt untendrunter ist eine Pizzeria!«

Mirandas Mom hat die ganze Zeit in den Salon geschaut, aber jetzt dreht sie sich schnell um. Sie benutzen einen Moment lang diese stumme Erwachsenensprache, bei der mit den Augen statt mit dem Mund geredet wird.

»So, so, du wohnst also gar nicht hier?«, sagt sie zu Mom. Sie lächelt, aber es ist kein freundliches Lächeln. Es ist ein verschlagenes Lächeln. »Wohnst du überhaupt im Schulbezirk?«

Ich fange an zu überlegen, ob ich was Falsches gesagt habe.

»Nein«, sagte Mom. »Nach Richards Tod kann ich mir in dem Viertel keine Wohnung mehr leisten, und nachdem Clem schon so viel verloren hat, wollte ich sie nicht auch noch aus der Schule nehmen, in die so gern geht. Aber die gute Nachricht ist, dank deiner Tochter geht Clem inzwischen nicht mehr gern in die Schule.« Ich beobachte Mom, aber sie schaut mich nicht an. »Und wenn ich darüber nachdenke, sollte ich mich auch bei dir bedanken. Danke, dass du so ein engstirniges, bösartiges Miststück bist. Danke, dass du so ein bösartiges Miststück als Tochter hast. Das wird den Wechsel sehr viel leichter machen.«

Ich schnappe nach Luft und Mirandas Mom auch. »Miststück« ist ein schlimmes Wort. Und dann höre ich noch ein Geräusch – einen Schrei. Es klirrt, wie wenn Glas zerbricht, und Mom dreht sich um und rennt den Flur hinunter. Gleichzeitig geht die Tür auf. Und Eric kommt herein.

Kapitel 44

Anna

Sieben Monate zuvor …

Ich liege auf meiner Schlafbank und träume vor mich hin, als Jack in mein Zimmer kommt. Sein Gesicht sieht zerknittert aus, und er streckt die Hände von sich, als wüsste er nicht, was er damit anfangen soll.

»Anna, wir müssen reden.«

»Okay.«

»Es ist etwas Persönliches. Lass uns in dein Zimmer gehen.«

»Das *ist* mein Zimmer.«

Jack wischt sich mit der Hand übers Gesicht und kneift die Augen zusammen. »Das ist der Salon, Anna.«

»Oh.« Ich sehe mich um. Richtig. Ich liege auf dem langen Stuhlding. »Okay. Gehen wir.«

Ich bin froh, dass Jack da ist, weil ich nicht glaube, dass ich den Weg zurück allein gefunden hätte. Alles sieht gleich aus. Weiße Wände, hellgrüne Möbel, Flure mit Türen. Türen wohin? Ich weiß es nicht. Wohin, oh wohin führen all die Türen?

In meinem Zimmer setzen wir uns.

»Heute morgen hat Dr. Li angerufen, um mir die Ergebnisse deiner Blutuntersuchung mitzuteilen«, sagt Jack. Er trägt ein schwarzes Dings, mit was Weißem in der Mitte und einem rosa Streifen drüber. Eine *Krawatte*! Das hat er immer bei der Arbeit an. Normalerweise besucht mich Jack nicht an einem Arbeitstag. Ich frage mich, was er jetzt hier will?

»Und?«, sage ich.

»Du hast wirklich keine Ahnung, was ich dir sagen will?«

»Nein.«

Jack geht vor mir auf die Knie. Ich nehme sein Gesicht zwischen die Hände. »Du siehst aus wie Mom«, sage ich.

Jack lächelt schwach. »Und du wie Dad.«

»Erinnerst du dich, wie du mir weisgemacht hast, dass meine Haar glatt nachwachsen, wenn ich sie mir abrasiere?«

Jack entfährt ein leises, überraschtes Lachen. »Daran erinnerst du dich?«

»Welches Mädchen erinnert sich nicht an eine Glatze?«

Jack sieht mich lange an. »Als sie nachgewachsen sind, hattest du einen Afro, der die Jackson Five vor Neid hätte erblassen lassen. Das war eigentlich richtig cool.« Sein Blick wandert zu meinem Bauch, und seine Augen werden traurig. »Du bist schwanger, Anna.« Jack legt die Hände auf meinen Bauch und streicht meine Sachen darüber glatt.

Mein Bauch ist ziemlich rund, wie eine umgedrehte Schüssel. Jack betrachtet ihn noch eine Weile, dann legt er den Kopf auf meine Knie. Als er ihn wieder hebt, ist sein Gesicht nass.

»Du meinst … da drin ist ein Baby?« Ich deute auf die umgedrehte Schüssel.

Er nickt. Ich lege die Hände um meinen Bauch, so wie Jack es gerade eben gemacht hat. »Ein Baby?«

Jack schließt die Augen. »Mein Gott.«

Ich beobachte ihn. Er wirkt durcheinander. Das bringt mich durcheinander. »Du machst dir Sorgen wegen Alzheimer.«

»Ja, Anna.« Jack kann mich nicht einmal ansehen. Seine

Augenbrauen sind zusammengezogen, und er streicht immer wieder mit der Hand darüber. Es dauert ein paar Sekunden, bis ich begreife, weswegen er sich Sorgen macht. Ich werde nicht mehr lange da sein. Wer wird sich um das Baby kümmern, wenn ich nicht mehr da bin?

»Du kümmerst dich um mein Baby, nicht wahr?« Meine Stimme klingt schrill und zittrig. »Wenn ich nicht mehr da bin. Nimmst du es bei dir auf?«

Jack lässt die Hand sinken und sieht mich an. Einen Moment lang denke ich, dass er gleich etwas Wichtiges sagen wird, aber dann stößt er nur einen Seufzer aus. »Natürlich kümmere ich mich um dein Baby, Anna.«

»Okay«, sage ich.

»Ich muss mit Eric sprechen«, sagt er nach einer gefühlten Ewigkeit.

»Okay«, sage ich wieder, weil ich ebenfalls mit jemandem sprechen muss.

Jack seufzt noch ein paarmal und sieht mich ununterbrochen an. Dann schüttelt er den Kopf und geht, mit diesem energischen Gang, den er hat. Er ist ziemlich gut, dieser Gang. Einschüchternd. Ich will ihm das sagen, aber er ist schon weg. Und außerdem muss ich selbst etwas erledigen.

Ich bin wieder draußen auf dem Flur. Weiße Wände. Weiße Türen. Grüne Sitzdings. Ich komme an einer Latina vorbei, die einen Topf mit rotem Essen trägt. Die Köchin, schätze ich mal. Sie lächelt auf dem Weg nach wohin auch immer. Ich drehe mich im Kreis, suche nach ihm, versuche, mich zu orientieren. Beim zweiten Mal Drehen weiß ich nicht einmal mehr, aus welcher Tür ich gekommen bin. Als ein kahlköpfiger Mann an mir vorbeischlurft, stoße ich einen erleichterten Seufzer aus.

»Alles in Ordnung, Anna?«, fragt er.

Anna! Ich recke die Faust hoch. Er kennt mich. »Ja. Haben Sie ihn gesehen … äh …«

»Luke?«, schlägt er vor.

Ich grinse. Das ist wohl sein Name. Luke.

»Nein«, sagt der Mann. Ich beschließe, ihn Kahlkopf zu nennen. »Ist er nicht in seinem Zimmer?«

»Weiß nicht«, sage ich. »Können Sie mich hinbringen?«

Kahlkopf ist nervtötend langsam, aber ich tappe neben ihm her, weil das immer noch schneller geht, als wenn ich versuche, das Zimmer allein zu finden. Außerdem bin ich viel zu glücklich, um allein zu sein. *Ein Baby.* Ich wiederhole es ein paarmal im Stillen. *Ein Baby. Vergiss das nicht, Anna. Du hast ein Baby in deinem Bauch.*

Doch als wir zu seinem Zimmer kommen, ist es leer. »Scheiße.«

»Was sind denn das für Ausdrücke?«, sagt der Mann tadelnd. »Ich war gerade auf dem Weg in den Salon. Wollen Sie mitkommen und nachsehen, ob er dort ist?«

Ich will schon ja sagen – bestimmt ist das eine bessere Idee, als allein zwischen all den weißen Türen herumzustolpern –, als es mir dämmert. Ich weiß genau, wo er ist.

»Können Sie mich zu diesen … Tretdingern bringen, die einen in den nächsten Stock bringen?«

Er ist ziemlich griesgrämig, der alte Knacker. Er stößt einen lauten, genervten Seufzer aus und setzt sich wieder in Bewegung. Nachdem er ein paarmal mit seiner Gehhilfe gescheppert hat, dreht er sich um und sagt: »Was ist? Kommen Sie jetzt oder nicht?«

Mannomann.

Er bringt mich bis zu den Tretdingern und fragt: »Alles in Ordnung?«

»Klar«, sage ich fröhlich. »Danke!«

Und dann steige ich hinauf. Ein Baby. Unser Baby.

Er ist in dem oberen Zimmer, da bin ich sicher. Das ist genau der richtige Ort, um ihm diese Neuigkeit mitzuteilen. Ich weiß, dass es nicht nur eine gute Neuigkeit ist. Wir werden nicht lange genug leben, bis unser Baby ein großer Mensch ist. Aber wir haben Leben geschaffen. Leben, das noch existieren wird, wenn es uns nicht mehr gibt.

Ich steige noch ein paar von den Tretdingern hinauf und lande in einem dünnen Zimmer mit lauter Türen. Eine der Türen steht offen, und ich schaue hinein. Das ist es! Das Zimmer ist voller großer weißer Berge, aber ich achte nicht darauf und sehe mich nach ihm um. Er ist nicht da. Ich sehe mich noch mal um und da entdecke ich das Fensterloch an dem einen Ende. Er muss dahinter sein.

Ich laufe zu dem Loch. Ich muss ihn sehen. Als ich durch das Loch gehen will, stoße ich irgendwo an. Ich muss mich bücken, um durchzukommen.

»Hallo!«, rufe ich. Die Sonne blendet und ist heiß. *»Hallo«*, sage ich noch mal.

Ich habe seinen verdammten Namen schon wieder vergessen. Ich höre Stimmen, die so klingen, als wären sie weit weg, und noch andere Geräusche. Einen Vogel. Das Brummen eines Autos. Das Lachen eines Kindes. Ein *Kind*. Meine Hände wandern zu meinem Bauch.

»Wo bist du?«, rufe ich.

»Grundgütiger.« Die Stimme, die das sagt, ist leise, wie aus weiter Ferne. »Da oben ist eine Frau.«

»Wo?«, fragt jemand.

»Auf dem *Dach*.«

»Mein Gott!«

»Jemand muss die Feuerwehr rufen.«

Obwohl ich die Stimmen höre, weiß ich nicht, woher sie kommen. Und es ist mir eigentlich auch egal. Ich habe ihn immer noch nicht gefunden. Ich muss ihn finden, bevor ich es vergesse.

Der Boden unter meinen Füßen fühlt sich schief an, als würde ich auf einer Böschung stehen. Ich schwanke. Nichts um mich herum ist mir vertraut. Ich glaube nicht, dass ich noch in dem oberen Zimmer bin.

»Anna!«

Die Stimme kenne ich. »Jack! Wo bist du?«

»Ich bin hier unten«, sagt er. »Spring nicht. *Bitte!* Ich komme und hole dich.«

Ein Windstoß trifft mich, und ich strecke die Arme aus, um mich abzustützen. Aber es gibt nichts zum Festhalten. Plötzlich sehe ich Jack. Er steht auf dem Grün und sieht zu mir hoch. Um ihn herum sind Leute. Keiner davon ist die Person, nach der ich suche.

»Wo ist er?«, frage ich.

»Er ist hier, Anna!«, ruft Jack. »Bleib, wo du bist, ich komme und hole dich.«

Ich höre, wie er jemandem zuruft, er soll Luke holen. Das ist sein Name. *Luke.*

Jack macht diese Sache, die er immer macht, wenn er wütend ist, aber er versucht, so zu tun, als wäre er ganz ruhig. Wahrscheinlich ist das mit Luke gelogen. Ich kann ihn nirgendwo sehen.

»Wo?«, frage ich.

Er sieht sich um. »Da!«, sagt er und zeigt irgendwohin. »Er ist da drüben. Ich komme jetzt rauf.«

Jack verschwindet irgendwohin, und meine Augen suchen das Grün ab. Ich versuche, mich daran zu erinnern, warum ich nach ihm suche. Ich hasse es, wenn das passiert. Ich habe das Gefühl, dass ich mich ziemlich angestrengt habe, um ihn zu finden, und dann … *puff*. Weg ist es.

Ich suche weiter. Denke nach. Dann sehe ich ihn, und alles andere weicht zurück. Mein Herz wird voll. Ich mache einen Schritt nach vorne.

Kapitel 45

Eve

Ich folge dem Geschrei bis in Lukes Zimmer. Vage nehme ich wahr, dass Andrea sich an meine Fersen geheftet hat – nie im Leben würde sie es sich entgehen lassen, wenn irgendwas Interessantes passiert –, aber in diesem Moment ist es mir egal. Was ist passiert?

Als ich in Lukes Zimmer komme, kauert Anna in einer Ecke. Die Vase ist umgefallen, und auf dem Boden sind Blumen und Glasscherben verstreut.

»Hi, Anna, hi, Luke«, sage ich und betrete das Zimmer, so schnell es geht, ohne bedrohlich zu wirken. »Ich bin's, Eve. Die Köchin.«

Anna blickt hoch, die grünen Augen weit aufgerissen. Ich sehe, dass ihre Hand blutet. Luke beugt sich beschützend über sie. »Sie haben sich geschnitten, Anna.«

Anna sieht auf ihre Hand, als wäre ihr das neu. Aus dem Schnitt quillt dunkelrotes Blut und tropft zwischen ihren Fingern auf den Boden. Mit Schrecken denke ich, dass die Wunde genäht werden muss.

»Darf ich mir Ihre Hand mal ansehen?«, frage ich.

Sie nickt.

»Gut. Wie wär's, wenn Sie sich aufs Bett setzen? Luke – Sie auch.«

Luke wartet, bis Anna sitzt, und setzt sich dann neben sie. »Okay«, sage ich, »Anna, ich hole nur schnell etwas zum …«

»Eve? Was in aller Welt ist hier los?«

Eric erscheint in der Tür, und eine Faust schließt sich um mein Herz. Hinter ihm spähen Clementine und Andrea ins Zimmer.

»Eric, ich …«

»Was haben Anna und Luke *allein* hier drin gemacht?«, fragt er fassungslos.

Dank Rosie, die wie aus dem Nichts aufgetaucht ist und sich an Eric vorbeischiebt, bleibt mir eine Antwort erspart. Sie sieht sich kurz um und flucht leise. »Eric, ich brauche ein Handtuch«, sagt sie. »Besser noch zwei. Schnell, wir müssen die Blutung stoppen.«

Es dauert ein paar Sekunden, bis Eric umschaltet, aber dann holt er die Handtücher. Rosie wickelt sie um Annas Hand. »Halten Sie die Hand nach oben, Anna«, sagt sie. »Damit es aufhört zu bluten.«

Anna kann der Anweisung offenbar nicht folgen, deshalb tut Rosie es für sie.

»Das muss genäht werden«, sagt Rosie und bestätigt damit meine Befürchtung. »Ich kann sie ins Krankenhaus fahren …«

»Das übernehme ich«, sagt Eric. »Sie werden hier gebraucht, Rosie.«

Er sieht mich an, dann deutet er mit dem Kopf in die Richtung von Luke und Anna. »Glauben Sie immer noch, dass es besser ist, wenn die beiden zusammen sind? Dass sie ineinander verliebt sind?« Er lässt dieser Frage ein kurzes, hässliches Schnauben folgen. Ich blicke zu Anna und Luke, die abwesend in zwei verschiedene Ecken des Zimmer starren, und ich muss zugeben – in diesem Moment fällt es tatsächlich schwer zu glauben, dass sie sich lieben.

Und dennoch.

»Ich denke, Sie fahren jetzt besser nach Hause, Eve«, sagt Eric.

»Nein. Ich fahre mit Ihnen ins Krankenhaus. Oder ich bleibe hier bei Luke. Ich werde nicht gehen, bis ich weiß, dass es Anna gutgeht.«

»Nein.« Erics Stimme lässt keinen Zweifel an seiner Entschlossenheit. »Sie fahren nach Hause.«

Rosie lässt Annas Hand los, um nach einem Stück Verbandmull zu greifen, und sofort fällt die Hand nach unten. Ich nehme sie und halte sie wieder hoch, sage Anna, dass ich morgen früh nach ihr sehen werde.

»Nein, das werden Sie nicht, Eve.«

Ich blicke zu Eric. Er erwidert meinen Blick kurz, dann wirft er die Arme hoch. »Sie nehmen doch nicht ernsthaft an, dass Sie weiter hier arbeiten können?«

Ich sehe ihn verständnislos an.

»Wow«, sagt er. »Tut mir leid. Aber Ihr Arbeitsverhältnis ist hiermit beendet.« Eric klingt wütend und frustriert, aber zugleich ein bisschen traurig. Deshalb weiß ich, dass er es ernst meint. Er geht zu Rosie, und sie erteilt ihm verschiedene Anweisungen, was Annas Verletzung betrifft – weiter Druck ausüben, Hand hochhalten. Es ist, als wäre ich gar nicht mehr da.

Schließlich merke ich, dass eine kleine Hand an meiner zieht. »Lass uns gehen, Mom.«

Ich sehe Clem blinzelnd an. »Ja«, sage ich. »Ja. Okay.«

Clem zieht mich hinter sich her zur Tür. Dort steht Andrea, gleichermaßen fasziniert wie verwirrt. Ihre Hände zittern, und auf einmal sehe ich sie als das, was sie ist. Eine ängstliche Frau, die immerzu versucht, die Kontrolle an sich zu reißen. Vielleicht trifft das ja auf uns alle zu?

Bevor ich mit Clem das Zimmer verlasse, drängt aus meinem Unterbewusstsein ein Bild an die Oberfläche. Als die beiden nebeneinander auf dem Bett saßen, hat Luke Annas (nicht blutende) Hand gehalten.

Kapitel 46

Anna

Sieben Monate zuvor …

»Die Patientin hat eine Beckenfraktur Typ C und drei gebrochene Rippen hinten links. Die Lunge ist nicht in Mitleidenschaft gezogen. Dazu kommt ein gebrochenes Schlüsselbein und eine leichte Gehirnerschütterung. Wegen des Beckenbruchs wird sie Schwierigkeiten beim Gehen haben, aber die Verletzungen sind nicht lebensgefährlich. Wenn ich es richtig verstanden habe, leidet sie an Demenz?«

»Alzheimer, Doktor.«

Kurzes Schweigen. »Und sie war schwanger?«

»Achtzehnte Woche. Intrauteriner Fetaltod.«

Längeres Schweigen. Dann ein Seufzen. »Wurde die Familie davon in Kenntnis gesetzt?«

Das Gespräch geht hin und her. Ich werde nicht recht schlau daraus, obwohl ich mir alle Mühe gebe. Ich begreife nur so viel, dass jemand ziemlich schwer verletzt ist. Hoffentlich wird er bald wieder gesund. Und hoffentlich verlassen diese Leute bald mein Zimmer. Ich bin müde und will schlafen.

»Der Bruder der Patientin, Doktor. Bedauerlicherweise leidet der Vater des Kindes ebenfalls an Demenz.«

»Letzten Endes vielleicht ein Segen?«, sagt die Stimme des Mannes nachdenklich. Aber niemand antwortet darauf.

Jack behauptet immer wieder, dass ich in seinem Haus bin, aber er lügt. Ich weiß, wie sein Haus aussieht, und das hier ist es nicht. Zum einen sind überall Kinder. Und nicht nur das, es ist auch voll von dem kleinen Plastikzeug, mit dem Kinder spielen. Jack mag Kinder nicht besonders, und er würde sie ganz bestimmt nie in die Nähe von seinen Sachen lassen. Außerdem ist dieses Haus riesig und aus Marmor. Eher sind wir in einem Shoppingcenter als seinem Haus. Ich mag ja Alzheimer haben, aber ich bin nicht völlig plemplem.

»Sag doch was, Anna«, sagt er.

Ich schaue weiter aus dem Loch in der Wand.

»Es tut mir so leid«, sagt er. »Ich hätte nicht weggehen sollen, um mit Eric zu sprechen. Ich hätte dich niemals allein lassen dürfen. Das ist alles meine Schuld.«

Jack weint. Ich verstehe nicht, wovon er spricht.

»Warum wolltest du das tun? Nichts kann jemals so schlimm sein, dass du das tun musst«, sagt er. »Versprich mir, dass du so was nie wieder tust.«

Ich sage nichts, und Jack wartet auch gar nicht auf eine Antwort.

»Jetzt kannst du zu allem Überfluss nicht mal mehr laufen. Ich hätte viel früher merken müssen, was los ist. Ich hätte der Sache ein Ende machen müssen, bevor es so weit kommt.«

Ich sehe starr an Jack vorbei, weil er mich verwirrt. Aber er geht einfach nicht weg.

»Geht es dir nicht gut? Kannst du nicht sprechen? Blinzel einmal für Ja und zweimal für Nein.«

Ich schließe die Augen und lasse sie zu. Eine unendliche Erleichterung.

»Seit sie hier ist, hat sie kein Wort gesagt. Und das sind jetzt über zwei Wochen.«

Im Zimmer ist niemand außer Jack und mir, ich kann also nur annehmen, dass Jack telefoniert. Entweder das oder ich habe Halluzinationen. Was auch möglich ist, denke ich.

»Ich habe keine Ahnung … Nein … Und sie hat auch Rückschritte gemacht, was … die Hygiene angeht. Ja. Ich habe Windeln besorgt, aber … ja … ja. Ich weiß nicht mehr, was ich machen soll.«

Er sieht zu mir her. Ich sehe weg.

Es ist seltsam, wenn jemand über einen spricht, während man dabei ist. In letzter Zeit passiert das oft. Ich denke, dass es nett wäre, mal *nette* Dinge zu belauschen.

»Nicht viel. Bei den Mahlzeiten sitzt sie am Tisch und stochert im Essen herum, aber … was mir Sorgen macht, ist, dass sie nicht redet. Ja. Überhaupt nicht. Sie sitzt einfach nur in ihrem Sessel und starrt auf die Tür.«

Und was meinst du, was das bedeutet, Jack?, frage ich ihn stumm. *Ich will nach Hause.*

»Vor dem Unfall hat sie gesprochen. Nicht so viel wie früher, aber sie hat gesprochen. Zusammenhängend. Und jetzt … nichts.« Langes Schweigen. »Ja. Ja, gut. Dienstag um halb zehn? Danke, bis dann.«

Jack schiebt mich in ein Zimmer und setzt sich neben mich. Eine weitere Person, eine Frau mit schwarzen Haaren, sitzt hinter einem Schreibtisch, legt die Hände in den Schoß und sagt: »Schön, Sie zu sehen, Anna.«

»Vielen Dank«, sage ich, meine ersten Worte seit Gott weiß wie lange.

Jack dreht sich mit offenem Mund zu mir. Ich sehe den Vorwurf in seinen Augen. *Du sprichst ja!*

Ja, könnte ich sagen, aber ich habe keine Lust dazu. *Ich kann sprechen. Ich spreche nur nicht mit DIR*.

»Das ist Dr. Li, Anna«, sagt Jack.

»Ich weiß«, sage ich, obwohl ich es nicht gewusst habe.

Die Frau, Dr. Li, kritzelt etwas auf ein weißes Viereck, dann sieht sie mich an. »Wie ich höre, hatten Sie einen Unfall, Anna. Wie geht es Ihnen jetzt? Besser?«

Ich nicke.

»Gut. Und Ihre Verletzungen. Ihre …« Sie blickt nach unten. »… Rippen und das Schlüsselbein … ist alles gut verheilt?«

Ich habe keine Ahnung, wovon sie spricht, deshalb sage ich einfach ja. Ich will weiter mit dieser Frau reden. Sie spricht mit mir und sieht mich dabei an.

»Sie kann kurze Strecken gehen«, sagt Jack, »vom Sofa zu ihrem Sessel humpeln oder unter der Dusche stehen. Aber der Arzt hat gemeint, dass sie die meiste Zeit im Rollstuhl sitzen wird.«

Die Frau nickt. »Haben Sie Ihre Medikamente genommen, Anna?«

»Jeden Tag«, sagt Jack. »Ich gebe sie ihr.«

Die Frau nickt. Dann sagt sie zu mir: »Und Sie wohnen jetzt bei Jack?«

Ich schüttle den Kopf. Das stimmt nicht, so viel weiß ich. »Ich wohne in einem riesigen Haus voller Leute, das aussieht wie ein Shoppingcenter. Jack ist die ganze Zeit da. Und ich will nach Hause.«

»Wohin nach Hause?«, fragt die Frau. »In das Heim für betreutes Wohnen?«

Ich blinzle.

»Wohin nach Hause, Anna?«, fragt sie noch einmal.

»In mein … Zimmer.« Es ist mehr als frustrierend, dass ich mich nicht daran erinnern kann, wo zu Hause ist. Da sitze ich nun und habe die Möglichkeit zu sagen, was ich will, und ich kann mich verdammt noch mal nicht erinnern. »Jack weiß es.« Ich deute mit dem Daumen auf Jack, aber ich sehe ihn nicht an. Sein Anblick macht mich wütend.

»Rosalind House«, murmelt er. Selbst sein Gemurmel klingt gereizt. Ich habe das Gefühl, dass er auf mich genauso sauer ist wie ich auf ihn.

»Rosalind House«, wiederholt die Frau. »Ist das zu Hause?«

Rosalind House. Ich warte darauf, dass etwas klingelt oder in meinem Hirn irgendwas passiert, das mir sagt, ja, das Rosalind House ist zu Hause. *Ist es zu Hause?* Ich warte noch ein bisschen. Es klingelt nichts.

»Ich weiß es nicht«, gebe ich zu.

»Es spielt sowieso keine Rolle«, sagt Jack. »Nach allem, was passiert ist, kann ich sie nicht dahin zurückbringen.«

Die Frau nimmt die eckigen Dinger von ihren Augen und seufzt. »Haben Sie über … die andere Sache gesprochen?«, fragt sie Jack. »Hat sie irgendeine Erinnerung daran?«

»Keine Ahnung«, sagt Jack. »Wie ich Ihnen schon gesagt habe, sie hat kein Wort von sich gegeben, seit sie wieder bei uns wohnt.«

»Und dieser Mann, der … Vater … hat sie ihn gesehen?«

»Nein. Natürlich nicht.«

Die Frau nickt und ist ziemlich lange still. Ihr Gesicht ist ernst – als würde sie sich Sorgen machen oder konzentrieren. Ich kann nicht sagen, was von beidem. »Darf ich offen sein?«

»Ich bitte darum«, sagt Jack.

»Ich neige dazu, Ihre Besorgnis zu teilen, was Annas rasche Regression angeht. Sie hat ein Trauma erlitten, mit einer gewissen Regression ist also zu rechnen, aber sie wirkt darüber hinaus sehr deprimiert. Ich frage mich, ob sie nicht ihr Zuhause vermisst. Und vielleicht vermisst sie auch ihren Freund.«

Jack seufzt und schüttelt den Kopf.

»Ich weiß, dass Sie nur ihr Bestes wollen. Dieser Vorfall … das alles … muss Ihnen einen furchtbaren Schrecken eingejagt haben. Aber … wenn Anna meine Schwester wäre … und wenn sie dort glücklich zu sein schien … ich würde überlegen, sie dorthin zurückzubringen.«

»Ist das Ihr Ernst? Ich soll sie an einen Ort zurückbringen, an dem sie geschwängert wurde und anschließend versucht hat, sich umzubringen?«

»Ihr bleibt nicht mehr viel Zeit, Jack. Ein Jahr, wenn es hoch kommt. Wenn sie dort am glücklichsten ist, warum nicht?«

»Weil es dort nicht sicher ist!«

Die Frau nickt. »Ihre Sicherheit steht natürlich an erster Stelle, und Sie müssten mit der Heimleitung eine entsprechende Vereinbarung treffen, damit sich solche Vorkommnisse nicht wiederholen. Aber Jack, es ist offensichtlich das, was sie will.«

Er sieht mich an. »Ist es das, was du willst, Anna?«

»Ja«, sage ich, und dieses Mal ist es nicht nur so dahingesagt. »Ich will nach Hause.«

Kapitel 47

Eve

Es heißt, die Zeit rückt die Dinge zurecht, und in gewisser Weise ist es so. Weihnachten kommt und geht. Clem und ich haben die Feiertage bei Mutter und Dad in ihrer Wohnung verbracht. Es ist anders gewesen als früher – trauriger, wegen des leeren Platzes, an dem Richard hätte sitzen sollen –, aber auch überraschend gemütlich, wir alle zusammen in einem kleinen Zimmer, miteinander essen und trinken und einfach zusammen sein. Clem hat offenbar gar nicht gemerkt, dass sie nur wenige Geschenke bekommen hat. Solange ich im Rosalind House angestellt war, habe ich mich von Gehaltsscheck zu Gehaltsscheck gehangelt, und ich weiß erst mal nicht, was ich machen soll. Über Weihnachten haben viele Einrichtungen geschlossen, und ich setze darauf, dass ich im neuen Jahr wieder eine Stelle finde. In der Zwischenzeit haben mir Mutter und Dad einen bescheidenen Scheck als Weihnachtsgeschenk überreicht, und ich hoffe, dass ich damit über die Runden komme.

Angus und ich sind in Kontakt geblieben, hauptsächlich per SMS. Er versteht, dass Clem für mich an erster Stelle steht. Wenn sie schläft, liege ich manchmal auf dem Sofa und telefoniere mit ihm. Ganz gleich, was Clem gerade durchmacht, ich glaube nicht, dass sie etwas dagegen hätte, wenn wir miteinander *reden.* Mutter und Dad sind wunderbar, sie bieten an zu kochen, sauberzumachen, auf Clem aufzupassen. Ich nehme jede Hilfe an, außer bei Clem. Das Beste, was meine Zwangspause mit sich bringt, ist die Zeit, die ich mit ihr verbringen kann.

Ich habe sie von der Schule genommen, bevor Andrea eine Untersuchung anleiern konnte, so dass wir in aller Ruhe die Weihnachtsferien abwarten können und sie dann mit Jahresbeginn auf die neue Schule wechseln kann. Sie hat die Mitteilung, dass sie nicht mehr mit Legs zusammen zur Schule gehen wird, erstaunlich gut weggesteckt. Als ich ihr gesagt habe, dass wir ein paar Tage miteinander zu Hause verbringen könnten, nur wir beide, schien sie sich sogar zu freuen.

»Warum musste Daddy ein böser Mann sein?«, fragt sie mich am Neujahrsmorgen, als ich kurz nach dem Aufwachen noch gähne und mich strecke. Draußen fällt den dritten Tag in Folge Schnee. Wir sind lange aufgeblieben, um das neue Jahr zu begrüßen, haben uns Filme angesehen und Popcorn gegessen. Nach den Dellen in meinem Rücken zu urteilen, verstecken sich immer noch ein paar Körner zwischen den Laken.

»Manchmal hasse ich ihn«, sagt sie.

Ich denke an mein Gespräch mit Dr. Felder. Ich begreife, dass der Moment gekommen ist. Sie ist so weit. Ich rolle mich auf die Seite und setze mich auf. »Ich hasse ihn auch manchmal.«

»Ehrlich?«

»Ja. Manchmal würde ich ihm am liebsten eine runterhauen und ihn anschreien, und ein anderes Mal möchte ich ihn umarmen und ihm sagen, wie sehr ich ihn vermisse.«

»Ich auch.« Ihr Gesicht verzieht sich. »Es ist nur … ich weiß nicht, wie ich mich an ihn erinnern soll, Mom.«

Ich nehme sie in die Arme und gebe ihr einen Kuss auf die

Stirn. »Du sollst dich an alles erinnern. Alle Erinnerungen, die du an ihn hast, sind wahr, ganz egal, was er getan hat.«

»Aber …«

»Sie sind alle wahr«, sage ich fest, beinahe so, als würde ich es glauben. Vielleicht tue ich es ja. Ich denke an mein Gespräch mit Angus, dass aus etwas Schlechtem etwas Gutes entstehen kann. Ich denke an Clara und Laurie und an das, was uns bleibt. »Daddy hat vielen Leuten wehgetan, Clem. Aber Daddy hat auch viele gute Dinge getan. Er war fürsorglich und freundlich. Und er war ein guter Daddy, findest du nicht?«

Sie nickt unter Tränen.

»Es ist in Ordnung, wenn du dich daran erinnerst. Unsere Erinnerungen gehören uns, wir können uns erinnern, wie wir wollen.«

Aus Clems Augen quellen unaufhörlich Tränen.

»Daddy hat dich so liebgehabt«, sage ich, und meine Stimme bricht. »Wenn es nur eins gibt, woran du dich erinnerst, dann lass es das sein.«

Clem blickt zu mir hoch. »Kannst du mir Geschichten über ihn erzählen? Etwas, was ich nicht weiß?«

Ich wische mir eine Träne weg. »Da habe ich eine richtig gute.« Ich schniefe. »Als du noch ein Baby warst, habe ich dich und Daddy mal in der Badewanne entdeckt. Er hat dir ein Schlaflied gesungen …«

Clems Mundwinkel bewegen sich vorsichtig nach oben, als wäre sie sich nicht ganz sicher, ob das erlaubt ist. Aber nachdem ich ihr die Geschichte dreimal erzählt habe, ist ein echtes Lächeln daraus geworden. Wir bleiben eine Weile so liegen, aneinandergekuschelt, erzählen uns Geschichten, lachen und weinen. Es ist traurig, und es ist schrecklich. Aber es ist auch schön, in unserer Trauer vereint zu sein.

Am nächsten Tag gehen Clem und ich zur Buttwell Road Elementary School. Mir schlägt das Herz bis zum Hals, als das Gebäude vor mir auftaucht. Optisch ist es nicht so ansprechend wie ihre alte Schule – ein schlichtes, einstöckiges Backsteinhaus –, aber die Kinder sehen eigentlich nicht anders aus. Als wir den Spielplatz betreten, umklammert Clem meine Hand ein bisschen fester. Mitten im Schuljahr zu wechseln wird nicht leicht für sie werden. Vor einem Jahr hätte ich mir deswegen keine Gedanken gemacht, ich hätte gewusst, dass Clem am Ende des Schultags das beliebteste Mädchen in der Klasse wäre, aber jetzt bin ich mir nicht mehr so sicher.

Wir begrüßen ihre Lehrerin Mrs. Hubble, eine großmütterlich wirkende Frau, die den Arm um Clem legt, und sofort ist uns beiden etwas wohler. Sie stellt Clem einem lebhaften kleinen Mädchen mit widerspenstigen roten Haaren vor, das Billie heißt und an diesem Tag Clems besondere Freundin sein soll. Die beiden fangen sofort zu schnattern an. Als es Zeit zu gehen ist, muss ich Clem auf die Schulter klopfen. Halb rechne ich damit, dass sie *Ja, schon gut – du kannst gehen, Mom* sagt, aber dann schlingt sie die Arme um mich und gibt mir einen Kuss auf die Wange.

Ich muss mich abwenden, damit sie meine Tränen nicht sieht.

Später am Vormittag ruft Rosie an, um mir zu sagen, dass es mit Clara zu Ende geht. Sie sagt, Clara sei im Krankenhaus gewesen, habe aber ins Rosalind House zurückgewollt. Sie sagt nicht, *um zu sterben.* Sie sagt, dass sie mit Laurie gesprochen hat und er fragen lässt, ob ich mich verabschieden will. Ich mache mich sofort auf den Weg.

So verschneit sieht das Rosalind House anders aus. Noch hübscher, falls das möglich ist. Während ich durch den

Schnee zur Eingangstür stapfe, muss ich an Claras Vorhaben denken, Laurie und ihre Schwester wieder zusammenzubringen. Und ich hoffe, dass sie, wie Rosie meinte, nicht mehr die Gelegenheit dazu hatte.

Ich läute und halte den Atem an, weil ich damit rechne, gleich Eric gegenüberzustehen. Als ich ihn das letzte Mal gesehen habe, hat er mich gefeuert. Was soll ich zu ihm sagen? Doch als sich die Tür öffnet, steht jemand Fremdes vor mir. Eine Frau Mitte vierzig mit einem fröhlichen Gesicht und einem hochtoupierten braunen Bob.

Sie lächelt mich freundlich an. »Hallo«, sagt sie. »Ich bin Denise, die neue Leiterin.«

»Die neue …« Ich brauche kurz, um das zu verdauen. »Was ist denn mit Eric passiert?«

»Kommen Sie erst mal rein ins Warme«, sagt sie, und ich folge der Aufforderung. Sie schließt die Tür und nimmt mir meinen Mantel ab. »Heute ist mein zweiter Tag«, sagt sie. »Wohnt ein Angehöriger von Ihnen hier? Wir haben die Familien schriftlich über den Wechsel informiert.«

»Nein, ich bin keine Angehörige. Ich habe früher als Köchin hier gearbeitet. Und als Putzfrau.«

Ihr Gesichtsausdruck wird etwas verschlossener. »Oh. Nun ja, Eric ist … nicht länger für den Träger tätig.«

»Nicht länger für den Träger tätig? Was ist passiert?«

»Tut mir leid, das kann ich Ihnen nicht sagen.«

»Oh.«

»Womit kann ich Ihnen helfen? Wie war noch mal Ihr Name?«

»Eve«, sage ich und strecke die Hand aus. »Eve Bennett. Ich bin hier, um Clara zu besuchen. Laurie hat mir Bescheid gegeben.«

»Natürlich«, sagt sie. »Bitte hier entlang.«

Wir gehen den Flur hinunter. Es ist merkwürdig, als Besucherin hier zu sein. Ich erinnere mich an mein Vorstellungsgespräch, als Angus mich in Erics Büro gebracht hat. Es scheint eine Ewigkeit her zu sein. Auf dem Weg zu Clara winkt Denise einem Angehörigen zu, der aus Berts Zimmer kommt, und hilft einer jungen Frau, die den Putzwagen vor sich herschiebt, einen Stapel heruntergefallener Handtücher aufzuheben. (Sie haben eine Putzfrau eingestellt!)

Abrupt bleibe ich stehen. »Denise?«

»Ja?«

»Können Sie mir wenigstens sagen … Eric hat … nichts Ungehöriges getan, oder? Ich meine, mit den Bewohnern? Können Sie mir wenigstens das sagen?«

Sie sieht mich mit einem langen, nachdenklichen Blick an. Dann stößt sie die Luft aus. »Sagen wir einfach, Eric war zu sehr mit kreativer Buchhaltung beschäftigt, um sich um seine Aufgaben zu kümmern. Wenigstens etwas, wofür man dankbar sein kann.«

Kreative Buchhaltung? Auf einmal fügen sich alle Teile zu einem Bild zusammen. Das winzige Budget für Lebensmittel. Die Doppelfunktion als Köchin und Putzfrau. Erics schickes neues Auto.

»Dieser widerliche Schleimbeutel …«

Mit Erleichterung sehe ich, dass Denises Mundwinkel nach oben gehen. Und ich habe das Gefühl, dass das Rosalind House in den richtigen Händen ist.

Als ich Claras Schlafzimmer betrete, hat sie die Augen geschlossen. Laurie liegt neben ihr, er ist wach und sieht zu, wie sich ihr Gesicht im Schlaf bewegt. Ich betrachte die Szene einen Augenblick lang von der Tür aus, dann ziehe ich mich leise zurück.

»Eve.« Laurie entdeckt mich, bevor ich die Tür schließen kann. Er lächelt und will sich aufrichten.

»Bleiben Sie, wo Sie sind«, sage ich. »Bitte. Es gibt mir den Glauben an die Liebe zurück, wenn ich Sie beide so daliegen sehe.«

Laurie ignoriert meine Bitte und setzt sich auf. »Eine hübsche junge Frau wie Sie sollte keine Hilfe benötigen, um an die Liebe zu glauben.«

Ich lache. »Sie würden sich wundern.«

Laurie mustert mich auf diese abwartende Weise, an die ich mich im Lauf der vergangenen Monate gewöhnt habe. Im Rosalind House habe ich das Zuhören neu gelernt.

»Ich will nicht über mich reden«, sage ich. »Wie geht es Clara?«

Laurie dreht den Kopf zu ihr. »Es dauert nicht mehr lange.«

»Leidet sie?«

»Ich glaube nicht. Die meiste Zeit schläft sie. Sie hat ein paar merkwürdige Dinge gesagt.« Sein auf sie gerichteter Blick ist liebevoll, zugleich lässt sein Gesicht jedoch eine leichte Verwunderung erkennen. »Sie hat mir von etwas erzählt, das sie vor langer Zeit getan hat. Ein Geheimnis, das sie gehütet hat.« Endlich löst er seinen Blick von ihr und sieht mich an. »Ein *Bekenntnis*. Sie sagte, sie hätte mich ihrer Schwester ausgespannt, vor hundert Jahren, als wir noch Kinder waren.« Sein Lachen klingt hohl. »Sie sagte, ihr letzter Wunsch sei es, es wiedergutzumachen, uns« – er lacht erneut – »wieder zusammenzubringen.«

Tief in meinem Inneren zieht sich ein Knoten zusammen. Sie hat es ihm also gesagt.

»Es macht mich ganz krank, wenn ich mir vorstelle, dass sie sich über so was Gedanken gemacht hat, seit sie wusste, dass sie sterben wird.«

»Stimmt es denn?«, frage ich. »Hat sie Sie … ihrer Schwester ausgespannt?«

Laurie zuckt mit den Schultern, als wäre das die unbedeutendste Sache der Welt. »Wahrscheinlich. Aber wenn sie es getan hat, dann war es das Beste, was mir jemals passiert ist. Am meisten könnte ich mich darüber aufregen, dass sie dachte, das würde alles zunichtemachen, was wir hatten. Sechzig Jahre Ehe. Jede Erinnerung … jeder Moment.«

Ich denke an Richard. An unsere gemeinsame Zeit, die ich wegen des Endes, das sie nahm, für bedeutungslos erklärt habe.

»Und« – ich schlucke – »das ist nicht so?«

»Natürlich nicht.«

»Aber wenn etwas mit einer Lüge beginnt …«

Er gibt einen Laut von sich, der wie *pah* klingt. »Man mag etwas mit einer Lüge beginnen oder es mit einer Lüge beenden, aber das heißt nicht, dass all das, was dazwischenliegt, nicht wahr ist.« Er lächelt traurig. »Nichts kann die Zeit zurückdrehen.«

Zu guter Letzt beginnen bei Laurie und bei mir die Tränen zu fließen.

»Und was haben Sie gesagt?«, frage ich. »Haben Sie … ihr ihren Wunsch erfüllt?«

Er lacht. »Ich habe gesagt, dass ich ihr Ehemann bin und dass meine Wünsche Vorrang haben.« Er lässt sich zurücksinken und legt einen Arm um Claras Taille. »Und mein Wunsch ist es, dass die Liebe meines Lebens in meinen Armen stirbt.«

Clara ist nicht aufgewacht, solange ich da war. Ich bin eine halbe Stunde geblieben, und bevor ich gegangen bin, habe ich ihr einen Kuss auf ihre pergamentene Stirn gegeben und ihr zugeflüstert, sie solle Richard von mir grüßen.

In der Küche klappern Töpfe, offensichtlich entsorgt jemand die Reste vom Mittagessen. Tut meine Arbeit, und das wahrscheinlich viel besser als ich. Ich muss an Anna und Luke denken. Rosie hat mir am Telefon erzählt, dass Annas Hand mit sieben Stichen genäht worden ist und gut heilt. Ich werfe einen Blick in Richtung ihres Zimmers und verlangsame meinen Schritt, überlege, ob ich kurz bei ihr reinschauen sollte. Sie wird sich natürlich nicht an mich erinnern. Aber wir hatten einmal einen Draht zueinander. Unwillkürlich frage ich mich, ob das immer noch so ist.

Bevor ich eine Entscheidung treffen kann, wird ihre Tür geöffnet, und ihr Vater kommt heraus. »Hallo«, sagt er. »Eve, nicht wahr?«

Ich bleibe zögernd stehen. »Äh, ja. Stimmt.«

»Ich bin Annas Vater, Peter.«

»Ich erinnere mich«, sage ich. »Wie geht es Anna?«

»Heute nicht so gut.«

»Das tut mir leid.«

»Offen gestanden hatte ich gehofft, dass ich Ihnen einmal über den Weg laufe«, sagt er. »Denise hat mir erzählt, dass Sie nicht mehr hier arbeiten.«

»Nein, ich bin nur … zu Besuch hier.«

»Haben Sie kurz Zeit?«, fragt er. »Können wir uns unterhalten?«

»Sicher«, sage ich überrascht. »Im Salon?«

»Nach Ihnen.«

Als wir in den Sesseln am Fenster sitzen, zieht er Annas Notizbuch aus seiner Tasche. »Ich wollte das Anna heute zurückgeben. Es kam mir richtig vor. Aber dann dachte ich, wenn sie das liest, erinnert es sie nur an ein Versprechen, das sie nicht halten kann. Deshalb habe ich es behalten.« Er betrachtet es traurig. »Allerdings beginne ich mich allmählich zu fragen, ob man Anna weiterhin von diesem Mann fernhalten sollte.«

»Warum hält man sie denn von ihm fern?«, frage ich. In meiner Stimme schwingt ein flehender Ton mit. »Können Sie mir das sagen?«

Sein Blick richtet sich auf den Boden. »Ich sehe nicht ein, warum das ein Geheimnis sein soll. Anna war schwanger.«

Mein Mund klappt auf. Ich will etwas sagen, aber meine Stimmbänder verweigern mir den Dienst, ich bringe kein Wort heraus.

»Niemand hat es gemerkt, nicht einmal Anna, bevor sie im fünften Monat war. Als Jack es erfahren hat, ist er zu Anna gegangen und hat es ihr gesagt – und anschließend ist er in Erics Büro marschiert, um es ihm mitzuteilen.« Peter reibt sich über den Nasenrücken. »Während Jack bei Eric war, ist Anna hinauf in den obersten Stock des Hauses gegangen und vom Dach gesprungen.«

Ich schließe die Augen. Das letzte Teilchen des Puzzles.

»Jack gibt sich die Schuld, weil er sie mit dieser Neuigkeit allein gelassen hat, und er ist seither wild entschlossen, sie zu beschützen. Nachdem ich seine Mutter verlassen hatte, war er der Mann im Haus, deshalb ist es schwierig, wenn ich mich jetzt einmische und Jack erkläre, was das Beste für seine Schwester ist.« Sein Gesicht ist schmerzerfüllt, als würde er gleich anfangen zu weinen. »Aber dann habe ich diesen Brief gelesen, und da steht, dass sie den Rest ihres Lebens mit diesem Mann verbringen will, ganz gleich, was passiert …«

»Und stattdessen sperrt man sie ein.«

Er nickt. »Wenn ich zu entscheiden hätte, würde ich wollen, dass Anna in der Zeit, die ihr noch bleibt, so viel Freude wie nur möglich erlebt. Wenn das bedeutet, die Türen aufzusperren, dann würde ich es tun. Aber damit bin ich bei Jack auf taube Ohren gestoßen, als ich versucht habe, mit ihm zu reden.«

Ich denke darüber nach, was Peter gesagt hat, aber es ergibt keinen Sinn. Anna könnte verhüten. Das obere Stockwerk ist für die Bewohner sowieso nicht mehr zugänglich. Dann überlege ich noch mal. *Jack gibt sich die Schuld.* Er ist entschlossen, dafür zu sorgen, dass sich so etwas nicht wiederholt. Das ergibt schon mehr Sinn. Plötzlich wird mir klar, dass ich vielleicht der einzige Mensch bin, der zu ihm durchdringen kann.

»Peter, hätten Sie etwas dagegen, wenn ich mit Jack rede?«

Die Fahrt nach Philadelphia dauert über eine Stunde, wenngleich es mir vorkommt wie fünf Minuten. Unterwegs erzählt mir Peter von seinem Sohn. Er benutzt sämtliche Adjektive eines stolzen Vaters – »intelligent«, »witzig«, »besonnen« –, aber auch ein paar andere Begriffe wie »dickköpfig« und »stur«. Und »beschützerisch« – das ist das, was mir am meisten Sorge macht.

Als wir in die Einfahrt biegen, steht Jack vor dem Haus und schippt Schnee. Als er das Auto hört, dreht er sich um. Sein Blick ruht einen Moment lang auf mir, dann wandert er zu Peter. Er ist anklagend. *Was hast du jetzt wieder gemacht?*

»Du erinnerst dich sicher noch an Eve«, sagt Peter.

»Ja«, sagt Jack argwöhnisch. »Hallo, Eve.«

»Eve will mit dir über Anna reden.«

»Geht es ihr gut?«

»Physisch geht es ihr gut«, sage ich. »Es ist ihre emotionale Gesundheit, um die ich mir Sorgen mache.«

Daraufhin bleibt es ein paar Sekunden still. Ein Windstoß fegt über uns hinweg und lässt mich bis ins Mark frösteln.

»Entschuldigen Sie, sind Sie nicht die Haushälterin?«, fragt Jack schließlich.

»Ja, aber ich habe in den letzten Monaten viel Zeit mit Anna verbracht, und sie liegt mir sehr am Herzen. Dürfte ich …?« Ich zittere und werfe einen Blick zur Tür. »Dürfte ich reinkommen?«

»Worum geht's eigentlich?«, fragt Jack, mehr an Peter gerichtet als an mich. Inzwischen scheint seine Verwirrung Verärgerung Platz zu machen.

»Das habe ich dir doch gesagt«, sagt Peter. »Es geht um Anna. Kommen Sie rein, Eve. Hier entlang.« Peter führt mich ins Haus, während Jack widerstrebend seine Schaufel in einen Schneehaufen rammt.

Das Haus wirft mich um. Wir betreten einen Eingangsbereich mit hoher Decke und Marmorboden. Ich finde, es hat mehr Ähnlichkeit mit einem Shoppingcenter als einem Wohnhaus. Peter nimmt mir den Mantel ab, und Jack lässt die Tür ins Schloss fallen.

»Also gut«, sagt Jack. »Bringen wir es hinter uns.«

»Wir wollen dir nicht reinreden, Jack«, sagt Peter.

»Das will ich hoffen. Weil das hier nämlich keine Demokratie ist. Ich bin Annas Betreuer. Falls es also um ihren Freund geht, vergessen Sie's.«

Peter und ich verständigen uns mit Blicken. »Es geht um den Brief«, sage ich. »Annas Brief.«

Peter holte das Notizbuch aus der Tasche.

»Ja«, sagt Jack. »Ich habe ihn gelesen.«

»Dann wissen Sie auch, dass Anna und Luke zusammenbleiben wollten, bis …«

»Ich weiß, was drinsteht. Und ich weiß auch, dass Anna diesem Versprechen untreu geworden ist, weil sie versucht hat, sich umzubringen. Das steht nun mal fest.«

»Ja, das steht fest«, sage ich. Ich merke, dass ich bei der Auseinandersetzung mit einem Anwalt im Nachteil bin.

»Und ich muss zugeben, dass ich das einfach nicht verstehe. Vielleicht werden wir es nie verstehen. Aber betrachten wir doch mal die anderen Fakten. Als Sie Anna aus dem Heim genommen haben, wurde sie so depressiv, dass Sie sie trotz aller Bedenken zurückgebracht haben und innerhalb weniger Tage eine bemerkenswerte Besserung ihres Zustands feststellen konnten.«

»Die Liebe bewirkt Wunder, wollen Sie das sagen?« Jack lacht bitter auf. »Was soll ich Ihrer Meinung nach tun? Ich habe sie zurückgebracht, oder nicht?«

»Ja, aber Anna und Luke könnten sich genauso gut an entgegensetzten Enden der Welt befinden. Stellen Sie sich mal vor, wie viel besser es ihr erst gehen würde, wenn sie tatsächlich Zeit miteinander verbringen dürften. Wenn man ihre Türen aufsperren würde …«

Jack sieht mich an. »Es mag Sie überraschen, aber ich liebe meine Schwester. Sie ist die witzigste, tapferste, außergewöhnlichste Person, die man sich vorstellen kann.«

»Das weiß ich.«

»Außerdem ist sie die verletzlichste Person, die man sich vorstellen kann. Und ich bin für sie verantwortlich. Ich habe sie einmal im Stich gelassen. Ich werde es kein zweites Mal tun.«

»Ich weiß, dass Sie …«

»Ach, Sie *wissen*?« Jacks Augen blitzen. »Sie wissen, wie es ist, wenn ein geliebter Mensch versucht, sich umzubringen, weil sie ihn allein gelassen haben, als er Sie am meisten brauchte?«

»Ja«, sage ich. »Nur dass er es in meinem Fall geschafft hat.«

Das nimmt ihm kurz den Wind aus den Segeln. Jack und Peter wechseln einen Blick.

»Wahrscheinlich haben Sie von meinem Ehemann gehört, Richard Bennett?«

Jack starrt mich an. »Sie sind die Frau von Richard Bennett?«

Ich nicke. »Sie haben versprochen, für Ihre Schwester zu sorgen. Ich habe versprochen, zu ihm zu stehen, in guten wie in schlechten Zeiten. Und wir haben es getan. Nur weil Anna und Richard ohne uns Entscheidungen getroffen haben, die wir nicht verstehen können, bedeutet das nicht, dass wir sie im Stich gelassen haben. Es bedeutet nur … dass sie etwas getan haben, was wir nicht verstehen.«

Ich warte auf eine scharfe Erwiderung, doch Jack schweigt. In seinen Augen schimmern Tränen.

»Ich gebe zu, dass ich mir manchmal Vorwürfe mache. Aber wenn ich vernünftig darüber nachdenke, ist mir klar, dass ich keine Kontrolle über Richards Handlungen hatte. Und obwohl Sie eine gewisse Kontrolle über Anna haben mögen, kann sie immer noch eigene Entscheidungen treffen. Und wie ich Anna kenne, wird sie sie treffen, mit oder ohne Ihre Unterstützung.«

Diesmal reagiert Jack mit einem leisen Lachen. »Wow«, sagt er. »Sie kennen Anna wirklich.«

»Sie von Luke fernzuhalten ändert nichts an dem, was bereits geschehen ist. Aber es könnte etwas an dem ändern, was zukünftig geschehen wird.« Ich nehme Peter das Notizbuch ab und halte es Jack hin. »Anna *liebt* diesen Mann. In dieser Phase ihres Lebens sind sie einander alles, was ihnen geblieben ist. Lassen Sie sie mit ihm zusammen sein«, sage ich. »Denn wenn Sie es nicht tun, könnten Sie sich am Ende deswegen Vorwürfe machen. Und wie Anna sagen würde, das Leben ist zu kurz.«

Kapitel 48

Clementine

Als Legs mich gestern besucht hat, dachte ich, ich muss platzen, weil ich ihr so viel zu erzählen hatte. Es ist komisch, dass wir nicht mehr zusammen zur Schule gehen, aber es ist toll, dass wir so viel zum Reden haben. Ich habe ihr von Mrs. Hubble, meiner neuen Lehrerin, erzählt, die fast so nett wie Miss Weber ist, und von meinen neuen Freundinnen, Billie und Scarlett und Pippa. Das Tolle an Legs ist, dass sie alles wissen will. Sie ist immer noch meine allerbeste Freundin. Sie ist zu uns in die Wohnung gekommen, und wir haben Pizza gegessen und uns gegenseitig die Haare geflochten und uns *Die Eiskönigin* angesehen und sind dazu herumgetanzt. Danach hat Mom uns geholfen, Orangen-Mohn-Muffins zu backen.

Heute sind Mom und ich zu Besuch im Rosalind House. Die Leute dort scheinen sonst nicht oft Besuch zu kriegen, denn als ich durch die Tür komme, ist es so, als ob der Mann mit dem Eiswagen auftaucht. Alle grinsen mich an. Angus ist auch da, und er gibt Mom einen Kuss auf die Wange, als er glaubt, dass ich nicht gucke. Es ist komisch, aber es bringt Mom zum Lächeln. Und ich will, dass Mom lächelt. Außerdem ist Angus eigentlich ziemlich nett.

Mom geht weg, um mit der neuen Leiterin zu reden, und

ich führe Gwen in der Eingangshalle einen Irish Dance vor. Laurie bekommt einen High Five und May einen Kuss. Dann entschuldige ich mich, weil ich nicht den ganzen Tag Zeit habe.

Bert ist im Salon. »*Hier* sind Sie also!«

Bert blickt auf, blinzelt mit seinen gelben Augen, und nach einer Million Jahre lächelt er. Er muss dringend mal zum Zahnarzt, aber das sage ich ihm nicht, weil es unhöflich wäre. »Ach, hallo, kleines Fräulein.«

Ich glaube, Bert kann sich meinen Namen immer noch nicht merken. Und zum ersten Mal macht mich das ein bisschen traurig. »Ich bin Clementine«, sage ich.

Er nickt.

Ich zeige auf den Sessel neben ihm. »Sitzt da Myrna?«

»Nein. Möchtest du dich setzen?«

»Ja. Ich wollte mit Ihnen reden.« Ich setze mich in den Sessel. »Über Myrna.«

Berts buschige Augenbrauen schießen in die Höhe. »Ach?«

»Na ja, über Myrna und meinen Dad. Sie wissen doch, dass ich in den letzten Monaten manchmal mit meinem Dad geredet habe? Das war gut, aber ich glaube, ich muss jetzt damit aufhören. Es gibt so viele andere Leute, mit denen ich reden kann, meine Mom, Legs und meine anderen Freundinnen. Also vielleicht sollte ich lieber mit denen reden, weil sie lebendig sind und so. Und ich dachte, vielleicht sollten Sie auch aufhören, mit Myrna zu reden.«

Bert runzelt die Stirn.

»Und«, sage ich, »was meinen Sie?«

Er braucht sehr lange für seine Antwort.

»Du hast Glück, dass es so viele Menschen gibt, die dich lieben«, sagt er schließlich. »Deine Mom und deine Freundinnen. Aber bei mir ist es so, dass ich nicht so viele Leute habe.«

»Stimmt doch gar nicht.« In dem Sessel auf der anderen Seite von Bert sitzt Gwen, deshalb flüstere ich. »Was ist mit Gwen? Wenn Sie mit ihr reden würden, müssten Sie nicht mehr mit Myrna reden.«

»Ich muss nicht mit Myrna reden«, sagt Bert. Seine Stimme ist jetzt leiser als vorher. »Ich möchte es. Und ich bin nicht bereit, sie gehen zu lassen. Vielleicht bin ich ein dummer Tattergreis, aber« – er lächelt – »ich bin eben wie ein alter Hund, es ist zu spät, um neue Kunststücke zu lernen.«

Ich habe keine Ahnung, wovon er redet – Hunde und Kunststücke –, aber ich denke, er meint damit, dass er Myrna behalten will. Ich zucke mit den Schultern. »Na ja, wenn Sie sicher sind.«

»Bin ich.«

Ich rutsche von dem Sessel. »Dann gehe ich mal wieder. Wiedersehen, Bert.«

»Ich hoffe, wir sehen uns wieder, kleines Fräulein«, ruft Bert mir nach.

Als ich mich umdrehe, sieht Bert mich mit dem breitesten, freundlichsten schiefzahnigen Lächeln an, das ich jemals gesehen habe. Ich beschließe, dass Myrna nicht so schlecht sein kann, wenn sie das schafft.

»Clementine«, sage ich. »Ich heiße Clementine.«

Er lächelt, nickt und sagt, dass er versuchen wird, es sich zu merken. Und auf dem Weg in den Garten beschließe ich, dass mich von jetzt ab jeder so nennen soll.

Der Himmel sieht aus wie ein großes weißes Bettlaken. Ich kann mich gar nicht mehr daran erinnern, wann er zum letzten Mal blau war. Im Garten ist es kalt, und der Schnee dringt durch meine Schuhe. Ich weiß, dass ich nicht in den Garten von Rosalind House gehen muss, wenn ich mit Dad reden will, aber irgendwie habe ich das Gefühl, dass er der richtige Ort dafür ist, selbst mit nassen Füßen.

»Daddy? Ich muss mit dir reden.«

Ich mache die Augen zu und hole ihn in meinen Kopf. Er sitzt mit übereinandergeschlagenen Beinen in einem Sessel und betrachtet mich aufmerksam.

»Ich bin immer noch wütend auf dich«, sage ich, »aber nicht mehr *so* wütend. Weil jeder mal was Schlimmes macht.«

Daddy sagt nichts, aber ich weiß, dass er mir zuhört. Sein Gesicht sieht aus wie immer, wenn er mir zugehört hat, ein bisschen auf die Seite gelegt, freundliche Augen, lächelnd. Es hat mir immer gefallen, wenn Daddy mich so angesehen hat.

»Und du hast auch gute Dinge getan. Du konntest gut tanzen. Und … du hast mir in der Badewanne was vorgesungen, als ich ein Baby war.« Das Bild vor meinen Augen verschwimmt, und ich muss weinen. »Ich hab dich lieb. Aber ich werde jetzt aufhören, mit dir zu reden. Und Mom und ich werden uns umeinander kümmern.« Ich spüre einen Stich in meinem Herzen. »Wenn du mal jemanden zum Reden brauchst, dann bin ich da. Oder du kannst es mit Geistern versuchen.« Plötzlich kommt mir eine Idee. »Oder mit Myrna. Ich glaube nicht, dass Bert was dagegen hat …«

Ich rede noch eine Weile mit Daddy, bis meine Socken patschnass sind und ich meine Zehen nicht mehr spüre. Dann lasse ich ihn langsam aus meinem Kopf verschwinden und mache die Augen auf. Und genau in diesem Moment öffnet sich ein Loch in dem weißen Himmel. Und die Sonne scheint durch.

Kapitel 49

Eve

Drei Monate später …

Es hat etwas von einem Déjà-vu. Ich stehe vorm Rosalind House und spüre ein nervöses Flattern im Bauch. Der einzige Unterschied besteht darin, dass ich dieses Mal bereits einen Job habe. Nicht im Benu oder irgendeinem anderen angesagten Restaurant in Manhattan. Sondern in einem neu eröffneten Lokal in einem Vorort. Es ist nicht besonders schick, und die Gäste werden auf dem Weg zur Eingangstür nicht fotografiert. Aber das Essen ist gut, und ich habe die Absicht, es noch besser zu machen. Vorerst bin ich nur Jungköchin. Aber das wird sich ändern.

Zurzeit bin ich für die Mittagsschicht eingeteilt, damit ich Clem morgens zur Schule bringen und sie nachmittags wieder abholen kann. Wir sind umgezogen, in ein kleines Haus mit einem eigenen Zimmer für Clem, aber in den meisten Nächten schlafen wir noch zusammen.

Auch Angus habe ich in den vergangenen Monaten ziemlich oft gesehen. Anfangs waren es ein paar Ausflüge in den Lebensmittelladen, dann ein Kinobesuch. Dann eine richtige Verabredung. Inzwischen hat er sich angewöhnt, hin und wieder mit einer Pflanze oder ein paar Kräutern bei uns aufzutauchen. Clem hat sich mit ihm angefreundet. Die beiden haben im Garten unseres Hauses ein Gemüsebeet angelegt, und ich kann Clem kichern hören, wenn sie miteinander werkeln. Einmal hat sie ihn sogar schon gefragt, ob er ihr beim Irish Dance zusehen will.

Als sich jetzt die Eingangstür öffnet, steht Angus vor mir. Bevor ich weiß, wie mir geschieht, zieht er mich über die Schwelle und in seine Arme. Er beugt sich herunter, um mich zu küssen, aber im letzten Moment hält er inne und blickt über meine Schulter. »Keine Clem?«

»Sie ist in der Schule.«

»Na dann …« Er küsst mich, dass mir schwindlig wird. Als er sich wieder aufrichtet, fühle ich mich wie Wackelpudding, es würde mich nicht wundern, wenn ich an ihm hinunterrutschen und eine Pfütze auf dem Boden bilden würde.

Er lächelt. »Willkommen im Rosalind House. Willst du nicht reinkommen?«

Drinnen herrscht ein ziemliches Gedränge. Vor dem Durchgang zum Salon steigt mir der Duft von Zimt und Hefe in die Nase, er muss von dem Teller Zimtschnecken auf dem Tisch kommen. Meine Erleichterung, dass sie eine gute Köchin gefunden haben, wird nur ein klein wenig von einem Gefühl der Unzulänglichkeit getrübt; ich habe am Besuchstag nie Zimtschnecken gebacken.

Bert sitzt auf dem Sofa, zwischen seiner Enkelin und ihrem Mann und ihrem Baby, einem Mädchen, falls man der Schleife um seinen Kopf trauen kann. Laurie ist von mehreren Männern mittleren Alters umringt, vermutlich seine Söhne, die mit Ohrstöpseln und Radios ausgestattet sind und irgendeine Sportübertragung für ihn kommentieren. May sitzt neben zwei Frauen mit Rosenkränzen. Alle sind mit ihren Angehörigen beschäftigt, und niemand blickt auf, als Angus und ich reinkommen. Der Raum ist von leisem Stimmengewirr erfüllt, und ich muss an Anna denken. Der Lärm wird ihr nicht gefallen. Dann merke ich, dass sie gar nicht da ist.

»Wo ist Anna?«

»In ihrem Zimmer«, sagt die Frau, die an mir vorbeigeht, »mit Luke.«

Die Frau zieht den gleichen Hefegeruch hinter sich her, der mir gerade eben in die Nase gestiegen ist. *Die Köchin.* Ich recke den Hals, um ihr nachzusehen, während sie rasch weitergeht. Sie ist klein und dick und offensichtlich in Eile – aber selbst bei diesem kurzen Blick merke ich, dass sie Wärme ausstrahlt. Andererseits ist das keine Überraschung. Welcher Mensch, der Zimtschnecken backt, strahlt keine Wärme aus?

Angus hat mir in den vergangenen Monaten hin und wieder erzählt, wie es Anna und Luke geht. Die Verwirrung. Die Wiederholung. Inzwischen behält ihr Gedächtnis nichts mehr länger als zwei Minuten. Aber zumindest darf sie rund um die Uhr mit Luke zusammen sein. Sie sind in die ehemaligen Zimmer von Clara und Laurie umgezogen. Die Anweisung, sie voneinander zu trennen, wurde aufgehoben. Sie können tun und lassen, was sie wollen.

Ich komme zu Claras und Lauries Wohnzimmer – jetzt das von Anna und Luke – und werfe einen Blick hinein. Peter, Jack und ein kleiner Junge in Clems Alter haben sich um Anna und Luke versammelt. Der Junge sitzt auf Annas Schoß und plappert ohne Unterlass über Baseball, seinen Freund Tom, den Dinosaurier, den er sich zum Geburtstag wünscht.

Peter bemerkt mich als Erster und lächelt. Dann sieht er seine Tochter an. »Anna?«, sagt er. »Du hast Besuch.«

Jack schenkt mir ebenfalls ein kleines Lächeln. »Kommen Sie doch rein, Eve.«

Ich bleibe in der Tür stehen, grundlos nervös. Angus will

ins Zimmer treten, aber ich halte ihn zurück. »Zu viele Leute auf einem Haufen«, flüstere ich. »Das mag sie nicht.«

»Sag mal, Eath«, sagt Jack. »Was hältst du von einer kleinen Klettertour auf dem Baum im Garten?«

Der kleine Junge rutscht von Annas Schoß. Nachdem Jack Anna einen Kuss auf die Stirn gegeben hat, schiebt er seinen Sohn an den Schultern aus dem Zimmer. Peter folgt ihnen.

Als sie weg sind, trete ich ein. »Hallo«, sage ich.

Anna sieht mich blinzelnd an.

Ich suche in ihrem Gesicht nach einem Zeichen des Wiedererkennens, aber da ist nichts. »Ich bin Eve. Das ist Angus.«

»Ist Zeit fürs Frühstück?«

Ich habe keine Ahnung, ob sie mich erkennt oder mit Kochen in Verbindung bringt oder was sonst. Auf jeden Fall ist es halb drei, kaum Frühstückszeit. »Noch nicht«, sage ich. »Aber ich kann Ihnen eine Zimtschnecke holen, wenn Sie wollen.«

»Nein.« Sie sieht Luke an, und auf ihrem Gesicht erscheint unvermittelt ein Lächeln. »Willst du eine Zimtschnecke?«

Er schüttelt den Kopf und erwidert ihr Lächeln.

Sie hat sich in den wenigen Monaten, seit ich von hier weg bin, verändert. Sie sieht älter aus. Ihr Gesichtsausdruck wirkt abwesender, und ihre Schultern sind leicht nach vorne gesunken. Aber sie ist immer noch schön. Ich denke an den Tag zurück, an dem ich ihr zum ersten Mal begegnet bin, auf dem Rasen im Garten. *»Helfen Sie mir«*, hatte sie gesagt. Ich hoffe, dass ich das in gewisser Weise getan habe.

Als Anna ihre Augen wieder auf mich richtet, scheint sie mein Anblick zu verwirren. Ich kann die unausgesprochene Frage geradezu hören. *Seit wann sind Sie denn da?* Sie legt den Kopf schief, vielleicht auf der Suche nach der Information, die ihr Gehirn ihr verweigert.

Statt sie ihr zu geben, sie an meinen Namen zu erinnern, schweige ich einfach. Tief in mir, egoistisch, wünsche ich mir, dass sie mich erkennt.

»Oh«, sagt sie schließlich. »Ist Zeit zum Frühstück?«

Wir bleiben eine Viertelstunde. Und als wir uns verabschieden, nimmt Anna kaum Notiz davon.

»Bist du traurig?«, frage Angus mich in der Eingangshalle. Er sieht mich besorgt an. »Dass sie dich nicht erkannt hat?«

»Nein«, sage ich. »Warum sollte ich traurig sein? Anna und Luke haben, was sie wollten – sie werden bis zum Ende zusammen sein.« Ich nehme Angus' Hand und führe ihn zur Tür. »Wenn nur jeder so viel Glück hätte.«

Kapitel 50

Anna

Sechs Monate zuvor …

Ich glaube, ich bin in einem Garten. Es ist warm und hell und auf den feinen grünen Dingern zu meinen Füßen liegt ein Muster aus Licht. Neben mir sitzt ein Mann. Ein junger Mann. Er lächelt ein wenig, also lächle ich zurück. Es macht mich froh.

Und auf einmal überkommt mich eine Erinnerung. Sie wirbelt durch meinen Kopf und lässt alle Teile meines Gehirns zusammenbrechen, bis da nichts mehr ist außer einer Wolke aus Bildern. Ich kann diese Visionen genauso wenig verhindern, wie ich sie, äh … was ist das Wort dafür, heraufbeschwören? … kann. Ich liege im Bett. Dieser Mann und ich halten einander umschlungen. Unsere Beziehung ist ganz frisch, vielleicht sind wir das erste Mal zusammen. Er lächelt, und ich bin glücklich.

»V-Versprich mir, dass wir bis zum Ende zusammen sind«, sagt er. »Kein umgelegter Schalter, kein Beenden. Versprochen?«

Ich seufze. Aber seine Miene ist entschlossen. Darüber lässt er nicht mit sich diskutieren.

»Na gut«, sage ich.

»Sag … es.«

Ich verdrehe die Augen. »Ich verspreche es. Wir sind bis zum Ende zusammen. Völlig gaga. Aber zusammen. Ich verspreche es.«

Ich löse mich aus der Erinnerung, und der Mann – Luke – lächelt immer noch. *Ich erinnere mich,* will ich zu ihm sagen. Aber für wie lange? Wenn die Erinnerung mit einer Wolke beginnt, dann endet sie in einem Abgrund, verschwindet in der Dunkelheit. Das ist es, was mir Angst macht.

Plötzlich steht eine Frau vor mir und legt mir ein buntes Ding auf den Schoß. Sie riecht nach Sahne und Kuchen. »Der ist Ihnen runtergefallen«, sagt sie.

Ich glaube nicht, dass ich diese Frau kenne, aber sie hat freundliche Augen. Sie wartet darauf, dass ich etwas sage, aber mein Geist ist woanders. Ich muss jemandem etwas sagen, bevor die Erinnerung wieder weg ist. Vielleicht dieser Frau? Vielleicht kann sie mir helfen, das Versprechen, das ich Luke gegeben habe, zu halten? Aber meine Gedanken sind langsam, und bevor ich sie fragen kann, zieht sie ihre Hand zurück.

Ich beuge mich vor und halte sie fest.

»Oh.« Die Frau will zurückweichen, aber ich halte sie noch fester. Gleich ist die Erinnerung wieder weg und wer weiß, wann sie zurückkommt? Vielleicht nie mehr. »Ich wollte Sie nicht erschrecken«, sagt sie. »Ich … ich hatte nur Sorge, dass Sie Ihren hübschen Schal verlieren.«

»Bitte«, sage ich. »Helfen Sie mir.«

Die Augen der Frau werden groß und rund. Sie hat etwas an sich. Kenne ich diese Frau? War sie einmal meine Freundin? Sie sieht wie eine Freundin aus.

»Was haben Sie gesagt? … Anna?«

Anna. Sie kennt meinen Namen. Ich *muss* sie kennen. Sie wird mir helfen. Ich weiß, dass sie mir helfen wird.

Die Frau wartet auf eine Antwort, aber plötzlich erinnere ich mich nicht mehr an die Frage. Das macht mich nervös, und ich sehe weg von ihr, zu dem lächelnden Mann neben mir. Sofort geht es mir besser.

Die Frau geht, und ich sehe weiter den Mann an. Solange ich bei ihm bin, beschließe ich, ist alles gut.

Danksagung

Ich danke wie immer meiner Lektorin Jennifer Enderlin, die es versteht, aus meinen Worten und Ideen etwas zu formen, das einem Buch ähnelt. Danke auch an das fähige und engagierte Team bei St. Martin's Press, das Bücher vermutlich noch mehr liebt als ich (und das will etwas heißen). Danke an meine Verleger auf der ganzen Welt, insbesondere Haylee Nash und Alex Lloyd von Pan Macmillan Australia, für alles, was sie tun. Als junge Autorin habe ich immer von einem Team von Leuten geträumt, die an mein Buch glauben, und ich kann ohne Übertreibung sagen, dass ich dieses »Dreamteam« gefunden habe.

Danke an meinen Agenten und Freund Rob Weisbach, der sich unermüdlich für mich einsetzt und mir vor allem zeigt, wo man in L. A. Berühmtheiten über den Weg laufen kann. (Nächstes Mal fahre ich nicht eher wieder weg, bis ich Kevin Spacey getroffen habe.)

Danke an alle, die mir bei den Recherchen geholfen haben, in erster Linie Clare Dyer, die so großzügig ihre Zeit und ihr Wissen mit mir geteilt hat – sie hat dieses Buch damit sehr bereichert. Ganz besonders danke ich ihr dafür, dass sie mir gezeigt hat, was eine gute Pflegerin tun kann und dass es für einen Menschen mit Demenz den Unterschied zwischen Freude und

Elend bedeuten kann, »dass man sich auf seine Wirklichkeit einlässt«. Sie hat im Lauf der Jahre bestimmt viel Freude in das Leben von Patienten und deren Familien gebracht.

Danke an Belinda Nixon von Alzheimer's Australia Vic für mehrere Treffen und dafür, dass sie eine frühe Fassung des Manuskripts gelesen und mir ihr Feedback gegeben hat.

Danke an die Familie Hanrahan, insbesondere Therese, die ihre Erfahrungen mit Alzheimer mit mir geteilt und alle meine Fragen beantwortet hat. Wie sie sich angesichts der scheinbar nie endenden Herausforderungen des Lebens ihre Gelassenheit und ihren Humor bewahrt, ist wirklich außergewöhnlich. Ich vermute, das hat sie von ihrer Mutter.

Danke an Rosie Brennan für die wahre Geschichte, die Herz und Seele dieses Buches werden sollte – die Geschichte von »Rodney« und »Betty«, die jeden Tag im Fernsehzimmer ihres Pflegeheims Händchen hielten, nicht weil sie sich erinnerten, das immer getan zu haben, sondern weil sie es wollten. Danke auch dafür, dass sie meine rechte (und meine linke) Hand im Umgang mit sozialen Medien ist. Ohne sie würde ich immer noch glauben, dass LOL für »Lots of Love« steht.

Danke an meine kritischen Kolleginnen Anna George und Meredith Jaeger und meine Beta-Leserin Jacquelyn Sylvan dafür, dass sie solche wunderbaren Autorinnen und scharfsinnigen Leserinnen sind. Jedes noch so kleine Feedback ist ein Geschenk, ehrlich. Danke auch an Geraldine Carrodus, Angela Langford, Dagmar Logan, Inna Spitskaia und Jane Wharton für ihre unglaublich positive Einstellung bei der Lektüre meines Manuskripts (etwas, das jeder unsichere Autor braucht).

Danke an meine Freundinnen Emily Makiv und Kena Roach, die als Gegenleistung für einen ersten Blick in meine Bücher für mich Korrektur lesen – wenn sie wollen, können sie das ihr Leben lang machen.

Danke an meine Großtante Gwen, die sich gewünscht hat, in einem meiner Bücher erwähnt zu werden. Bitte sehr. Zeig es all deinen Freundinnen.

Danke an meine Mutter, der ich die Liebe zur Sprache verdanke, und an meinen Vater, der mich gelehrt hat, dass einer guten Geschichte niemals die Wahrheit im Weg stehen sollte.

Danke an Oscar und Eloise – es hat mir riesigen Spaß gemacht, die Figur der Clementine zu erschaffen, aber niemand könnte schräger oder wunderbarer sein als ihr beide.

Und schließlich danke ich Christian für seine unermüdliche Unterstützung und dafür, dass er Manns genug ist, um zuzugeben, dass ihn dieses Buch zum Weinen gebracht hat.